KB141292

낯선 시간 길들이기

Taming Unfamiliar Time

이 책은 청주시문화산업진흥재단 '2021 기록문화 예술창작 발표지원' 기금을 지원받아 발간되었습니다.

지은이 **윤정용(Yoon Jeongyong)**

영문학 박사. 대학 안팎에서 영어, 문학, 영화, 책읽기, 글쓰기, 인문학 등을 강의하며 여러 매체에 다양한 주제로 글을 쓰고 있다. 지은 책으로 『영화로 문학 읽기, 문학으로 세상 보기』, 『Talk to movie, 영화에게 말을 걸다』, 『매혹적인 영화인문학』, 『무한독서』, 『조금 삐딱한 책읽기』, 『미래는 꿈꾸는 대로 온다』 등이 있다. 현재 고려대학교 세종캠퍼스 글로벌 학부에서 학생들을 가르치고 있다.

E-mail: greatray@hanmail.net

낯선 시간 길들이기

ⓒ 윤정용, 2021

1판 1쇄 인쇄_2021년 11월 20일
1판 1쇄 발행_2021년 11월 30일

지은이_윤정용
펴낸이_양정섭

펴낸곳_경진출판
    등록_제2010-000004호
    이메일_mykyungjin@daum.net
    사업장주소_서울특별시 금천구 시흥대로 57길(시흥동) 영광빌딩 203호
    전화_070-7550-7776 팩스_02-806-7282

값 18,000원
ISBN 978-89-5996-835-0 03810

작가와비평

03

낯선 시간 길들이기

Taming Unfamiliar Time

윤정용 지음

일러두기

1. 잡지와 신문은 ≪ ≫, 영화와 노래는 〈 〉, 단행본은 『 』, 단편소설, 시, 논문
   등은 「 」로 표기한다.
2. 외국어는 국립국어원 외래어 표기법을 따르되, 일부 우리말로 굳어진 것은
   관용을 따른다.
3. 독자의 가독성을 고려해 인용문헌은 경우에 따라 구체적으로 명시하지 않는다.

'삶으로서의 예술'에서 '예술로서의 삶'으로

무슨 이유 때문이었는지 잘 모르겠지만 20대 초반 이인성의 『낯선 시간 속으로』(1983)를 읽었다. 읽었는데도 내용은 거의 기억에 남지 않았다. 기억에 남는 것이라고는 '제목이 너무 멋있다'는 것 정도였다. 지금 생각해보면 책을 읽었다기보다는 그냥 책장만 넘겼다는 표현이 더 정확할 것 같다. 한참의 시간의 흐른 뒤 이 작품이 얼마나 '유명한지' 알게 되었다. 다름 아닌 '난해함'으로 말이다. 얼마 전 마음을 다잡고, 시쳇말로 '각 잡고' 다시 읽었다. 겉표지도 예전보다 훨씬 산뜻해졌고 판형도 읽기 편해졌는데도 그 내용이 이해가 안 되기는 마찬가지였다. 많은 사람들이 이야기하듯 이 작품은 박상륭의 『평심』(1999)에 비견될 만큼 어렵고도 난해하다. '이 책을 읽은 독자에게 작가가 오히려 돈을 줘야 한다'는 우스갯소리가 나올 정도다.

어느 평론가의 말을 빌리면 『낯선 시간 속으로』의 주인공 '나'

는 '실연'과 '죽음'을 겪고 존재론적·인식론적 위기 상태에 빠졌다. '나'는 타인과의 관계를 통해 형성될 수밖에 없기 때문에 '우리' 또는 '그들'에 대한 회의는 존재론적 위기를 몰고 온다. 또 다른 평론가는 이 소설이 상징 질서의 위기에 봉착한 한 주체의 의식이 분열했다가 재통합되는 과정을 기록하고 있다고 말한다. 소설도 어려운데 평론가들의 이런 설명을 들으면 더 어렵다.

『낯선 시간 속으로』의 주인공의 의식은 흔히 말하는 '의식의 흐름'이라고 명명될 법도 하지만, 평론가들은 의식의 흐름이 아니라고 확실하게 선을 긋는다. 사실 의식의 흐름에서는 일관되지 않더라도 그 의식은 재현 가능하다. 그 어렵다는 제임스 조이스의 『율리시즈』(1922)에서도 독자는 주인공 레오폴드 블룸의 '떠돌고 혼들리는' 의식을 어느 정도 따라갈 수 있다. 의식을 따라가는 것과 의식을 이해하는 것은 별개의 문제이지만 말이다. 다시 말하면 완전하지 않고 쉽지 않지만 그의 의식을 따라가고 설명하는 게 어느 정도 가능하다. 하지만 『낯선 시간 속으로』에서 주인공 '나'의 의식은 재현이 불가능하다. 바로 이 재현 불가능에서 이 소설의 난해함이 비롯되었는지 모른다.

'재현(representation)'이 단어 그대로 '이미 경험하거나 학습한 정보를 다시 기억해 내는' 행위라는 것을 상기한다면 낯선 시간은 처음부터 재현 불가능하다. 백번 양보하더라도 그것을 현실에서 재현하기 쉽지 않다. 재현은 사실주의의 본령이자 핵심이다. 그렇기 때문에 사실주의는 재현을 통해 문학적인 형상화가 가능하다. 반면 극사실주의는 재현이 처음부터 불가능하다. 현재 우리는 '코로나'라는 극사실주의의 낯선 시간을 겪고 있다. 현재 우리의 삶, 다시 말하면 코로나를 겪고 있는 우리의 삶은 말로 설명하거나 무언가로 재현하기 어렵다. 우리에게 남은 선택지는 코로나라는 낯선 시간을 '길들이거나' 아니면 코로나에게 '길들여지거나' 둘 중의 하나다.

코로나 때문에 당연하게 여겨졌던 우리들의 일상에 균열이 가기 시작했다. 언제 어디서나 마스크를 써야 하고, 아이들은 드문드문 학교를 가고, 재택근무가 일상이 되었다. 또한 물리적 거리두기로 인해 사회경제적 활동이 눈에 띌 정도로 위축되었다. 그리고 영화 속에서만 보았던 팬데믹을 현실로 맞닥뜨리게 되자 재난 상황에 취약한 우리들의 민낯이 그대로 드러났다. 현광일은 『포스트 코로나 시대, 예술과 정치』(2021)에서 "지금까지의 우리의 삶이 코로나와 같은 비상한 사태를 만드는 데 일조한 것에 대한 책임을 분명히 할 필요가 있다"고 말한다. 거기에 그는 우리들의 왜곡된 욕망 구조야말로 이 시대의 고통과 비극의 가장 심원하고 핵심적인 원인의 하나를 구성하고 있다고 덧붙인다. 고통스럽지만 우리에게 삶의 의미를 물으며 자신의 존재를 향한 성찰이 필요하다.

코로나가 끝난다고 하더라도 코로나 이전의 삶으로 되돌아갈 수 없다. 코로나 이후 삶의 장을 새판으로 짜야 한다. 이때 필요한 게 바로 예술이다. 일찍이 그 시대의 삶을 통해 전승되는 풍습이나 관행, 즉 문화는 예술과 결부되어 나타난다. 즉 예술은 삶의 감각적 경험 형태라고 말할 수 있다. 자크 랑시에르가 지적했듯이, 예술은 '삶으로서의 예술'에서 '예술로서의 삶'으로 이행한다. 예술은 예술 그 자체뿐만 아니라, 예술 외적인 것, 즉 세계나 우주 또는 진리와 같은 다른 어떤 것과도 연관을 맺는다.

플라톤의 예에서 볼 수 있듯 삶으로서의 예술은 그의 형이상학을 기반으로 예술의 윤리적 기능에 방점을 찍으면서 사회적 유용성을 강조한다. 예술의 자율성을 주장하며 예술에 대해 플라톤과 상반된 입장을 취한 것으로 알려진 아리스토텔레스도 재현의 완전함을 기준으로 예술 내부에 위계를 형성하며 몸으로 느끼는 감각과 감성을 배분한다. 즉 예술의 사회적 유용성을 주장한 플라톤이나 삶의 재현을 주장한 아리스토텔레스나 모두 본질적으로 삶으로서의 예술을 강조했다.

그러나 근대 미학의 성립으로 '감각'의 특성이 우세해지면서 이제 예술은 더 이상 삶의 형태를 취할 필요가 없어졌다. 오히려 삶이 예술 안에서 형태를 취하며 예술로서의 삶이라는 명제가 가능해졌다. 예술로서의 삶은 미적 경험 또는 미학적 경험과 연결된다. 미적 경험은 참되게 되는 법과 참되게 듣는 법을 배우게 한다. 이 미적 경험 속에서 자유에 대한 감각을 강화하고, 이는 공감각의 공동체 형성을 제안함으로써 심미적 삶의 지평을 연다. 결국 권력이 강제하는 사회적 유용성이나 예술의 위계는 해체되고 미학의 등장과 새로운 감성적 배분이 출현한다. 결과적으로 예술로서의 삶의 이행으로 예술에 대한 본성의 사유가 풍성해지고 해방을 향한 삶의 기획으로 나아간다.

감각은 신체 속에 있고, 신체에 의해 그 상태가 결정된다. 만약 신체가 세계를 이해하는 데 가장 근본적인 도구라면, 그 조건을 향상시킴으로써 세계를 더 잘 배울 수 있고, 이 도구를 잘 사용할 수 있다. 그런 점에서 미적 체험을 통한 삶의 자기 변화는 감각의 정확함, 건강 그리고 조절을 증강시킴으로써 환경, 존재 방식, 그리고 행동원리 사이의 독특한 결합을 확립하려는 프로젝트다. 우리가 추구하는 삶은 안락하거나 성공하는 삶이 아니라 '좋은 삶'이다. 좋은 삶이란 자기 도야의 지평과 목적 그리고 방법을 사유하면서 무엇보다 잘 살아가는 삶이다. 좋은 삶으로 자신의 인생을 스스로 만들어 가고자 하는 모든 시도는 하나의 예술 형식이 된다.

코로나 때문에 사람들과 얼굴을 마주하는 일이 무척이나 어려워졌다. 거리두기 단계 조정 등 제도적인 규제가 아니더라도 사람들은 코로나 이후 자발적으로 만남을 자제하고 있다. 만나더라도 그 횟수와 정도가 예전 같지 않다. 코로나는 '일상적 삶의 붕괴'와 '사회적 유대 관계의 균열'을 가져왔다. 그런데 역설

적으로 코로나는 일상적 삶과 사회적 유대의 중요성을 환기한
다. 일상적 삶은 미적인 경험을 통해 구성되고 지속된다. 사회적
유대를 통해서야 인간은 서로를 이해할 수 있다. 여전히 코로나
라는 낯선 시간 속에서 예술이 그 균열된 사회적 유대를 다시
이어주는 다리가 되기를 희망한다. 지금은 분리된 예술과 사회
의 통합이 그 어느 때보다 절실하고 절박한 순간이다.

2021년 여전히 낯선 시간 속에서

윤정용

---

*이 글은 현광일, 『포스트 코로나 시대, 예술과 정치』(살림터, 2021)의 머리말을 상당
부분 원용했음을 밝힌다.

차례

일러두기 ____ 4

머리말: '삶으로서의 예술'에서 '예술로서의 삶'으로 ____ 5

<기생충>: 봉준호의 '지리멸렬'한 '지옥도'의 완성 ____ 13

'해체'와 '전복'의 서사로 읽는 <작은 아씨들> ____ 39

역사적 상상의 공간으로서 한국영화 ____ 61

상상하는 이야기, 금기된 욕망을 풀다 ____ 95

한국 퀴어 소설의 오늘과 내일 ____ 121

후기구조주의의 문학 비평적 의의와 전망 ____ 153

가난은 사파리가 아니다 ____ 189

"꺽정, 벽초와 함께 쓰다" ____ 199

샘 멘데스, '영화'를 보여주다 ____ 213

<영국식 정원 살인 사건>에 나타난 '풍습희극'의 이면 ____ 233

파운드의 현대성 비판과 그 한계 ____ 251

그래도 희망은 있다 ____ 273

노마드, 재난의 현재인가 아니면 희망의 미래인가 ____ 291

그때 그 데이빗은 어떻게 되었을까? ____ 311

모든 소설은 장르소설이다 ____ 331

발표지면 ____ 347

<기생충>

: 봉준호의 '지리멸렬'한 '지옥도'의 완성

1.

'도시사회학'이라는 사회학의 분과 학문이 있다. 도시사회학은 도시 생활의 실태를 근거로 도시의 구조와 기능을 다각적으로 분석, 해명하는 사회학의 한 영역이다. 도시사회학의 초기 연구는 도시 사회의 병리학 현상으로서 빈민가, 부랑자, 비행소년, 매춘 등 사회문제적 측면과 도시지역의 급격한 발전에 따른 지역분화, 인구배치 등 사회생태학적 측면에서 시작되었다. 하지만 급격하게 진행된 도시화와 함께 '자유경쟁 및 자율적 조종 메커니즘에 기초하여 커뮤니티가 변화하고 성장한다'는 가설에 기초한 인간생태학의 기본 틀이 더 이상 타당한 것이 될 수 없다는 논의가 확산되면서 도시사회학의 위상은 더더욱 흔들리게 되었다. 반면 '도시적 공간'이 여전히 사회현상의 중요한 분석단위로 기능하고 있기 때문에 도시사회학적 관점은 여전히 유효하다는 주장도 있다. 사회학자 권태환은 일찍이 「한국사회학에 있어서의 도시 연구」(1984)라는 논문에서 오늘날 도시와 농촌의 이분법적 구분에 기초한 사회적 차이보다 훨씬 의미 있는 차이가 도시 간, 그리고 도시 내의 여러 부분 공간들 사이에서 발견되고 있기 때문에 부분 공간들 사이의 사회문화적 차이를 규명하고자 했던 초기의 도시사회학적 접근은 여전히 중요하다고 주장한 바 있다.

오늘날 자본주의 도시는 인구의 증가와는 무관하게 정치·경제·사회 영역에서 엄청나게 빠른 성장을 보이고, 그에 따른 여러 가지 문제가 발생한다. 초기의 도시사회학이 결코 설명할 수 없는 도시화로 발생한 문제들은 여러 새로운 이론과 시각을 통해 설명된다. 특히 최근의 도시사회학, 즉 신도시사회학은 마르크스주의의 영향을 받아 '계급 문제'와 '젠더 권력 구조'를 논점하고 있다. 사회학자 마크 고트디너와 조 페긴은 「도시 사회학에서 패러다임의 변화」(1988)라는 논문에서 신도시사회학적 접근은 다음과 같은 정치경제학적 가정의 일부 또는 전부에 근거하고 있다고 말한다.

모든 사회적 상호작용은 서로 적대적인 사회관계에 의하여 지배된다. 따라서 사회는 외부영향에 의하여 변하는 생물학적 단일공동체가 아니라 내재적 모순, 균열 그리고 불균등발전―이것들은 자본주의적 생산양식 그 자체의 논리로부터 나타난 현상들임―등을 특성으로 하는 고도로 분화되어 있는 층화된 조직 형태이다. 사회발전은 적대적 소유관계를 갖는 사회 내부의 모순을 반영한다. 발전의 모순과 성장의 격차는 적대감정을 유발시키고, 정치활동의 성격을 규정한다. 권력의 불평등은 사회관계의 기본적인 요인이며, 권력의 행사가 사회발전의 결정요인의 하나이다. 모든 사회분석은 과거의 역사 또는 세계적 맥락을 준거로 이루어져야 한다. 그렇지 아니한 사회분석은 결코 아무런 의미도 갖지 못한다.

신도시사회학적 관점은 기존 도시사회학의 이론적 교착상태를 해소해 주었을 뿐만 아니라 새로운 연구주체들을 도시사회학의 연구대상에 포섭시켰다. 덕분에 도시 내부의 사회공간적 관계를 자본과 노동력의 필연적인 결합의 산물로 파악할 수 있고, 도시공간의 특성이 자본의 순환과정에서 결정되는 것으로 파악할 수도 있다. 또한 도시공간의 변동과 발전을 집합적 소비수단의 재생산과정 및 국가와 자본 사이의 상호관계 속에서 결정되는 것으로 볼 수도 있다. 더 나아가 생산력과 생산관계, 상대적 자율성을 갖는 국가관리의 행동, 그리고 공간배열, 즉 특정한 상황에서 나타나는 모든 사회적 활동의 양태와 위치라 불리는 사회공간관계의 분석이 도시발전의 속성을 이해하기 위한 첩경이라는 주장도 가능해졌다.

최근 들어 '도시 내부의 공간적 불평등 문제'가 신도시사회학의 핵심 논제로 떠오르고 있다. 사회학자 김왕배는 『도시, 공간, 생활세계: 계급과 국가 권력의 텍스트 해석』(2018)에서 생산과 소비, 노동과 자본의 계급관계, 국가개입, 자본주의 축적위기와 모순 등과 같은 개념 틀을 이용해 도시 내부의 '공간적 불균등'과 '경제적 불평등'과 같은 문제를 설명했다. 한마디로 그의 연구는 '계급과 국가 권력, 생활세계로서의 도시공간의 삶에 대한 성찰'로 규정될 수 있다. 그의 설명에 따르면, 공간적 불균등은 경제적 불평등과 맞닿아 있고, 경제적 불평등은 계급의 고착화로 이어진다. 공간적 불균등과 경제적 불평등은 계급과 국가 권력의 텍스트 해석의 산물이다.

김왕배는 공간적 불균등과 경제적 불평등과 같은 도시화의 문제를 도시정치와 지역운동을 통해 해결해야 한다고 제안한다. 그는 지방정부의 자율성과 지방정부의 성장연합보다도 공동체 운동으로서의 주민운동에 희망을 걸고 있다. 그의 목표 또는 이상은 주민운동을 통해 근대산업사회로의 이행으로 와해 또는 해체된 공동체를 복원하고 협동정신, 자발적 참여, 공공이익의 실현이라는 이념도 함께 복원하는 것이다. 그는 구체적인 해결책으로 서양 자본주의의 '이(利)'가 아닌 동양 유교의 '화(和)' 또는 '예(禮)'에 바탕을 둔 공동체 운동을 제시한다. 그는 공동체 운동이 개개인의 삶에 보람과 즐거움을 주는 윤활유 역할을 하고, '시장의 원리 속에 편입된 과정이었던 근대세계로의 대전환'을 원래 상태로 되돌려 잃어버렸던 웃음과 즐거움을 가져올 수 있다고 생각한다.

김왕배의 원대한 목표 또는 이상에 충분히 공감하고 그 필요성을 느끼지만, 실현 가능성에 대해서는 약간 회의적인 생각이 든다. 왜냐하면 우리나라뿐만 아니라 전 세계의 도시는 이미 '지리멸렬'한 상태이기 때문이다. 사전을 찾아보니 지리멸렬은 '이리저리 흩어지고 찢기어 갈피를 잡을 수 없는 상태'를 가리킨다. 지금 우리가 사는 세계, 특히 도시사회는 지리멸렬의 상태에 접어든 지 오래다. 공간적 불균등과 경제적 불평등은 일상화되었고, 그에 따른 계급의 고착화도 상당히 진전된 상태다. 잔인하고 슬픈 말이지만 계급 또는 계층의 이동은 거의 불가능하다. 몇 년 전부터 유행해 이제는 거의 사회학적 용어가 되어 버린 '헬조선'이라는 단어는 작금의 이 모든 현상을 함축한다.

2.

'지리멸렬', '공간적인 불균등', '경제적인 불평등' 등과 같은 단어들에서 문득 봉준호의 영화를 떠올린다면 이상한 일일까? 어쩌면 〈기생충〉(2019)을 보면서 그 단어들을 떠올렸는지도 모른다. 봉준호는 〈기생충〉을 통해 우리 앞에 무시무시하고 끔찍한 지옥도를 아무렇지도 않은 듯이 무심하게 펼쳐 놓는다. 아무튼 그의 다른 영화들이 그랬듯이, 〈기생충〉을 보면서 관객들은 겉으로는 웃고 있지만 실제로는 웃고 있는 게 아니다. 한참 뒤에 예기치 않게 엄습하는 무서움에 소스라치게 된다. 그는 너무나 어둡고 차가운 '지금 이 순간'을 너무나 밝고 따뜻하게 그린다. 밝고 따뜻하다는 것이 반드시 해피엔딩을 의미하지 않는다. 그렇다고 새드 엔딩도 아니다. 봉준호 영화는 보면서 겉으로는 웃지만 실제로는 웃는 게 아닌 영화다.

봉준호 영화의 출발점이자 그의 영화를 관통하는 키워드는 지리멸렬이다. 다시 말하지만 지리멸렬은 이리저리 흩어지고 찢기어 갈피를 잡을 수 없는 상태를 뜻한다. 사전적 의미에서 지리멸렬의 방점은 그런 상태의 '공간'에 찍힌다. 반면 봉준호의 영화에서 지리멸렬은 같은 상태의 '사람'에 방점이 찍힌다. 즉 그의 영화는 지리멸렬한 인간을 보여주는 데 초점이 맞춰져 있다.

잘 알려진 것처럼 봉준호는 단편 영화 〈지리멸렬〉(1994)을 통해 영화계에 입문했다. 한국영화아카데미 실습 작품인 이 영화에는 세 명의 지리멸렬한 인간이 등장한다. 그들은 각각 도색잡지를 즐겨보는 교수, 아침 운동을 하면서 남의 집 문 앞에 놓여있는 우유를 습관적으로 훔쳐 먹는 신문사 논설위원, 만취해 길가에서 용변을 누려다가 경비원에게 들키게 되는 엘리트 검사다. 그들은 사회의 지도층 인사로서 TV 프로그램에 출연하여 사회 문제에 관해 사뭇 '진지하게' 토론한다. 그들은 나름대로 현실의 부정적 현상이나 모순 등을 꼬집으며 청중 또는 시청자를 계몽하려 한다. 하지만 그들의 이야기를 듣는 청중이나 영화를 보는 관객 그 누구도 그들이 하는 말에 공감할 수 없다. 왜냐하면 그들은 이미 지리멸렬한 자신들의 민낯을 보여주었고, 토론이 끝나면 지리멸렬의 상태로 되돌아갈 것이기 때문이다. 그들을 제외한 모든 사람들은 그 사실을 알고 있다. 그래서 그들을 지켜보는 청중이나 영화를 보는 관객들은 쓴웃음을 짓게 된다.

봉준호는 〈지리멸렬〉에서 위선적인 지도층을 '풍자'하고 '조롱'한다. 기존의 권위를 비틀고 우스꽝스럽게 만들어 사람들에게 웃음을 유발하는 풍자가 봉준호 영화의 본령이라고 한다면, 그는 첫 작품인 〈지리멸렬〉에서 이미 자신만의 시그니처를 구축했다고 말할 수 있다. 그래서 누군가는 이 영화를 두고 "봉준호 영화들의 예고편과도 같다"고 말했다. 봉준호 영화는 '보기 싫어도 봐야 하는 너무 역겨운 인간들이 도처에 있다'는 인정하고 싶지 않지만 인정할 수밖에 없는 냉혹한 현실을 희극적으로 보여준다. 그의 영화를 볼 때는 한없이 웃지만 보고 난 뒤에는 차갑고 씁쓸한 뒷맛이 남는다. 〈지리멸렬〉에 짙게 드리운 블랙 코미디의 그림자는 이후 그의 영화에 짙게 드리운다.

봉준호는 장편 데뷔작 〈플란다스의 개〉(2000)부터 〈마더〉(2009)에 이르기까지 네 편의 장편영화를 통해 한국 사회가 작동되는 근원을 추적한다.[1] 미해결된 화성 연쇄살인사건이나 엽기적인 현상들이 용광로처럼 들끓는 사회구조가 발생시킨 엉뚱한 사건, 그의 머릿속에서 상상으로 지속되던 끔찍하고도 안쓰러운 이미

---

1) 기상 이변으로 모든 것이 꽁꽁 얼어붙은 지구를 배경으로 계급구조와 불평등을 우화적으로 보여주는 〈설국열차〉(2013)와 슈퍼돼지 옥자를 차지하려는 탐욕스러운 세상에 맞서 옥자를 구출하려는 미자의 여정을 담은 〈옥자〉(2017)는 〈플란다스의 개〉, 〈살인의 추억〉(2003), 〈괴물〉(2006), 〈마더〉, 그리고 〈기생충〉에 이르는 봉준호의 영화와 비슷하면서도 조금 다르다. 이 영화들에서 영화적 공간은 한국 사회이고, 감독은 한국 사회를 추동하는 욕망을 탐색한다. 하지만 〈설국열차〉와 〈옥자〉는 영화적 공간이 한국 사회로 특정되지 않고, 감독은 보편적인 계급구조와 인간의 욕망에 천착한다. 따라서 이 글에서는 〈설국열차〉와 〈옥자〉는 논외로 한다.

지, 한국만의 기이한 가족 관계가 그 출발점이다. 소재에 불과했던 재료들이 그의 영화 속으로 들어와 재편되는 과정을 통해 장르적인 즐거움이 극대화되지만, 영화는 최초의 출발점인 한국 사회를 알고자 하는 욕망을 포기하지 않는다. 그의 영화적 욕망과 그 욕망의 탐구는 〈기생충〉까지 이어진다. 더 정확히 말하면 〈기생충〉에 이르러 '지리멸렬'한 그의 영화적 '지옥도'가 완성된다.

봉준호가 한국 사회를 횡단하면서 수집한 사건은 그릇된 믿음과 강박증, 만연한 불안과 공포, 격리와 배제, 파산당한 삶과 복권되어야 할 가치, 연약함과 굳건한 의지, 떠남과 귀환, 압도하는 어둠의 세력과 실낱같은 희망, 죽음과 탄생마저 포괄한다. 일상과 장르적인 상상이 자유롭게 뒤섞이고 사실적인 시선과 환상의 영역이 결합되는 만큼, 자주 등장하는 요소는 희극과 비극의 뒤엉킴이다. 그의 영화에는 순간적인 충동으로 인해 곤란을 겪는 인물, 사소한 사물이 환기시키는 강력한 서스펜스, 어처구니없는 행동이 만들어내는 눈물과 웃음이 자주 발견된다.

봉준호는 분리하기 힘들 만큼 정교한 세공술로 장르를 맞물리게 만들거나 고유한 장르적 세계를 참조하고 해체하는 균형 감각을 갖췄으면서도 장르가 허용한 환상을 내세우지 않는다. 익숙한 관습에 기대지 않기 위해, 시스템의 단면을 도출하기 위해 오히려 일상에서 쉽게 만날 수 있는 세부적인 것으로 눈을 돌리기 때문에 크고 무거운 테마들 틈으로 비집고 들어선 하찮은 것들을 통해 그의 영화적 세계는 확장된다. 한국 사회라는 현상에 숨겨진 모순과 무책임을 염두에 두거나 마음 깊숙이 감춰

둔 욕망의 취약함과 치졸함을 겨냥할 때에도 경직된 태도로 접근하지 않는다. 그는 의뭉스럽고 노련한 만담가처럼 한국인의 보편적인 기억과 정서부터 지극히 개인적인 취향까지 아우르는 감수성을 능숙하게 동원한다.

봉준호가 포착한 모순과 충돌, 비극과 희극의 근접성은 특정한 공간에서 작동되기 때문에 그의 영화에 자주 등장하는 장소와 그 변주를 눈여겨봐야 한다. 그의 인물들은 자세히 보아도 알 수 없는 심연의 장소에 멈춰 서고 마침내 자신의 실패와 마주하게 된다. 실패를 통해 체득한 것은 그림자로부터 떨어지려고 애써 봐도 삶은 어딘가로 흘러간다는 사실뿐이다.

봉준호가 직시한 한국 사회는 온갖 부조리와 엉터리 전망이 뒤섞인 난장판으로 집약되고, 그는 엉망진창으로 변해버린 현장을 종횡으로 파고든다. 그렇기에 우리는 사건의 표면과 이면을 구분할 수 없는 교착상태를 경험하고 사건의 내부와 외부의 인물들이 뒤섞여 궁극의 무질서로 향하는 운동을 목격하게 된다. 또 봉준호는 카메라의 전지전능함에 기대서 공간을 중시하지 않는다. 오히려 인물들이 볼 수 없는 것에 접근하거나 인물을 앞질러 사건과 대면한 카메라의 위용을 불신한다. 볼 수 없는 것과 보이는 것은 수사적 표현이 아니라 경험의 문제가 되기 때문에 그 자신이 우리보다 먼저 목격자의 시선을 확보한다. 공간과 인물을 바라보는 시선이 일치하기 때문에 공간을 통해 시스템에 환기되고, 공간을 활용하는 방식이 인물에게 전이되기 때문에 두 요소는 긴밀한 공조 관계에 놓인다.

봉준호는 적극적으로 이질적인 것들을 대면시키고 그 충돌의 여파를 냉정하게 관찰하지만, 결코 답을 내기 위해 성급하게 판단하지 않을뿐더러 관객들이 몰입하고 숨을 돌릴 틈도 빼앗지 않는다. 그는 다른 세계에 속할 법한 요소들이 부딪히고 깨질 때나 깨진 조각들을 그러모아 붙여나가는 과정을 거칠 때도 서두르지 않고 재촉하지도 않는다. 그렇기 때문에 그의 영화에는 영화를 범주화하려는 습관이나 영화의 정체성을 규정하지 않으면 견디지 못하는 강박증이 끼어들 여지가 없다.[2]

3.

앞서 설명한 봉준호 영화 세계의 특징은 〈기생충〉에 그대로 이어진다. 다시 말하면 기법과 주제, 그리고 소재에서 드러나는 그의 영화적 특징인 '희극과 비극의 뒤엉킴', '정교한 세공술' '한국 사회의 부조리', '한 사람의 시점이 아닌 여러 시점' 등이 〈기생충〉에도 그대로 이어진다. 그렇기 때문에 영화 〈기생충〉은 '도시빈민의 생태보고서' 또는 '하층민의 신분상승기'로 일컬어질 수 있다. 미리 말하면 그의 다른 영화에서 그랬던 것처럼 〈기생충〉에서 하층민의 신분상승 시도는 결국 실패로 끝나고 만다. 그는 실패의 원인을 자본주의의 모순이나 계급구조의 고착화로

---

2) 박인호, 「도사린 불안과 공포를 엿본 자의 실패담: 봉준호의 지옥도」, 『문학동네』 제25권 2호, 2018, 522~534쪽.

귀결시키지 않는다. 그냥 실패하는 모습을 보여주기만 할 뿐이다. 그에 대한 가치 판단도 유보한다.

　어떤 이들은 〈기생충〉에서 많은 비유와 상징을 찾고, 그것을 통해 영화를 미학적으로 분석한다. 또 다른 이들은 영화 장치를 비롯한 갖가지 영화 기법을 중심으로 영화 분석을 시도한다. 하지만 필자는 이 글에서 영화 속 비유와 상징을 통한 미학적 분석, 영화 기법을 중심으로 한 기술적 분석보다도 줄거리를 중심으로 한 서사 분석에 치중할 생각이다. 왜냐하면 개인적인 생각에 이 영화는 줄거리에 모든 것이 담겨 있기 때문이다. 이 글에서는 〈기생충〉의 줄거리를 따라가면서 감독이 그리는 대한민국의 지리멸렬한 지옥도가 어떻게 완성되는지 살펴보려 한다.

　영화 〈기생충〉은 이야기의 흐름으로 보았을 때 크게 세 부분으로 구성되어 있고, 각 부분은 대체로 시간적 순서를 따른다. 첫 번째 부분은 경제적 차원에서 극단적으로 대비되는 두 가족의 묘사다. 영화 속에서 성공한 IT기업의 CEO로 경제적으로 부유한 박사장(이선균)의 가족과 온 가족이 실직 상태인 기택(송강호)의 가족은 극단적으로 대비된다. 두 번째 부분은 그런 기택의 가족이 박사장의 집으로 들어가는 과정이다. 영화는 기택의 아들 기우(최우식)를 시작으로, 딸 기정(박소담), 기택, 그리고 그의 아내 충숙(장혜진)이 박사장 집으로 들어가는 과정을 순차적으로 보여준다. 세 번째 부분은 박사장 집으로 들어간 기택 가족이 박사장과 비슷한 신분으로 상승 또는 편입하려는 욕망이다. 물론 기택 가족의 신분상승 시도는 봉준호 영화 대부분의 결말에서 그런 것처럼 결국 실패로 그치고 만다.

　먼저 기택의 가족의 모습을 살펴보자. 기택의 가족이 거주하는 공간은 지하 또는 반지하 공간이다. 창문을 통해 공간은 가로로 분할되고, 배경에 창문 밖 실외와 전경에 창문 안 실내를 구성하고 있다. 좁은 창밖으로 지나가는 사람들의 다리와 술에 취해 소변을 보려는 사람들의 모습이 보인다. 실내는 매우 좁다. 그안에 기택과 아내 충숙, 아들 기우와 딸 기정이 살고 있다. 그들은 생산수단을 소유하지 않고 있으며 오로지 노동력만을 제공할 수 있는 노동자 계급이다. 그런데 그들은 노동력을 제공하고 싶어도 제공할 수가 없다. 제공한다고 하더라도 그들이 제공하는 노동력은 생산성이 아주 낮거나 거의 없다. 따라서 그들은 가난한 삶을 살 수밖에 없다. 그들은 생계수단으로 피자 박스를 접지만 불량품이 많다는 컴플레인이 들어온다. 피자시대 사장의 "넷 중 하나는 불량인 거지"라는 말은 기택 가족의 '불량인' 현재 상황을 단적으로 예거한다. 그럼에도 그들은 노동의 대가로 받은 돈으로 맥주파티를 연다.

　기택의 집에서 '화장실 변기'는 여러모로 중요한 상징적 의미를 지닌다. 화장실 변기는 그들이 사는 공간에서 가장 높은 곳에 있다. 원래 변기는 배설하는, 즉 버리는 공간이지만 기택의 집에서는 수혜의 공간이다. 변기가 놓여 있는 바로 그곳에서 와이파이가 연결되고 비가 내려도 유일하게 그곳만 물에 잠기지 않는다. 하지만 변기는 천정과 거의 맞닿아 있어 일어설 수 없다. 기정과 기택은 변기 위에서 쪼그려 앉아 인터넷을 한다. 그들은 더는 위로 올라갈 수가 없다. 기택 가족이 받을 수 있는 혜택은 바로 거기까지다. 영화 내내 박사장은 '선(線)'을 강조하는데, 기택 가족의 집에서 변기가 놓인 위치가 그들에게 허용된 선이다. 그런데 인간은 원래 상자를 열지 말라고 하면 열고 싶은 욕망이 있는 것처럼 선을 넘지 말라고 하면 넘고 싶은 욕망이 있다. 그 욕망은 시간의 흐름에 따라 점점 커진다. 그리고 선을 넘어서면 당연히 문제가 발생한다.

반면 박사장의 집은 3층으로 구성되어 있다. 1층은 도로와 맞닿아 있고, 대문과 차고로 구성되어 있다. 2층은 통창으로 밖을 내다볼 수 있는 큰 거실, 그리고 거실과 분리된 큰 주방으로 구성되어 있다. 3층은 박사장 가족들이 주로 생활하는 공간으로 여러 개의 방으로 구성되어 있다. 거실에서 통유리로 내다보이는 외부는 잔디가 깔려있고 나무가 심어져 있는 마당이다. 박사장의 아내인 연교(조여정)는 거실에서 종종 낮잠을 즐긴다. 그곳은 생일파티의 주무대가 되기도 하고 비극의 현장이 되기도 한다. 거실 창의 크기로부터 시작하여 창밖으로 보이는 풍경에 이르기까지 기택과 박사장의 공간은 대비된다. 두 가족의 공간의 대비는 두 가족의 경제적·사회적 차이로 이어진다. 반대로 두 가족의 경제적·사회적 차이가 두 가족의 공간의 대비를 가져왔을 수도 있다.

4.

플롯의 구조로 보았을 때 영화 〈기생충〉의 갈등은 기택의 가족이 박사장 가족의 공간으로 틈입하면서 본격적으로 시작된다. 경제적으로는 가난하지만 기택의 가족은 나름 행복했다. 그런 기택의 가족 앞에 기우의 친구 민혁(박서준)이 등장하면서 숨겨졌던 욕망이 꿈틀대기 시작한다. 민혁은 기우에게 박사장의 딸 다혜(정지소)의 영어 과외를 부탁한다. 기우가 망설이자 그는 "대학 와서 술 처먹는 놈들보다 니가 더 잘 가르칠걸?"이라고 말하며 그를 안심시킨다. 기우가 자신의 집에서 나와 박사장 집으로 가는 과정은 신분 상승 과정이라는 것을 암시한다. 그는 계단을 올라가고 또 올라가서 박사장의 집 거실에 도착한다. 거실에서 다시 계단을 타고 3층 다혜의 방으로 간다. 결국 기우는 다혜의 과외선생으로 취직을 한다. 기우를 시작으로 기정, 기택, 그리고 마지막 충숙까지 박사장의 집으로 무사히 입성한다. 기정은 박사장의 아들 다송(정현준)의 미술교사로, 기택은 박사장의 운전기사로, 충숙은 박사장의 가정관리사가 된다.[3]

기택 가족은 박사장 집으로 들어가기 전까지는 가난했지만

---

3) 다혜의 교복에는 눈에 잘 띄지 않게 학교 배지가 달려 있는데, 그것은 다름 아닌 서울대학교 사범대학 부속고등학교의 배지다. 이 학교는 성북구 종암동에 위치하고 있다. 성북구는 영화 〈기생충〉의 박사장 가족과 기택 가족처럼 부촌과 빈민가가 공존하는 지역이다. 봉준호는 아주 사소한 다혜의 학교 배지를 통해 영화적 공간이 가상의 공간이 아니라 실제 공간이라는 것을 보여주고 있다. 감독은 '한 공간 내에 숙주와 기생충이 존재한다'는 영화적 전제를 상상이나 가상이 아니라 현실에서 출발시키고 있다.

최소한 범죄와는 거리가 먼 삶이었다. 오히려 경제적으로는 가난해도 나름 화목하고 행복했다. 마치 고레에다 히로카즈의 〈어느 가족〉(2017)의 시바타 가족처럼 말이다. 시바타 가족은 원래는 서로 남남이었지만 어떤 계기로 가족이 되어 할머니의 연금에 의지하고 물건을 훔쳐 생활한다. 그들은 가난하지만 그래도 웃음이 끊이지 않는다. 기택 가족도 시바타 가족처럼 약간의 '선'을 넘는 행동을 하지만 그 정도는 애교로 넘어갈 수준이다. 그들은 변기에 올라 "윗집 아줌마 드디어 아이피타임 비번을" 걸기 전까지 윗집의 와이파이를 몰래 쓴다. 그러나 그들이 윗집의 와이파이를 몰래 쓴다고 해서 윗집에 직접적으로 경제적인 해를 끼치는 것은 아니다. 기택 가족이 와이파이를 쓴다고 해서 윗집이 와이파이 요금을 더 내지 않는다.[4]

---

4) 〈어느 가족〉의 원래 제목은 '좀도둑들(shop lifters)'이다. 이 영화와 〈기생충〉의 기택 가족의 모습은 여러모로 비슷하다. 거짓말, 문서조작, 또는 좀 도둑질과 같은 사소한 범죄 행위를 저지르는 것이나 가난하지만 소소한 행복을 누리는 점은 비슷하다. 그러나 두 영화의 가장 큰 차이점, 더 나아가 일본 사회와 한국 사회의 가장 큰 차이점은 계급구조에 대한 생각의 차이다. 한국 사회의 가장 큰 특징은 계급구조에 대해 모든 계급이 불만을 느끼고 있고 불안하게 생각한다는 점이다. 상류층은 하류층과 섞이는 것을 혐오하고, 하류층은 또 다른 하류층과 같이 묶이는 것을 싫어하며 자신을 차별화한다. 하지만 일본 사회에는 사회구조나 계급구조에 대한 불만이나 불안보다는 개인의 삶에 대한 불만과 불안이 더 강하다. 이 점에 있어서는 중국 사회도 일본 사회와 마찬가지다. 위화의 소설 『허삼관 매혈기』(1999)와 장이머우 감독의 〈5일의 마중〉(2014)에서는 '문화대혁명'(1966~1976)로 초래된 고통에 대한 사람들의 태도가 잘 설명된다. 『허삼관 매혈기』에서 허삼관은 문화대혁명 시기 '하방'으로 인해 큰아들 일락을 거의 잃을 뻔 했다. 〈5일의 마중〉에서 문화대혁명 시기 펑완위(공리)와 루옌스(천따오밍)은 가슴 아픈 이별을 겪었고, 그로 인해 가족 전체가 와해된다. 아내는 남편을 알아보지 못하고, 딸은 아버지에게 불만을 느끼고 있고, 남편은 그런 가족의 곁을 묵묵히 지킨다. 허삼관이나 루옌스는 자신들에게 고통을 안긴 국가 혹은 개인들을 불평하지 않고 모든 게 시대를 잘못 만났기 때문이라고 그냥 넘긴다. 그런 점에서 계급구조에 대한 개인의 불만 또는 불안은 일본 사회와 중국 사회와 비교되는 한국 사회의 가장 큰 특징이라 할 수 있고, 영화 〈기생충〉은 바로 이 점을 잘 보여주고 있다.

하지만 기택 가족은 박사장 집으로 들어가면서 변하기 시작한다. 기택 가족의 변화를 추동하는 것은 다름 아닌 '욕망'이다. 그 가운데서도 돈에 대한 욕망이다. 기우는 "근본적인 대책이 생겼어요. 돈을 아주 많이 버는 거예요"라고 말하고, 충숙은 "돈이 다리미라구 다리미. 돈이 주름살을 쫘악 펴줘"라고 외친다. 그들은 돈을 벌기 위해 불법을 저지른다. 장난처럼 시작했던 불법은 또 다른 불법을 낳고, 작은 불법은 점점 더 큰 불법이 된다. 불법도 문제지만 그보다 더 큰 문제는 그들이 불법을 저지르면서 죄의식을 느끼지 못한다는 점이다. 대학 문턱에도 가보지 못한 기우는 기정의 도움으로 혹은 기정과의 공모로 졸업장을 위조해 다혜의 영어 과외선생이 되고, 기정은 외국 유학생으로 속여 다송의 미술 과외선생이 된다. 가족 전체의 공모로 기택은 박사장의 운전기사를 내쫓고 운전기사가 되고, 충숙은 문광(이정은)을 내쫓고 가정관리사가 된다.

　기우와 기정이 박사장 집에 들어갈 때 기택의 가족은 노동력을 제공해 경제 활동을 하게 되었다는 만족감이 가장 컸다. 하지만 기택이 박사장의 운전기사가 된 이후에는 기택 가족들 마음속에서는 더 큰 욕망이 꿈틀대기 시작한다. 처음에 기택은 쫓겨난 젊은 운전기사에게 미안해하는 감정이 있었다. 그러나 문광을 내쫓는 과정을 보면 그들의 행동과 의식에서 도덕적인 주저함은 그 어디에도 없다. 다시 말하면 경제적 욕망과 신분상승에 대한 욕망은 도덕적 양심과 인간적인 미안함 등을 압도해버렸다. 박사장 집에 무사히 안착한 기택 가족의 경제적 욕망은 이제 신분상승의 욕망으로 향한다. 그들은 더 높은 계급으로 올라가기 위해서라면 어떤 행동도 마다하지 않을 준비가 되어 있다. 충숙은 "나 지금 사돈댁 설거지하고 있는 거야?"라고 말하고, 기우는 "이 집이 우리 꺼가 되면 어떨까?"라고 말한다. 특히 기우의 이 말은 '이 집이 우리 꺼가 되는 거라면 무슨 짓이든 할 수 있어'로 뒤집어 읽을 수도 있다.

　기택 가족이 박사장 집에 들어오면서 의상과 말투에서 가장 큰 변화가 일어난다. 원래 그들은 목이 늘어난 티셔츠, 새카맣게 때가 묻은 난닝구, 추리닝 바지와 몸빼를 입고 있었다. 하지만 박사장 집에 들어오면서, 즉 박사장 집에 취직하면서 그들의 의상은 단정하고 깔끔해진다. 기택은 깔끔한 와이셔츠와 재킷을 입고, 충숙은 가정관리사의 청결한 의상을 입고, 기우와 기정은 젊은 세대의 트렌디한 옷을 입는다. 말투에서도 변화가 생겼다. 원래 그들의 대화에서는 욕설이나 저속한 표현이 일상적이었다. 하지만 그들은 박사장 가족과 대화할 때 고상하고 교양이 있는 척한다. 겉으로 보았을 때 그들은 경제적으로 풍요로워졌고, 의상과 말투도 바뀌었다. 의상과 말투의 변화는 경제적 욕망의 충족 결과이자 신분상승의 욕망을 추동하는 요인이다. 그들은 경제적으로 조금 나아졌고 신분상승의 가능성이 열렸다. 한 예로 기택의 가족은 처음에는 국산맥주만 마셨지만 취직을 한 이후에는 수입맥주를 마신다.

　하지만 기택 가족은 겉으로 보이는 변화와 달리 본질적인 변화는 없다. 그들은 직장인 박사장 집에서는 신분상승을 느끼지만 원래의 공간으로 돌아가면 예전과 똑같다. 그렇기 때문에 그들은 신분상승을 더욱 욕망했는지 모른다. 그들의 신분상승을 가로막는 것은 다름 아닌 '냄새'다. 다송은 기정에게서 독특한 냄새를 맡는다. 그리고 충숙과 기택에게서도 똑같은 냄새를 맡는다. 이 영화에서 냄새는 눈에 보이지 않지만 그 사람들을 파악할 수 있는 또 다른 표식으로 기능한다. 기택 가족은 겉으로 드러나는 의상과 말투는 바뀌었지만, 겉으로 드러나지 않는 냄새까지 숨기지 못했다. 더 엄밀히 말하면 남들은 그 냄새를 맡지만 자신들은 맡을 수 없기 때문에 처음부터 그 냄새를 숨길 수 없다. 그렇기 때문에 그들은 처음부터 결코 상류계급으로 올라갈 수 없다. 비로 인해 캠핑장에서 집으로 돌아온 박사장은 소파에 누워 얘기하며 기택에 대해 불편한 감정을 드러낸다. 그는 기택에게 "냄새가 선을 넘지"라고 말하는데, 이 한마디는 기택이 선을 넘는 강렬한 계기로 작용한다.

하류계급은 상류계급과 사적인 관계를 맺고 섞이려 하지만, 상류계급은 자신들을 하류계급을 구분하며 그들과 섞이는 것을 혐오한다. 저명한 프랑스의 사회학자 피에르 부르디외에 따르면, 한 사회의 각기 다양한 계층과 계급, 집단들은 각기 다양한 취향과 습관을 통해 다른 계층과 계급, 집단들과 차별화된 모습을 갖게 된다. 또한 적극적으로 그러한 차별화를 시도한다. 박사장은 기택 가족과 자신의 가족을 엄격하게 구별하는데, 반대로 기택 가족은 박사장 집에 들어오면서 자신들이 박사장 가족과 이제 비슷해졌다고 생각하고 자꾸 사적인 관계를 맺으려 한다.

기택이 의도치 않게 자신의 사적 영역에 들어오려고 하자 박사장은 거부반응을 보인다. 앞에서도 말했듯이 박사장에게 가장 중요한 것은 언제나 '선'이다. 그래서 그는 기택에게 "내가 원래 선을 넘는 사람들을 제일 싫어하는데"라는 말을 반복하며 '선을 넘지 말라'고 주지시킨다. 즉 그는 자신이 정한 선만 넘지 않으면 크게 개의치 않는다. 하지만 선을 넘으려 할 때 그는 달라진다. 박사장은 기택뿐만 아니라 그 누구도 자신의 세계로 넘어 들어오는 것을 절대로 원치 않는다.

5.

앞에서 말했듯이 인간은 넘지 말라고 선을 그어 놓으면 넘고 싶은 욕망을 가진다. 시간이 지나면 지날수록 그 욕망은 점점 커진다. 원하기 때문에 그 욕망을 추구하는 게 아니라 많은 사람들이 그 욕망을 원하기 때문에 자신도 그 욕망을 욕망하는 것이다. 자크 라캉의 욕망이론을 조금 비틀어 말하면, 인간은 물질을 욕망하는 게 아니라 타인의 욕망을 욕망하는 것이다. 박사장은 기택에게 선을 넘지 말라고 암묵적으로 여러 차례 경고했다. 하지만 기택은 그의 경고를 크게 개의치 않았다. 어쩌면 〈기생충〉의 비극은 여기에서 시작되었는지 모른다. 박사장 가족이 아들 다송의 생일파티를 위해 집을 비우자, 기택 가족은 박사장 집에 들어와 마치 집주인처럼 행동한다. 기우는 잔디로 덮인 정원에서 누워 책을 읽고, 기정은 욕조에서 거품 목욕을 한다. 저녁에는 온 가족이 거실에서 비싼 와인을 마시면서 창밖으로 비가 내리는 것을 여유롭게 지켜본다. 그들은 이 모든 것들을 자신들이 마땅히 누려야 할 권리로 착각한다. 하지만 그들의 평화는 문광 때문에 깨진다.

기택 가족 때문에 박사장 집에서 해고된 문광은 놓고 간 물건을 찾으러 왔다면서 문을 열어 달라고 간청한다. 사실 그녀는 아무도 모르는 방공호에 숨어 있는 남편 근세(박명훈)를 만나러 왔다. 문광은 충숙에게 근세와 자신을 못 본 척해달라고 간청하지만 충숙은 그녀의 간청을 뿌리친다. 근세는 기택 가족이 박사장 집에서 집주인 행세를 한 장면을 핸드폰 카메라로 찍어 협박한다. 문광은 처음에는 충숙에게 "불우이웃끼리 이러지 말자!"라고 간청하다가, 상황이 바뀌자 언제 그랬냐는 듯 "내가 왜 니 동생이야? 아가리 개 닥쳐!"라고 말하며 돌변한다. 사실 기택 가족과 문광 부부는 비슷한 처지에 있지만 서로에게 연민이나 동정을 느끼기보다는 서로를 무시하고 경멸한다. 그들은 비슷한 계급에 속해 있음에도 불구하고 서로 다른 계급에 속해 있다고 착각하고 있다.[5]

---

5) 문광 부부와 기택 가족은 경제적인 상황분만 아니라 사회적 경험도 비슷하다. 즉 두 가족은 박사장이라는 숙주에 기생하는 기생충이라는 것분만 아니라, 문광의 남편 근세와 기택은 대만 카스테라 프랜차이즈 사업을 하다가 '망했다'는 공통점도 있다. 그럼에도 불구하고 두 가족은 서로를 연민하기보다는 적대적으로 대한다. 두 가족 모두 서로가 같은 계급에 있지 않다고 생각한다. 문광은 박사장의 가정관리사를 하면서 마치 자신이 박사장 가족의 일원이라고 생각하고, 기택 가족은 박사장 가족과 사돈이 될 것이라고 생각한다. 그러나 정작 박사장이 생각하기에 두 가족은 똑같이 '기생충'에 지나지 않는다.

기택 가족과 문광 부부는 근세의 핸드폰을 빼앗기 위해 난투극을 벌인다. 그때 갑자기 걸려온 전화로 싸움은 중단된다. 비가 많이 와서 박사장 가족이 집으로 돌아오고 있다는 것이다. 두 가족의 싸움은 기택 가족의 승리로 끝나 문광 부부는 방공호에 갇힌다. 박사장 가족이 돌아왔을 때 기택 가족은 충숙을 제외한 기택, 기우, 기정은 거실 탁자 밑에 숨어 있다. 그들은 박사장 가족이 잠이 들어서야 조용히 그 집을 빠져나온다.

　기택, 기우, 기정이 자신들의 집으로 가는 돌아가는 과정은 그들의 신분상승이 쉽지 않을 것이라는, 아니 불가능하리라는 것을 암시한다. 하염없이 내리는 비를 맞으며 그들은 박사장의 집에서부터 계단을 내려가고 또 내려간다. 그들이 했던 상류층 놀이는 아래로 추락하는 것으로 끝난다. 이 하강의 이미지들은 상류계급과 하류계급의 차이를 분명하게 보여준다. 그렇게 해서 도착한 집은 한마디로 '지옥'이다. 폭우로 물난리가 나서 가재도구들은 물에 떠다니고, 하수구가 역류해서 오물들이 집안을 뒤덮고 있다. 그들은 '설상가상'의 재난에 절망한다.

　하지만 그들이 빠져나온 박사장 집에서 아들 다송은 집 마당에서 텐트를 치며 놀고 있고, 박사장은 거실에서 노는 아들의 모습을 평온하게 바라보고 있다. 연교는 그에게 "비가 와서 그런지 미세먼지가 없네요", "비가 안 왔음 어쩔 뻔했어요? 전화위복이 되었네요"라고 말한다. '설상가상'과 '전화위복'으로 요약되는 이 장면은 "동일한 상황에 대해 전혀 다르게 대처하는 상류계급과 하류계급의 삶의 질적인 차이"[6]를 극명하게 보여준다. 이 장면은 "상승과 하강으로 명징하게 직조해 낸 신랄하고 처연한 계급 우화"라는 영화평론가 이동진의 〈기생충〉에 대한 영화평에 십분 공감하게 한다. 또한 이 장면은 기택 가족의 신분상승 욕망이 단지 욕망으로 끝나리라는 것을 암시한다.

폭우로 집을 잃은 기택의 가족은 체육관에서 생활해야 하지만 박사장 가족은 다음날 아들 다송의 생일파티를 연다. 연교는 다송의 생일잔치를 위해 기우와 기정을 포함해 지인들을 불러 모은다. 그녀는 "선물은 안 사와도 돼. 절대 사 오지 말고 그냥 와"라고 말한다. 그녀는 기택을 불러 장을 보고 돌아오면서 "이상한 냄새가 난다"고 말하는데, 그 냄새는 기택 가족은 맡지 못하지만 박사장의 가족들만 느끼는 냄새다. 박사장은 이 냄새를 "가끔 지하철 타다 보면 나는 냄새"로 규정한다. 그리고 이 냄새는 비극의 실마리가 된다.

기우는 다혜의 방에서 생일파티를 준비하는 마당을 내려다본다. 클래식 음악이 흐르고 화려하게 차려입은 사람들에게서는 웃음이 떠나지 않는다. 기우가 다혜에게 "나 어울리냐고 여기"라고 묻자, 다혜는 어울린다고 대답한다. 하지만 기우는 자신이 어울리지 않는다는 것을 이미 알고 있다. 그는 갇혀 있는 문광과 근세를 만나기 위해 방공호로 내려간다. 하지만 문광은 전날 난투극 과정에서 입은 부상으로 이미 죽어 있고, 기우는 근세의 공격으로 정신을 잃고 쓰러진다.

---

6) 정하제, 「봉준호 감독의 『기생충』: 기생충적 삶의 지속, 혹은 전복」, 『공연과 리뷰』 제25권 1호, 2019, 224쪽.

방공호에서 근세가 올라오면서 드디어 봉준호의 '지옥도'가 펼쳐진다. 근세는 방공호에서 나와 부엌칼을 들고 파티에 난입하고, 그 모습을 본 다송은 놀라 쓰러지고, 사람들은 도망친다. 근세는 멍하니 그를 바라보던 기정을 칼로 찔러 죽이고, 연교는 그 모습을 보고 놀라 쓰러진다. 음식을 내오던 충숙은 꼬챙이로 근세를 죽인다. 박사장은 죽은 기정을 안고 울고 있는 기택에게 차 키를 달라고 소리치고, 기택은 차 키를 던져준다. 차 키는 차 근처에 떨어지고 박사장은 코를 막으면서 차 키를 집는다. 박사장이 코를 막는 행위는 '너희와 우리는 본질적으로 다르다'는 선언의 표시다. 이에 기택은 분노했고 그를 무참히 살해한다. 하지만 기택의 행동은 결코 정당화될 수 없다. 그는 계급구조의 부조리와 모순에 분개한 게 아니고 차별과 혐오에 저항한 것도 아니다. 단지 그는 자신을 '냄새나는 벌레'로 취급한 것에 분개해서 박사장을 죽인 것뿐이다.

　일반적인 영화와 드라마에서는 계급구조가 비교적 선명하다. 보통 상류계급은 악으로 하류계급은 선으로 상정된다. 하지만 〈기생충〉에서는 그런 선악구도가 명확하지 않다. 박사장 가족으로 대표되는 상류계급은 선이라고 할 수 없지만 그렇다고 악이라 할 수 없다. 기택 가족과 문광 부부로 대표되는 하류계급 역시 마찬가지다. 굳이 따지자면 그들은 악에 가깝다. 이 영화에는 다른 영화에서 흔히 볼 수 있는 계급의 충돌이나 정의의 구현 등과 같은 거대 담론이 다뤄지지 않는다. 대신 하류계급이 하류계급을 경멸하고 죽이는 아이러니한 상황이 펼쳐진다. 그들에게 정말 필요한 '연대'는 찾고 싶어도 찾을 수가 없다. 그 과정에서 상류층은 우발적인 혹은 부수적인 피해자였는지 모른다.

〈기생충〉의 원래 제목은 '데칼코마니'였다고 한다. 데칼코마니는 미술에서 화면을 밀착시킴으로써 물감의 흐름으로 생기는 우연한 얼룩이나 어긋남의 효과를 이용한 기법으로 좌우 대칭적인 무늬를 만든다. 감독은 영화를 통해 숙주와 기생충으로 완전히 다르지만 박사장 가족과 기택의 가족이 완벽하게 대칭적인 모습을 보인다고 말하려는 듯하다. 그런데 기생충이 숙주를 죽였다고 숙주가 될 수 없다. 기생충은 기생충일 뿐이다. 기생충이 살아남기 위해서는 또 다른 숙주가 필요하다. 즉 박사장을 죽였다고 기택은 박사장이 될 수 없다. 그는 또 다른 근세일 뿐이다. 박사장을 죽인 기택은 근세가 살았던 박사장의 방공호로 숨어든다.

물리적으로는 폭우 때문에 현실적으로는 박사장을 살해했기 때문에 기택 가족의 삶의 터전은 허물어졌다. 예전에는 열악하기는 해도 삶의 터전이 있었고 그곳에서 '행복하게' 살았다. 하지만 이제 삶의 터전은 흔적조차 사라졌다. 그렇다면 그에게 남은 선택지는 하나다. 박사장이 아닌 새로운 집주인을 맞이하여 근세가 살았던 삶, 다시 말하면 새로운 숙주를 통해 새로운 기생충의 삶을 사는 것이다. 기택은 이런 현실에 절망할 수밖에 없다. 기우는 그런 기택에게 말한다. "아버지 저는 근본적인 계획을 세웠어요. 돈을 벌겠습니다. 그리고 가장 먼저 이 집을 사겠습니다. 아버지는 걸어오시기만 하면 됩니다. 그날이 올 때까지 건강하세요." 기우는 언젠가 돈을 벌어서 구출해 주겠다고 말하지만 기택에게 그 말은 공허하게만 들린다. 그는 나가도 "갈 곳이 없다는 걸" 깨닫는다. 나갈 수도 없지만 설령 나간다고 하더라도 갈 데가 없다. 그리고 그는 박사장, 기정, 근세, 문광 등 여러 사람들이 죽었어도 사회는 조금도 바뀌지 않으리라는 것을 알고 있다. 뉴스에서 잠깐 다루어 지겠지만 그들의 죽음은 조금만 시간이 지나면 사람들의 기억에 서 곧 사라질 것이라는 것을 알고 있다.

영화 〈기생충〉은 우울하다. 무슨 일이 있어도 세상은 결코 바 뀌거나 변하지 않으리라는 것을 영화 속 기택뿐만 아니라 우리 모두 알고 있기 때문이다. 봉준호는 언제나 그랬듯이 영화 〈기생 충〉에서도 관객에게 훈계하지 않는다. 그렇다고 사회의 부조리 와 모순을 날카롭게 비판하고 해결책을 제시하며 미래를 전망하 지도 않는다. 세상은 나와 상관없이 돌아간다는 평범하면서도 우울한 진리를 환기할 뿐이다. 봉준호는 기택이 방공호로 들어 가는 〈기생충〉의 마지막 장면을 통해 자신의 영화 세계이자 오 늘날 우리 사회의 초상인 '지리멸렬'한 '지옥도'를 완성하고 있 다. 그가 완성한 지옥도는 영화 속에서 침팬지를 그린 건지 자화 상인지 요령부득인 다송의 그림과 닮았다. 무엇을 그린 그림인 지 정확히 알 수는 없지만 음산하고 우울하다. 그런데 만일 방공 호가 끝이 아니라면, 방공호 밑에 우리가 상상할 수 없을 정도로 끔찍하고 무시무시한 또 다른 지층이 있다면, 이라는 공포와 불 안이 똬리를 튼다. 지옥도가 끝이 아니라면 그다음은 뭘까? 솔직 히 말하면 그 다음이 궁금하기보다는 무섭고 두렵다.

'해체'와 '전복'의 서사로 읽는 <작은 아씨들>

1.

　루이자 메이 올컷의 자전 소설 『작은 아씨들』(1868)은 여성의 사회참여를 극도로 제한하고 순종적이고 도덕적인 가치를 중시한 '남북전쟁' 시기의 미국 사회를 시공간적 배경으로 삼고 있다. 그런데 이 작품은 미국사에서 가장 중요한 역사적 사건인 남북전쟁을 다루고 있으면서도 전쟁을 크게 표면화하지 않고 오히려 따뜻한 가족애를 전경화한다. 사실 이 작품이 발표될 당시 미국 사회는 표면적으로는 남북전쟁의 상처를 딛고 국가재건에 총력을 기울였지만, 내부적으로는 흑인에 대한 인종차별뿐만 아니라 여성에 대한 사회적 차별 등 여러 가지 문제를 안고 있었다. 작가

올컷은 『작은 아씨들』에서 남부와 북부의 갈등과 인종차별과 같은 무겁고 논쟁적인 주제를 피하고 대신 한적한 시골에서 벌어지는 소소하고 따뜻한 이야기를 정겹게 담아내고 있다.

　『작은 아씨들』은 작품의 소재와 내용 면에서 보면 제인 오스틴의 『오만과 편견』(1811)과 비교된다. 『오만과 편견』은 프랑스 혁명이라는 거대한 역사적 사건을 배경으로 하면서도 거대 담론에 휩쓸리지 않고 한적한 시골에서 벌어지는 연애와 결혼을 주로 다루고 있다. 그러면서도 당대 사회가 안고 있는 모순과 부조리를 넌지시 비판한다. 스타일과 주제 면에서 『작은 아씨들』은 찰스 디킨스의 작품들을 떠올리게 한다. 디킨스의 많은 작품들은 영국의 빅토리아 시대를 시간적 배경으로 한다. 빅토리아 여왕 재위 기간 동안 영국은 '해가 지지 않는 나라'라고 불리며 세계 각지에 식민지를 거느리며 역사상 최전성기를 구가했다. 러디야드 키플링과 앨프레드 테니슨을 비롯한 많은 영국 작가들은 자랑스럽고 영광스러운 영국의 과거와 현재, 그리고 미래를 칭송하며 애국심을 고취했다. 반면 디킨스는 빅토리아 시대 영국의 경제적 번영과 문화적 영광보다는 사회적 차별과 경제적 가난으로 고통을 받는 하층민들의 어둡고 신산한 삶에 주목했다. 그런데도 그의 소설은 전체적으로 환하고 따뜻하다. 아마도 그 이유는 세상과 인간을 바라보는 작가의 따뜻한 시선에서 비롯된다고 할 수 있다. 『작은 아씨들』을 읽었을 때 느껴지는 따뜻함 역시 세상과 인간을 바라보는 작가의 따뜻함에서 비롯된다고 말할 수 있다.

　알려진 바에 따르면 『작은 아씨들』은 작가 올컷의 유일한 작품이다. 그렇기 때문에 한 작품을 놓고 작가의 작품성을 논하는 것은 온당치 않다. 그런 위험에도 불구하고 엄밀히 말하자면, 『작은 아씨들』은 비슷한 시대에 출간된 너새니얼 호손, 허먼 멜빌, 에드거 앨런 포, 랠프 월도 에머슨, 헨리 데이비드 소로의 작품들과 견주어 볼 때 문학사적으로 뛰어나다고 말하기 어렵다. 하지만 이 작품은 그 어떤 작품보다도 긴 생명력을 유지하고 있다. 아마도 그런 세상과 인간을 바라보는 작가의 따뜻한 시선 때문일 것이다.

일반적으로 말해 『작은 아씨들』은 주인공 조를 비롯해 메그, 베스, 에이미 등 네 자매의 성장 이야기이다. 작품은 크게 제1부와 제2부로 구성되어 있다. 제1부에서 네 자매는 남북전쟁에 참전한 아버지를 대신해 집안을 이끌어가는 어머니 마미의 사랑과 보살핌 아래 여러 어려움을 힘겹게 헤쳐 나간다. 그들은 전쟁터에서 아버지가 보낸 편지를 읽으며 아버지가 용감히 싸워 물리치라는 '마음속의 적'을 자신들의 성격적인 결함으로 이해하고 마음을 다잡는다. 그들의 어머니 마미는 물질적인 풍요보다 정신적인 가치의 중요성을 강조한다. 그녀는 경제적인 어려움 속에서도 아이들의 불만을 다독이는 따뜻한 어머니이자 불쌍한 험멜 가족에게 옷과 음식을 나누어주는 자애로운 이웃으로 이상적인 여성상이다.

조를 비롯한 네 자매는 가난 속에서도 밝고 쾌활하게 하루하루 보낸다. 그들은 자신들의 모임을 디킨스의 소설에 나오는 모임을 본떠서 '피크위크 클럽'이라고 명명하고 연극 놀이를 한다.

유럽에서 돌아온 이웃의 부잣집 손자 로리는 그들의 삶에 활력과 긴장을 불어넣는다. 그는 네 자매와 연극 놀이를 함께 할 정도로 금방 친해진다. 하지만 로리는 네 자매로 하여금 자신들의 가난함을 깨닫게 한다. 보다 엄밀히 말하면 그들은 로리를 보면서 자신들의 가난한 처지를 깨닫게 된다. 어찌 되었든 간에 로리는 그들의 삶에 중요한 변화를 가져온다. 메그는 로리의 가정교사인 존 브룩과 가까워지고 나중에는 연인 사이로 발전한다. 조는 로리의 격려와 응원으로 글쓰기에 더욱 매진하고 마침내 자신의 작품을 완성한다. 로리는 조에게 점점 우정 이상의 친밀한 감정을 느낀다. 조 역시 겉으로 드러내지는 않지만 로리에 대해 특별한 감정을 느끼기는 마찬가지다.

그런 와중에 남북전쟁에 참전한 아버지가 부상당했다는 소식이 전해지고 조는 병간호를 떠나는 어머니의 기차푯값을 마련하기 위해 자신의 머리를 자른다. 다행히 어머니의 간호로 아버지의 병세는 호전되지만, 어머니 대신 험멜 가족을 돌보던 베스는 성홍열에 걸려 건강이 악화된다. 베스의 건강 악화로 조는 슬픔에 빠지지만 워싱턴에서 돌아온 어머니의 병간호 덕분에 베스는 건강을 회복한다. 그리고 네 자매의 아버지가 전쟁터에서 돌아오면서 조 가족은 오랜만에 행복한 크리스마스를 보낸다.

제2부는 그로부터 3년의 세월이 흐른 뒤의 시점이다. 남북전쟁이 끝났지만 아버지의 사업 실패로 네 자매의 삶은 여전히 궁핍하고 고단하다. 베스는 건강 때문에 주로 집에서 지낸다. 그렇기 때문에 메그와 조의 경제적 부담감은 가중된다. 메그는

연극배우의 꿈을 완전히 포기하고 가정교사로 일을 한다. 조는 메그와 마찬가지로 가족의 생계를 걱정한다. 하지만 그녀는 메그와 달리 작가의 꿈을 포기하지 않았다. 그녀는 가끔 글을 쓰거나 마치 고모의 시중을 드는 대가로 용돈을 받아 살림에 보탠다. 막내 에이미는 화가의 꿈을 포기하지 않는다. 그녀는 유년기를 벗어나 아름다운 숙녀로 성장했고, 물질적인 가치를 중시하며 미술가로 성공하고픈 욕망을 지니고 있다. 사랑과 결혼을 혐오하는 조는 자신의 삶에 새로운 변화와 자유를 추구하기 위해 뉴욕으로 떠난다. 하지만 조는 부모님에 대한 걱정과 베스의 유언, 그리고 독일인 베어 교수 사이에 빚어진 오해 때문에 글쓰기를 중단하고 결국 귀향한다.

반면 로리는 하버드대학에 진학하여 자유롭고 개방적인 삶을 즐긴다. 그는 대학을 졸업한 뒤 잠깐 고향에 머문다. 그는 뉴욕에서 돌아온 조에게 청혼을 한다. 하지만 조는 "나는 현재 행복하고 나의 자유를 너무나 사랑하기 때문에 인간을 사랑하기 위하여 그것을 서둘러 포기할 수 없다"고 말하며 그의 청혼을 냉정하게 거절한다. 로리는 그 충격으로 유럽 여행을 떠나고, 그곳에서 마치 고모의 후원으로 유럽에서 그림 공부를 하고 있던 에이미를 우연히 만난다.

결말에서는 당시 대부분의 소설들이 그렇듯이 등장인물들 간에 빚어진 모든 갈등이 해소된다. 조에게 청혼을 거절당한 로리는 유럽에서 에이미를 만나 사랑에 빠지고 그녀에게 청혼한다. 에이미 역시 화가로서의 삶을 포기하고 로리의 청혼을 받아들인다. 로리와 에이미는 유럽에서 결혼식을 마친 뒤 고향에 돌아온다. 그런데 그들은 각자 다른 이유로 조에 대해 미안함을 갖고 있고, 그 때문에 그녀와의 만남을 걱정하고 있다. 하지만 그녀는 로리와 에이미를 반갑게 맞이한다.

조는 뉴욕에서 좋지 않게 헤어졌던 베어 교수와 고향에서 재회한다. 그녀는 베어 교수와의 오해를 풀고 청혼을 받아들인다. 그녀는 결혼 후에 아이를 낳고, 마치 고모가 물려준 플럼필드 저택에 학교를 세우고, 아이들을 가르치면서 소박하게 생활한다. 결국 에이미와 조, 그리고 조와 로리 사이에 있었던 갈등과 오해는 해결되고 모두 행복하게 살아가는 것으로 작품은 끝이 난다.

앞서 말했듯이 『작은 아씨들』은 가족 간의 따뜻한 사랑을 전경화한다. 하지만 이 작품은 따뜻한 가족애 외에도 가족의 의무와 개인의 독립, 청춘남녀의 사랑과 갈등, 이상과 현실의 갈등과 극복, 물질적 가치와 정신적 가치의 대립, 성 역할의 고정관념에 대한 비판, 전통적인 여성의 삶과 진정한 여성의 행복 등 여러 논쟁적인 주제들을 품고 있다. 그렇기 때문에 이 작품은 다양한 관점에서 여러 해석이 가능하다. 특히 작가와 화가로서의 꿈과 이상을 버리고 결혼을 선택하는 조와 에이미의 선택은 이 작품을 둘러싸고 벌어지는 가장 중요한 논쟁거리 가운데 하나다. 누군가는 그들이 결혼을 선택한 이유는 가족에 대한 봉사와 희생 때문이라고 말한다. 그 주장을 받아들인다면, 조와 에이미는 가족 때문에 예술가의 야망을 포기한 것이고, 심지어 조의 결혼은 모호한 것이 아니라 오히려 징벌에 가까우며, 배반보다는 교훈과 억압의 의도가 완성된 것이다. 조의 결혼은 작가의 결혼에 대한 부정적인 시각이 반영된 것이며, 심층부에는 작가의 전복적인 목소리가 감춰져 있다.

하지만 이와 정반대로의 목소리도 개진된다. 이는 작가 올컷이 실제로는 여성이 투표권을 통해 여성의 평등과 권리를 행사해야 한다고 목소리를 냈지만, 작품에서는 그녀 역시 여성에 대한 보수주의적인 이데올로기를 의식하며 따를 수밖에 없었다는 현실론적 입장이다. 이처럼 조와 에이미의 결혼으로 끝나는 『작은 아씨들』의 결말은 적지 않은 논쟁을 불러일으켰고 그 논쟁은 여전히 진행형이다. 거칠게 말해서 이 작품을 둘러싼 논쟁의 대부분은 결말, 즉 조와 에이미가 예술가로서의 꿈을 포기하고 결혼하는 결말을 둘러싼 논쟁이라고 해도 크게 틀리지 않다. 이 글 또한 그 논쟁의 연장선상에 있다.

2.

『작은 아씨들』은 출간 이래 소설로서 많이 읽혔을 뿐만 아니라, 흑백의 무성영화를 시작으로 현재까지 여러 차례 영화로 제작되어 왔다. 영화뿐만 아니라 TV드라마, 연극, 뮤지컬, 오페라, 만화영화 등 다양하게 변주되고 재생산되어 왔다. 그중 『작은 아씨들』을 바탕으로 한 영화들은 각 시대의 시대상과 이데올로기의 변화 흐름을 잘 보여주기 때문에 특별히 주목할 필요가 있다. 예컨대 캐서린 헵번이 조의 역할을 한 1933년의 〈작은 아씨들〉은 당시 미국 사회 변화에 따른 여성들의 삶에서 드러나는 여러 갈등 양상을 잘 표현하고 있다. 무엇보다도 사회진출과 가정의 의무 사이에서 고통을 겪는 여성의 모습도 사실적으로 극화하고 있다.

사실 1930년대 미국 사회에서는 산업의 발달로 여성들의 사회진출이 본격적으로 이루어지기 시작한다. 여성들의 직업 선택의 폭이 넓어지고, 결혼과 가사에 대한 인식의 변화로 여성의 경제적인 독립과 여성의 권리 추구의 목소리도 커진다. 반면 남성들은 여성들이 사회 진출을 하고 여성의 권리를 요구하는 것을 탐탁하게 여기지 않는다. 그보다는 전통적으로 여성에게 주어진 의무를 다하고 가정의 가치를 소중히 여기기를 바란다. 남성들은 여성의 사회 참여와 권리 요구에 대해 위기의식 또는 위화감을 느꼈는데, 그들의 그런 생각 또는 감정은 영화에도 고스란히 반영된다. 1933년의 〈작은 아씨들〉에서 각각 화가와 작가를 꿈꾸었던 에이미와 조는 예술가로서의 자신의 미래를 포기하고 결국 결혼을 선택한다. 결혼으로 끝나는 영화의 결말은 여성이 자신들의 직업과 독립을 포기하고 결혼과 가정의 유기체적 질서 안에 머물러야 한다는 시대적 바람을 반영한다고 볼 수 있다. 그렇다고 하더라도 최소한 1933년의 〈작은 아씨들〉은 여성에게도 경제적 독립과 사회 참여의 욕구가 있다는 점을 예증한다.

반면 1949년의 〈작은 아씨들〉은 1933년의 〈작은 아씨들〉과 비교했을 때 여성의 경제적 독립과 사회 참여 욕구보다도 남녀 간의 사랑에 초점을 맞추고 있다. 즉 영화는 여성의 성장소설 또는 올컷의 여성주의에 대한 관심을 상당 부분 걸어 내고, 제2차 세계대전 이후 강화된 미국 사회의 여성에 대한 보수적인 시각을 더욱 반영하고 강조한다. 조는 급한 성격에 여성스럽지 못한 행동으로 주위 사람들로부터 늘 조롱과 놀림을 받는다. 반면 엘리자베스 테일러가 분한 에이미는 아름다운 여성의 이미지를 잘 구현하고 있고 동화 속의 공주로 상징화된다. 에이미는 남성적인 조와 달리 빅토리아 시대의 '가정의 천사' 이미지를 체화한 완벽하고 아름다운 여성상으로 제시된다. 아마도 감독은 조의 적극적이고 진취적인 모습보다는 에이미의 여성스러움이 더 훌륭한 가치라고 역설하는 것처럼 보인다. 그런 관점에서 보았을 때 에이미가 숙모의 도움으로 유럽을 여행하고 로리와 결혼하는 것은 상냥하고 순종적인 전통적인 여성상을 구축한 것에 대한 '보상받은 미덕'이라 할 수 있다.

『작은 아씨들』에서 조는 베어 교수, 그리고 문학 클럽에서 만난 사람들과 문학뿐만 아니라 여러 사회 문제에 대해 진지하게 토론한다. 특히 그녀는 여성의 사회 참여라는 주제에 대해서는 열띤 논쟁을 벌인다. 조는 토론과 논쟁을 통해 정신적으로 성장한다. 하지만 1949년의 〈작은 아씨들〉에서는 이런 중요한 장면들이 생략되거나 가볍게 처리된다. 앞서 말했듯이 감독은 한 개인의 주체성이나 작가로서의 성공보다는 베어 교수와의 사랑에 더 초점을 맞추고 있다. 따라서 주체적인 한 인간으로서 여성의 경제적 독립과 여성의 사회 참여의 욕구라는 측면에서 보았을 때 1949년의 〈작은 아씨들〉은 원작 소설 『작은 아씨들』과 1933년의 〈작은 아씨들〉보다 퇴행했다고 볼 여지도 있다.[1]

3.

질리언 암스트롱이 연출하고 로빈 스위코드가 각본을 쓴 1994년의 〈작은 아씨들〉은 원작 소설의 주제를 보다 선명하게 구현하고 여성의 심리를 더 세밀하게 표현하고 있다. 1949년의 〈작은 아씨들〉과 비교해 보면 1994년의 〈작은 아씨들〉의 영화의 무게 중심은 원작 소설과 1933년의 〈작은 아씨들〉에서 그랬듯이 에이미가 아니라 조이다. 위노나 라이더가 분한 1994년의 조는 준 앨리슨이 분한 1949년의 조보다 더 귀엽고 활달하고 적극적이다. 사실 『작은 아씨들』의 영화 각색에서는 조와 에이미의 관계 설정과 각 인물들의 성격화가 중심적인 축을 형성한다.

1994년의 〈작은 아씨들〉에서 조와 에이미의 성격화는 감독의 여성주의에 대한 태도의 차이와 변화를 잘 예거한다. 1933년과 1949년의 〈작은 아씨들〉에서 나타난 여성주의에 대한 보수주의적인 관점의 강조가 사라지고, 대신 완전히 여성주의에 대한 긍

---

1) 1933년과 1949년의 영화 〈작은 아씨들〉에 대한 설명은 민경택, 「영화를 통해서 소설 『작은 아씨들』의 주제 엿보기」, 한국근대영미소설학회 편, 『영화로 읽은 영미소설 1』, 신아사, 2010, 197~225쪽을 참고했음.

정적인 시각으로 바뀜으로써 조와 에이미의 성격화에도 변화가 일어난다. 특히 조와 에이미를 각각 남성적인 인물과 여성적인 인물로 성격화하는 이분법적 태도는 벗어난다. 그보다는 자신들의 미래와 로리를 두고 벌이는 갈등에 초점이 맞추어진다. 그뿐만 아니라 여성의 목소리를 적극적으로 개진하는, 소위 여성주의 운동을 긍정적인 시각으로 바라보고 있다. 예컨대 조와 마미는 적극적인 여권운동을 지지하는 인물로 성격화된다. 그들은 인권 문제를 전경화하고 남녀평등까지 주장하기에 이른다. 즉 1994년의 〈작은 아씨들〉은 원작 소설에서 나타난 인물들의 애매모호한 성격화나 이데올로기 사이의 갈등이나 긴장감이 사라지고 여성주의가 그 자리를 채운다.

여성주의에 대한 긍정적인 태도는 원작에서는 잘 드러나지 않던 여성의 목소리를 적극적으로 부각하는 부분에서 잘 드러난다. 원작에서는 네 자매가 '마음속의 적'을 용감히 물리치고 올바르게 성장하기를 바라는 아버지의 바람은 편지로 자세히 표출된다. 그리고 그들은 아버지의 편지에 크게 감응한다. 하지만 1994년의 〈작은 아씨들〉에서는 아버지가 딸들에게 보낸 편지의 중요성이 많이 축소되고 편지에 대한 반응 또한 원작과 크게 다르다. 1949년의 〈작은 아씨들〉에서 딸들은 아버지의 편지를 읽고 우울해하는 반면, 1994년의 〈작은 아씨들〉에서는 막내 베스가 즐겁게 아버지의 편지를 읽고 아버지의 무사 귀환을 바라는 것으로 처리된다. 즉 원작의 이 장면에서 아버지는 등장하지 않더라도 단지 편지를 통해서도 그가 여전히 가족의 중심이라는 점을 은 연중에 드러낸다. 하지만 1994년의 〈작은 아씨들〉에서 아버지가 그들에게 보낸 편지는 안부를 전하는 소도구일 따름이다. 따라서 네 자매는 아버지의 편지에 적극적으로 감응하기보다는 마미를 중심으로 가족애를 더욱 단단히 형성한다.

다시 말하지만 원작 소설과 1994년의 〈작은 아씨들〉의 가장 큰 차이점은 인물의 성격화에 있다. 조는 물론 마미와 에이미, 그리고 마치 씨까지도 변화된 성격을 보여준다. 원작에서 에이미는 남성적인 조와는 대조되는 여성스러움과 여성적인 애교 등 순종적인 태도로 보상을 받는 전통적인 여성상을 구현한다. 그렇기 때문에 그녀는 화가로서의 재능과 성공에 대한 열망이 있었음에도 불구하고 결혼과 행복을 위해 자신의 꿈을 기꺼이 포기한다. 그러나 영화에서 에이미는 예술가의 꿈을 절대 포기하지 않는다. 원래부터 그녀는 질투심이 강하고 성공에 대한 열망이 크다. 그녀는 마치 고모의 도움으로 유럽으로 건너가서 미술 공부를 계속하고 숙녀로 성장한다. 그리고 마침내 로리의 마음을 사로잡아 그와 결혼한다. 그녀는 결혼을 대가로 자신의 꿈을 포기한 게 아니라 결혼이라는 현실적 목표를 위해 화가라는 이상적 꿈을 일정 기간 유예한 것이다.

1994년의 〈작은 아씨들〉에서 마미는 원작의 마미와 결정적으로 다른 모습을 보여준다. 원작 소설에서 마미는 남편과의 추억과 그늘에서 벗어나지 못한다. 딸들을 양육하는 과정에서도 그녀는 남편의 지침을 전달하는 메신저에 불과할 따름이다. 그녀는 항상 아이들의 모범이며 표상이고 성장 모델로서 전통적인 여인의 순종적인 가치를 중시하고 아이들에게 보수적인 사상을 주입한다. 하지만 영화에서 마미는 다른 사람들의 충고와 지원에 의존하지 않는 확실한 여성주의자로서, 남편이 없는 동안에도 딸들을 보살피고 가정을 잘 이끌어가는 주체적인 여성상을 보여준다. 그녀는 성홍열에 걸린 베스를 정성껏 간호하고, 에이미가 학교에서 부당하게 체벌을 당하자 분개하며 학교를 당장 그만두게 하고 집에서 베스처럼 공부시킨다.

네 자매 중 중심인물인 조는 '작가로서의 성공'이라는 이상과 '생계를 책임지는 가장'이라는 현실 사이에서 갈등한다. 그녀는 여성 차별적이고 억압적인 사회에 대해 불만을 느끼고 있다. 특히 그녀는 여성스럽지 못한 거친 행동 때문에 항상 오해를 받는다. 온순하고 참을성 있는 태도를 기르도록 충고를 받지만 쉽게 고치지 못한다. 엄밀히 말하면 그 태도를 체화하지 못한다. 그녀의 성급하고 과감한 성격은 부상당한 아버지를 간호하러 가야 할 어머니의 기차삯을 마련하기 위해 자신의 긴 머리를 자르는 장면에서 잘 나타난다. 그녀가 머리를 자른 것은 한편으로는 돈을 마련하기 위해서라는 현실적인 이유에서 비롯된 것이지만, 다른 한편으로는 여성의 머리를 소중하게 간직하던 당시의 사회 관습을 거스르는 그녀의 성격에서 비롯된 것이라고 볼 수도 있다.

원작 소설에서 조는 작가라는 자신의 꿈을 포기하고 결혼을 선택해 평범한 생활을 하기 때문에 결국 보수적인 가부장제 이데올로기를 거스르지 못하고 순응하는 것처럼 보일 수 있다. 하지만 영화에서 그녀는 영화 속 화자의 역할을 수행하고 글쓰기를 끝까지 포기하지 않는다. 그녀가 로리의 청혼을 거절한 이유도 원작과 영화는 조금 차이가 난다. 원작에서 그녀는 자신은 남편에게 헌신적으로 이기심 없는 사랑을 바칠 여성적인 성격이 아니기 때문에 결혼하면 서로 불행해질 것이라며 그의 청혼을 거절한다. 영화에서도 그녀는 서로 화를 못 참고 고집이 세기 때문에 항상 다투게 될 것이라고 말하며 그의 청혼을 거절한다. 하지만 그녀가 로리의 청혼을 거절한 보다 근본적인 이유는 평소에 결혼하지 않겠다던 공언과 글을 써서 먹고살겠다는 다짐 때문이다.

　원작 소설에서 조는 로리의 청혼을 거절하고 작가로서의 성공이라는 꿈을 이루기 위해 뉴욕으로 향하지만 고향에 대한 향수와 뉴욕의 삶에 대한 실망으로 귀향한다. 그녀의 귀향은 자유와 해방으로부터 구속과 억압으로의 회귀 또는 보수주의적인 사회 이데올로기의 수용 또는 굴복으로 해석될 수도 있다. 하지만 1994년의 〈작은 아씨들〉에서 조는 독립심이 강하고 글쓰기를 통해 경제적 자유의 획득과 참정권을 통한 여성의 사회 참여와 남녀평등을 주장하는 사회개혁자에 가깝기 때문에 그녀의 선택을 단순히 보수주의적인 사회 이데올로기의 수용 또는 굴복이 아니라 자유의지에 따른 그녀의 적극적인 선택이다.

　자유의지의 관점에서 보았을 때 조와 베어 교수의 관계 또한 다르게 설정된다. 원작 소설은 조가 베어 교수와 결혼해서 아이를 낳는 것으로 끝이 난다. 즉 그녀는 그토록 꿈꾸던 작가를 포기하고 동생 베스의 유언대로 귀향해 부모님과 함께 살아간다. 그리고 그녀는 뉴욕에서 만난 베어 교수와 결혼해 아이를 낳고, 마치 고모가 물려준 플럼필드에서 작은 학교를 설립하고 아이들을 가르치며 평범하고 소박하게 살아간다. 하지만 영화는 베어 교수가 조의 인쇄된 '작은 아씨들'이라는 제목의 원고를 직접 가져오고, 비 오는 우산 속에서 둘이 포옹하고 키스를 하는 장면으로 끝난다.

영화 속에서 두 사람은 서로 대등한 관계에 놓여 있다. 때로는 조가 주도권을 갖기도 한다. 그가 조에게 돈을 벌기 위한 감상적인 글쓰기 대신 진실한 이야기를 쓰라고 충고하자 자리를 박차고 일어선다. 하지만 그녀는 베어 교수를 통해 글쓰기의 본질을 깨닫고, 그의 조언 덕분에 작가로서 인정받는다. 앞에서 말했듯이 베어 교수는 뉴욕의 남성 중심적인 사교계에서 조가 자신의 의견을 적극적으로 개진할 수 있도록 도움을 준다. 그녀는 플럼필드에 세워질 학교의 성공을 위해 서부 대학으로 떠나려 하는 그를 만류한다. 요컨대 조의 자유의지의 관점에서 본다면 조와 베어 교수의 관계는 단순히 사랑하는 남녀보다는 이상적인 공동체 또는 사회 건설을 꿈꾸는 동지에 가까워 보인다.

올컷의 『작은 아씨들』은 주제 면에서 따뜻한 가족애를 역설하는 '도덕 소설' 또는 자유분방하고 활달한 말괄량이 조가 어엿한 숙녀로 성장해서 마침내 결혼에 이르는 '성장소설'로 읽힐 수 있다. 하지만 내용 면에서 이 작품은 복잡한 서사구조와 함축적인 의미를 담고 있기 때문에 다양한 해석이 가능하다. 즉 표층적으로는 보수주의적인 이데올로기를 구현하는 것처럼 보이지만 심층적으로는 전복적이고 해체적인 이데올로기를 감추고 있다. 한 마디로 말해 1994년의 영화 〈작은 아씨들〉은 『작은 아씨들』의 서사의 전복과 해체의 출발이라고 말할 수 있다.

4.

2019년의 〈작은 아씨들〉은 1994년의 〈작은 아씨들〉 보다 더욱 전복적이고 해체적이다. 2019년의 〈작은 아씨들〉은 이전의 〈작은 아씨들〉과 여러 면에서 차이를 보인다. 일단 이전의 영화들은 대체로 시간적 순서를 따랐다. 하지만 2019년의 〈작은 아씨들〉은 현재와 과거를 자유롭게 이동한다. 과거와 현재의 시간적 교차가 일관적이지 않을 뿐만 아니라 때때로 자연스럽지 않다. 그렇기 때문에 혹자는 분명치 않은 시간의 교차가 영화의 몰입을 방해한다고 지적했다. 배우의 캐스팅에도 약간의 비판이 있었다. 영화의 자막에 따르면 영화 속 현재는 과거에서 7년이 지난 후다. 하지만 영화 속 배경이나 등장인물의 외양 변화는 거의 없다. 참고로 1994년의 〈작은 아씨들〉에서 두 명의 배우가 에이미를 연기한다. 즉 어릴 때의 에이미는 커스틴 던스트가, 성인의 에이미는 사만다 마티스가 연기를 하기 때문에 관객들은 배우의 변화를 통해 시간적인 흐름을 알 수 있다. 하지만 2019년의 〈작은 아씨들〉에서는 플로렌스 퓨가 어린 시절과 성인을 모두 연기하기 때문에 배우를 통해 시간적인 흐름을 알 수 없다. 사실 어린 시절의 에이미가 자연스럽지 않다는 지적이 많았다.

2019년의 〈작은 아씨들〉은 내용 면에서도 이전의 영화들과는 다르다. 영화는 가족 간의 따뜻한 사랑보다는 조와 에이미의 긴장과 갈등에 초점을 맞추고 있다. 조금 더 단정적으로 말하면 그레타 거윅 감독은 조와 에이미의 긴장과 갈등을 영화 전면에 내세운다. 영화는 작가로서의 조와 화가로서의 에이미를 보여주는 것으로 시작한다. 조는 한편으로는 작가로서 성공하기 위해 열심히 글을 쓰고 있고 다른 한편으로는 생계를 위해 가정교사 일을 하고 있다. 반면 에이미는 화가로 성공하기 위해 미술 공부에 전념하는 동시에 결혼을 통해 자신의 사회적 신분 상승을 욕망한다.

조와 에이미보다 영화적 비중은 조금 약하지만 감독은 메그와 베스의 모습도 잠깐 보여준다. 로리의 가정교사 존과 결혼한 메그는 배우의 꿈을 포기하고 가족을 위해 헌신한다. 그녀에게 최우선 순위는 자신의 꿈이 아닌 남편과 아이들이다. 베스는 건강이 좋지 않아 집에 머문다. 감독은 영화 초반 결혼을 포기하고 자신의 꿈을 이루기 위해 분투하는 조, 자신의 꿈도 이루고 결혼을 통해 사회적 신분도 상승하려는 에이미, 자신의 꿈을 포기하고 가족에게 모든 것을 헌신하는 메그, 꿈과 결혼 모두를 포기하고 집안에 갇혀 있는 베스를 통해 이 영화가 단순히 가족애를 그리지 않을 것이라는 점을 분명히 한다.

조는 베스가 위독하다는 전보를 받고 집으로 향한다. 기차 안에서 그녀는 지난날을 회상한다. 그녀의 회상 속에서 언니 메그는 사교계에 데뷔하고, 자신은 글을 쓰고, 베스는 학교가 아니라 마미로부터 집에서 교육을 받고, 막내 에이미는 학교에 다닌다. 어느 날 에이미가 학교에서 장난을 치다가 선생님으로부터 체벌을 당하자 마미는 분개하며 에이미에게 학교를 당장 그만두라고 말한다. 2019년의 마미는 1994년의 마미보다 훨씬 더 자기주장이 강하고 단호하다. 하지만 그녀는 자기 절제를 통해 분노를 다스리고 상대방에게 상처를 주지도 않는다. 사교계에 데뷔하는 메그를 존이 걱정하자 그에게 "여자들도 세상에 나가 스스로 결정할 수 있어야죠"라고 말한다. 즉 그녀는 불의에는 마땅히 저항하지만 기존의 사회 질서를 거부하지 않는다. 반면 마치 고모는 전통적이고 보수적인 가치를 옹호하는 인물로서 네 자매에게 "여자는 결혼을 잘해야 한다"고 항상 역설한다.

거듭 말하지만 2019년의 〈작은 아씨들〉에서 조와 에이미는 갈등하고 경쟁한다. 엄밀히 말하면 에이미가 조에게 시종일관 경쟁의식을 느낀다. 마치 고모를 따라 유럽에 간 에이미는 뉴욕에서 작가로 성공한 조에 견주어 자신을 "실패작"이라고 여기고 로리에게 예술을 포기하겠다고 선언한다. 그녀는 "다른 재능을 갈고닦아 사교계의 다른 장식품"이 되겠다고 다짐한다. "사랑하는 사람은 내가 선택하는 거지. 그리고 여자는 돈 벌 방법이 없어. 부자와 결혼하는 수밖에 없어"라는 그녀의 말에서 알 수 있듯이 그녀의 생각에 결혼은 단지 '경제적인 거래'일 뿐이다. 그녀는 로리의 청혼을 받을 때도 "평생 조 다음으로 밀려 살아왔어"라고 말하며 그의 진심을 있는 그대로 받아들이지 못한다.

하지만 조와 에이미가 모든 면에서 갈등하거나 대립하지는 않는다. 오히려 그들은 성격적으로 서로 닮아 있다. 그들은 좋게 말하면 현실적이고 나쁘게 말하면 자기중심적이다. 마미가 남편의 병간호를 위해 워싱턴을 떠나면서 아이들에게 험멜 가족을 잘 돌보라고 부탁하는 장면에서 그들의 비슷한 성격은 잘 드러난다. 조와 에이미는 그들을 돌보는 데 별다른 관심이 없고 오직 베스만이 적극적으로 그들을 돌본다. 결국 베스는 험멜 가족을 돌보다가 성홍열에 걸리고 만다. 성홍열의 감염을 피하고자 에이미는 마치 고모 집으로 가고, 그녀의 눈에 들어 나중에 유럽에 함께 가게 된다. 사실 조 역시 마치 고모와 함께 유럽에 가기를 원했다. 그런데 마치 고모는 자기주장이 강한 조보다는 겉으로 보았을 때 더 고분고분하고 순종적인 에이미를 자신의 '말동무'로 선택한다.

마치 고모는 에이미에게 '젊은 숙녀'가 되면 반지를 주겠다고 약속한다. 더 나아가 가족을 잘 부양하기 위해서는 결혼을 잘해야 한다고 충고한다. 결혼에 대한 조와 에이미의 태도는 사뭇 다르다. 메그와 존의 결혼식 날 조는 메그에게 도망치자고 제안한다. 조는 기본적으로 '자유'를 갈망하며 결혼에 대해 부정적이다. 하지만 메그는 가족을 소중하게 여기기 때문에 조의 제안을 받아들이지 않는다. 반면 에이미는 결혼을 신분 상승의 계단으로 여기기 때문에 로리의 청혼을 받아들였다고 볼 수 있다. 조는 안정보다는 자유를 먼저 생각하기 때문에 그의 청혼을 거절했다.

베스의 죽음은 조에게 적지 않은 변화를 가져왔다. 일단 그녀는 더 이상 글을 쓰지 않겠다고 선언한다. 그리고 그녀는 만일 로리가 다시 청혼한다면 그 청혼을 받아들일 수 있다고 마미에게 말한다. 실제로 그녀는 로리에게 편지를 써서 그의 집 우체통에 넣는다. 그녀는 마미에게 "사랑을 하는 것보다 사랑을 받는 게 더 중요하다"고 말하는데, 이는 사랑과 결혼에 대한 그녀의 변화된 태도를 잘 보여준다. 그럼에도 불구하고 조는 "여자는 감정뿐만 아니라 생각과 영혼이 있고 외모만이 아니라 야심과 재능이 있다"는 자기 생각을 여전히 굽히지 않는다.

조는 베어 교수와의 결혼 뒤 뜻하지 않게 마치 고모의 플럼필드 저택을 물려받는다. 그녀는 처음에는 저택을 팔 생각도 했지만 생각을 바꾸어 남자아이와 여자아이가 함께 공부하는 '남녀공학' 학교로 바꾸기로 한다. 그리고 포기했던 글쓰기도 다시 시작한다. 조는 글쓰기를 두고 에이미와 가볍게 대화를 나눈다. 조는 자신이 글쓰기를 "가족이 티격태격하고 웃는 이야기"로 규정하면서 자신의 글에 회의적이다. 하지만 에이미는 "그런 글을 안 쓰니까 중요하게 생각하지 않지"라고 응대한다. 조와 에이미의 이 대화는 표면상 플럼필드 저택 정원을 산책하며 나누는 일상적이고 가벼운 대화이지만, 실제로는 글쓰기, 더 나아가 예술에 대한 대화다. 감독은 이 장면을 통해 글은 의미를 담는 게 아니라 계속 쓰는 게 중요하다는 사실을 역설한다. 영화의 이야기 전개상 조가 에이미의 이 말을 듣고 작품을 쓴 것은 아니지만, 에이미의 이 말은 조가 작가로서 자신의 정체성을 규정하는 중요한 계기로 작동한다.

2019년의 〈작은 아씨들〉이 이전의 〈작은 아씨들〉, 그리고 원작 소설 『작은 아씨들』과 가장 크게 다른 점은 아마도 결말 부분일 것이다. 이전의 영화나 원작 소설에서 결말은 약간은 차이가 있지만 대체로 조와 에이미의 화해와 조와 베어 교수의 사랑과 결혼이다. 여기까지는 2019년의 〈작은 아씨들〉도 크게 다르지 않다. 조는 서부로 떠나려는 베어 교수를 만나 그의 사랑을 확인하고 그에게 떠나지 말라고 간청한다. 베어 교수도 그녀의 청을 받아들인다. 하지만 영화는 여기가 끝이 아니다. 조와 출판업자는 조의 『작은 아씨들』의 결말과 출판 계약 조건에 대해 협의한다. 출판업자는 결혼으로 끝나지 않는 작품의 결말에 대해 불만을 제기한다. 그는 "제대로 된 결말은 팔리는 결말"이기에 "여성은 결혼해야 한다"고 주장한다. 조는 마지못해 그의 주장을 받아들인다. 하지만 그녀는 "결혼은 소설에서조차 경제적인 거래네요"라는 뒷말을 붙인다.

  이 결정을 출판업자는 '로맨스'라고 부르고 조는 '돈벌이'라고 부른다. 그는 조에게 선인세 500달러를 대가로 판권을 넘기라고 주장한다. 하지만 조는 판권에 대해서는 확고하다. 처음에 그녀는 선인세를 요구한다. 선인세와 판권 중 하나를 선택해야 하는 상황에 놓이자 그녀는 과감히 선인세를 포기한다. 대신 판권과 판매에 따른 인세를 당당히 요구한다. 인세 협상 과정에서는 그녀가 주도권을 쥐고 있다. 그녀는 처음에는 10%를 요구하다가 결국 6.6%를 받아들인다. 당시 여성 작가들이 자신의 이름으로 작품을 출판하지 못하는 상황에 비추어보면 판권을 요구하고 인세의 협의를 요구하는 그녀의 모습은 대단히 파격적이다. 어쩌면 불가능하고 비현실적인 일로 비추어질지도 모른다. 하지만 대부분의 상식은 처음에는 불가능하고 비현실적인 것으로 여겨졌던 것들이다.

결론적으로 말해 2019년의 영화 〈작은 아씨들〉은 원작 소설 『작은 아씨들』과 이전의 〈작은 아씨들〉과 비교해 보면 여러 차이점을 보인다. 먼저 영화의 방점을 '따뜻한 가족애'나 남녀 간의 사랑보다도 조와 에이미의 갈등과 긴장 관계에 두고 있다. 갈등과 긴장의 근원을 로리를 두고 벌어지는 사랑과 결혼보다도 예술가로서의 성공에 대한 야심에서 찾고 있다. 두 사람의 화해도 로리를 두고 벌어진 오해가 해소되는 과정보다는 글쓰기에 대한 대화를 통해서 이루어진다. 2019년의 〈작은 아씨들〉의 가장 큰 특별함은 출판 계약 장면에서 비롯된다. 원작 소설이나 이전의 영화들에서는 전혀 볼 수 없었던 이 장면은 영화의 전체 서사의 흐름을 깬다는 지적도 있다. 하지만 반대로 생각해 보면 이 장면 덕분에 더욱 전복적이고 해체적이다.

2019년의 〈작은 아씨들〉의 서사의 전복과 해체는 완벽하지도 않고 완결되지도 않았다. 앞에서 말했듯이 1994년의 〈작은 아씨들〉이 전복과 해체의 시작이었다면, 2019년의 〈작은 아씨들〉은 거기에서 한 걸음 내디뎠을 뿐이다. 따라서 아직 갈 길이 멀다. 심지어 어디로 향하는지조차 알 수도 없다. 바로 그것 때문에 〈작은 아씨들〉의 또 다른 전복과 해체의 서사가 기다려지는지도 모른다.

역사적 상상의 공간으로서 한국영화

#1. 미래의 과거화: 〈2009 로스트 메모리즈〉

우리는 살아가면서 앞으로 다가올 미래의 일에 대해서 예상하고 기대하기도 하지만 지나간 과거의 일들에 대해서 반성하고 또 후회한다. 어떤 일이 잘못되었을 때 우리는 '그때 왜 그랬을까'라고 후회한다. 후회를 넘어서 '앞으로 무엇을 해야겠다 혹은 무엇을 하지 말아야겠다'고 결심하고 다짐한다. 하지만 다른 한편으로는 '만일 ~을 했더라면', '만일 ~이었다면'이라고 과거를 '가정'하기도 한다. 그런데 과거의 가정은 단순히 반성이나 후회에 머물지 않고 결심과 다짐으로 이어진다.

개인만 그런 게 아니라 국가도 마찬가지다. 교과서적으로 말해 우리가 역사를 쓰고 배우는 이유는 똑같은 실수를 되풀이하지 않기 위해서다. 그래서 때로는 역사를 가정한다. '역사적 가정은 대체로 좋지 않았던 일이 발생하지 않았더라면 현재의 결과가 더 좋지 않았을까'라는 전제에서 출발한다. 예컨대 '만일 6.25전쟁이 벌어지지 않았다면 현재 한반도는 어떻게 되었을까?', '한일합방이 이루어지지 않았다면 어떻게 되었을까?'라는 역사적 가정을 한다. 그렇다면 이와 정반대로 '역사적으로 좋은 일이 일어나지 않았더라면 어떻게 되었을까'라는 역사적 가정도 가능하다. 즉 '일본이 제2차 세계대전에서 패망하지 않았다면 어떻게 되었을까? 일본이 제2차 세계대전의 추축국이 아니라 연합군의 일원이었다면 어떻게 되었을까?'라는 역사적 가정 말이다. 이런 역사적 가정의 역사를 학계에서는 '대체 역사'라고 부른다고 한다.

대체 역사는 기존 역사소설처럼 역사적 사실의 재구성과 재해석에 초점을 맞추지 않고 역사적 사실 자체를 재구성한다. 물론 상상력에 의한 역사적 사실의 창조 이면에서 기존 역사에 대한 재해석과 강한 비판 정신이 작용하는 것은 변함이 없다. 그러나 역사는 이미 정해진 과거가 아니며, 고쳐 쓰인다고 했을 때에 작가가 주장하는 바는 다음과 같다. 역사가 기술자의 시각, 후세의 사관에 의해 쓰인다는 의미에서만이 아니라 과거 자체가 불확정적인 것이어서 특별한 계기에 의해 우리가 알고 있는 역사적 사실이 바뀌어 새로운 세계가 열린다.

일찍이 소설가 복거일은 소설 『비명을 찾아서』(1987)를 통해 한국문학에서 대체 역사의 가능성을 보여주었다. 이 소설은 일본제국 추밀원 의장이었던 이또우 히로부미가 1909년(메이지 42년) 10월 26일 하얼빈(하입빈)에서 있었던 안중근의 저격에서 암살당하지 않고 단지 부상만을 입었다는 역사적 가정으로부터 출발한다. 온건파의 거두였던 이또우는 실제 역사와 다르게 1925년까지 살면서 일본의 대외 정책은 실제 역사보다 온건하게 변한다. 일본은 1940년대 초반에는 미국으로부터 만주국 문제에 대한 양해를 얻는 데 성공하여 동북아시아에서 지도적 위치를 구축하였고, 제2차 세계대전에서는 미국과 영국에 우호적인 중립 노선을 지켜 큰 번영을 누린다. 참고로 소설에서는 제2차 세계대전 때 미국이 원자폭탄을 일본이 아닌 나치 독일의 브레멘과 드레스덴에 투하하는 것으로 설정된다.

『비명을 찾아서』의 시공간적 배경은 1987년, 즉 쇼우와 62년의 경성이다. 주인공 기노시다 히데요는 노구치 그룹 산하 한도우 경금속 주식회사의 과장이다. 그는 무명이기는 하지만 시집도 낸 적이 있는 시인이다. 하지만 그는 부장 승진에서 내지인에게 밀리자 내지인에 대한 조선인의 차별을 부당하게 여기게 된다. 안중근의 이또우 히로부미 암살과 그로 인한 일본이 제2차 세계대전에서 패배한 대체 역사 소설『도오꼬우, 쇼와 61년의 겨울』을 읽으며 일본에 대해 반감을 갖게 되고, 더 나아가 금서로 지정된『독사수필』을 읽으면서는 일본의 공식 역사, 특히 조선에 독자적인 정부가 존재하지 않았다는 사실에 의구심을 품게 된다.

기노시다는 세이슈우(청주)의 큰아버지 댁을 방문해 우연히 죽산 박씨 족보를 보게 된다. 그는 큰아버지로부터 조선과 일본의 역사에 대해 듣는다. 그는 조선인은 스사노 노미코도의 자손이며 수천 년 전 일본의 징꼬우 황후가 조선을 정복했다는 공식 역사가 거짓이라는 사실을 알게 된다. 돌아오는 길에 고서점에서『조선 고시가선』을 구입하고, 그 책에 실린 사이치엔(최치원)과 조우지조우(정지상)의 시들을 읽고 조선의 언어와 역사에 대해 관심을 갖고 더 알아보기로 결심한다.

　모토야마(원산)에 살던 장모가 사망하여 장례를 치르기 위해 안뼁(안변)의 샤쿠오우지를 찾은 기노시다는 절의 주지 소공 스님을 만난다. 조선어를 아직까지도 기억하고 있던 소공 스님은 그에게 한용운의 시「님의 침묵」을 조선어로 들려준다. 소공 스님은 얼마 지나지 않아 열반하지만 기노시다는 조선인으로서의 자아 정체성을 확실하게 깨닫고, 한용운의 의발을 언젠가 다른 누군가에게 전해야 한다는 사명감까지 갖게 된다.

　회사에서 내지로 출장을 가게 된 기노시다는 교토제국대학 도서관에서 삼국유사와 삼국사기 같은 조선의 옛 역사책들을 복사해서 조선으로 들어오다가 일본에서 일어난 정변 이후 강화된 공항 보안검색에서 체포된다. 그는 고문과 심문을 번갈아 받다가 '전선사상보국연맹'의 하쿠야마 선생에게 교육을 받고 연맹에 참가하는 것으로 옥살이를 대신한다. 참고로 하쿠야마 선생은 한때 조선의 독립을 꿈꾸었지만 현실에 절망하고 조선과 일본의 완전한 동화만이 살 길이라고 변절한 인물이다. 기노시다는 그로부터 변절한 가야마 미쯔로우 선생의 이야기를 듣고 정신적으로 혼란을 느낀다. 간신히 석방된 그는 조선 독립의 필연적 이유를 깨닫게 된다. 그리고 언젠가 올 독립을 위해 다음 사람이 올 때까지 기다리겠다고 결심한다.

기노시다는 아내 세쯔꼬가 자신의 석방을 위해 아오끼 소좌에게 몸을 허락한 것을 알게 된다. 그는 아내의 생일에 마지못해 아오끼를 초대한다. 그가 술에 취해 자신의 중학생 딸인 게이꼬를 성추행하자 낚싯줄로 교살한다. 결국 기노시다는 집을 나와 명맥만 유지하고 있는 상해의 대한민국 임시정부를 찾아 떠난다. 그러면서도 그는 "길이 보이는 한, 나는 비참한 도망자가 아니다. 난 망명객이다. 내가 나일 수 있는 땅을 찾아가는 망명객이다"라고 되뇐다. 그는 가슴에 고인 슬픔을 깊은 곳으로 밀어넣었고, 배낭을 추스르고서 먼 대륙으로 가는 첫걸음을 떼어 놓았다.[1]

이시명 감독의 영화 〈2009 로스트 메모리즈〉(2002)는 대체 역사라는 큰 틀에서 보면 복거일의 소설에 바탕을 두고 있지만, 전체적인 서사에 있어서는 조금 차이가 있다. 소설의 경우 기노시다가 역사적 자아를 찾아가는 지적 모험 자체가 서사의 중심에 놓인다면, 영화는 뒤틀려진 역사를 되돌려 놓으려는 사카모토의 영웅적 투쟁에 초점이 맞춰진다. 바로 그 때문에 이 영화는 영화 외적으로 조금 시끄러웠다. 즉 영화가 소설에 전적으로 '기반을 두고 있는지' 아니면 단지 '영향을 받은 것인지'의 문제는

---

[1] 소설 『비명을 찾아서』(문학과지성사, 1987)의 인명과 지명은 현재 국립국어원 외래어 표기법을 따르지 않고 원문 표기를 그대로 따른다.

논쟁을 넘어 이례적으로 재판까지 갔다.

영화의 감독은 자막과 시나리오를 통해 영화의 '원안'이 복거일의 소설임을 분명히 밝혔다고 주장했고, 복거일은 제작자와 문서상 계약을 한 적도 시나리오를 받아본 적도 없다고 주장하며 소송을 제기했다. 정확한 사정은 모르지만 법원은 원안의 아이디어를 빌려온 것만으로는 저작권을 법적으로 인정받을 수 없다고 판단한 것 같다. 즉 '바탕이 되는 안'으로서의 '원안'의 의미를 '번역, 개작, 각색 등을 하기 전의 본디 작품'이라는 뜻의 '원작'과는 별개의 의미로 해석한 것이다.

영화의 줄거리는 이렇다. 때는 2009년이다. 동아시아 일대는 '일본제국'이라는 이름으로 대동아 공영권으로 재통합된 지 이미 100년의 시간이 흘렀다. 표면적으로 조선의 흔적은 그 어디에서도 찾을 수 없다. 그럼에도 불구하고 정체를 알 수 없는 반정부 레지스탕스 단체인 후레이센진은 이노우에 재단과 지속적으로 투쟁을 벌이고 있다. 후레이센진은 정계의 거물급 인사 이노우에가 주최하는 유물 전시장에 침투해 파티장을 순식간에 아수라장으로 만든다. 이 테러를 진압하기 위해 JBI(Japan Bureau of Investigation, 일본 조사국)의 특수 수사 요원인 사카모토 마사유키(장동건)와 그와 절친한 사이고 쇼지로(나카무라 토오루)가 투입된다. 테러는 발생 10분 만에 완전히 진압된다. 하지만 사카모토는 후레이센진의 테러의 목적과 방식에 의문을 품는다. 왜냐하면 그들이 습격한 행사는 순전히 비정치적 전시 행사였고 테러로 인해 단 한 명의 희생자도 없었기 때문이다. 특히 조직의 리더가 사살되기 전에 남긴 말은 그의 가슴에 파문을 일으킨다.

사카모토는 테러 사건의 면밀한 재조사를 주장하지만 JBI 수뇌부는 오히려 이 사건을 축소 은폐시키려 한다. 결국 그는 독단적으로 수사를 감행하고, 수사를 통해 후레이센진이 이노우에 재단과 관련된 테러를 지속적으로 벌여왔다는 사실을 알게 된다. 그 배후에 이노우에가 있다는 사실 또한 알게 된다. 사카모토는 이 사실을 JBI 수뇌부에 보고하지만 수뇌부는 그의 주장을 묵살하고 오히려 그에게 정직 처분을 내린다. 친구인 사이고마저 그에게 수사를 중단하라고 강권한다.

사카모토는 혼자서 후레이센진 조직을 파헤쳐나가다가 동료 경찰 살해라는 누명을 쓴 채 JBI에 의해 체포된다. 그는 사이고의 도움으로 가까스로 탈출하지만 심각한 상처를 입는다. 게다가 유일한 친구인 사이고는 다시 만날 땐 총구를 겨눌 수밖에 없을 거라는 이상한 말을 남긴다. 그는 상처를 입고 거리를 헤매다가 자신도 모르는 사이 후레이센진의 아지트까지 흘러 들어간다. 그곳에서 그는 김대성이라는 조선인 지도자로부터 후레이센진과 이노우에 재단을 둘러싼 거대한 음모의 진상을 알게 된다. 후레이센진의 한 관계자로부터 "자네가 알고 있는 역사는 조작된 것이라네"라는 말을 듣는다. 한편 사이고는 국장으로부터 실제 일본의 역사를 듣게 된다.

공식적인 역사에서 일본은 제2차 세계대전에서 패전한다. 패전 후 그들은 우연히 한 유물을 발견하게 되는데, 그 유물은 다름 아닌 시간과 공간을 뛰어넘을 수 있는 '월령'이라는 일종의 '타임

머신'이다. 월령을 통해 시간의 문을 열고 과거로 갈 수 있다. 일본은 월령을 통해 제2차 세계대전 패전과 히로시마와 나가사키의 '원폭의 악몽'의 역사를 지운다. 그들이 생각하기에 일본 역사의 비극의 시작은 1909년에 있었던 이토 히로부미의 암살이다. 그렇기 때문에 그들은 미래로부터 과거, 즉 1909년의 하얼빈으로 이노우에라는 자객을 보내, 안중근 의사의 이토 히로부미 암살을 저지한다. 안중근 의사의 이토 히로부미 저격이 미수로 그친 것은 실제 역사가 아니라 미래에서 온 시간여행자인 이노우에의 개입에 의한 결과다. 이노우에는 암살 계획을 저지하고 미래로 돌아가 조선의 2대 총독이 되어 동북아역사를 다시 쓴다.

후레이센진은 월령의 존재를 알았고, 월령을 되찾아 역사를 되돌리기 위해 이노우에 재단을 지속적으로 습격했다. 참고로 이노우에 재단의 현재 회장은 암살 계획을 저지한 총독이었던 이노우에의 손자다. 반대로 일본 정부와 이노우에 재단은 월령을 지키기 위해 사건을 은폐하고 조작했다. 이노우에 재단은 월령을 급하게 일본으로 옮길 계획을 세웠고, 이를 막기 위해 후레이센진은 이노우에 재단을 습격해 최후의 일전을 벌였다. 사카모토는 그런 후레이센진의 계획을 막은 셈이다.

결국 사카모토와 사이고는 서로 다른 이유와 목적으로 시간의 문을 통해 1909년의 하얼빈에 도착한다. 하얼빈역에서는 안중근 의사가 이토 히로부미를 암살하려 하고, 이노우에는 안중근 의사의 암살을 방해하려 한다. 사카모토는 이노우에를 방해하려 하고, 사이고는 사카모토를 방해하려 한다. 사이고는 월령을 빼앗기면 패전과 피폭의 역사를 되풀이해야 한다는 국장의 말 때문에 어쩔 수 없이 사카모토와 적이 되었다. 앞서 그는 체포된 사카모토를 풀어주면서 "다시 만나면 너와 나는 적이다"라고 말한 바 있다. 사이고는 스스로 '일본의 [패전과 피폭의] 역사를 다시 쓸 수 없다'고 다짐했고, 사카모토는 '많은 이들이 목숨 바쳐 되찾으려 한 조국이'기에 '다신 잃고 싶지 않다'고 맹세했다.

사이고의 말처럼 사카모토와 사이고는 서로에게 총구를 겨누었지만, 결국 안중근 의사는 이토 히로부미 암살에 성공해 역사는 제자리를 찾게 된다. 즉 일본은 제2차 세계대전에서 패망하고 대한민국은 일본으로부터 독립한다. 그런데 시간의 문은 한 번 들어가면 다시 올 수 없다. 그렇기 때문에 사카모토는 현실로 돌아오지 못하고, 더 이상 사카모토가 아니라 이름 모를 독립군으로 2009년 독립기념관의 사진 속에 남아 있다. 현실에서는 후레이센진의 리더이자 그의 꿈속에 나오는 그녀, 즉 오혜린과 함께 말이다. 결국 그는 '2009년 잃어버린 기억'의 한 장면으로 역사에 새겨졌다.

소설『비명을 찾아서』에서는 실제 역사가 바뀌지 않는다. 즉 소설의 마지막 장면에서 주인공 기노시다는 아오키 소좌를 살해하고 일본제국이 아닌 새로운 역사를 만들기 위해서 대한민국 임시정부가 있는 상해로 떠난다. 그 후의 일은 이 소설을 통해 알 수 없다. 즉 한 개인으로서의 기노시다의 삶이나 한 나라로서 대한민국 임시정부의 운명은 알 수 없다. 단지 상상할 뿐이다. 다시 말하면『비명을 찾아서』에서는 가상의 역사 위에 새로운 가상의 역사가 쓰일 뿐이다.

복거일의 소설이 추구하는 논리적인 가능성의 세계는 역사적 굴곡을 야기한 최초의 분기점이 가진 논리적 타당성보다는 새롭게 탄생한 세상의 정치·경제·사회·문화의 모든 요소가 상호작용하면서 펼쳐지는 새 역사의 논리적 가능성이다. 『비명을 찾아서』의 성공은 이러한 제 요인에 대한 철저한 분석을 토대로 등장인물들이 살아 숨 쉬는 작품 세계를 창조해 낸 데 있다. 대부분의 대체역사소설이 그렇듯 복거일의 작품에서는 '어느 먼 곳에 전혀 다른 세상'이 존재하게 된 계기 자체에 작품 속 현재에 등장하는 인물들이 개입할 수 없다. 새로운 역사적 조건은 그들에게 그야말로 '주어진 것'일 뿐 '선택할 수 있는 것'이 아니다.

반면 영화 〈2009 로스트 메모리즈〉는 가상의 역사에서 현실의 역사로 돌아온다. 더 정확히 말하면 한 개인의 희생으로 '뒤틀린 역사'가 '바로 잡힌 역사'로 되돌아온다. 우리가 교과서에서 배우는 공식적인 역사는 주로 안중근이나 김구 같은 역사적인 위인의 숭고한 역사이지만, 비공식적으로는 사카모토와 후레이센진과 같은 역사에 기록되지 않은, 즉 개인의 희생으로 이루어진 피땀의 역사도 분명히 존재할 것이다.

영화 〈2009 로스트 메모리즈〉의 시간적 배경인 2009년은 이미 한참 지나 과거가 되었다. 그리고 이 영화는 앞서 언급했던 것처럼 영화 외적으로 논란도 있었고, 영화의 만듦새 자체도 뛰어나다고 말하기 어렵다. 그럼에도 불구하고 이 영화는 바로 지금 우리 역사에 대해 다시 생각하게끔 한다. 영화에서 다루어지는 역사의 시제는 분명히 미래지만 과거를 향하고, 그 과거는 다시 미래를 예고한다. 그리고 종국에는 우리로 하여금 현재의 역사를 되돌아보게 한다. 역사란 고정된 것을 해석하는 것만이 아니라 때로는 선택하고 경쟁하여 새로운 것을 만들어내기도 한다.

#2. 과거의 현재화: 〈국가부도의 날〉

과거의 사건이 과거의 한 사건으로 머물기도 하지만 그 사건의 영향이 현재까지 미치는 경우도 더러 있다. 우리에게는 1997년 '외환위기'가 그렇다. 외환위기보다는 'IMF 사태'라는 단어가 훨씬 더 익숙하다. 벌써 20년이 더 지났는데도 그 사건은 과거의 한 사건이 아니라 여전히 현재의 사건으로서 그 영향은 지금까지도 지속되고 있다. 대한민국은 IMF 사태 이전과 IMF 사태 이후로 나뉜다. 바로 그 IMF 사태가 '자유'와 '경쟁'의 천국이 되어버린 지금의 대한민국을 만들었다고 해도 과언이 아니다.

1997년 IMF 사태 전까지 대한민국에 '위기'란 없었다. 특히 경제에 있어서만큼은 위기란 감히 상상할 수 없는 단어였다. 우리에게 경제는 언제나 '성장'과 '번영'이었다. 몇 년 전 〈응답하라 1988〉(2015~2016)이라는 TV 드라마가 뜨거운 반응을 일으켰다. 드라마뿐만 아니라 드라마에 쓰인 가요도 많은 인기를 얻으며 1980년대에 대한 진한 향수를 자극했다. 제목에서 알 수 있듯이 드라마에서 중심적인 시간 축은 1988년이다. 하지만 시간은

1988년에만 국한되지 않고 1990년대까지 확장된다.

〈응답하라 1988〉 속 등장인물들은 서로 가족이나 다름이 없다. 아이 어른 할 것 없이 서로 음식을 나누어 먹고, 좋은 일은 다 같이 기뻐하고, 슬픈 일은 다 같이 아파한다. 조금 과장했을 수도 있지만, 드라마 속 여러 상황과 당시의 실제 상황이 그렇게 큰 차이가 나는 것처럼 보이지 않는다. 사람들이 이 드라마에 그토록 열광한 이유는 아마도 그때를 '가장 따뜻하고 정겨운 시절'로 기억하기 때문일 것이다. 아니면 1997년 IMF 사태에 대한 방어기제인지도 모른다. 즉 IMF 사태가 너무나 고통스러웠기 때문에 이를 잊기 위해 1980년대를 그리워하는지도 모른다. 그래서 누군가는 이 드라마를 고통스러운 과거를 떨치지 못하고 그에 사로잡혀 더 이상 앞으로 나아가지 못하는 '정신적인 퇴행'의 예라고 비판했다.

'정신적인 퇴행'의 예라는 주장에 전적으로 동의하지는 않는다. 하지만 사실 조금 삐딱하게 보면 〈응답하라 1988〉이 마냥 따뜻하고 정겹기만 한 것은 아니다. 드라마의 실질적인 주인공이라고 할 수 있는 덕선의 아빠 동일(성동일)은 한일은행에 다닌다. 그가 속한 부서는 은행 감사부다. 그렇기 때문에 그는 하루가 멀다 하고 은행에서 돈을 갖고 튀는 직원이 발생하는 바람에 주말에도 출근한다. 어느 날 그는 아내 일화(이일화)에게 농담 삼아 "정년까지 4~5년 남았는데 명예퇴직 신청할까?"라고 말한다. 그러나 그녀는 "안 된다. 아직 딸내미들 시집도 못 보냈다 아이가? 상견례할 때 백수라고 할끼가?"라고 말하면서 그의 명예퇴직을 뜯어말린다. 하지만 고졸 행원이었던 그는 결국 명예퇴직을 한다. 회사에서는 그의 퇴직을 전혀 명예롭게 여기지 않고 오직 가족과 이웃들만이 따뜻하게 축하해 준다.

〈응답하라 1988〉에서는 동일의 퇴직에만 초점을 맞추고 있지 그의 퇴직의 맥락과 배경에 대해서는 자세히 설명되지 않는다. 이것은 전적으로 추정인데, 그의 퇴직은 1997년 외환위기와 관련이 있을 수 있다. 그가 일하던 한일은행은 1999년 1월 상업은행과 통폐합되어 한빛은행이 되고, 나중에는 현재의 우리은행이 된다. 드라마에서 언급되는 금융 사고는 실제 있었던 일이었을 수도 있고, 아니면 IMF 외환위기의 전조였을 수도 있다.

어찌 되었든 간에 외환위기 후 한일은행뿐만 아니라 다른 시중 은행들도 문을 닫거나 다른 은행과 통폐합된다. 은행만 그런 게 아니라 크고 작은 기업들이 문을 닫으면서 수많은 사람들이 일자리를 잃게 된다. 실직과 파산으로 목숨을 끊는 사람도 생긴다. 이 모든 비극적인 일들은 외환위기와 직접적으로 관련되어 있다. 하지만 드라마에서는 외환위기의 어두운 그림자가 보이지 않는다. 그렇다고 해서 이 드라마를 비난하는 것은 결코 아니다. 그런 비난은 온당치 않다. 사실 드라마의 등장인물들처럼 당시 정부나 국민들은 모두 희망만을 이야기했다. 위기의 그림자는 그 어디에서도 찾을 수 없었다. 어쩌면 당시에는 위기라는 단어 자체가 '금기어'였는지 모른다.

그런데 1997년, 대한민국 최고의 경제 호황을 믿어 의심치 않았던 바로 그때 외환위기가 닥쳤다. 우리는 그 위기가 갑자기

닥쳐왔다고 생각했지만 생각했던 것보다 서서히 다가왔는지 모른다. 아니면 위기가 오는 것을 알면서도 모르는 척했을 수도 있다. 영화 〈국가부도의 날〉(2018)은 외환위기 당시의 긴박했던 일주일을 재현하고 있다. 무엇보다도 이 영화는 1997년 외환위기를 본격적으로 다루었다는 점에서 의의가 있고 관심과 기대가 컸다. 이 영화가 개봉했을 때 평단의 반응은 양쪽으로 갈렸다. 한편에서는 배우들의 연기가 좋고 당시의 상황을 잘 재현했다는 호평이 이어졌다. 하지만 영화 구성이 도식적이고 등장인물이 전형적이라는 비판도 있었다.

누군가는 〈국가부도의 날〉이 비슷한 소재를 다룬 할리우드의 〈빅쇼트〉(2016)와 비교하며 이 영화를 '관객들이 웃고 즐길 수 있는 영화라기보다 현실에 대해 답답함이 느껴지는 영화'라고 평했다. 또 다른 누군가는 이 영화의 역사적 고증에 대해서도 문제를 제기했다. 그런데 평단의 평가와 관객의 호불호를 떠나 〈국가부도의 날〉이 갖는 진정한 영화적 의의는 이 영화가 단지 외환위기를 보여주고 있다는 데 그치지 않고, 외환위기가 그 후 대한민국을 어떻게 만들었고 또 어떻게 지탱하고 있는지를 보여준다는 데 있다. 이 영화는 과거가 과거로 머물지 않고 현재화되고 있음을 구체적으로 보여주는 좋은 실례이다.

〈국가부도의 날〉은 1997년 외환위기를 앞두고 '위기를 막으려는 사람과 위기에 베팅하는 사람, 그리고 회사와 가족을 지키려는 평범한 사람'의 서로 다른 세 이야기로 구성되어 있다. 이 세 이야기는 때에 따라 수렴하고 교차하고 길항한다. 영화가 본격적으로 시작되기 전 한국 경제 발전의 변천사가 다큐멘터리 필름처럼 펼쳐진다. 곧바로 1997년 11월 미국 월가 모건 스탠리의 어느 사원의 컴퓨터 모니터가 비친다. 모니터에는 "모든 투자자들은 한국을 떠나라, 지금 당장"이라는 메시지가 뜨고, 그 메시지가 이메일로 투자자들에게 전송되면서 영화는 시작된다. 차례대로 세 이야기를 살펴보자.

먼저 국가 부도의 위기를 막으려는 사람의 이야기다. 한국은행 통화정책팀장 한시현(김혜수)은 외환위기를 최초로 감지하는 인물이다. 그녀는 엄청난 경제 위기가 닥칠 것을 예견하고 총장에게 보고한다. 총장은 시현과 함께 경제수석을 만나 사안의 심각성에 대해 논의하고 재정국 차관과 재정국 금융실장 앞에서 브리핑한다. 그러나 환율이 급등하고 국가 부도가 날 수 있는 심각한 상황에서도 재정국 차관은 시종일관 한시현의 의견을 무시한다. 그는 국가 부도 위기 사태를 국민들에게 알려서 더 큰 피해를 막아야 한다는 시현의 주장을 묵살한다. 그는 처음부터 IMF 구제금융 요청을 고려했던 것처럼 보인다. 왜냐하면 그 시간 IMF 총재는 이미 비밀리에 입국해 있기 때문이다. 이 장면은 IMF 구제금융의 기원이 미국 재무부, 그리고 월스트리트와 결탁해 한국 사회의 신자유주의적 개혁을 시도했던 한국의 경제관료에 의해 급격하게 진행되었다는 사실을 실증적으로 예거한다.

다음은 국가 부도의 위기에 베팅하는 사람의 이야기다. 고려종합금융의 금융맨 윤정학(유아인)은 회사 신입사원 야유회 인솔을 마치고 관광버스 안에서 미국인 투자자 존슨과 통화를 한다.

그는 존슨에게 투자를 제안하지만 존슨은 석연치 않은 이유로 그의 제안을 거절하며 전화를 끊어 버린다. 낙담해 있던 그는 우연히 한 라디오 프로그램의 청취자 사연을 듣게 되는데, 사연 대부분은 뉴스에서 말하는 것과 달리 경제 상황이 너무나 비관적이다. 얼마 후 퇴사한 그는 회사에서 받은 퇴직금과 빌린 돈으로 작은 투자 회사를 차린다. 자신의 옛 고객들을 불러 모아 한국 경제가 망할 수밖에 없는 이유를 설명하며 자신에게 투자하라고 설득한다. 하지만 사람들 대부분은 그의 말을 외면한다. 오직 두 사람, 즉 투자계 거물의 분위기를 풍기는 노신사와 돈은 많지만 철없는 오렌지족만이 그의 말에 귀를 기울이고 그의 계획에 동참한다.

노신사와 오렌지족 또한 윤정학의 계획에 동참하기는 했지만 그의 계획을 반신반의한다. 윤정학은 투자를 받은 돈으로 풋옵션 계약을 하고 한화를 달러로 환전한다. 참고로 풋옵션이란 사전적으로 '거래당사자들이 미리 정한 가격으로 장래의 특정 시점 또는 그 이전에 일정 자산을 팔 수 있는 권리를 매매하는 계약'을 가리킨다. 윤정학은 경제가 위기 상황에 처하면 주식이나 유가증권 등이 폭락할 것이라고 생각하고 남들과 정반대로 투자를 한다. 그는 '한국 경제가 망한다'는 쪽에 판돈을 건다. 결과는 영화를 보지 않아도 우리 모두 이미 알고 있다.

마지막으로 국가 부도의 상황에서 회사와 가족을 지키려는 평범한 사람의 이야기다. 작은 공장의 사장이자 평범한 가장인 갑수(허준호)는 한 대형 백화점과 어음 거래 계약서에 도장을 찍고 소박한 행복을 꿈꾼다. 처음에는 현금이 아니라 어음으로 거래를 한다는 점에서 미심쩍어했지만 친구이자 동업자인 영범이 "요즘에 누가 현금을 쓰냐"라는 말에 계약서에 서명한다. 하지만 대기업들이 줄줄이 도산하고 그와 거래한 대형 백화점도 부도가 나면서 그가 받은 어음은 결국 휴지 조각이 되고 만다.

사실 부도 어음은 '폭탄 돌리기'와 똑같다. 자신이 살기 위해서는 폭탄을 다른 사람에게 넘겨야 하고 불운하게 마지막에 폭탄을 받은 사람이 모든 피해를 떠안게 된다. 그래야 폭탄 돌리기가 끝이 난다. 동업했던 친구는 감옥에 가고, 갑수는 부도난 어음으로 거래처 사장과 거래를 하고, 그 어음을 받은 거래처 사장은 전 재산을 다 날리고 결국 자살하고 만다. 갑수 역시 자살을 시도하지만, 방문 앞에 흔들리는 아이 사진을 보며 차마 결행하지 못한다. 결국 그는 동생인 한시현에게 도움을 요청한다.

이렇게 서로 다른 〈국가부도의 날〉의 세 이야기가 독립적으로 진행되다가 영화의 후반부로 가면 하나로 합쳐진다. 정부는 국가 부도 사태에 처하자 경제수석을 교체한다. 그리고 새로운 경제수석이 건의한 대로 IMF로부터 구제 금융을 받아들이기로 결정한다. 새로운 경제수석은 재정국 차관과 동문이다. 그들은 국가 부도 사태에 책임을 지기보다는 이를 통해 자신들의 이익을 도모하려 한다. 그들은 자신들과 동문인 대기업 회장 아들에게 국가 부도 사태 정보를 준다. 그 정보를 받은 대기업은 중소기업 협력업체를 압박하거나 회사의 노조를 와해시키려 한다. 수많은 기업들이 줄도산하고 그보다 많은 사람들은 일자리를 잃는다.

일자리를 잃은 사람들은 어쩔 수 없이 집을 내놓는다. 그들은 노숙자가 되거나 아니면 스스로 목숨을 끊는다. 시장에 집들이 많아지면서 당연히 집값은 내려가고, 윤정학과 같은 투기꾼은 때를 놓치지 않고 시장에 싸게 나온 매물들을 모조리 사들인다.

공식적으로 대한민국은 IMF 외환위기를 통해 희망의 나라로 새롭게 태어난다. 외환위기를 겪었지만 정부의 효율적인 경제 정책과 '금 모으기 운동' 등과 같은 국민의 피땀 어린 노력으로 외환위기를 겪은 다른 어떤 나라보다도 그 위기를 훨씬 빨리 극복하고 그 후 엄청난 경제 성장을 이룬다. 즉 외환위기 후 본격적으로 신자유주의가 도입되면서 국가는 더 이상 시장에 임의로 개입하지 않게 되었고, 기업은 합리적으로 체질이 개선되었고, 개인은 자유와 경쟁을 내면화한 새로운 인간형으로 태어났다.

하지만 비공식적으로 대한민국은 외환위기를 거치며 희망의 나라가 아니라 반대로 절망의 나라가 되었다. 정부는 여전히 미국과 IMF의 요구를 거역하지 못하고 있고, 관료들은 대기업의 입장만을 대변하고 있다. 전직 재정국 차관은 재벌들과 연계해서 자회사를 차려서 잘 먹고 잘살고 있다. 투자계의 거물이 된 윤정학은 예나 지금이나 정부를 믿지 않는다. 갑수는 동생 한시현의 도움으로 공장을 운영하고 있다. 하지만 그는 예전과 같지 않다. 예전처럼 일하는 게 즐겁지도 않을뿐더러 그와 함께 일하는 사람들은 한국인 노동자들이 아니라 외국인 노동자들이다. 그는 시시때때로 외국인 노동자들에게 윽박지른다. 그는 그들에게 "아무도 믿지 말라"고 말한다. 어쩌면 이 말은 그 자신에게 하는 푸념인지도 모른다.

앞서 말했듯이 〈국가부도의 날〉은 과거의 사건이 과거로 머물지 않고 현재에까지 그 영향을 끼친다. 영화의 마지막 장면에서 2017년 경제 위기감이 다시 증폭되자 이아람(한지민)은 한시현을 찾아가 자문을 구한다. 그녀는 한시현의 사무실을 찾아와 묵직한 보고서를 던지며 20년 전의 이야기를 되풀이하지 않겠다고 다짐하며 열의를 보인다. 이아람의 말을 뒤집어 보면, 20년 전, 즉 1997년 국가 부도 사태로 여러 가지 문제들이 발생했고, 현재 그 문제들 혹은 그로 인해 파생된 문제들로 새로운 경제 위기에 봉착했다고 추론할 수 있다.

어느 경제학자는 현재 우리 경제의 문제점으로 '저소득층화'와 '격차와 불균형의 구조화'를 꼽는다. 이 문제들은 정확히 언제부터 시작되었다고 단언할 수 없지만, 외환위기 이후 심화되었고, 현재는 거의 폭발 직전의 상황이다. 그는 이 문제에 대한 해결책으로서 '공유'와 '협력'을 제시한다. 이 경제학자의 말이 절대적으로 옳다고 단언할 수 없다. 다른 경제학자는 다르게 진단하고 다른 해결책을 제시할 수도 있다. 여기에서 문제의 진단과 해결책, 그리고 그 효과는 중요하지 않다. 그보다는 과거가 과거로 그치지 않고 현재에까지 그 영향이 미친다는 사실이 훨씬 더 중요하다. 이를 '과거의 현재화'로 정식화할 수 있다. 〈국가부도의 날〉은 그 많고 많은 예 중 하나일 뿐이다.

〈국가부도의 날〉은 겉으로 드러나는 이야기로 보자면 한시현의 실패, 윤정학(그리고 재정국 차관 박대영)의 성공, 갑수의 실패와 회생으로 간단하게 정리될 수 있다. 즉 한시현은 외환위기를 막지 못했고, 윤정학과 박대영은 외환위기를 통해 막대한 부를 축적한다. 특히 윤정학은 '금융계의 신화'가 되어 신자유주의에서 가장 선호하는 전형적인 '주체'가 된다. 갑수는 외환위기로 실패했지만 동생 한시현의 도움으로 회생하여 여전히 그릇 공장을 운영한다. 하지만 그에게는 남은 게 없다. 친구도 없고 예전에 함께 일했던 동료도 없다.

그런데 '믿음'으로 보면 조금 다르게 보일 수 있다. 한시현은 비록 외환위기를 막는 데 실패했지만, "'깨어 있는' 금융 엘리트로서 언제 폭발할지 모르는 가계부채라는 시한폭탄을 해결하는, 여전히 자신이 '국가'를 위해 일할 수 있는 영역이 존재한다".[2] 그녀에게는 다시는 실패하지 않겠다는 확고한 신념이 있다. 그렇기 때문에 앞에서 본 것처럼 이아람이 자문을 구했을 때 회의적이지 않다. 다시 말하면 그녀는 믿음을 갖고 있다. 국가에 대한 믿음인지 아니면 사람에 대한 믿음인지 확실하지 않지만 말이다.

하지만 윤정학과 갑수에게는 더 이상 '믿음'이 없다. 윤정학은 남들보다 뛰어난 금융적 감각으로 인해 위기를 재빨리 포착하고 이를 기회로 삼으려는 야심을 가졌고 성공했다. 하지만 반대급부로 그는 '믿음'을 잃었다. 그에게는 국가뿐만 아니라 사람에게조차 믿음이 없다. 그가 믿는 것은 오로지 '돈'이다. 그는 자신에게 '절대 속지 않는다'고 끝없이 되된다. 반면 갑수는 그 어떤

---

2) 강정석, 「영화가 금융을 다루는 방식: 〈더 울프 오브 월스트리트〉, 〈빅쇼트〉, 〈국가부도의 날〉, 〈돈〉」, 『문화과학』 제99호, 2019, 321쪽.

것에 대해서도 믿음도 없다. 국가에 대한 믿음도, 사람에 대한 믿음도, 돈에 대한 믿음도 없다. 함께 일하는 외국인 노동자에게 "잘해 주는 사람도 믿지 말고, 누구도 믿지 말고 너 자신만 믿어!" 라고 말한다. 겉으로는 외국인 노동자에게 하는 말이지만 이는 어쩌면 자신에게 하는 말일 수도 있다. 왜냐하면 갑수는 자신에게 잘해 주었고 심지어 힘들 때 위로까지 해 주었던 거래처 사장에게 부도 어음을 건네 죽음에 이르게 했기 때문이다.

영화 〈국가부도의 날〉은 '돈'과 '사람'과 '믿음'과 관련된 영화다. 그런데 이 영화는 믿음의 복원, 인간성 회복, 도덕성의 강조 등과 같은 행복한 결말을 추구하지 않는다는 점에 있어 비슷한 소재를 다룬 〈돈〉(2019), 그리고 〈작전〉(2009)과 다르다. 〈돈〉의 경우에 초짜 트레이더 조일현(류준열)은 "〈국가부도의 날〉의 윤정학의 극단적인 버전"이라고 할 수 있는 '번호표'의 조력자이자 배신자의 역할을 수행한다. 그는 번호표를 통해 금융자본을 학습하고 또한 그를 통해 자본주의 금융의 본질을 깨닫는다. 하지만 그는 결국 '악마적 금융자본으로서 번호표'를 경찰에 넘긴 뒤 자신은 거대한 부를 쌓아 유유히 사라진다. 〈작전〉에서 개미 투자자 강현수(박용하)는 주식 투자로 신용불량자가 된 후 독학으로 주식 전문가가 되어 그토록 원하던 '인생의 한 방'으로 수천만 원을 번다. 하지만 그는 본의 아니게 최고의 주식 작전 전문가들로 구성된 '지상 최대의 작전'에 가담하게 된다. 쫓고 쫓기는 작전에서 그는 주식 작전 세력 일당을 경찰에 신고한다. 그 또한 〈돈〉의 조일현과 마찬가지로 엄청난 경제적 보상을 받는다.

〈돈〉과 〈작전〉에서 조일현과 강현수는 사소하게 법을 위반했지만, 자본주의 시스템 자체를 붕괴시키려는 번호표와 종구 일당의 더 큰 '악행'을 막았기에 면죄부를 받았고, 덤으로 엄청난 경제적 보상을 챙겼다. 아마도 그에 대해 감사하는 마음으로 그들은 앞으로 사람, 사회, 국가, 그리고 자본주의를 더욱 신뢰하게 될 것이다. 그들은 도덕적으로 교화될 것이다. 마땅히 그렇게 되어야 한다고 당위성을 부여할 것이다.

사람들은 보통 돈을 매개체로 '믿음'을 주고받는다. 그 매개체가 돈이 아니라 사람이 하는 말일 수도 있다. 매개체에 관계없이 어느 때는 믿음을 주고 또 어느 때는 믿음을 받기도 한다. 사실 믿음을 주고받는 것은 바로 은행과 금융의 기본적인 작동 원리이기도 하다. 그런데 그 믿음이 허물어졌을 때, 그 결과는 〈국가부도의 날〉의 갑수를 통해 본 것처럼 참혹하다. 그리고 현실에는 수없이 많은 갑수들이 있다. 그들은 돈을 믿지 못할 때는 화폐가치가 폭락으로 경제적으로 힘들어하고, 사람을 믿지 못할 때는 세상이 무서워지고, 그 어떤 것도 믿지 못할 때는 삶 자체가 지옥이 된다. 그렇다면 결국 믿어야 한다는 말인데, 믿음은 '유리'와 같다. 깨지기 쉽고 한번 깨지면 다시 붙일 수가 없다.

다시 처음으로 돌아가자. 많은 사람들이 〈응답하라 1988〉에 왜 그토록 열광했는지 이제 납득이 간다. 사람들은 그때를 이렇게 기억하고 있는 것 같다. '그때는 지금과 다르게 모든 것을 믿을 수가 있었다.' 돈도, 사람도, 믿음도 말이다. 그렇다면 '지금 우리는 무엇을 믿고 있을까?' 질문이 이렇게 바뀌어도 마찬가지다. '지금 우리는 무엇을 믿을 수 있을까?' 혹은 '지금 우리는 무엇을 믿어야만 할까?' 질문을 어떻게 바꾸어도 답은 똑같다. '아무도 믿을 수 없다, 누구도 믿어서는 안 된다.' 영화를 통해 이 답을 확인할 수 있다. 하기는 영화를 보지 않더라도 우리는 그 답을 이미 알고 있다. 그렇기 때문에 이 영화는 보는 이를 더욱 씁쓸하게 한다.

#3. 현재의 미래화: 〈강철비〉

돌이켜보면 최근 몇 년 동안 한국 사회는 위기가 아닌 적이 단 한 번도 없었다. 늘 위기였다. 그러나 아주 다행스럽게도 예상한 것보다는 그렇게 큰 위기 없이 지나갔다. 그런데 2020년 한국 사회는 진짜 위기를 맞이했다. '코로나바이스러스감염증-19(COVID-19)'(이하 코로나)가 전 세계를 덮쳤고, 우리 역시 이 사태를 피하지 못했다. 지금도 이 위기는 사회 전반에 걸쳐 진행 중이다. 코로나로 인해 가뜩이나 어려운 국내 경제는 더욱 어려워졌다. 경기는 위축되었고 직접적으로 일자리 문제를 더욱 악화시켰다. 코로나 이전까지는 양질의 일자리를 만드는 게 정책의 관건이었다면, 코로나 이후로는 일자리의 질에 상관없이 일자리 만들기 그 자체가 정책의 목표가 되었다. 이런 상황에서 청년세대의 좌절과 분노는 극에 달해 있다. 어쩌면 그들은 가장 큰 피해자다. 코로나로 인해 가장 크게 고통을 겪고 있지만 그들에게 돌아가는 몫은 가장 작다. 그들은 기성세대, 더 나아가 사회 전체에 대해 불만을 갖고 있는데 어쩌면 당연한지도 모른다. 희망이 없는 현실 앞에서 그들은 영화에서처럼 '위험한 한 방'을 꿈꾼다. 하지만 현실은 영화와 다르다. 한 방에 도달하기 전 그들을 기다리고 있는 것은 위험이다. 영화 〈사냥의 시간〉(2019)이 잘 보여주듯이 위험을 무릅쓴 '한 방'의 대가는 그들이 생각한 것처럼 결코 달콤하지 않다. 생각한 것보다 훨씬 더 처절하고 참혹하다. 설령 한 방을 터뜨렸다고 하더라도 주위에 아무도 없기 때문에 더 불안하고 고독할 뿐이다.

현재 한국 사회는 거의 모든 부문에서 '갈등' 상황에 처해 있다. 한 조사 기관의 발표에 따르면, 대부분의 사람들은 한국 사회의 갈등 양상이 심각하며, 공동체 의식도 예전과 비교했을 때 많이 약해졌다고 생각하고 있다. 갈등의 양상은 부의 양극화로 인한 갈등, 갑과 을 관계의 갈등, 진보와 보수의 이념의 갈등, 세대 간 갈등, 정치적 갈등 등 다양하고 갈수록 점점 심각해지고 있다. 공유와 협력이 가장 필요한 이 시점에 한국 사회의 다양한 영역에서의 크고 작은 갈등은 공동체를 파괴하고 '아무도 믿지 말라'는 불신의 바이러스를 퍼뜨리고 있다.

이처럼 현재 한국 사회는 수많은 문제를 안고 있다. 원론적으로 말하자면, 모든 문제는 정확하게 진단하고 그 원인을 제대로 파악해야 올바른 해결책을 찾을 수 있다. 그러나 그게 항상 그런 것만은 아니다. 때로는 즉각적으로 문제의 해결책을 찾는 것보다 그 문제를 미래로 확장시켰을 때 해결책이 더 잘 보이기도 한다. 남북관계에 있어서는 더 그렇다. 즉 '현재의 문제를 미래화'하는 게 문제 해결의 한 방법이 될 수 있다.

남북관계는 또 다른 층위에서 한국 사회 위기의 진앙으로서 아주 오랫동안 해결되지 않은 난제 중의 난제다. 한동안 얼어붙었던 남북관계에 훈풍이 부는 듯했지만 어느 순간 다시 차갑게 얼어붙었다. 얼마간의 시간이 흐르면 다시 풀리겠지만, 언제 또 어떻게 다시 얼어붙을지 아무도 모른다. 전문가가 아니더라도 남북관계만큼은 한치 앞도 예측할 수 없다는 것을 경험칙으로 우리 모두 알고 있다. 게다가 남북관계는 우리만의 문제가 아니라 여러 당사자들의 이해관계가 얽혀 있기에 우리만 잘 한다고 해서 해결되는 문제도 아니다.

그런 점에서 양우석 감독의 영화 〈강철비〉(2017)는 여러 모로 흥미롭다. 이 영화의 원작은 양우석 감독이 직접 글을 쓴 〈스틸레인〉(2011)이라는 웹툰이다. 이 웹툰은 북한의 쿠데타를 배경으로 제2의 한국전쟁 위기를 극화하고 있다. 〈강철비〉의 영어 제목이기도 한 '스틸레인(steel rain)'은 '다연장로켓(MLRS)'의 별칭이다. 이 무기는 재래식 무기 중 가장 살상력이 크다고 알려져 있다. 폭탄 안에 수십 개에서 수백 개의 폭탄이 들어 있는 집속탄으로 한 번의 포격으로 축구장 3배 면적을 초토화시키는 파괴력을 지니고 있다. '강철비'는 영화에서 강력한 공격과 살상의 무기이자 남과 북의 대치를 하나의 실타래로 엮어주는 중요한 모티브로 등장한다.

영화 〈강철비〉는 '가까운 미래' 크리스마스를 앞둔 어느 날,

북한에서 발생한 쿠데타로 북한의 '권력 1호'인 위원장과 정예요원 엄철우(정우성)가 남한으로 피신하면서 벌어지는 일촉즉발의 한반도 최대 위기 상황을 극화하고 있다. 북한의 정찰총국장은 은퇴한 북한 특수부 요원인 엄철우에게 위원장을 노리는 세력이 중국과 결탁해 쿠데타를 계획 중이라는 이야기를 전한다. 그는 엄철우에게 반동분자들을 암살하라는 지령을 내리고, 엄철우는 가족들을 보호해 주겠다는 그의 말에 지령을 받들기로 결정한다. 청와대 외교안보수석 곽철우(곽도원)는 어느 대학교에서 '대한민국 분단의 역사'를 주제로 강연한다. 그는 제2차 세계대전을 일으켰던 독일은 패망 후 동독과 서독으로 갈라졌지만, 동아시아에서는 일본이 전쟁을 일으켰는데도 정작 갈라진 건 한국이고, 일제가 패망한 뒤에는 한국에서 최초로 냉전의 대리전쟁이 벌어졌다고 역설한다. 강연 뒤 그는 대통령 당선인 인수위원과 가진 술자리에서 한국도 핵무장을 하거나 일본처럼 핵무장에 준하는 무장체계를 마련해야 한다고 울분을 토한다.

다음날 아침 곽철우는 북한 군부의 상황이 심상치 않다는 소식을 자신의 정보원으로부터 전해 듣고 북한에서의 쿠데타 발생을 예상한다. 한편 엄철우는 정찰총국장의 명령대로 국가안전보위부장을 교통사고로 위장해 암살하고 호위총국장까지 암살해 쿠데타 계획을 좌절시키려 한다. 하지만 호위총국장은 선수를 쳐 북한의 군권을 장악한다. 개성공단에 붉은 꽃을 들고 모여든 열렬한 환영 인파들 사이로 다연장로켓에서 분사한 폭탄들이 비처럼 쏟아져 내린다. '강철비'로 북한 1호는 큰 부상을 입는다.

엄철우는 부상을 당해 쓰러진 위원장을 차에 싣고 남한으로 향한다.

남한에서는 국가안전보장회의에서 북한의 쿠데타군과 진압군 간의 총격전이 보고되고 다양한 방안이 논의된다. 곽철우는 정식 보고 라인을 무시하고 북한 1호 사망 첩보와 국가안전부에서 얻은 북한의 선전포고 첩보를 보고한다. 그는 여러 가지 정보를 통해 북한 1호가 사망하지 않고 남한으로 넘어왔다고 확신한다. 그리고 북한 1호가 자신의 전처의 병원에서 치료를 받고 있다는 사실을 알게 된다.

결국 북한의 엄철우와 남한의 곽철우는 북한 1호를 두고 병원에서 만난다. 곽철우는 엄철우에게 북한 1호를 살리기 위해서 자신과 손잡으라고 권유한다. 엄철우는 이 사실을 정찰총국장에게 보고한 뒤 남한의 특수부대 요원들에게 바로 체포된다. 그는 체포되면서 "북남전쟁을 막으려면 남조선은 위원장 동무를 반드시 살려야 하며, 북한의 선전포고는 진짜 남한을 치기 위한 것이 아니라 북의 전연 군단들을 견제하기 위한 일종의 고육지책"이라고 외친다. 하지만 국가안전보장회의 회의실에서 대형 스크린으로 북한의 선전포고 방송을 실시간으로 보던 대통령은 안보실장에게 계엄령 선포 준비를 지시한다.

북한에 대한 선제 핵 공격 계획을 두고 미국과 한국 정부는 논의한다. 미국은 선제 핵 공격을 강력하게 주장하지만 한국에서는 이를 두고 의견이 갈린다. 현직 대통령은 핵 공격을 찬성하지만 대통령 당선인은 신중한 태도를 취한다. 사실 북한에 대한 선제 핵 공격을 요청한 당사자도 미국이 아니라 현직 대통령이다. 이때 곽철우가 문자로 대통령 당선인 인수위원과 안보실장에게 북한 1호의 생존 사실을 보고하며 갈등은 일단락된다. 북한 1호의 송환을 두고 남북 고위급 관료가 비밀리에 회담하기로 합의한다.

곽철우는 회담의 신뢰성을 높이기 위해 엄철우를 직접 데려가자고 주장하지만 안보실장은 그의 주장을 묵살한다. 하지만 그는 엄철우와 함께 안보실장의 차를 몰래 따라간다. 둘은 함께 잔치국수를 먹고, 가수 GD의 노래를 듣는다. 아재 개그를 하며 웃는가 하면 같은 이름을 신기해하며 한자 풀이를 한다. '쇠 철(鐵)'에 '동무 우(友)'를 쓰는 북한의 철우와 '밝을 철(哲)'에 '집 우(宇)'를 쓰는 남한의 철우는 '쇠 철(鐵)'에 '비 우(雨)'를 쓰는 또 다른 '강철비'다.

엄철우는 그에게 북에서 사람이 내려온다면 땅굴로 내려올 것이며, 땅굴을 개통할 권한은 오직 정찰총국장에게만 있다는 군사기밀을 알려준다. 둘은 회담장에 도착해서 망원경을 통해 상황을 살핀다. 그때 총격전이 벌어지고 남한의 안보실장과 북한의 호위총국장이 타고 있던 차는 전복된다. 안보실장은 북한 공작원에 의해 목숨을 잃고, 곽철우 또한 목숨을 잃을 뻔했지만 엄철우 덕분에 위기를 모면한다.

곽철우는 국가안전보장회의에서 북한의 군부 쿠데타가 진압되었다고 보고한다. 하지만 안보실장과 호위총국장 사이에 오간 현장 녹음을 통해 북한의 쿠데타는 호위총국장이 아니라 엄철우의 상관인 정찰총국장이 벌였다는 사실이 드러난다. 이에 현직 대통령과 대통령 당선인은 북한 핵 공격을 두고 설전을 벌인다. 보수 진영의 현직 대통령은 "북한에 선제 핵폭격을 가하면 피해를 최소화하면서 북한군을 궤멸시킬 수 있다. 우리에게 언제 이런 좋은 기회가 있었냐. (……) 차기 정권과 대한민국에 큰 선물을 남길 기회를 달라"고 차기 대통령을 설득한다. 반면 진보 진영의 대통령 당선인은 "대한민국은 이미 인구 성장률이 꺾이고, 경제 성장률은 나날이 떨어지고 있다. 까놓고 말해서 나라가 망해가고 있다. (……) 통일에 대한 당위가 이해가 안 되면 북한을 최소한 이익의 눈으로라도 보라"고 일갈한다.

곽철우는 국군서울지구병원에서 옮겨져 치료를 받는 엄철우가 암 말기 환자라는 사실을 담당 의사로부터 전해 듣는다. 그는 엄철우에게 북한의 쿠데타는 호위총국장이 아니라 정찰총국장이 일으켰다는 사실을 전해 준다. 그는 또한 중국과 미국 측의 정보원으로부터 정보를 얻는다. 표면적으로는 정보지만 사실은 '충고'와 '부탁'이다. 즉 그의 정보원은 그에게 전쟁을 막으라고 충고하는 동시에 차기 대통령을 설득해 달라고 부탁한다.[3]

북한의 정찰총국장은 군권을 장악한다. 엄철우는 전화로 그에

---

3) 영화에서 곽철우의 중국 측 정보원은 리홍장이라는 조선족 출신 관료다. 그는 중국 관료로서 한미동맹을 강하게 비판하면서도 동포로서 한반도의 평화를 위해서 전쟁을 막으라고 충고한다. 〈황해〉(2010), 〈청년경찰〉(2017), 〈범죄도시〉(2017) 등 한국 영화에서 잔혹한 범죄자로 묘사되어 온 조선족 이미지에 대해 일갈하는 리홍장의 대사는 한반도의 평화를 실현하기 위해서는 정치적 이념 대립이 만들어낸 갈등과 편견을 넘어서는 민족적 화해가 통일의 중요한 과제임을 시사한다.

게 미국이 핵 공격을 감행하기 전에 선전포고를 취소해야 한다고 말한다. 하지만 정찰총국장은 그에게 위원장의 시계를 갖고 귀환하라고 명령한다. 엄철우는 비로소 자신이 정찰총국장에게 속았다는 사실을 알게 된다. 하지만 그는 "그동안 북한에서 핵무기를 완성해놓고도 쓰지 못하고 대북제재로 고통받기만 하는 것에 불만을 크게 품은 군부에서 '우리가 똑같이 죽는 거라면 핵무기를 쏴보기라도 하고 죽어야 되지 않겠냐'는 분위기가 크게 감돌았다"고 항변한다. 이에 곽철우는 "분단국가 국민들은 분단 그 자체보다 분단을 정치적 이득을 위해 이용하는 자들에 의하여 더 고통받는다"는 누군가의 말을 되뇐다.

이제 한반도는 일촉즉발의 전쟁 상황이다. 미국은 이미 북한 공격 준비를 마친 상태이다. 북한은 중국의 압박으로 선전포고를 취소하지만, 동시에 위원장이 있는 병원의 위치를 확인하고 암살 명령을 내린다. 북한의 선전포고 취소 방송을 두고 청와대는 미국과 회의를 한다. 미국은 북한의 선전포고 취소를 두고 앞에선 대화를 뒤에서는 도발을 준비하는 전형적인 양동작전이라며 핵 공격을 감행하겠다고 한다. 바로 그때 청와대에 드론 테러 공격이 발생하고, 북한 1호가 치료받고 있던 병원은 정찰총국장의 특작부대의 공격을 받는다. 북한 1호 암살 계획은 실패로 끝나지만 엄철우는 정찰총국장이 반드시 전쟁을 일으킬 것이라고 확신하고 자신이 미끼가 되어 정찰총국장의 전쟁 도발을 막겠다고 곽철우를 설득한다. 결국 그는 자신을 희생해 일촉즉발의 전쟁 상황까지 치달은 제2의 한국전쟁 위기를 막는다.

시간이 흘러 남한에서는 새로운 대통령이 취임하고 곽철우는 외교안보수석이자 대북 특사로 평양에 간다. 그는 북한의 내각 총리를 만나 남북 간에 확실한 평화가 선결적으로 보장돼야 한다고 설득한다. 그리고 엄철우와 함께 남쪽으로 넘어왔던 려민경과 죽은 송수미의 화장된 유골을 인도한다. 엄철우의 부인과 딸을 만나서는 그의 부탁대로 패딩과 헤드셋, MP3 플레이어 등을 선물로 전해 준다. 반면 대통령 인수위원은 통일부 장관 자격으로 내각 총리와 남북 사이의 도로에서 만나 폐교회의 땅굴을 통해 북한의 핵무기 절반을 넘겨받는 대가로 위원장을 북쪽에 송환한다. 영화는 이렇게 막을 내린다.

우리는 북핵 문제와 그 해법에 관련해서 신문과 TV, 그리고 인터넷 뉴스에서 지겨울 정도로 들었다. 자칭 전문가들이라는 사람들이 나와서 ICBM, SLBM, PVID, CVID, 빅딜, 스몰딜 등 여러 가지 이야기를 고장 난 카세트테이프처럼 되풀이했다. 그런데 이 모든 이야기들은 모두 현재를 중심으로 전개된다. 다시 말하면 현재의 문제를 현재의 맥락과 관점에서만 생각하고 현재의 해법을 이야기한다. 좋게 생각하면 이런 방법은 구체적이고 현실적이다. 그러나 현재의 관점에만 머물고 있기 때문에 현실적인 어려움에 처했을 때 앞으로 나아가지 못한다. 당연히 과거로는 돌아갈 수도 없다. 그렇다면 남은 방법은 하나뿐이다. 앞에서 말한 것처럼 '현재를 미래화'하는 것이다.

영화 〈강철비〉에서는 북핵 문제를 너무나 간단하고 쉽게 해결한다. 허무할 정도로 간단하게 해결한다. 북한은 핵무기의 반을 남한에게 넘겨주고, 남한은 그에 대한 반대급부로 북한의 위원장을 넘겨준다. 절반만 주고받았기 때문에 완전한 해결이라고 할 수 없지만, 어쨌든 간에 남한과 북한, 두 당사자가 남북문제, 그것도 가장 예민하고 해결하기 어렵다는 '북핵 문제'를 해결한다. 물론 현실은 영화처럼 그렇게 간단하지 않을 것이다. "우리는 이미 알고 있다. 평화가 한순간의 화해와 협력만으로 이루어질 수 있는 신기루가 아니라는 것을. 평화는 무수한 고통과 좌절 속에서도 희망을 잃지 않는 소박한 사람들의 따뜻한 마음이 핏줄처럼 이어져 만들어내는 실천이기 때문이다."4) 문제를 현재에 가두지 않고 이처럼 미래로 넘길 때 해결의 가능성이 커질 수도 있다.

다르게 생각하면 그 어떤 문제든지 완전한 해결책은 존재하지 않는다. 핵무기의 절반을 받았기 때문에 나머지 절반을 받으면 이론적으로 북핵 문제는 완전히 해결된다. 하지만 현실은 이론과 같지 않을뿐더러 그렇게 흘러가지도 않는다. 나머지 절반으로도 전쟁을 충분히 일으킬 수도 있다. 아니면 영화에서는 북한 군부의 쿠데타가 실패로 끝났지만, 이와 정반대로 쿠데타가 성공할 수도 있다. 현실에서는 남과 북, 북과 미, 그리고 남북미의 정상이 큰 탈 없이 만나 정상회담을 했지만 그렇게 되지 않을 수도 있다. 극단적으로 말해 정상회담을 방해하려는 세력이 정상을 암살하거나, 납치하거나, 감금할 수도 있다.

---

4) 신정아, 「4·27 판문점 선언의 프리퀄이 된 영화 〈강철비〉」, 『시작』 제17권 2호, 2018, 46쪽.

마치 영화 〈강철비2: 정상회담〉(2019)처럼 말이다. 이 영화에서는 쿠데타 세력이 남북미 세 정치지도자를 납치하고 감금하는 상황을 극화하고 있다. 여기에 미국, 중국, 일본까지 합세한다. 북미 평화협정 체결을 위해 대한민국 대통령(정우성), 북한의 최고지도자인 위원장(유연석)과 미국 대통령(앵거스 맥페이든)이 한자리에 모였다. 남북미 정상회담이 열리는 장소는 북한의 원산이다. 북미 사이에 좀처럼 이견이 좁혀지지 않는 가운데, 핵무기 포기와 평화체제 수립에 반발하는 북한의 호위총국장(곽도원)이 쿠데타를 일으키고, 세 정상은 납치되어 북한 핵잠수함에 인질로 갇힌다.

현실의 문제를 해결하는 데 있어 지나친 비관주의도 경계해야 하지만 지나친 낙관주의 또한 경계해야 한다. 그때 진짜 필요한 것은 바로 '현실적인 낙관주의'다. 현실적인 낙관주의자들은 성공할 것이라고 믿고, 계획을 잘 세우고, 성공을 위한 전략도 잘 세운다. 그들에게는 '끈기 있는 열정'이 있다. 만약 성공을 위해 가는 길에 장애물이 있다면, 이 장애물을 어떻게 처리할 것인지 깊게 고민하고 현실적인 방법을 모색한다. 생각을 고정된 틀에 가두지 않고 시간을 미래로까지 넓히기도 한다.

〈강철비2〉의 원작인 웹툰 〈스틸레인3: 정상회담〉(2020)에서 대한민국의 대통령은 남북공동연설에서 국민들에게 "통일 … 하시겠습니까?"라고 묻는다. 그가 생각하기에 통일은 막연하게 언젠가 되는 것도 아니고 그렇다고 해서 포기해야 되는 것도 아니다. 진정으로 통일을 원한다면 목표를 세우고 현실적인 방법을 모색해야 한다. 통일은 "대통령 한 사람의 의지와 신념으로 이루어지지 않"는다. 또한 "시간이 모든 것을 해결해 주지도 않"는다. "국민의 (……) 노력 없이는 평화도 통일도 오지 않"는다. 거듭 말하지만 지금 우리에게 필요한 것은 '현실적인 낙관주의'다. 지도자뿐만 아니라 우리 모두 현실적인 낙관주의자가 되어야 한다.

상상하는 이야기, 금기된 욕망을 풀다

1.

    테리 이글턴은 『문학이론』(1983)의 서문을 '문학이란 무엇인가?'라는 조금 식상한 질문으로 시작한다. 사실 지금까지 문학을 정의하려는 다양한 시도가 있었다. 그 가운데 가장 보편적인 문학에 대한 정의는 다음과 같다. "문학은 실제로는 사실이 아닌 허구의 글이라는 의미에서 상상적인 글이다." 하지만 이글턴은 『문학이론』에서 문학에 대한 이 정의를 반박한다. 그의 주장을 따라가다 보면, 문학이라는 항목에 어떤 글들이 포함되는가를 살펴보면 문학에 관한 이 정의가 충분하지 않다는 것을 쉽게 알 수 있다. 문학사를 살펴보면 많은 사실적인 글들, 예를 들어 역사서, 격언집, 서간문, 철학서 등이 문학의 범주에 포함된다. 반대로 상상적인 허구의 글들, 예를 들어 슈퍼맨 만화나 통속적인 낭만 소설 등은 문학의 범주에 포함되지 않는다. 그렇기 때문에 그는 문학이 허구적이냐, 상상적이냐에 따라서가 아니라 언어를 '특별한 방식'으로 사용하였느냐에 따라 정의될 수 있다고 말한다. 아니 그렇게 되어야 한다고 말한다.

그러면서 이글턴은 러시아 형식주의를 끌어들인다. 러시아 형식주의는 1910년대 중반부터 1920년대 말에 걸쳐 러시아에서 생겨난 문학비평 운동을 지칭한다. 러시아 형식주의는 단어에서 짐작할 수 있듯이 문학 작품의 내용보다는 형식적인 패턴과 기교적 장치를 중요하게 여긴다. 대표적인 이론가로 로만 야콥슨을 들 수 있다. 그에 따르면, 문학은 "일상 언어에 가해진 체계적인 폭력"이다. 즉 문학은 일상 언어를 변형하고 강렬하게 하고 일상적인 언어로부터 체계적으로 일탈하는 것이다. 이글턴은 『문학이론』에서 '문학은 ~이다'라고 정의하지 않고 '문학의 조건은 ~이다'라고 정의한다. 즉 그는 '문학은 무엇인가?'라고 질문하기보다는 '문학성은 무엇인가?'라고 질문을 던지고 있다.

그런데 어떤 글이 문학으로 분류되건, 문학으로 분류되지 않건 간에 근본적으로 '이야기'다. 인간의 이야기에는 수많은 종류가 있다. 문학평론가 김병욱에 따르면, 중국 사람들은 모든 이야기를 '대설(大說)'과 '소설(小說)'로 크게 양분했다고 한다. 대설은 사실에 기반을 둔 이야기이고, 소설은 사실과 거리가 먼 꾸며낸 이야기이다. 우리가 흔히 말하는 '소설(novel)'도 이야기의 큰 분류법에 따른 소설에 속한다. 역사, 신화, 동화, 우화, 전설, 민담, 소화, 희극, 비극, 서사시, 소설 등 수많은 이야기의 갈래가 있다. 결국 이야기는 '어떤 사람이 어떠한 행동을 했다'라는 것으로 추상할 수 있다. 조금 더 풀어서 말한다면 '어떤 성격 또는 특성을 가진 사람이 언제 어디서 어떤 행위를 했다'라고 말할 수 있다.

인간의 이야기에는 수많은 종류가 있다. 그 가운데 굳이 심급을 따지자면 '비극'이 가장 윗길이다. 일반적으로 비극의 주인공은 우리보다 지체 높은 고귀한 사람으로서 운명 때문에 그의 선한 의지와는 다르게 점점 몰락의 길로 빠져들고 만다. 비극을 관람하는 관객은 그의 운명에 연민과 공포를 느낀다. 연민과 공포는 감정의 정화, 즉 카타르시스로 연결된다. 선한 주인공의 '성격'의 결함 때문에 비극적인 몰락의 구렁텅이로 빠지는 이 부조리를 우리는 '비극적 아이러니'라 한다. 소포클레스의 『오이디푸스 대왕』이나 윌리엄 셰익스피어의 『햄릿』(1601), 『리어왕』(1605), 『오셀로』(1603) 등은 '비극적 아이러니'의 대표적인 예라고 할 수 있다.

일찍이 아리스토텔레스는 『시학』에서 비극이 왜 서사시나 희극보다 우월한지 그 이유를 설명한다. 그에 따르면 플롯은 비극의 영혼이다. 즉 잘 아는 이야기, 아무리 사소한 이야기라고 하더라도 '어디서 시작해서 어디서 끝나느냐', 또 '어떻게 끝나느냐'에 따라 전혀 다른 이야기가 된다. 아리스토텔레스는 성격을 플롯 다음으로 쳤고, 그다음으로 사상을 들었다. 간단하게 정리하면 비극은 이야기의 으뜸이고, 이야기의 으뜸인 비극에서는 플롯이 으뜸이다. 참고로 서사가 시간적 순서에 따른 이야기의 전개라면, 플롯은 논리적인 원인과 결과에 따른 사건의 전개를 가리킨다.

모든 이야기는 개연성에서 출발한다. 그러다가 이야기가 진행되어감에 따라 그 개연성이 필연성이 되어 마지막에는 그 필연성으로 끝맺어야 한다. 보통 어떤 이야기가 개연성에서 출발해 필연성으로 끝날 때 훌륭하다고 칭찬을 받고, 반대로 필연성보다는 우연성에 의존할 때 핍진성이 결여되었다고 비판을 받는다. 그러나 필연성과 핍진성이 모든 이야기가 반드시 갖추어야 할 필요조건은 아니다. 그보다 더 중요한 것은 바로 재미 또는 흥미다.

이야기는 분명 우리의 관심과 흥미를 자극하는 무언가를 담보하고 있다. 우리는 날마다 수많은 이야기들을 마주하게 된다. 엘리베이터에서 나누는 이웃들의 이야기, 자동차 안에서 듣는 라디오 사연들, 친구나 회사 동료들의 이야기, 신문 기사와 텔레비전 토크쇼에 나오는 이야기, 지인의 블로그나 SNS에 게시된 이야기 등등. 비단 흥행 영화나 베스트셀러 소설이 아니라도 우리는 일상적으로 이야기를 소비하고 만들어 낸다. 김정희는 『스토리텔링이란 무엇인가』(2014)에서, 이처럼 우리가 의식하지도 못한 채 질리지도 않고 이야기에 탐닉하는 이유는 이야기가 인간의 근원적인 욕망이기 때문이라고 말한다.

그에 따르면, 인간은 누구나 보편적으로 이 세계와 인생에 대한 의문을 품고 있고, 그에 대한 해답을 얻고자 여러 가지 방식으로 탐구한다. 이야기는 바로 인간 존재에 대한 관심에서 비롯되어 인생에 대한 해석을 담아낸다. 우리는 다양한 이야기를 통해 수많은 사람들의 관점에서 세계를 바라보고 간접적인 체험을 넓혀 가는 것이다. 이는 세계와 인간이 조화를 이루어 가는 하나의 방식이다.

그런데 이야기는 시대에 따라 변한다. 형식뿐만 아니라 내용도 그렇다. 예를 들어 시는 처음에는 민족이나 집단의 공통 정서를 담은 서사시에서 출발했지만 나중에는 개인의 감정을 노래하는 서정시로 발달했다. 종교적인 의례로 태동한 연극은 세속화되며 도덕극을 거쳐 희극과 비극으로 나뉘었다. 근대에 이르러서는 민중의 서사 장르인 소설이 탄생했다. 앞에서 설명했듯이 이야기에는 역사, 신화, 동화, 우화, 전설, 민담, 소화, 희극, 비극, 서사시, 소설 등 수많은 갈래가 있다. 아마도 시간이 흐르면 여기에 더 추가될 것이다. 그렇게 생성된 이야기는 고정되지 않고 시대에 따라 변하고 또 변할 것이다.

다시 말하지만 이야기는 계속 변할 것이다. 하지만 이야기의 내용과 형식이 변한다고 할지라도 그 본질적 속성은 영원히 이어질 것이고, 그 영역은 무한히 열려 있다.『스토리텔링이란 무엇인가』의 저자의 말처럼, 스토리텔링이라는 개념이 바로 이를 증명한다. 고대부터 이어진 구술성을 띠고 있으면서도 최첨단 디지털 미디어를 기반으로 하는 이야기 방식을 가리키는 스토리텔링은 이야기의 무한한 가능성을 보여 준다. 다시 말해 스토리텔링은 책 속에 갇혀 있던 이야기를 세상의 온갖 콘텐츠들로 새롭게 재현시키며 살아 움직이게 한다.

2.

최근 국내외적으로 가장 주목을 받고 있는 영화감독 중 한 명인 요르고스 란티모스의 영화는 장르와 관계없이 스토리텔링의 근본 속성인 이야기의 무한한 가능성을 예거한다. 이야기 자체로 보자면 〈송곳니〉(2009)는 동화, 〈더 랍스터〉(2015)는 우화, 〈킬링 디어〉(2017)는 신화, 〈더 페이버릿: 여왕의 여자, 이하 더 페이버릿〉(2018)은 역사에 기대고 있다. 란티모스 감독은 각 장르의 관습을 따르지 않고 상상력을 무한 확장시킨다. 많은 사람들이 말하듯이 그의 영화는 생전 듣도 보도 못한 상상력으로 관객을 혼란에 빠뜨린다. 그의 영화는 '기이하고', '충격적이고', '서늘하다'.

먼저 살펴볼 영화는 〈송곳니〉다. 이 영화는 '성장'을 주제로 한 일종의 '동화'인데, 일반적으로 우리가 알고 있는 권선징악을 주제로 하는 동화가 아니라 잔혹동화다. 영화의 공간은 높다란 담과 초록빛 정원, 수영장 딸린 교외의 아름다운 저택이다. 이곳에선 부부와 딸 둘, 아들 하나로 구성된 가족이 살고 있다. 부모는 '송곳니가 빠져야만 집을 떠날 수 있다'는 말로 아이들을 세상과 격리한 채 양육하고 있다. 그들은 완벽한 통제를 위해 언어를 자신들만의 의미로 보강해 아이들에게 주입한다. 예컨대 '바다'

는 '침실에서 볼 수 있는 팔걸이 달린 가죽 의자', '고속도로'는 '강풍', '도로 여행'은 '매우 튼튼한 소재로 바닥을 만드는 데 사용되'는 것으로 정의된다. 아이들 중 하나가 '병신'이 뭐냐고 묻자, "병신을 끄면 집이 어두워진다"라고 답한다. 게다가 가출한 장남이 담 넘어 들어온 들고양이에게 살해당했다는 이야기를 들려주며 아이들에게 공포심을 심어준다. 이 가족들 중 오직 아버지만이 밖을 자유로이 오갈 수 있다. 어머니조차도 밖에 나갈 수 없다. 그녀는 침실에 놓인 전화기로 외부와 소통할 수 있는데, 그 소통조차도 오직 남편하고만 이루어진다.

영화 속에서 아이들은 기이한 행동을 한다. 말을 잘 들을 때마다 주는 스티커를 모으며 경쟁하고, 상대방에게 이유 없는 폭력을 가한다. 그들의 폭력은 유희 또는 욕망과 관련이 없다. 아버지는 아들의 성욕 해소를 위해 회사 경비원 크리스티나를 집으로 불러들여 성관계를 맺도록 하지만 아들에게 육체적인 욕망은 드러나지 않는다. 그는 아버지의 명령에 따라 움직일 뿐이다. 어쩌면 그는 성욕조차 거세되었는지 모른다. 크리스티나는 성욕보다는 세상에 대한 아이들의 호기심을 자극하고, 그로 인해 완벽하게 통제된 것처럼 보였던 아버지의 세계에 균열이 발생한다.

영화에서 아이들이 아버지에게 세상에 나갈 수 있는 때가 언제냐고 묻자 그는 "송곳니가 빠질 때"라고 답한다. 이 영화에서 '송곳니'는 상징적으로 의미심장하다. 인간의 송곳니는 다른 이와 달리 자란다고 빠지는 게 아니다. 그렇기 때문에 송곳니가 빠졌을 때 세상에 나갈 수 있다는 아버지의 말은 곧 통제된 세계에서 절대로 나갈 수 없다는 뜻이다. 독재 아래 세계에서 완벽한 탈주가 불가능하다는 것을 내포하고 있다. 아버지는 아이들에게 세상에 대해 알려준 크리스티나를 참혹하게 응징한다. 세상에 대해 알려준다는 것은 자신이 구축해 놓은 세계를 깨뜨리는 시도이기 때문이다.

우리는 보통 때가 되면 원치 않아도 세상에 대해 알게 된다. 나이가 들면서 세상 살아가는 지혜를 터득하게 된다. 반대로 그 때문에 동심을 잃는다. 동심을 바탕으로 지은 이야기가 바로 동화다. 동화의 내용은 대체로 공상적, 서정적, 교훈적이다. 〈송곳니〉는 이야기의 성격으로 보면 분명 동화다. 하지만 결코 서정적이거나 교훈적이지 않고, 잔혹하고 씁쓸하고 희극적이다. 하지만 결코 웃을 수 없다. 앞서 말했듯이 이 이야기는 동화, 그중에서도 잔혹동화다.

참고로 오늘날 동화는 대개 '행복한 결말'과 '권선징악'의 주제를 형상화한다. 그런데 원래 동화는 잔혹하고 성적인 테마가 가득한 이야기였고, 윤색되고 수정되어 오늘에 이르렀다고 한다. 예컨대 그림 형제가 집대성한 그림동화는 전해 내려오는 유럽의 민담이나 구전되는 이야기들을 각색한 것으로 마녀사냥, 강간, 살인 등 끔찍하고 피비린내가 난무한 원작에서 저녁에 가족들이 모여 아이들에게 읽어줄 수 있는 이야기로 바뀌었다. 그마저도 거기에는 아이들에게 보여주기에는 곤란한 내용도 포함되어 있다. 요컨대 동화는 한편으로는 동심의 이야기이지만 다른 한편으로는 그 이면에 감추어진 또 다른 이야기일 수도 있다. 〈송곳니〉처럼 말이다.

다음으로 살펴볼 영화는 〈더 랍스터〉다. 이 영화는 사랑의 역설을 이야기하는 사랑에 관한 일종의 '우화'다. 영화 속 등장인물들은 사랑하고 싶지 않을 때는 억지로 사랑해야만 하고, 반대로 사랑하고 싶을 때는 강제로 금지당한다. 데이비드(콜린 파렐)는 부인에게 버림을 받고 '커플 메이킹 호텔'이라는 곳으로 끌려간다. 이 호텔에는 다소 황당한 규칙이 존재한다. 그 규칙이란 호텔에 머무는 사람들은 45일간 짝을 찾지 못하면 동물로 변해 숲에 버려지는 운명에 처해진다는 것이다. 이 호텔에는 지켜야 할 규칙들로 가득하다. 대부분 솔로들이 지켜야 할 규칙들이다. 예컨대 솔로는 테니스나 배구 같은 단체 운동을 할 수 없으며, 혼자서 식사해야 한다. 짝짓기를 고무시키기 위해 자위행위는 금지되며 이를 어길 경우 토스터에 손을 넣고 지져지는 고문을 받는다. 그와 정반대로 커플에게는 많은 혜택이 부여된다. 이처럼 이 호텔은 대놓고 솔로와 커플을 차별한다.

데이비드는 커플이 되기 위해 노력하지만 결국 포기하고 숲으로 도망친다. 그리고 그곳에서 '솔로부대'를 발견한다. 숲은 사랑을 강요하는 호텔과는 정반대로 사랑을 금지한다. 그곳에는 연애 금지, 섹스 금지, 플러팅 금지라는 규칙이 있다. 또 죽어도 뒤처리해 줄 사람이 없기 때문에 무덤은 각자 알아서 준비해야 한다. 숲에서는 철저히 외톨이로 살아가야 한다. 음악도 함께 들을 수 없고 춤도 함께 출 수 없다. 영화 속 인물들은 이어폰을

꽂고 혼자 음악을 들으며 따라 부르고 혼자 춤을 춘다.

호텔과 숲의 공통점이 하나 있는데, 그것은 다름 아닌 서로 비슷한 결점을 가져야만 커플이 될 수 있다는 사실이다. 근시인 데이비드는 근시 여자(레이철 와이즈)와 사랑에 빠지게 된다. 그들은 함께 도시로 탈출할 계획을 세우지만 결국 실패하고 만다. 전술했듯이 호텔에서는 45일 동안 커플이 되지 못하면 동물로 변하는데 그 동물은 자신이 선택할 수 있다. 데이비드는 호텔에서 짝짓기에 실패했을 때 '랍스터'가 되고 싶다고 말했다. 랍스터는 광활한 바다에 살며, 장수하는 동물이고, 죽을 때까지 번식한다고 한다. 데이비드가 랍스터를 택하는 게 이상하고 한심해 보이지만, 이는 동물과 인간이 결코 크게 다르지 않은 욕망의 생물이라는 점을 일깨워준다. 자유, 장수, 성욕은 인간의 가장 원초적인 욕망이다. 이 원초적인 욕망을 금기하려 할 때 인간은 금기를 욕망한다.

영화 〈더 랍스터〉가 그리는 가깝고도 먼 미래 세계는 다른 것은 몰라도 사랑에 관해서는 철저히 '디스토피아'다. 인간에게는 사랑하지 않을 자유도, 사랑할 자유도 없다. 개인의 취향과 개성은 철저하게 무시된다. 예컨대 데이비드는 호텔에 입소할 때 자신의 신발 치수를 '44 반'이라고 말하지만, 이내 무시되고 만다. 그곳에서는 'half'가 없다. 44 또는 45, 둘 중 하나다. 이 에피소드에서 잘 보여주듯이 영화 속 미래 세계는 이분법적 세계다. 사랑 역시 마찬가지다. 다시 말하지만 〈더 랍스터〉는 사랑에 관한 우화인 동시에 세상에 대한 우화이기도 하다. 우리가 숭고하다고 믿고 있는 사랑이나, 우리가 완벽하다고 믿어왔던 세상이 사실 얼마나 허술한지를 이 영화는 통렬하게 꼬집는다. 더 나아가 영화는 우리 인간의 어리석음을 꾸짖는다.

3.

〈킬링 디어〉는 에우리피데스가 쓴 고대 그리스 비극 〈아울리스의 이피게네이아〉를 모티브로 삼고 있다. 이 작품은 트로이 정벌을 위해 기꺼이 자신을 희생하는 아가멤논과 클리타임네스트라의 딸 이피게네이아의 숭고한 희생을 다루고 있다. 다양하게 변주되는 이 신화의 핵심적인 인물은 트로이전쟁에서 그리스 연합군을 이끈 아가멤논이다. 그리스 함대는 트로이로 출정하기 위해 아울리스에 모였지만 출항에 필요한 바람이 멎는 바람에 위기에 봉착한다. 아가멤논은 예언가 칼카스로부터 아르테미스 여신의 노기를 가라앉히기 위해서는 자신의 딸을 희생 제물로 바쳐야만 한다는 신탁을 듣게 된다. 사실 그에게는 아르테미스의 성스러운 사슴을 죽여 아르테미스 여신을 분노케 한 전력이 있다. 결국 아가멤논은 트로이 원정의 성공을 위해 딸 이피게네이아를 희생시키기로 결심한다.

아가멤논은 그리스 군대가 트로이로 떠나기 전 아내 클리타임네스트라에게 이피게네이아를 아킬레우스와 결혼시켜야 한다고 말한다. 이피게네이아와 클리타임네스트라는 그리스 최고의 영웅 아킬레우스를 오래전부터 흠모하고 있어 기쁘게 아울리스 항구로 간다. 아킬레우스는 아가멤논이 자신을 이용하여 이피게네이아를 죽이려는 속셈을 알고 희생 제의를 막으려 하고, 아버지의 계획을 안 이피게네이아는 대의를 위한 제물로 자신을 바치겠다고 마음먹는다. 그 일로 아가멤논은 자신의 아내이자 이피게네이아의 어머니인 클리타임네스트라의 분노를 사게 되고, 결국 트로이 전쟁에서 승리하고 금의환향한 바로 그날 밤 그녀와 그녀의 정부 아이기스토스의 손에 죽게 된다. 클리타임네스트라와 아이기스토스 또한 아가멤논의 아들인 오레스테스에 의해 잔인하게 죽임을 당한다. 이피게네이아의 희생은 아가멤논 자기 자신의 희생이기도 하다. 왜냐하면 이피게네이아의 희생은 곧 아가멤논의 비극으로 귀결되기 때문이다.

〈킬링 디어〉는 스티븐(콜린 파렐) 가족과 마틴의 이야기다. 스티븐은 저명한 흉부외과 전문의다. 결혼 16년 차인 그에게는 안과 의사이자 부인인 애나(니콜 키드먼)와 딸 킴과 아들 밥이 있다. 그는 병원에서뿐만 아니라 집안에서 신(神)과 같은 권위를 갖고 있다. 그는 흉부외과 의사에 대해 직업적인 자부심이 있다. 아내인 애나가 마틴(배리 케오간)의 아버지의 죽음이 의료 사고였는지 묻자 그는 "흉부외과 의사는 사람을 죽이지 않는다고 말한다". 그는 아내의 드레스나 아들의 헤어스타일에 대해 그들의 취향을 전혀 고려하지 않고 자신의 의견을 진리처럼 단정적으로 말한다.

스티븐 앞에 마틴이 나타나며 그의 평범했던 일상이 조금씩 뒤틀리기 시작한다. 그는 처음에는 예전에 자신이 담당했던 환자의 아들인 마틴을 살갑게 대한다. 사실 그는 마틴에게 동정 또는 연민의 감정을 갖고 있다. 왜냐하면 자신의 실수 때문에 마틴의 아버지가 죽었을지도 모르기 때문이다. 그런데 어느 날부터 마틴의 행동은 스티븐을 불편하게 만든다. 불편함은 곧 불안함으로 증폭된다. 마틴은 말도 없이 그의 병원을 맴돌거나 그의 가족을 몰래 만난다. 제멋대로 약속을 잡은 뒤 만나기를 종용하며 점점 그를 옥죄기 시작한다.

〈킬링 디어〉는 비극적인 '신화'에 바탕을 두고 있다. 하지만 스티븐과 마틴의 만남이 지속되면서 이 영화는 공포 영화로 그 장르가 바뀐다. 감독은 날카로운 사운드와 차가운 미장센을 적절하게 잘 운용하며 스릴과 긴장감, 그리고 미스터리를 증폭시킨다. CCTV 화면 같은 장면의 연출, 인위적인 줌, 극단적인 부감, 하이앵글 트래킹 숏 등은 공포에 섬뜩함까지 배가한다. 게다가 등장인물의 텅 빈 표정과 제스처는 관객을 더욱 혼란스럽게 만든다.

스티븐이 마틴을 경계하며 점점 멀리하자 마틴은 이내 스티븐과 그의 가족에게 저주를 퍼붓는다. 특히 스파게티를 먹으면서 속사포처럼 퍼붓는 마틴의 저주는 마치 그리스 로마 신화의 신탁을 떠올리게 한다. 그의 저주는 곧 현실이 되고 비밀로 감춰져 있던 일들이 하나둘씩 드러난다. 마틴의 저주대로 스티븐의 아들과 딸인 밥과 킴은 사지 마비가 오고 음식을 먹지 못하고 눈에서 피가 흐른다. 그들에게 남은 것은 이제 죽음뿐이다. 애나는 스티븐에게 킴과 밥 중 한 명을 선택하자는 극단적인 제안을 하고 스티븐은 그렇게 하기로 결정한다. 밥과 킴 역시 이를 받아들인다. 심지어 그들은 자신이 희생양이 되지 않기 위해 스티븐에게 잘 보이려 애쓴다.

앞서 이피게네이아의 예에서 보듯이 신화에서는 희생을 통해 저주가 풀린다. 즉 아르테미스 여신은 이피게네이아를 가엾게 여겨 그녀 대신 사슴을 제물로 희생시키며 아가멤논에게 걸린 저주를 푼다. 하지만 이 영화에서 저주가 풀리는 방식은 신화의 방식과는 사뭇 다르다. 마틴은 스티븐에게 저주를 풀기 위해서는 가족 중 한 명을 희생시키라고 강요한다. 그는 자신의 아버지가 죽었기 때문에 스티븐의 가족 중 한 명이 죽어야 균형을 이룬다고 주장한다. 그것이 바로 그가 생각하는 '정의'다. 스티븐은 마틴을 납치해 그를 협박도 하고 고문도 해보지만 결국 마틴 앞에서 무너지고 가족 중 한 명을 희생시킨다. 이는 스티븐의 입장에서는 희생이지만 마틴의 입장에서는 복수다. 영화에서는 이처럼 신화적 희생과는 층위가 다른 복수를 통해 정상화에 이른다.

〈킬링 디어〉의 원제는 'The Killing of a Sacred Deer'로서, 그 뜻은 '신성한 사슴 죽이기'이다. 신화에서 말하는 신성한 사슴은 아르테미스의 사슴이자 이피게네이아이지만 영화에서 신성한 사슴은 다소 모호하고 중층적이다. 영화가 시작되기 전 이미 죽은 마틴의 아버지일 수도 있고 아니면 밥일 수도 있다.

많은 사람들은 란티모스의 영화의 비극적 서사의 원형을 그리스 비극이라는 거대한 문화유산에서 찾으려 한다. 하지만 란티모스는 그리스 비극보다는 자신의 독창적 세계에 방점을 두고 있다. 그럼에도 불구하고 그가 창조해온 세계는 일관되게 비극적이며 신화적이다. 그 세계에서 그는 인간을 창조하고 세계를 지배하는 신이다. 요컨대 감독 스스로 블랙 코미디라고 부른 〈킬링 디어〉에서 드러나는 란티모스의 잔인하리만큼 시니컬한 태도는 자신이 만든 세계를 굽어보는 전지적 시점에서 기인한다.

전술했듯이 고대 그리스 비극을 관람하는 관객은 인간의 불행과 고통에 대해 연민과 공포를 느끼고, 그 연민과 공포는 감정의 카타르시스로 연결된다. 하지만 란티모스는 인간의 불행과 고통에 일정 거리를 둔다. 그의 이런 거리 두기는 당연히 '동정'이나 '공감'과는 거리가 멀다. 그렇다고 '반감'도 아니다. 굳이 말하자면 그의 태도는 '무관심'에 가깝다. 어쩌면 인간의 불행과 고통에 대해 이처럼 무관심하기 때문에 그의 영화가 더욱 섬뜩하고 불편하게 느껴지는지도 모른다.

4.

마지막으로 영화 〈더 페이버릿〉을 살펴보자. 이 영화는 18세기 영국의 앤 여왕을 중심으로 한 세 여성의 권력 다툼 이야기인 동시에 그들의 사랑 이야기다. 한마디로 말해 〈더 페이버릿〉은 '관계'에 관한 영화다. 앤 여왕을 꼭짓점으로 연결되어 있는 세 사람의 삼각관계는 이리저리 움직이다가 결국 허물어진다. 사랑을 잃은 앤 여왕에게 남은 건 지긋지긋한 신체의 통증뿐이고, 여왕의 총애를 잃은 사라는 영국 땅을 떠나야 하고, 애비게일은 신분 상승과 무관하게 여왕의 저린 다리를 주물러야 하는 현실을 자각한다. 특히 앤 여왕의 얼굴에 어지러이 포개지는 토끼의 이미지는, 열일곱 마리 토끼로도 모자란다는 듯 끊임없이 번식하는 슬픔과 고통을 상징한다. 실제로 앤 여왕은 자신이 키우는 열일곱 마리 토끼에게 유산, 사산되거나 혹은 일찍 죽은 자식들의 이름을 붙였다. 그런데 이 결말은 란티모스의 다른 영화의 결말과 사뭇 다른 감흥을 안긴다. 〈송곳니〉처럼 비극에 앞서 서늘한 실소를 자아내지도 않고, 〈더 랍스터〉처럼 인간 또는 사랑을 그렇게 냉소하지도 않고, 〈킬링 디어〉처럼 끝까지 잔인하게 불안을 조장하지도 않는다. 기괴하고, 잔혹하고, 부조리하기에 섬뜩하고 불편한 것은 〈더 페이버릿〉도 마찬가지다. 란티모스의 영화가 대체로 그렇듯이 이 영화 또한 비극적인 엔딩으로 귀결된다.

〈더 페이버릿〉은 란티모스가 연출하는 첫 번째 시대극이자 자신이 직접 각본을 쓰지 않은 첫 번째 영화다. 언제나 가상의 영화 세계를 설계하고 그 세계에 엄격한 법칙을 심어놓은 그였기에 역사를 재료 삼아 영화를 만들었다는 사실은 대단히 흥미롭다. 그가 기존에 만들어온 영화적 세계 또한 현실의 단면을 반영한 결과지만, 그 세계는 다소 도식화된 모사의 세계였다. 어떤 선택을 하더라도 비극으로 귀결되는 폐쇄적 회로의 세계는 뜨거운 감정으로 들끓는 세계로 나아가지 못했다. 그 때문인지

란티모스의 영화를 보면 인물보다도 인물의 상징, 인물의 행동의 은유, 인물을 작동하는 시스템의 원리 등이 두드러진다. 그런데 〈더 페이버릿〉에서는 의외로 인물들이 두드러진다.

시대극 〈더 페이버릿〉이 다루고 있는 '역사'는 18세기 영국 스튜어트 왕조의 마지막 군주였던 앤 여왕의 치세기다. 영화는 몰락한 귀족 가문 출신의 애비게일 힐(엠마 스톤)이 앤 여왕(올리비아 콜맨)의 절친이자 말벗인 말보로 공작부인 사라 제닝스(레이첼 와이즈)에게 일자리를 부탁하기 위해 앤 여왕의 궁전을 찾아오면서 시작된다. 앤 여왕은 절대 권력을 지녔지만 시도 때도 없이 히스테리를 부리고, 사라는 여왕의 오랜 친구이자 권력의 실세로서 항상 곁에서 그녀를 보좌한다. 사라의 허락을 받고 궁전의 서재를 드나들던 애비게일은 앤 여왕과 사라가 단순한 절친 또는 여왕과 신하 사이가 아니라, 조금 더 깊고 비밀스러운 관계에 있다는 사실을 알게 된다. 그녀는 사라가 정치 싸움에 몰두하는 사이에 여왕의 마음속 빈틈을 노려 여왕과 사라, 그리고 자신과의 삼각관계를 만들고, 끝내는 독극물을 이용해 사라가 여왕의 총애를 잃고 실각하도록 만든다.

앤 여왕은 봉건제 영국에서 말 그대로 절대 권력의 위치를 점하고 있다. 또한 여왕과 어린 시절부터 형성된 끈끈한 유대관계에 힘입어 최측근에서 여왕을 보좌하던 사라는 공작부인이자 여왕의 비서로서 실질적 권력을 가진 비선 실세다. 반면 몰락한 귀족 가문의 딸인 애비게일은 아무런 권력이 없는 궁중의 시녀로 출발하였지만 계략과 음모로 여왕과 사라의 동성애 관계의 틈을 파고들어 여왕의 총애를 받는 위치까지 올라선다. 영화에서 권력과 신분은 애정 관계의 변화에 영향을 받으며 수시로 뒤바뀌게 된다.

애비게일은 원래는 귀족 출신이었지만 집안이 망해 하녀의 역할도 마다하지 않는다. 그녀는 궁에 들어오기 바로 직전에는 마차 안에서 성희롱을 당하고, 마차에서 굴러 떨어지면서 진흙을 뒤집어썼다. 부엌에서 일할 때는 이유 없이 체벌을 당하기도 하고 하녀들의 괴롭힘으로 손을 다치기도 한다. 하지만 그녀는 불평하지 않고 오히려 궁전에서 일하게 된 것을 감사하게 여긴다. 마침내 그녀는 사라를 밀어내고 여왕의 총애를 얻는다.

〈더 페이버릿〉의 중핵은 표면상 사라와 애비게일의 권력 다툼이지만 그 싸움의 시작과 끝에는 모두 여왕이 있다. 영화는 애비게일과 사라가 아무리 서로 투쟁하고 쟁취한다 한들 '관계성'이라는 영화의 테마는 결국 여왕에게로 귀결된다는 것, 즉 그들 세계의 정점은 결국 여왕이라는 점을 마지막 순간에 이르러 비로소 상기시킨다.

사실 사라의 권력은 여왕의 총애에서 비롯되었다. 그녀는 여왕의 권한을 위임받아 혹은 여왕의 권력을 등에 업고 자신의 권력을 휘둘렀다. 그녀의 권력이 여왕에 의존한다는 사실은 곧 여왕이 마음만 먹으면 하루아침에도 내쳐질 수 있는 위치에 있다는 것을 의미한다. 실제로 그렇게 되었다. 사실 앤 여왕과 사라는 어릴 적부터 그 누구도 상상할 수 없을 정도로 깊은 유대를 형성했다. 한쪽은 사랑을 갈구하고 한쪽은 권력을 갈구한다. 그들은 서로가 원하는 것을 잘 알고 있었기에 아슬아슬한 권력 게임을 벌인다. 그런데 그 둘 사이에 애비게일이 끼어들어 그 아슬아슬한 권력 게임을 결딴낸다.

〈더 페이버릿〉에서 나타나는 권력을 쟁취하기 위한 암투, 신분상승의 욕구, 애정의 집착적 갈구, 라이벌에 대한 견제와 음모, 불타는 복수심 등의 감정은 극단적이며 비정상적이다. 란티모스 감독은 이런 극단적이고 비정상적인 등장인물의 감정을 독특한 카메라 워크를 통해 잘 보여주고 있다. 평상심과는 거리가 먼 이들의 감정을 드러내는 데 있어 가장 강력한 무기는 광각렌즈다. 주지하듯 광각렌즈 피사체와의 초점 거리가 짧고 화각이 넓어 왜곡의 효과를 창출한다. 혼돈, 괴로움, 광기 등과 같은 일상적이지 않은 감정을 연기하는 인물을 비정상적으로 왜곡시켜 보여주는 방식은 광각렌즈의 전형적인 쓰임새라고 할 수 있다. 관객은 영화를 보는 내내 표준렌즈로 편안하게 촬영된 인물이 아닌 광각렌즈로 미묘하게 일그러진 인물의 얼굴이나 신체를 마주하게 된다. 이는 배우들의 광기 어리면서도 섬세한 연기와 맞물려 감정적 감흥으로 누적된다. 이러한 촬영 방식은 단 한 컷으로 강력한 인상을 주진 않지만 두 시간 남짓한 누적의 효과는 관객의 의식에 분명하게 각인되고 전이된다.

인물을 광각렌즈로 포착하여 미묘하게 일그러뜨리는 촬영 방식은 앙각의 카메라 레벨과 결합되어 더욱 그 효과를 증폭한다. 카메라를 아래에서 위로 치켜세워 촬영하는 앙각의 구도는 인물을 보다 권위적이고 위압적으로 보이게 만들거나 행동을 과장함으로써 인물을 우스꽝스럽게 만든다. 권력과 신분 상승을 향한 강력한 욕망을 드러내는 애비게일, 언제나 애정을 갈구하는 앤 여왕, 애정 관계에서도 주도적 역할을 하면서 권력의 실세 역할을 하는 사라는 각 캐릭터의 성격 자체가 앙각의 권위적이고 폭력적인 구도와 완벽하게 조응한다. 영화의 스토리가 진행되면서 캐릭터의 성격이 변하게 되는데 애비게일은 신분 상승을 이룬 뒤 의기양양하고, 여왕은 마지막에 그런 애비게일을 상대로 절대 권력을 과시하며, 사라는 애비게일에 대한 복수심에 불타게 된다. 그러한 변모한 캐릭터 역시 앙각의 구도에 변함없이 조응한다.

카메라 워크뿐만 아니라 독특한 무대 설정 또한 극단적이고 비정상적인 등장인물의 감정을 고조시킨다. 사실 영화 속 궁전은 권력 암투의 공간이자 치정 관계의 공간이다. 비밀스러운 애정행각과 국정운영회의가 공존하는 공간이며, 그 안에서는 시기, 질투, 음모, 정치적 협잡 등이 끊임없이 벌어진다. 공적이자 매우 사적인 공간인 궁전은 빛과 어두움의 극단적인 분리로 상징된다. 등장인물뿐만 아니라 영화의 주요 배경인 궁전도 과장되고 왜곡된다. 특히 공간을 찍을 때는 인물을 찍을 때보다 더 극단적인 광각렌즈가 사용된다. 궁전은 권력의 공간이자 이들 세 여인의 애정행각을 간직한 비밀스러운 공간이다. 영화는 극단적인 광각렌즈라고 할 수 있는 어안렌즈를 이용해 그곳의 넓이와 깊이를 크게 부풀리고, 건물 구조물의 가로세로선을 휘어버리는 어안렌즈 특유의 특징으로 공간적 균형을 일그러뜨린다.

앤 여왕의 침실, 사라가 장악한 의회, 애비게일의 처지를 보여주는 하녀의 방, 이들이 거니는 길고 어지러운 복도를 카메라는 끊임없이 오가며 세 여성의 심리가 어디로 향하는지 보여준다. 인물들을 앙각으로 잡는 숏만큼이나 영화에서 자주 사용되는 빠른 180도 패닝은 앤 여왕의 변덕스러운 심리나 사라와 애비게일의 빠른 태세 전환을 잘 보여준다. 란티모스 감독은 "호의란 바람처럼 그 방향을 쉽게 바꾼다"는 영화의 주제를 카메라 워크를 비롯한 영화 장치를 통해 잘 보여주고 있다.

조명 또한 마찬가지다. 영화 속에서 빛이 닿는 공간과 빛이 닿지 않는 공간은 분명하게 분리되어 있고, 이는 화면에 강력한 콘트라스트를 형성하며 뚜렷한 명암의 대비를 이룬다. 낮 장면이라고 해서 예외가 아니다. 창문을 통해 매우 밝은 빛이 쏟아져 들어오지만 그 빛이 닿지 않는 부분은 칠흑같이 어둡다. 밤 장면에서는 더더욱 촛불이 닿는 부분과 그렇지 않은 부분의 경계와 대비가 뚜렷하다. 이는 권력을 가진 자와 그렇지 않은 자의 경계처럼 보이기도 하고 권력이 미치는 곳과 그렇지 않은 곳의 대비처럼 보이기도 한다. 언뜻 표현주의 영화의 미장센처럼 느껴지는 이러한 뚜렷한 명암대비는 궁전의 비밀과 드라마를 극적으로 표현하는 중요한 시각적 수단이 된다.[1]

란티모스 감독은 〈더 페이버릿〉에서 독특한 카메라 워크, 무대 설정, 조명 등 다양한 영화 장치를 통해 등장인물들의 극단적

---

[1] 류재훈, 「권력의 공간과 비틀린 연기를 포착하는 광각의 미학: 영화 〈더 페이버릿〉의 촬영을 중심으로」, 『연기예술연구』 제16권 3호, 2019, 15~16쪽.

이고 비정상적인 감정을 관객에게 전달한다. 일반적인 영화에서라면 관객은 등장인물의 감정에 동화되기 마련이다. 하지만 이 영화뿐만 아니라 란티모스의 대부분의 영화에서는 영화 속 등장인물의 감정에 동화되기 어렵다. 브레히트의 소격 효과처럼 등장인물과 분리되고 궁극적으로는 영화와 거리를 두게 된다. 요컨대 란티모스의 영화를 보고 난 뒤에는 정서적으로 불편하고 섬뜩하다. 그리고 그 감정은 진하고 오래간다.

5.

앞서 말했듯이 〈더 페이버릿〉은 역사를 소재로 한 란티모스 감독의 첫 번째 영화다. 그는 기본적으로는 역사적 사실과 실존 인물의 이야기를 그대로 따르고 있지만 역사를 있는 그대로 취하지 않고 나름대로 역사에 변형을 가하고 있다. 사실 이 영화에서 역사적 사실의 고증은 그다지 중요하지 않다. 앤 여왕은 이 영화에서 시종일관 무능하고, 변덕스럽고, 기괴한 인물로 그려진다. 그녀는 스페인의 왕위 계승 문제를 두고 프랑스와 전쟁을 지속할지 중단할지 쉽게 결정하지 못한다. 하지만 역사적으로 앤 여왕은 스코틀랜드에 경제적 이권을 보장하고 법과 교회와 통화제도의 독립을 약속하며 잉글랜드와 스코틀랜드의 연합왕국을 세울 정도로 역사적으로 중요한 업적을 남겼다. 란티모스 감독은 이 영화에서 역사적 사실을 전달하고 역사를 해석하는

데 방점을 두지 않고 인물 자체에 초점을 맞추고 있다. 당연히 이 영화에서는 역사보다도 인물이 도드라진다. 그가 창조한 등장인물들은 기존의 그 어떤 캐릭터보다 살아 숨 쉬는 듯하고 보다 인간적이다.

〈더 페이버릿〉에서 앤 여왕은 끊임없이 사랑을 갈구하며 욕구불만에 차 있다. 그녀는 일이 뜻대로 되지 않으면 괴팍해지고 삐뚤어진 행동을 보인다. 그녀는 파란색 케이크를 먹고 파란색 토사물을 게워낸다. 그런 그녀의 모습은 관객들에게 연민 그 이상의 감정을 불러일으킨다. 반면 사라는 스페인의 왕위 계승 문제를 두고 벌이는 프랑스와의 전쟁에서 망아지처럼 날뛰는 야당 총수 할리 경에게 "마스카라나 고치시오"라고 당당하게 일갈한다. 하지만 그녀는 애비게일의 배신과 모략으로 얼굴에 큰 상처를 입고 여왕에게는 버림을 받는다. 그럼에도 그녀는 앤 여왕에게 계속해서 러브레터를 쓴다. 그런 그녀의 모습은 안타까움과 함께 인생의 무상함을 느끼게 한다. 애비게일은 무시와 천대를 참고 견디며 '귀부인'이 되어 마침내 신분상승의 꿈을 이루었다. 하지만 그녀는 마냥 행복해 보이지 않는다. 그녀는 자신이 사라에게 그랬던 것처럼 누군가가 자신에게 그렇게 할지도 모른다고 불안해한다. 그러므로 여왕의 굴욕적인 요구를 거절하지 못한다. 그런 그녀의 모습 역시 안쓰러움을 느끼게 한다. 앤 여왕의 공허함, 사라의 애처로움, 애비게일의 불안함은 모두 욕망의 결핍에서 비롯된다.

다시 말하지만 〈더 페이버릿〉은 세 여인의 욕망을 다룬다. 앤 여왕에게는 사랑의 갈구, 사라에게는 권력의 쟁취, 애비게일에게는 신분 상승이라는 욕망이 작동했다. 사실 그 욕망은 사실 금기된 욕망이다. 따라서 〈더 페이버릿〉은 그 금기된 욕망의 이야기고, 감독은 상상을 통해 금기된 욕망의 봉인을 풀었다. 인간의 욕망이 얽히고설키는 〈더 페이버릿〉은 과거의 이야기도 가상의 이야기도 아닌 현실의 이야기로 읽힌다. 사실 욕망은 성별과 신분 따위에 구애받지 않는다. 앤 여왕, 사라, 애비게일은 자신의 순간적이고 본능적인 욕망을 위해 누구든 이용하고 그 무엇도 이용할 준비가 되어 있다.

그런데 그들만 그런 게 아니다. 영화 속 귀족들은 광대를 발가벗겨 과일을 던지는 천박한 놀이를 즐기고, 애비게일을 성희롱하고, 그녀를 이용해 사라와 앤 여왕의 사이를 갈라놓기도 한다. 국가의 존망을 결정할지 모르는 전쟁이나 세금과 같은 중대한 문제마저도 그들에게는 한낱 사적인 관심과 애정 다툼의 소재일 뿐이다. 그 어떤 것도 인간의 원초적인 욕망을 잠재우지 못한다. 즉 인간의 욕망은 결코 채워지지 않는다. 일시적으로 그 욕망이 채워졌다고 하더라도 또 다른 욕망을 욕망한다. 욕망의 충족은 또 다른 욕망의 결핍을 초래한다. 그리고 그 끝에는 언제나 공허감이 자리한다.

영화의 결론만 놓고 보면 〈더 페이버릿〉에서 신분상승이라는 꿈을 이룬 애비게일이 승자, 사랑을 얻는 데 실패한 앤 여왕과 여왕의 총애를 잃고 실각한 사라가 패자처럼 보인다. 사람들은 게임에서 승자가 있으면 당연히 패자가 있을 것이라 생각한다.

그런데 경우의 수는 그보다 많다. 모두 이길 수도 있고 모두 질 수도 있다. 그런데 모두가 이기는 것은 너무나 어렵지만 모두가 지는 것은 너무나 쉽다. 란티모스 감독은 애비게일이 과연 승자인지 질문을 던진다. 애비게일은 자신이 승자라고 생각하고 사라와 여왕을 짓밟고 노는 달콤한 상상을 하지만 그 상상은 그녀가 생각한 것만큼 달콤하지 않다. 그렇기에 그녀는 불안해한다. 욕망의 폭풍이 지나간 다음에는 아무것도 남지 않는다. 더 정확히 말해서 결핍과 공허함만 남는다.

한국 퀴어 소설의 오늘과 내일

1. 동성애에 대한 여러 가지 오해

'성'의 해석 주체가 종교에서 의학으로 넘어오면서, 20세기 초반 이성 간의 성기 중심의 섹슈얼리티가 사회화와 교육을 통한 관습이라는 지그문트 프로이트의 주장은 점점 더 힘을 얻게 된다. 프로이트는 이성애와 동성애로 이분화된 성은 자연적인 것이라기보다는 사회화의 산물이라고 주장한다. 성에 대한 프로이트의 주장은 미셸 푸코에 이르러 더 체계화된다. 푸코는 성 담론을 인간의 상상력에 의해 생겨난 하나의 구조물이며 시간과 함께 변하는 문화적 산물로 간주했다. 그에 따르면, 성을 판단할 때 남성/여성, 자연적인 것/비자연적인 것, 이성애자/동성애자,

정상/비정상 등으로 구분하는 것은 역사와 더불어 변화한 것으로 당시 사회를 지배해 온 주류 이데올로기의 산물이고, 따라서 남성과 여성 사이의 성관계만이 본질적이며 정상적이라고 말할 어떤 근거도 실제로는 존재하지 않는다. 섹슈얼리티가 자연적인 조건이라기보다는 담론적 산물이라는 푸코의 주장은 근대적 주체성이 권력망의 효과라고 보는 보다 더 큰 주장의 한 부분이다. 푸코에게 부정적이거나 억압적일 뿐만 아니라 생산적이고 무엇인가를 가능하게 만들기도 하는 권력은 그 효과가 사전에 결정되어 있지 않은 채 무수히 많은 지점들로부터 행사된다.

무엇이 동성애를 구성하는가에 대한 논쟁은 소위 본질주의와 구성주의 사이의 협상이라는 측면에서 이해할 수 있다. 본질주의자들은 정체성을 자연적이고, 고정적이고, 생래적이라고 간주하는 반면, 구성주의자들은 정체성이란 유동적이며 사회적 조건과 자신을 이해하는 데 필요한 활용 가능한 문화적 모델들의 효과라고 주장한다. 푸코에 따르면, 1870년 즈음에 다양한 의료 담론 안에서 동성애자로 식별 가능한 특정 유형의 사람에 대한 관념이 부상하기 시작했다. 이제 더는 단순히 특정한 형태의 성적 행동을 하는 누군가가 아닌 동성애자가 근본적으로 바로 그 행동의 측면에서 정의되기 시작했다.

1870년 이후 동성애적 성행위는 특별한 유형의 사람임을 말하는 증거로서 읽히기 시작했고 그런 유형의 사람에 관해 설명하는 서사들이 형성되기 시작했다. 항문성교자는 일시적인 일탈 행동을 한 사람이었지만 동성애자는 이제 하나의 종인 것이다.

동성애 형성으로 이어진 역사적 과정들만을 전면화하는 것은 이성애는 마치 자명하거나 자연적이거나 또는 안정된 구성물이라고 함의하는 것이다. 이런 가정은 동성애를 흔히 이성애로부터 파생된 것으로 보거나 이성애보다 덜 진화된 것으로 보는 문화에서 자연스러운 것이 된다. 많은 이론가들은 최근의 동성애 개념과 동성애의 역사적 발달에 대한 설명이 이성애를 자연스러운 것으로 이해하거나 상식적인 것으로 이해하는 데에 중요한 함의를 갖는다고 주장하고 있다. 예컨대 이성애라는 용어가 동성애와 등을 맞대고 형성된 것이므로, 즉 전자는 후자가 통용된 후에야 비로소 통용되었으므로, 이성애는 동성애에서 파생되었고, 그와 같은 계보는 중요한 이데올로기적 결과를 갖는다고 주장한다.

동성애를 옹호하는 단체들은 동성애자들이 비정상적인 사람으로 묘사되었고, 동성애는 선천적인 상태이기 때문에 박해가 아니라 동정을 받아야 한다고 주장했다. 그들은 공적 관계의 개선을 선호했고 동성애자들이 주류사회에 받아들여질 수 있는 동성애 이미지를 제시했다. 반면 게이 해방운동은 이성애자들의 불안에 영합하기를 거부했고 자신들도 똑같다는 주장을 통해 지지를 호소하기보다는 자신들이 다르다는 것을 드러냄으로써 사회가 충격을 받도록 만들었다. 동성애 옹호 운동이 동화주의를 옹호했던 반면 게이 해방운동은 뚜렷하게 구별되는 게이 정체성이라는 관념을 중심으로 구축되었다.

북미에서 부상한 게이 운동의 기폭제는 동성애를 병으로 보았던 지배적인 정신의학적 관점에 도전하기를 주저했던 동성애 옹호 운동에 대한 불만이었다. 정신과 전문의들이 동성애를 덜 병리학적인 관점에서 더욱더 자유주의적으로 받아들이도록 그들을 설득하려고 노력하는 대신, 게이 해방주의자들은 그와 같은 전문가 의견을 반박했고 자신들의 개인적인 경험이 가진 권위가 인정되어야 한다고 주장했다.

게이 해방운동이 동성애 옹호 운동 전략과 달랐던 것은 게이 정체성에 대한 대중의 추측과 전문가 의견에 대한 불신이었다. 이런 전술들은 동성애에 대한 정신의학적 모델과 의료적 모델에 도전하는 것에서뿐만 아니라 많은 다른 개입들에서도 활용되었다. 동성애가 정치화된 정체성을 강조하고 게이화된 지식의 유효함을 주장하는 것은 해방주의적 모델에서 '커밍아웃'의 의식화를 강조함으로써 가능해졌다. 게이 해방주의자들은 커밍아웃 서사, 즉 자신의 동성애에 대한 모호하지 않은 공개적 선언을 사회 개혁을 위한 강력한 수단으로서 장려했다.

게이 해방운동의 목표는 동성애에 대한 관용 이상의 것을 보장받는 것이다. 그들은 사회 구조와 가치의 급진적이고 광범위한 개혁을 이루고자 했다. 젠더와 성 역할이 모든 이들을 억압한다고 보았기 때문에 게이 해방운동은 소수 인구에 대한 합법적 정체성으로부터 동성애가 인정받기를 바랐을 뿐만 아니라 모든 사람들 안의 동성애를 자유롭게 만들기를 바랐다. 게이 해방운동은 동성애의 주변화와 가치절하는 사회적 규범을 구성하는 성과 젠더가 지배적이고 엄격하게 위계적으로 개념화된 결과로 이해했다. 동성애를 해방시키기 위해 게이 해방운동은 여성성과 남성성에 대한 고정된 관념을 뿌리 뽑는 데에 전념했다.

게이 해방운동은 규범적 성과 젠더 역할이라고 비판하는 것에 의해 억압받고 있는 다른 모든 집단들을 해방시키는 것을 목표로 삼고 있다. 그들의 주장에 따르면, 누구와도 사랑에 빠질 수 있도록 허용된다면 동성애자라는 단어는 사라질 것이다. 게이 해방운동은 젠더를 이성애를 지탱해 주는 억압적인 구성물이라고 비판한다. 개인의 사적인 정체성의 수준에서 일어나는 변화와 경험에 대한 핵심적이고 파급력 있는 질문은 결코 사소하지 않다. 근대성이라는 보다 넓은 틀에서 권력의 작동을 어떻게 이해할 것인지는 보다 근본적인 문제다.

2. 퀴어의 재전유

동성애에 관한 여러 담론 중 '퀴어 이론(queer theory)'은 최근의 동성애 연구에서 중요한 이론적 키워드다. 퀴어 이론은 그동안 비판 없이 당연한 것으로 간주한 이성애 중심주의의 절대성을 의심하며, 다양한 동성애 담론의 한계를 극복하고, 성 이해의 이성애와 비이성애라는 이분법적 도식을 반대하고, 정상과 비정상이라는 폭력적 구분에 저항한다. 또한 이성애를 벗어난 여타의 성을 억압하는 동성애 혐오를 비롯해 그와 유사한 성 이데올로기에 저항한다. 또한 역사적으로 만들어진 모든 종류의 차이점을 고려하면서 이러한 차이점들을 위계화하는 구조를 분석하고 비판한다.

더 나아가 퀴어 이론은 후기구조주의와 포스트모더니즘의 영향을 받아 근대성에 내포된 남성 중심적, 이성애 중심적 개념을 해체하고자 한다. 이는 당연시되어 있는 사유의 지반인 주체, 재현, 진리, 총체성에 대한 비판을 통해 구현된다. 퀴어라는 용어는 성 소수자를 지칭하는 것으로, 이들은 자신들의 정체성을 정의하기 위해 본래의 멸시적 의미의 용어를 적극적으로 재전유함으로써 퀴어의 저항적이고 실천적이며 정치적인 성격을 내포한 정체성 개념으로 재탄생시켰다.

사실 '퀴어'라는 단어에는 사전적으로 '기이하다', '괴상하다' 등의 뜻이 담겨 있기에 과거에는 동성애자들을 경멸하고 천시하는 단어로 쓰였다. 그럼에도 동성애자들이 부정적 함의를 가진 퀴어를 자신들의 정체성을 규정하는 단어로 선택한 이유는 퀴어가 동성애를 혐오하는 말에서부터 시작하여 재전유되는 모습을 보여 줄 수 있기 때문이다. 이성애자들이 동성애자들을 배격하고 혐오감을 표출하기 위해 사용된 용어가 이제 새로운 정치적 의미를 지니게 되었다. 즉 퀴어 또는 동성애는 과거에는 비천함을 의미했지만, 이제 재전유와 재발화를 통해 새로운 정치적 함의의 긍정적인 변화의 동력을 확보했다.

거듭 말하지만 한때 퀴어는 중립적으로 말하면 동성애자들을 일컫는 말이었고, 나쁘게 말하면 동성애 혐오적인 용어였다. 그런데 최근 몇 년 동안 퀴어는 또 다른 방식으로 쓰이게 되었다. 때로는 문화적으로 주변화되어 있는 성적 정체성들을 통틀어 일컫는 용어로 쓰이기도 했고, 때로는 더 전통적인 레즈비언/게이 연구들에서부터 발전해 나와 현재 발생기에 있는 이론적 모델을 설명하기 위한 용어로 쓰여 왔다. 퀴어는 단순히 동성애적 욕망을 초역사적으로 설명하고 구성하는 일련의 용어들 중에서 가장 최근의 것이 아니라 오히려 이른바 어떠한 보편적인 개념이든 그것을 문제로 삼는 구성주의의 결과다. 그렇다고 퀴어가 정확히 무엇을 의미하는지 혹은 포함하는지 혹은 가리키는지는 결코 쉽게 말할 수 없다. 퀴어는 고정되고 일관되며 자연적인 것으로서의 정체성의 중단을 가리키기도 하지만, 한결같고 자기동일한 다른 종류의 정체성을 의미하기 위해 쓰일 수도 있다.

퀴어가 필수적으로 참조하는 어떤 특정한 것이란 없다. 퀴어는 일종의 본질 없는 정체성이다. 이 근본적인 불확정성이 퀴어를 어려운 연구 대상으로 만든다. 항상 모호하고 항상 관계적이라서 대체로 직관적이고 절반만 정연화되는 이론으로 설명되어 왔다. 퀴어의 모호함은 자주 퀴어를 동원하는 이유가 된다. 이처럼 퀴어가 정확히 무엇을 의미하는지, 무엇을 포함하는지, 무엇을 가리키는지 쉽게 말할 수 없다. 퀴어는 동성애와 실질적으로 동일하면서도 대담하게도 정상적인 것과 병적인 것, 일반적인 것과 게이적인 것, 남성적인 남성과 여성적인 여성이라는 익숙한 구분에 저항하는 전 범위적 성적 가능성을 제시하는 영역계를 가리킨다. 퀴어는 스스로 어떤 구체적인 물질성이나 긍정성을 상정해 주지 않기에, 퀴어가 다르다고 여기는 것에 대한 퀴어의 저항은 대항적이라기보다는 반드시 관계적이다.

퀴어는 젠더와 섹슈얼리티에 결코 포함될 수 없는 차원들을 따라 바깥을 향해 돌고 있다. 예를 들면 인종, 민족성, 탈식민적 시민성이 분절적인 담론들과 교차하는 방식으로 말이다. 성적 자기규정이 퀴어를 포함하는 유색인 지식인들과 예술가들은 언어, 피부, 이주, 국가라는 분열적인 복잡성에 새로운 종류의 정의를 행하기 위하여 퀴어라는 지렛대를 활용하고 있다.

퀴어를 자기규정 용어로 받아들이거나 거부하는 이들은 종종 퀴어의 정치적 유용성에 대한 신념에서 대립하게 된다. 그들은 퀴어가 자긍심을 형상하는 용어가 되도록 재배치하는 것은 강력한 문화적 교정 행동이고, 이전 시기 번창했던 동성애 혐오적 맥락에서부터 퀴어를 빼내는 것은 전략적으로 유용하다고 주장한다. 퀴어 용어 옹호자들은 명명법에서의 변화가 문화적 가정과 지식에 영향을 줄 수 있고 심지어 그것을 변화시킬 수 있다고 주장한다. 그렇지만 새 용어의 반대자들은 단순히 퀴어의 의미론적 가치를 바꾸는 것은 하나의 증상을 어떤 질병으로 오인하는 것이라고 지적한다. 이들은 설사 퀴어의 재의미화가 성공적으로 귀결된다고 하더라도 다른 말이나 신조어가 한때 퀴어가 했던 문화적 작업을 대신할 것이라고 주장한다.

어떤 방면에서 그리고 어떤 방법에서, 아마, 여지없이, 퀴어는 다루기 불편한 레즈비언과 게이를 대신하는 약칭으로 기능하는 것 이상, 혹은 다른 점에서 보면 재구조화되지 않은 성적 본질주의를 보다 최신 유행에 맞게 갖춰줌으로써 또 하나의 새로운 정체성 결정체를 스스로 제공하는 것 이상의 역할은 거의 없다. 그렇지만 퀴어는 개념적으로 독특한 잠재성을 필연적으로 고정되지 않은 전투와 경합의 장으로 유도한다.

　퀴어는 기반을 굳히거나 안정시키는 것에도 관심을 두지 않는 정체성 범주이다. 심지어 연립적이고 교섭된 지지층의 형성조차 의도된 것들을 훨씬 초과하여 배타적이고 구체화하는 효과를 낳을지도 모른다는 것을 이해함으로써 정체성에 초점을 둔 운동들에 대한 비판을 유지한다. 퀴어가 가진 가장 큰 역능의 특징은 미래를 예측하지 않고도 그것을 고대하는 잠재력이다. 퀴어를 정체성 정치학에 반대된다는 측면에서 이론화하는 대신에 정체성의 전제조건과 그것의 효과 모두를 쉴 새 없이 질문하는 것이라고 묘사하는 것이 더욱 정확하다. 퀴어는 정체성 자장의 외부에 있지 않다. 몇몇 포스트모던 건축 양식들처럼 퀴어는 정체성의 안과 밖을 뒤집고 그것을 지지하는 것의 외관이 드러나도록 내보인다.

3. 고전의 퀴어링

　국내 젊은 작가들의 '퀴어 소설'을 읽었다. '고전을 퀴어 서사로 푼'『사랑을 멈추지 말아요』(2018)와 '퀴어의 잣대를 세우고 빤한 해석을 내리는 세상에 반대하며, 다양한 퀴어의 모습을 보여주기 위해 써 내려간'『인생은 언제나 무너지기 일보 직전』 (2019)이다. 사실 한국 퀴어 소설에 관심을 갖게 된 계기는 김봉곤과 박상영의 소설이었다. 공교롭게도 그들의 작품은『사랑을 멈추지 말아요』에 포함되어 있다.

『사랑을 멈추지 말아요』에는 총 여섯 편의 소설이 실려 있는데, 소설집에 실린 각 작품은『더블린 사람들』(1914),『도리언 그레이의 초상』(1890),『은하철도의 밤』(1934) 등 '우리가 잘 아는 고전'들로, 이 시대의 '우리 퀴어 이야기'로 새롭게 변주되었다. 이종산의「볕과 그림자」는 캐서린 맨스필드의 단편「가든 파티」 (1922)의 주요 상징을 차용한 첫사랑 이야기이고, 김금희의「레이디」는 제임스 조이스의『더블린 사람들』에 실린 단편「애러비」와「죽은 사람들」을 가져와 "우리가 처음 느꼈던, 하지만 말로 표현할 수 없었던 감정들"을 진솔하게 담아내고 있다. 박상영의「강원도의 형」은 오스카 와일드의『도리언 그레이의 초상』의 현대적 버전이다. 임솔아의「뻔한 세상의 아주 평범한 말투」는 허먼 멜빌의「선원, 빌리 버드」(1924)의 변주곡이다. 작가는 "인물들을 변주하여 가깝고도 낯선 타자를 향한 양가감정"을 그리고 있다. 강화길은 조지프 셰리든 레 퍼뉴의『카밀라』(1872)의 뱀파이어 이미지를 현대로 옮겨와 매력적인 동시대의「카밀라」를 완성한다. 김봉곤은 미야자와 겐지의『은하철도의 밤』의 신비로운 여정을 이어가면서 작가 고유의 리듬으로 환상적인 사랑의 여정을 담은「유월 열차」를 선보인다.

「볕과 그림자」는 볕과 그림자라는 뜻을 모두 가진 '경(曔)'이라는 이름의 소녀의 성장담이다. 사랑이란 감정이 뭔지 잘 알지 못했던 시절의 복잡한 감정을 밀도 있게 그려내고 있다. 작가는 기쁨과 슬픔, 생과 죽음, 볕과 그림자가 언제나 나란히 붙어 있다는 삶의 당연한 진실을 서정적이면서도 따뜻한 문장 안에 담아내고 있다. 특히 '경'과 '하트'의 '첫 키스'는 오래 남는다. "첫 키스?"(……) "오늘 하게 될 줄은 몰랐네. 너랑 할 줄도 몰랐지만." "나라서 싫어?" "너라서 행운이라고 생각해."

김금희의 「레이디」의 주요 모티브는 "작가가 사랑하는" 단편 「애러비」와 「죽은 사람들」이다. 「애러비」의 1910년대 아일랜드 소년은 「레이디」에서 1990년대 소녀 '정아'로 재탄생했다. 친구 유나의 가족을 따라 바캉스를 떠난 정아는 겉으로는 의연해 보이지만 감수성이 예민한 평범한 십 대 소녀다. 정아는 유나 때문에 흔들리는 마음을 표현할 수도 없고 그렇다고 놓아버리지도 못한다. 사람들 속에서 그녀는 "맹렬한 적의와 분노"를 느끼고, 비늘처럼 돋아나는 긴장과 두려움으로 떨고 있다. 유나와의 짧은 사랑을 전후로 즐거운 날들과 슬픈 날들은 그렇게 지나간다. 유나와의 재회를 그리워하기도 했지만 "그런 재회는 결국 이루어지지 않았고 (……) 그것이 기적과도 같은 불행이었다고 생각했다".

주지하듯 와일드는 유미주의, 탐미주의, 예술지상주의의 아이콘이다. 그는 자신의 소설 속 주인공 도리언 그레이처럼 일상의 삶보다 예술을 더 사랑했다. 그는 자신의 삶이 예술이기를 원했다. 그가 창조한 도리언 그레이는 그의 분신이라고 해도 과언이 아닐 정도로 아름다움을 추구했다. 아니 아름다움에 집착했다.

와일드의 삶이 그런 것처럼 도리언의 삶도 결국은 비극으로 귀결된다. 박상영의 「강원도의 형」의 주인공 도이언은 와일드나 도리언 만큼이나 아름다움을 최고의 가치로 여긴다. 그렇기 때문에 그는 "아름다운 모습을 영원히 간직할 수 있다면 영혼이라도 내어 주겠다"고 서슴지 않고 말하고 그렇게 욕망한다. "그때의 내 욕망은 단 하나였다. 대단해지고 싶어, 누구도 나를 무시할 수 없게. 특별해지고 싶어, 모두가 날 알아보게. 욕망의 대상이 되고 싶어, 모두가 내게 쩔쩔매게." 하지만 인간의 삶이 늘 그렇듯이 인간의 욕망은 절대 채워지지 않는다. 채우려고 하면 할수록 더욱 공허해질 뿐이다. 포토샵으로 몇 시간에 걸쳐 인스타그램의 사진을 보정해도 거울 앞에 서면 "아름답지 않"다는 사실만 확인할 뿐이다. 그 때문에 그의 공허감은 더 커진다. 도이언의 포토샵을 통한 인스타그램 사진 보정 작업은 상징적인 차원에서의 '트랜스바디'라 할 수 있다.

사실 트랜스바디가 인간의 몸을 더욱 완벽하게 인간적으로 개량하려는 지극히 인간 중심주의적 지향성을 가진다면, 포스트휴머니즘 이념을 반영하는 포스트바디는 타자와의 공생체로서 인간의 몸을 바라보는 생태학적 관점을 취한다. 트랜스바디는 타자를 식민화한다. 반면 탈식민주의적인 포스트바디는 타자에 대해 윤리적이고 환경에 대해 생태적이다. 위계가 아니라 공존과 협력을 모색하기 때문이다. 시대는 트랜스바디에서 포스트바디, 더 나아가 "기계적 몸과 결합하는 성소수자들의 하이테크바디나 유전자 변형으로 가능해지는 하이브리드바디"[1]로 넘어갔는데도 불구하고 도이언은 여전히 트랜스바디에 집착하고, 그렇기 때문에 그의 삶은 더욱 공허해진다.

「뻔한 세상의 아주 평범한 말투」의 모티프는 허먼 멜빌의 「선원, 빌리 버드」이다. 「선원, 빌리 버드」는 정직하고 잘생긴 하급 선원 빌리 버드와 사악한 상관 클래거트, 이상과 현실을 조화시킬 능력을 지닌 함장 비어를 통해 사회적 권위와 개인적 자유, 구체적 정의와 추상적인 선 사이의 대립과 충돌을 심도 있게 그리고 있다. 필연적으로 비극이 내재된 인간 세상을 있는 그대로 받아들여 살아가는 삶을 묘파한다.

「뻔한 세상의 아주 평범한 말투」는 선과 악, 정상과 비정상으로 이분할 수 없는 삶의 모호함에 대한 통찰을 보여준다. 기정은 오디너리 카페의 1대 청년 사장이다. 오디너리 카페의 2대 청년 사장을 찾는다는 팸플릿을 보고 선미는 기정의 카페로 들어온다. 기정과 선미는 갑자기 같은 공간을 공유하게 된다. 공유의 공간 속에서 악의인지 선의인지 모를 서로의 행동이 충돌하고 겹친다. 같은 공간에서 함께 지내면서 경험하게 되는 가깝고도 낯선 타자를 향한 양가적인 감정이 묵직하게 전해진다.

선미는 기정에게 이렇게 말한다. "아프다는 게 뭔지 아니. 정상이 아니라는 거야. 정상이 아니면 사람이 아프게 되는 거야. 정상이 되고 싶은 건 욕망이 아니라 균형 감각이야. 인간은 항상 회복을 지향하도록 되어 있어. 정상일 때에는 정상에 대해 둔감하지

---

1) 김윤정, 「LGBT 소설에 나타난 포스트바디의 상상력과 수행성」, 『이화어문논집』 제48집, 2019, 87~96쪽.

만, 비정상이 되고 나서는 정상이 무엇인지를 뼛속 깊이 생각하고 갈망하게 되는 법이야. 갈망이 신호를 보내는 게 아픔인 거야." 반면 기정은 속으로 이렇게 말한다. "정상이라는 것은 계급이고 권력이라고 생각해. 정상성은 그 영역 안에 종속되어야 안심이 되니까. 나는 비정상이라서 아픈 게 아니라 나를 거부하면서까지 정상이 되려고 애를 썼기 때문에 아팠어. (……) 내가 정상이 아니라고 생각하면서도 나를 거부하지 않은 건 언니밖에 없었어, 언니가 정상이라는 착각을 유지하기 위해서 내가 필요할 거라는 걸 나는 알아. 나의 정상으로 보이지 않는 면들이 정상적이고 싶어 하는 언니의 욕망을 채워준다는 것도 알아. 언니의 다정함이 선의라는 건 물론 잘 알아. 하지만 고맙지 않아."

강화길은 "여성과 불평등한 사회의 문제의식을 담담하게 그린 작품으로 한국 문단의 시대정신을 새롭게 구축하고 있다"고 평가를 받는다. 「카밀라」는 원작 『카밀라』의 신비로운 공포와 긴장감에 더해 남겨진 자의 아픔과 슬픔을 고요하고 아름답게 그려 냈다. 사실 레 퍼뉴의 『카밀라』는 최초로 레즈비언 뱀파이어가 등장하는 작품으로 로라와 카밀라의 관계에 대한 금지된 사랑의 은유가 가득한 작품이다. 강화길은 원작의 뱀파이어라는 특수성, 소수성을 가진 매력적인 캐릭터를 현대로 옮겨와 그가 계속해서 이야기하고 있는 여성의 삶, 소수자의 삶에 대한 문제를 고스란히 녹여냈다. 「카밀라」는 특히 '여성 (성)소수자'의 삶을 곡진하게 다루고 있다. 유진은 카밀라와 헤어졌고, 카밀라는 미아와 함께 사라졌다. 지우는 사라진 미아를 찾기 위해서 유진을 시도 때도 없이 찾아온다. 「카밀라」는 '남겨진 자의 고요하고 서늘한 슬픔'을 전하는 이야기이다. 그런데 이 소설은 작가의 말처럼 "떠나간 사람은 누구인지, 남게 되는 사람은 또 누구인지, 그리고 무언가를 감당한 채 존재하기 위해서는 어떻게 해야 하는지" 묵직한 숙고를 남긴다.

전술했듯이 사실 '퀴어'라는 주제로 이 글을 쓰게 된 계기는 작가 김봉곤에서 비롯되었다. 그의 첫 소설집 『여름, 스피드』(2018)를 읽고 퀴어에 대해 관심을 갖기 시작했고, 여러 계간지와 단행본에 실린 그의 다른 작품들도 찾아 읽으면서 퀴어에 대해 더욱 관심을 갖게 되었다. 개인적인 생각에 김봉곤은 박상영과 함께 현재 한국 퀴어 문학의 최전선에 있다. 김봉곤과 박상영의 소설에서 성 소수자는 '동성애자'라는 명명을 낙인이 아닌 '아이디(ID)'로 수용한다. 김봉곤의 문장은 "꿈결처럼 물결처럼 흐"른다. 그리고 그 문장 안에 격렬한 사랑 이야기가 담겨 있다. 그의 소설을 읽을 때면 언제나 소설 속 화자 또는 주인공의 모습에서 작가의 모습을 떠올리게 된다.

「유월 열차」도 마찬가지다. 「유월 열차」의 화자는 연인 '류'와 함께 열차 여행을 떠나는데, 여행의 목적은 '류'를 어머니에게 소개하기 위해서다. 즉 그들의 여행은 "상견례" 또는 둘만의 "신혼여행"이다. 하지만 그 여행의 열차는 과거로부터 도망가면서 미래로 나아간다. 변화하는 시공간인 열차에서는 멈추고 싶지 않은, 붙잡고 싶은 현재의 순간들이 등장한다. 꿈인지 생시인지 모를 여행에서 발견하는 그리움과 애틋함의 순간들이 속도감 있는 문체로 그려진다. 어머니를 만났는지 만나지 않았는지 알수 없다. 어쩌면 처음부터 여행은 그게 목적이 아니라 둘만의 사랑 여행이었는지 모른다. 그렇기 때문에 이 소설은 "사랑을 멈추지 말아요, 제발 사랑을 멈추지 말아요"로 시작해서 그렇게 끝난다. 그리고 화자는 "눈을 뜨면 사랑을 할 테고, 이대로 눈을 감아도 사랑을 하는 거라고" 말한다.

4. 퀴어, 삶을 바로 세우다

『인생은 언제나 무너지기 일보 직전』은 『사랑을 멈추지 말아요』를 관통하지만 주변에 머물러 있던 퀴어를 한국문학의 자장 안으로 끌어들이고 더욱 다채롭게 변주한다. "아홉 명의 작가들이 퀴어에 잣대를 세우고 빤한 해석을 내리는 세상에 반대하며, 다양한 퀴어의 모습을 보여주기 위해 써 내려간 작품집"이라는 출판사의 설명이 결코 췌언이 아니다. 사실 동시대 한국 문학장에서 퀴어 문학으로 분류되는 작품들은 대부분 동성애자의 경험, 감정, 욕망 등을 그리는 데 머물고 있다. 이러한 사정은 연구나 비평의 경우에도 마찬가지다. 퀴어 문학에 대한 논의는 대체로 동성 간 친밀성에 집중되어 있다. 즉 '퀴어'뿐만 아니라 '퀴어 문학'이라는 용어 역시 다분히 동성애 규범적인 방식으로 사용되고 있다. 다른 미래를 상상하기 위한 새로운 한국 퀴어 문학사 서술은 퀴어 공동체 내부의 차이를 삭제하는 것이 아니라, 오히려 그러한 차이를 '힘'의 원천으로 삼는 방향으로 나아가야 한다. 그런 점에서 『인생은 언제나 무너지기 일보 직전』은 퀴어의 다양성을 보여준다.

『인생은 언제나 무너지기 일보 직전』에는 『82년생 김지영』(2016)으로 한국 사회에 페미니즘 열풍을 불러온 조남주를 필두로 김현, 윤이형, 김성중, 한유주, 최정화, 듀나, 최진영, 정지돈 작가가 참여했다. 『인생은 언제나 무너지기 일보 직전』에서 그려지는 퀴어의 모습은 사뭇 익숙하다. 퀴어라는 단어의 사전적 의미와 달리 그들의 모습은 출퇴근길, 아파트 단지, 휴일의 공원과 동네 카페 등에서 쉽게 마주하는 우리 이웃의 평범한 일상이다. 어쩌면 조금 더 퀴어할 수도 있다. 소설 속 퀴어의 모습은 대체로 이렇다. 이혼한 두 모녀 가정이 모여 가족 공동체를 이루고(조남주, 「이혼의 요정」), 연인과 헤어진 뒤 안 가면 지는 거 같아서 오기로 간 퀴어 퍼레이드에서 회사 상사를 만나고(윤이형, 「정원사들」), 동거인과 불화하는 와중에 직장 동료를 색안경을 끼고 바라보며(최정화, 「라디오를 좋아해?」), 지구가 평평하다는 음모론을 믿고(한유주, 「원을 구하기 위하여」), 죽은 애인의 홀로그램 영상과 여행을 떠난다(김현, 「고스트 듀엣」). 때때로 그들은 "젠더의 변화가 영혼의 변화도 가져오는지, 그렇다면 젠더란 무엇인가?"(김성중, 「에디 혹은 애슐리」), "이성애자와 자는 동성은 동성애자인가요, 이성애자인가요, 동성애자와 자는 이성은 이성애자인가요, 동성애자인가요?"(정지돈, 「포스트 게이 아포칼립스」) 등과 같은 도무지 알 수 없는 질문을 던지기도 한다. "이렇게나 다른 우리들이 어떻게 서로를 이해할 수 있을까?"(「라디오를 좋아해?」)라는 질문에는, "글쎄요. 모르겠군요. 하지만 무언가를 버린다면 그건 다른 무언가를 받아들이기 위해서겠지요"(듀나, 「바쁜 꿀벌들의 나라」)라고 대답하기도 한다.

조남주의 「이혼의 요정」에서 다인 엄마 수연과 효림 엄마 은경은 각각의 아이를 데리고 한 집에 살고 있다. 은경은 이혼을 했고, 수연은 이혼을 앞두고 있다. 소설의 화자는 수연의 남편이다. 그는 이혼을 앞둔 은경의 남편을 만나고, 그다음에는 다인을 만나고, 마지막에는 다인 엄마 즉 수연을 만난다. 그는 수연에게 은경의 남편을 만난 이야기를 하고 그녀로부터 은경과 효림의 이야기, 그리고 자신과 수연의 이야기를 듣게 된다. 그는 그 이야기를 들으며 왜 그녀가 그런 선택을 했는지 "이해가 돼버렸다". 그럼에도 불구하고 그는 그녀의 선택을 여전히 받아들이기 어렵다. 그리고 조심스럽게 아이들을 걱정한다. 하지만 수연은 "우리 넷 지금 되게 좋은데? 왜 우리가 불행하고 우울할 거라고 넘겨짚고 그러지?"라고 오히려 반문한다. 그는 쿨하게 보이고 싶어 "양육비 계속 보낼게"라고 말하지만 이내 "괜히 말했네"라고 생각한다. 수연은 그런 그와는 상관없이 '정말' 행복해 보인다. 「이혼의 요정」은 가족 공동체에서 가장 약한 고리인 엄마와 아이를 중심으로 새로운 가족 공동체를 만들었다는 점에서 놀랍고도 용감한 새로운 여성 연대의 모습을 보여준다. 이 소설은 '연대'의 힘은 생각보다 훨씬 강하다는 사실을 일깨운다.

김현의 「고스트 듀엣」은 죽은 연인을 홀로그램으로 만들어

여행을 떠나는 한 남자의 이야기다. 인생이 무너지는 와중에도 우리는 어제를 희망하고, 오늘을 이어간다. 그러려면 혹은 그렇기 때문에 사랑했던 사람과의 기억이 필요하다. 소설은 사랑하는 사람을 영원히 기억하려는 사랑에 대해서 이야기하지만, 소설이 정말 말하는 건 위대한 사랑도 불가능한 사랑도 아니다. 그 사랑이 이루어지는 곳은 보통의 우리 곁이며 일상적인 삶이다.

윤이형의 「정원사들」은 퀴퍼(퀴어 퍼레이드)에서 만난 두 직장 동료의 이야기다. 한 사람은 애인과 헤어져 홧김에 퀴어 퍼레이드에 온 젊은 여자고, 또 한 사람은 사랑하는 딸과 가정이 있기에 퀴어 퍼레이드에 오는 거 말고는 그 어떤 선택도 할 수 없는 중년 여자다. 젊은 여자 효주는 "안 오면 지는 것 같아서", 중년 여자 레이는 "그냥 나를 인정해 주자고 생각"해서 퀴퍼에 참여했다. 퀴퍼가 끝난 뒤 그들은 누구에게도 할 수 없었던 긴 이야기를 쏟아낸다. 사람은 "누구의 인정도 필요 없다고 종종 말하지만 그럴 때조차 말없이 인정받고 싶어 하고, 환영받지 못할 것을 알면서도 때때로 자신을 드러"내고, "아무도 물어보지 않는 자신의 진정성을 증명하고 싶어"한다. "어딘가에 기대고 싶어 하고, 자신이 어디에도 들어맞지 않는다고 느끼면 힘들어" 한다. 레이와 효주도 그렇기에 그리 친한 사이가 아님에도 불구하고 긴 시간 동안 서로의 이야기를 나눈다. 어느 순간 독자도 그들의 이야기에 귀를 기울이게 된다.

LGBTQ에서 Q는 '퀴어(Queer)' 또는 '퀘스처닝(Questioning)'을 가리킨다. 사전적인 의미로 퀘스처닝은 '자신의 성 정체성에 대해 갈등하는 사람'을 일컫는다. 「에디 혹은 애슐리」에서 주인공 '나'는 병과 마지막 사투를 벌이고 있는 어머니에게 죄송스러운 마음으로 "엄마, 난 사실 아들이 아니라 딸일지도 몰라요"라고 고백한다. 하지만 어머니는 "알고 있어. 그걸 이제 알았니?"라고 오히려 '나'를 안심시킨다. 어머니가 돌아가신 뒤 '나'는 100년 동안 머리를 기르고 호르몬제를 맞는 걸 시작으로 여러 젠더를 횡단하고 실험한다. 하지만 그 어떤 것에서도 진짜 자신이라는 확신을 가지지 못하던 '나'는 가사 로봇 엔도를 만나면서 '젠더'와 '영혼'에 대한 새로운 시각을 갖게 된다.

「에디 혹은 애슐리」를 읽는 내내 맥락은 조금 다르지만 예전에 읽었던 버지니아 울프의 『올랜도』(1928)가 떠올랐다. 제목으로 보면 이 작품은 올랜도라는 시인의 전기이지만, 사실은 16세기에서 20세기까지 긴 세월 동안 남성의 삶과 여성의 삶을 모두 산 한 인물의 이야기다. 올랜도의 '성'의 변화는 단순히 작품의 재미나 가벼움의 소산이 아니라, 남성과 여성의 조화야말로 인류 평화의 근본이며 삶의 목적을 얻는다는 버지니아의 '양성론'을 대변한다. 작가의 말처럼 "'퀘스처닝'이라는 용어는 퀴어가 자기 성 정체성에 대해 묻는 과정을 의미하지만 한편으로 모든 인간은 정체성을 놓고 죽는 날까지 계속 물을 수밖에 없다. 우리는 너무나 많은 정체성 다발로 이루어져 있기 때문이다".

한유주의 「원을 구하기 위하여」에는 '지구 평면설'을 믿는 인물이 나온다. 하지만 소설은 단순히 음모론이라는 소재에서 멈추지 않고, 지구가 둥글다면, 지구가 평평하다면 끝은 어디일까,

라는 '끝'에 대한 철학적 질문으로 소설을 이어간다. '나'는 지구 평면설을 입증하기 위해 '너'는 펭귄을 보기 위해, 다시 말하면 나를 증명하고 너를 설득하기 위해 남반구로 떠난다. 하지만 '끝에는 무엇이 있을까?' 그리고 '끝의 끝은 있을까?' 작가 노트에서 작가는 이렇게 말한다. "지구가 정말로 둥글다면 세상의 끝이란 마음속에 있을지 모른다. 그러나 지구가 혹 평평하다면 그날 그 해변은 세상의 진정한 끝일 수도 있었다. 사랑하는 사람이 나와 다른 세상에서 살아가기로 결정한다면, 나는 내가 지금까지 알던 세상을 버려야 할 것이다."

최정화의 「라디오를 좋아해?」에는 흔히 우리가 이단이라고 말하는 종교를 가진 직장 동료에게 아무 정당한 이유 없이 색안경을 끼고 미워하는 '나'의 이야기가 나온다. '나'는 레즈비언이지만 가족들에게 그 사실을 솔직하게 말하지 못한다. 성인이 되어서야 자신의 성적 지향에 대해서 알게 된 '나'와 달리, 동성 연인인 나경은 중학교 때부터 여자친구를 사귀었고, 가족들도 그 사실을 알고 있다. 한편 '나'는 직장 동료인 우희가 불편하다. 이윽고 그녀의 책상 서랍까지 뒤져서 그녀의 종교가 남들과 조금 다르다는 사실을 발견한다. '나'는 언제부터 그녀가 정말 라디오를 좋아할까, 라는 의문 또는 의심을 품는다. 그리고 그녀의 색다른 종교로 '나'의 의심은 "그녀는 라디오를 좋아하지 않을 것이다"라는 확신으로 굳어진다. 그리고 마침내 "이우희는 라디오를 좋아하지 않는다"고 결론을 내린다.

우희에 대한 '나'의 의심은 적개심으로 향하고, 연인 나경에게도 이별을 선고한다. '나'의 방송국 생활은 엉망이 되어 가고 그렇게 된 것은 전적으로 우희 때문이라고 생각한다. 어느 날 방송이 끝난 후 '나'는 우희와 함께 퇴근한다. 그녀와 나란히 걸으며 그녀의 키가 생각보다 작지 않다는 사실을 발견한다. '나'는 마침내 용기를 내어 우희에게 "라디오 좋아하는 거 맞죠?"라고 묻는다. 흥분한 '나'와 달리 그녀는 심드렁한 얼굴이다. 그녀는 '나'를 한번 쏘아보더니 한동안 걷다가 "아, 진짜 어이없어"라고 중얼거리면서 소설은 끝난다.

소설은 우리가 아무렇지 않게 말하고 생각하고 생활하는 편견은 무엇이냐고 '나'를 통해 묻는다. '나'의 연인 나경은 편견에 대해 다음과 같이 말한다. "편견이라는 것. 색안경을 끼고 보는 게 편견일까? 자신의 위치에서 자신의 눈으로 그저 자연스럽게 보고 행동하는 게 편견이야."

듀나의 「바쁜 꿀벌들의 나라」는 인간과 A.I.의 전쟁에서 A.I.의 승리로 끝난 마지막 전쟁 이후의 세계를 그리고 있다. 기존 인간성이 무의미해진 세상에서 인간들은 성욕도 식욕도 다 벗어버린 채 퀸, 드론, 워커 등 꿀벌처럼 구분되어 살아간다. 그곳에서 인간들은 "새 인간을 만들기 위해 임신을 거치지 않아도 되었으니 성애는 귀찮아졌고 부작용도 너무 컸"다. 반면 마지막 전쟁 전 도약선을 타고 '해랑 4'로 온 지구인들의 모습은 지금 우리의 모습과 겹쳐진다. 지구인들은 새로운 세상에서조차 살인을 저지른다. 즉 "극한의 상황에 몰린 사람들은 가끔 그렇게 정신 나간 짓을 하는 법이다". 작가는 '지금 우리가 당연하게 생각하고 있는 인간성과 욕망이란 무엇일까?', '우리는 그 질문에 답할 수 있을까?' 등의 질문을 던진다.

최진영의 「XOXO」는 사랑의 전부가 꼭 남녀 간의 사랑, 몸으로의 사랑이 아니라는 것을 잘 보여준다. 스물일곱 살 여름부터 마흔일곱 살 여름까지의 '나'의 사랑 이야기다. 스물일곱 살 여름에 실연당한 '나'는 실연의 아픔을 달래기 위해 점점 술에 의존한다. '나'는 술에 의존하면서도 해야 할 일을 빠짐없이 했다. "써야 할 글을 썼고 약속을 어기지 않았다. 윤리적으로 말하고 행했다. (……) 아무도 내가 알코올중독자라는 걸 몰랐다. 나는 나에게만 실수하고 잘못했다. 내게만 비윤리적이었다." '나'는 서른여덟 살 봄에 우연히 옛 친구 '너'를 다시 만난다. 첫 만남에서 '나'와 '너'는 "세 시간 가까이 키스했"고, 열일곱 살 때의 이야기를 서로에게 들려주었다. 그 후 '나'와 '너'는 그녀와 10년간 연인으로 지낸다. "만일 너의 가족이 나를 보고 미소 짓는다면 나도 미소지을 것이다. 의아한 표정으로 나를 본다면, 나 역시 의아한 표정으로 바라볼 것이다. 우리가 이상한가요? 당신들도 이상합니다." 마흔일곱 살 여름에는 여행을 떠나기로 하고 준비를 한다. "세상 곳곳에서 우리는 매일매일 사랑스러운 키스를 나눌 것이다. 언제 어디서든 우리가 있는 곳을 세상의 중심으로 만들 것이다."

정지돈의 「포스트 게이 아포칼립스」는 보리스, 아셈, 조앵, 은수, 차차가 아바나의 게이 클럽에서 있었던 사건, 즉 파블로와 관련된 한 사건에 대한 각기 다른 시점의 이야기이다. 파블로는 동성애자인 동시에 이성애자다. 그는 생물학적으로 남자임에도 불구하고 자신을 레즈비언으로 규정하기도 한다. 그에 앞서 보리스와 은수, 차차와 조앵은 파블로의 티셔츠에 새겨진 문구 'The end of gay'를 두고 논쟁을 벌인다. 그들은 '게이의 궁극', '게이의 종말', '게이의 죽음'이라고 주장한다. 자신의 티셔츠의 문구가 논쟁을 불러온 것만큼이나 파블로는 보리스와 은수, 차차와 조앵에게도 본의 아니게 활력을 주었다. "그들은 서로에게 광적인 흥미를 느꼈다. 이 흥미가 광적이라는 사실, 파블로가 자신과 관계된 사람들을 파괴할 것이라는 사실, 일련의 경험들이 향후 지속되는 관계와 정체성에 트라우마와 딜레마를 낳을 거라는 사실을 알게 된 건 몇 년이 지난 뒤의 일이었다."

작가 정지돈은 이렇게 말한다. "내 소설을 우연히 읽는 독자들은 하나의 모순이 아닌 여러 가지 모순을 발견하게 될 것이다. 하나의 색조가 아닌 다양한 색조, 하나의 선이 아닌 여러 원형들. 그래서 내 소설이 연계된 사건의 역사가 아니라, 퍼졌다가 돌아오고 확대되었다가, 참기 힘든 것이 때때로 자유로운 것이 되는 극한 상황에서, 쉼 없이 더 부드럽고 더 열정적으로 다시 돌아오는 파도와 같기를 바란다." 작가의 말처럼 인생은 "하나의 교리, 하나의 규정이나 하나의 역사가 아니라 다양한 측면에서 다루어야 할 신비다. 파헤치려는 목적이 아니라 우리가 패배자가 되지 않기 위해서다". 그렇다면 설령 게이가 끝났다고 혹은 게이가 죽었다고 하더라도 모든 게 끝난 것은 아니다. 대신 아셈은 이렇게 말한다. "서로를 사랑해야 합니다. 아무런 조건 없이, 이해 없이 서로를 사랑해야 합니다."

5. 더 퀴어한 퀴어 소설을 기대하며

젠더 규범과 젠더 정체성이 모두 행위의 반복적 실천을 통해 수행적으로 구성된다는 주디스 버틀러의 주장은 퀴어 이론에 많은 영향을 끼쳤다. 앞서 여러 차례 말했듯이 퀴어라는 단어는 처음에는 부정적인 뉘앙스를 담아 동성애를 비하하는 맥락으로 사용되었다. 그러나 동성애 이론가들이 이성애 중심주의에 대한 반발로, 즉 "이성애적 규범이 성 정체성과 성적 실천의 관계를 지나치게 단순화하여 고착시켰던 것에 대한 반발"을 표현하기 위해 퀴어를 적극 사용함에 따라 맥락과 의미가 바뀌었고, 그 의미망 또한 점점 확장되어 간다. 최근의 퀴어 이론은 과거에 레즈비언/게이 연구로 분절되던 동성애론을 제도권 문화와 관습적 사고에 대한 급진적 비판의 기치 하에 통합하면서, 동성애론 자체를 동성애적 주체의 정체성이라는 경험적 기반의 경계 너머로 확장시키는 담론이자 정치적 실천으로 나아가고 있다. 퀴어 이론에서 두드러지는 흐름은 성 차이로서의 젠더 개념, 나아가 젠더화된 주체의 개념 자체를 해체하고자 하는 움직임인데, 바로 이 지점에서 젠더 수행성에 대한 버틀러의 주장과 퀴어 이론이 교차한다.

젠더 정체성이라는 것은 담론이 기대하는 정체성을 반복적으로 수행함으로써, 즉 행위의 반복적 수행을 통해 형성된 몸의 스타일에 불과하다는 버틀러의 주장은 남성성과 여성성, 그리고 이성애만을 정상적인 것으로 간주하는 이분법적인 젠더 규범과 이성애 중심주의를 넘어서고자 하는 퀴어 이론에 힘을 실어 준다. 버틀러의 퀴어 이론에서 젠더는 수행적인 것으로서 내적 본질 같은 것은 그 어디에도 존재하지 않는다. 젠더는 양식화된 행위의 반복을 통해서 시간 속에 희미하게 구성되고, 외부공간에 제도화되는 어떤 정체성이다.

버틀러는 레즈비언 운동의 일반적인 전략처럼 동성 욕망을 자연발생적인 것으로 간주하는 대신 젠더 자체의 진실에 의문을 제기한다. 즉 그녀가 생각하기에 젠더 정체성에 어떤 식으로든 복무하는 것은 동성애적 주체의 정당화를 궁극적으로 거스르는 것이다. 그녀는 젠더 정체성의 핵심을 담론에 앞서는, 담론과 무관한 '날 것'으로서의 몸으로 규정한다. '날것'으로서의 섹스는 존재하지 않으며 섹스도 젠더와 마찬가지로 문화적인 구성물에 지나지 않는다. 젠더는 동사적인 것으로서 법이나 규범, 담론을 통해 의례화된 실천, 행위의 반복적 수행 속에서 의미화된다. 젠더 정체성의 수행을 설명하기 위해 '주체'로서의 행위자를 미리 가정할 필요는 없다. '주체'는 권력이 생산하는 구성물이다. 젠더와 마찬가지로 주체 역시 법이나 규범, 담론의 반복적인 실천을 통해 형성된다.

버틀러에 따르면 젠더 정체성은 규범을 반복적으로 실천한 효과로 형성된다. 그런데 버틀러는 반복적 실천이 이미 정해진 규범들을 따르는 것이라고 보지 않는다. 오히려 어떤 행위를 반복할 때 그것은 규범이 된다. 반복되는 행위 속에서 규범이 형성되고 그렇게 형성된 규범이 다시 정체성을 규정한다. 버틀러가

'원본이 없는 패러디'라는 말로 젠더 정체성의 수행을 표현할 때 의미하는 바가 바로 이것이다. 즉 젠더의 표현물 뒤에는 어떠한 젠더 정체성도 없다.

버틀러는 『젠더트러블』(1990)에서 자연으로서의 성과 젠더의 고정성, 규범성을 해체한다. 성과 젠더는 사회문화적으로 구성된 것일 뿐이다. 즉 성과 젠더, 섹슈얼리티의 우연성을 강조하고 일관적이고 통일된 방식으로서의 정의가 불가능하다. 『젠더 트러블』을 쓸 당시 그녀가 목표했던 것은 크게 두 가지였다. 첫째, 페미니즘 이론 안에 만연한 이성애주의라고 생각되는 것을 폭로하는 것이었다. 둘째, 젠더 규범과 어느 정도 거리를 두고 사는 사람들, 즉 젠더 규범의 혼란 속에서 사는 사람들이 스스로 살만한 삶을 살고 있을 뿐만 아니라 특정한 종류의 인정을 받을 자격도 있다고 스스로 생각할 만한 어떤 세계에 대해 상상해 보는 것이었다.

버틀러의 『젠더 트러블』이 비결정적이고 불확정적인 젠더가 구성되는 이론적 양식을 논의했다면, 『젠더 허물기』(2004)는 성적 비결정성이나 불확정성으로 고통을 받는 사회의 인터섹스와 퀴어의 삶의 문제들을 논한다. 개인의 삶은 개개인의 것이 아니라 사회적 관계 안에 그 의미를 구성하며 그 사회 속의 개인은 상호의존성과 상호관계성 안으로 무너져 내린다. 그녀가 『젠더 트러블』에서 과거 개별 젠더의 계보학적 구성을 이론적으로 고찰했다면, 『젠더 허물기』에서는 이제 하나의 젠더가 혼자서는 설 수 없다는 현실의 상호성에 주목한다. 현실의 젠더는 이처럼 상호의존과 상호관계에 열려 있어서 자율적이거나 독립적이지 못하다. 그래서 개별적이고 단독적인 '나'는 언제나 '우리' 앞에 허물어질 수밖에 없다. 개별 주체의 수행 도구였던 젠더는 사회적 규범성으로 허물어진다.

규범은 한편으로는 우리를 인도하는 목적과 열망, 우리가 서로에게 행하거나 말하게 되어 있는 수칙, 또 우리가 지향하게 되어 있고 우리 행동에 방향성을 주는 일상적 전제를 지칭한다. 다른 한편 규범은 규범화 과정, 즉 특정한 규범과 사상과 이상이 체현된 삶에 영향력을 행사하고 정상적 남자와 여자라는 강제적 기준을 제공하는 방식을 지칭하기도 한다. 이런 두 번째 의미에서의 규범이 인식 가능한 삶, '진짜' 남자와 '진짜' 여자를 지배하는 것임을 우리는 알게 된다. 우리가 이런 규범에 저항한다면 우리가 아직 살아 있는지, 살아 있어야 하는지, 우리 삶이 가치 있는지, 아니면 가치 있게 만들어질 수 있는지, 우리의 젠더가 진짜인지, 그렇게 간주될 수는 있는지가 온통 다 불확실해진다.

몸의 특질이 성을 나타낸다고 하더라도 성이 자신을 나타내는 수단과 꼭 같지는 않다. 성은 그것이 어떻게 읽히고 이해되어야 하는지를 가리키는 기호를 통해 이해가 가능해진다. 만일 이런 기호가 없다면 몸이 성적으로 읽힐 수 없고, 이런 기호는 최소한 문화적인 동시에 물질적인 것이라는 결론에 도달한다.

1960년대 후반 페미니즘 안에는 거대한 마르크스주의의 유산이 잔존했다. 바꿔 말하면 당시 페미니즘 사유는 마르크스주의에 상당 부분을 빚지고 있었다. 마르크스주의는 여성 억압의 문제에 접근하는 유용한 패러다임을 제공해 주었다. 하지만 마르크스주의적 작업은 계급, 노동, 생산관계와 같은 이슈들에 초점을 맞추는 경향이 있었기 때문에 페미니스트들이 관심을 갖는 성적 차이, 젠더 억압, 섹슈얼리티와 같은 핵심 이슈들을 다룰 수 없었다. 마르크스주의는 근본적으로 젠더와 섹슈얼리티 문제에 취약했고, 이러한 점에서 페미니즘을 위한 이론적 체계로서 한계를 지닐 수밖에 없었다. 성적 차이에 집중하는 페미니스트들은 대부분 남성적인 것과 여성적인 것이라는 일종의 상징적 지위를 가정하거나, '남성적인', '여성적인'이라는 말에 따라 이해되는 성적 차이에는 변하지 않는 어떤 것이 있다고 가정하는데, 버틀러는 바로 이 점을 문제로 지적했다.

버틀러의 퀴어 이론에 상당 부분 빚지고 있는 한국의 퀴어 문학을 어떻게 규정될 수 있을까? 먼저 오혜진은 퀴어 문학을 고정적·규범적 '범주'가 아닌 것으로 사유하면서, "퀴어 문학에 대해 우리가 확언할 수 있는 것은 그것이 성별 이분법과 이성애적 지배 질서로 환원되지 않는 현상 및 상상력을 포착하고 실험함으로써 '정상성'이라는 기율이 허구임을 드러내는 정치적·미학적 효과를 산출하는 문학이라는 점뿐"이라고 주장한다. 더 나아가 작가의 정체성을 식별해 내려는 욕망, 그리고 그러한 식별을 통해 퀴어 문학을 정체성 정치나 당사자주의로 환원하려는 일련의 반동적인 경향을 경계해야 한다고 적절하게 지적한다. 그러나 동시에 퀴어 문학은 섹스, 젠더, 섹슈얼리티 등의 차이를 기반으로 누군가를 차별하거나 배제하는 이성애적 사회 질서 그 자체를 심문하는 문학이므로, 퀴어 문학의 당사자란 기실 이 사회에 속한 퀴어와 비퀴어 독자 모두라고 주장하기도 한다.[2]

백종륜 또한 퀴어 문학의 잠재성과 가능성을 제한하지 않는다는 측면에 착목해 퀴어를 재현하지 않은 문학도 퀴어 문학의 범주에 들 수 있다고 주장한다. 한국 퀴어 문학사를 상상하면서 퀴어 문학의 범주에 대해 다음과 같이 말한다. "내가 구상하는 한국 퀴어 문학사의 '비전'이란 퀴어의 삶을 '살 만한 것'으로 재정의함으로써, '한국에서 남자와 남자가 만나서, 여자와 여자가 만나서 이룩하는 이야기'와 같이, 문학에서 자신의 존재를 증명해 줄 삶의 '견본'을 발견하려는 퀴어 아이들의 생명을 구하는 것을 목표로 한다."[3] 요컨대 '우리=비/퀴어'는 이성애 규범적 미래를 거부하면서 혹은 그러한 미래를 끝장내면서, '아이'를 통해 다른 미래를 상상해야 한다.

사실 기존의 한국문학사는 그것 자체가 정황적이고 체현된 지식이라는 사실, 시스젠더-이성애자-비장애인-남성이라는 위치에서 서술되었다는 사실을 '은폐'함으로써 모종의 객관성을 획득하려 했다. 이렇게 성립된 문학사는 퀴어, 장애인, 여성 등의 경험을 누락시켰다. "누락은 억압의 한 패턴"이라는 패트리샤 힐 콜린스의 주장을 상기할 때, 문학사의 주체/대상에서 누락됨

---

2) 오혜진, 「지금 한국 문학장에서 '퀴어한 것'은 무엇인가」, 『지극히 문학적인 취향』, 오월의봄, 2019, 300쪽.

3) 백종륜, 「한국, 퀴어 문학, 역사: '한국 퀴어 문학사'를 상상하기」, 『여/성이론』 제41호, 156~161쪽.

으로써 퀴어, 장애인, 여성이 겪었던 억압을 종식시키기 위해서는 바로 이 퀴어, 장애인, 여성의 '다른' 경험을 기존의 지식장에 적극적으로 기입해야 한다.

2010년대 퀴어 소설은 비확정성과 비특정성을 고유한 특징으로 삼으며 "기존의 '규범성'을 흔드는 전략으로, 또는 불화와 갈등, 불일치를 견인하는 구성적인 자원"으로서 나타나고 있다. 또한 형식의 새로움이 아니라 태도의 새로움으로 소설의 경계를 확장하고 있는 중이다. 이러한 퀴어 서사의 등장을 추동하는 현실적 맥락은 바로 독서 대중이 만들어 낸 공감과 연대의 지평이 확장되었다는 데 있다.[4]

최근의 퀴어 소설은 다양한 소재와 개성 있는 인물 구성을 통해 소수자 문학으로서의 다양성과 의의를 확보하고 있다. 동성애 서사에서 나타나지 않았던 1인칭 성소수자 인물의 등장은 성소수자의 일상과 경험을 사실적이고 구체적으로 재현함으로써 도전적이고 저항적인 퀴어 정체성을 보여준다. 퀴어 소설은 섹슈얼리티에 대한 규범화된 정의를 해체하고, LGBTQ의 비고정적이고 불확정적인 정체성을 서사화한다는 점에서 유의미하다. 문제는 이러한 소설을 독해하는 방식이다. 결론적으로 말해 퀴어 소설의 연구도 다양한 관점을 확보해야 한다. 더 나아가 퀴어적 상상력을 발휘하는 독해 방식으로서 작품에 대한 이해와 고찰이 병행되어야 한다.

---

4) 김윤정, 「퀴어 소설에 나타난 가족 갈등 연구」, 『한국현대문학의 연구』 제68호, 2019, 240쪽.

후기구조주의의 문학 비평적 의의와 전망

1.

문학이론 입문서들은 대개 해석학, 정신분석학, 구조주의, 포스트구조주의, 페미니즘 등 문학 연구의 내용과 주제에 따라 방법론을 분류하고 서술하는 것이 통례다.[1] 그런데 올리버 지몬스의 『한권으로 읽는 문학이론』(2009)은 이른바 '기호 삼각형'이라고 불리는 기호, 의미, 지시 대상의 관계를 기본적인 분류 기준으

---

[1] 포스트구조주의는 포스트모더니즘과 마찬가지로 용어상에서 혼란을 불러일으킬 수가 있다. 왜냐하면 접두사 post는 시간적으로 '~후'로, 공간적으로 '~을 벗어나는', 또는 '~을 초월하는'으로 해석되기 때문이다. 전자를 따르면 후기구조주의가 되고, 후자를 따르면 탈구조주의가 된다. 개념상으로는 양쪽 모두 틀리지 않다. 하지만 편의상 이 글에서는 푸코, 라캉, 데리다가 구조주의를 계승하고 발전한다는 쪽에 무게를 두어 후기구조주의로 용어를 통일한다.

로 삼아 특정한 이론이 세 항목 중 어느 쪽에 비중을 두는가에 따라 크게 세 가지 유형으로 구분한다. 의미의 이론에서는 빌헬름 딜타이의 해석학, 마르틴 하이데거의 존재론적 해석학, 한스 게오르크 가다머의 철학적 해석학, 한스 로베르트 야우스의 수용이론, 페터 손디의 해석학, 폴 리쾨르의 은유이론을 다룬다. 기호의 이론에서는 지그문트 프로이트의 꿈 해석, 자크 라캉의 정신분석, 롤랑 바르트의 구조주의와 포스트구조주의, 자크 데리다의 포스트구조주의, 폴 드 만의 해체론을 조명한다. 지시의 이론에서는 사회, 문화, 역사, 육체, 매체의 키워드를 중심으로 각각 테오도어 아도르노의 비판이론과 니클라스 루만의 체계이론, 클로드 레비스트로스의 구조주의 인류학과 클리퍼드 기어츠의 해석학적 인류학, 미셸 푸코의 담론분석과 스티븐 그린블랫의 신역사주의, 쥘리아 크리스테바의 세미오틱 이론과 주디스 버틀러의 젠더이론, 프리드리히 키틀러의 매체이론과 장 보드리야르의 가상현실을 비교하고 대조한다.

　지몬스는 『한권으로 읽는 문학이론』의 맺음말에서 "20세기를 경과하는 동안 문학이론은 해석학이나 구조주의의 작품 내재적 해석에서 출발하여 점차 문학텍스트 바깥에 있는 새로운 대상들을 탐구하는 방향으로 나아갔다"고 주장한다.2) 즉 해석학과 구조주의는 삼각형의 왼쪽 축에 해당하는 기호와 의미의 관계를 설정한 반면, 이후의 이론들은 오른쪽 축의 지시 대상에 주

---

2) 올리버 지몬스, 임홍배 옮김, 『한권으로 읽는 문학이론』, 창비, 2020, 274쪽.

목했다. 현실 세계를 해명하려는 욕구가 점점 강해졌으며, 그만큼 현실 세계의 매력이 증대했다. 해석학과 구조주의에서 멀어질수록 각각의 지시 대상 영역에 그만큼 더 가까이 다가가는 양상을 보였다. 문학이론에서 기호와 의미가 아니라 지시 대상이 중심으로 부각된다. 하지만 지몬스는 지시 대상은 자립적 대상으로 이해되어서는 안 되고, 담론과 관련된 전체 구조의 구성 요소이자 기호의 한 측면으로 이해되어야 한다고 주장한다. 즉 지시 대상은 더 이상 기호의 순전한 타자로 정의되지 않고 기호적 구조의 구성 요소로 간주된다. 기호, 의미, 지시 대상은 서로 배타적이고 독립적이지 않고 서로의 영향권 내에서 상호작용한다. 구조주의와 포스트구조주의 이후 페미니즘뿐만 아니라, 마르크스주의, 신역사주의, 탈식민주의, 매체이론, 젠더이론 등 수많은 문학이론이 등장했다. 하지만 지몬스의 주장에 따르면, 문학이론의 변천은 한마디로 구조주의와 후기구조주의의 길항 작용의 결과다. 그리고 그 중심은 여전히 구조주의다.

후기구조주의에 대한 전체적인 조망을 위해서는 먼저 구조주의에 대한 개략적인 설명과 더불어 구조주의와 후기구조주의의 관계에 대한 고찰이 선행되어야만 한다. 구조주의는 주체, 의미, 역사성 등을 내세우던 기존의 프랑스 철학의 주류 흐름을 전면적으로 거부한다. 대신 '주체 바깥의 사고'를 통해 주체의 행위와 인식을 규정하는 객관적 체계들을 전면으로 내세운다. 장 폴 사르트르가 '주체'의 자유를 극단적으로 강조하며 주체의 실존적 선택을 통해 주체가 자신의 내용을 만들고 본질을 형성한다고 보았다면, 구조주의는 주체를 구조의 단순한 부산물로 간주한다. 후기구조주의는 구조주의의 이런 논의를 일정 부분 공유하면서도 구조주의의 보편적 구조를 해체하며 더욱 급진적으로 나아간다. 즉 후기구조주의는 구조주의의 주체와 역사에 대한 부정을 공유하면서도 구조주의의 보편적 구조, 이성, 진리에 대한 '회의론'을 주제화한다.

1960년대 프랑스를 기점으로 발생한 구조주의는 문학뿐만 아니라 인문·사회과학 전반에 걸쳐 지대한 영향을 끼쳤다. 구조주의는 무엇보다도 '언어'를 모든 체계의 기본으로 상정하고, 개인의 특성보다는 그것들의 근간을 이루는 어떤 체계나 문법, 즉 '구조'의 발견에 더 관심을 두었다. 또한 겉으로 드러난 외양보다는 그 근저에 숨어 있는 어떤 공통된 체계나 법칙이나 틀을 찾으려 했다. 구조주의는 이성, 즉 사유의 주체인 인간이 아닌, 사물의 배후에 있는 보편적 구조를 궁극적 존재로 파악하며, 페르디낭 드 소쉬르의 언어학적 모델을 도입하여 '구조'라는 관점에서 세계에 대한 객관적·과학적 인식의 가능성을 정립하고, 언어 기호의 '기표'와 '기의'의 결합에 의한 의미의 안정성을 추구하려 했다.

그런데 구조주의의 이러한 특성은 그 특성 자체가 숙명적인 해체 요인이 되었던 것처럼 보인다. 왜냐하면 전술했듯이 구조주의는 우선 개개의 텍스트들의 특성과 가치는 무시한 채, 전체적인 구조만을 중시함으로써 개체를 전체에 종속시키는 전체주의적 독선을 보여주었기 때문이다. 구조주의자들은 작가의 언어가 작품의 리얼리티를 반영하는 것이 아니라 언어의 구조가 리얼리티를 창조한다고 봄으로써, 한 작품의 의미는 작가나 독자의 개인적 경험에 의해서가 아니라, 그 개인을 지배하는 언어체계에 의해 결정된다고 보았다. 구조주의는 우리가 인지하고 경험하는 것의 서술적 분석을 통해 의미에 접근할 수 있다는 현상학적 태도를 배격함으로써 모든 경험적 리얼리티의 연계성을 스스로 포기한다.

구조주의는 또한 인간의 모든 행위의 기본이 되는 어떤 규칙이나 틀을 찾아내려는 과학적 태도로 인해 늘 인간을 규격화, 조직화, 정형화하려는 위협적인 존재로 등장한다. 구조주의는 하나의 구조, 즉 체계를 분리해 내는 과정에서 필연적으로 역사를 간과하는 비역사적 태도를 보이기 때문에 구조주의자들은 텍스트가 쓰인 시대, 역사적 배경, 수용 과정에 대해서는 관심이 없고 오직 내러티브의 구조나 미학적 체계에만 관심을 둔다. 구조주의자들은 자연히 자아, 주체, 개인적 사유를 인정하지 않고 모든 것을 객관화시키는 비인본주의적·비실존주의적 태도를 보여주고 있다. 구조주의에서 구조는 곧 모든 것의 근원이 되며 개체에 대해 특권을 받은 것으로 간주된다. 이는 물론 랑그/파롤, 말/글, 상층구조/하층구조, 자연/문명, 서술/묘사 등처럼 모든 것을 이분화한 뒤, 전자에 권위를 부여하는 이분법적 사고에서 비롯되었다.

구조주의는 기표와 기의의 관계가 임의적이라는 사실은 인정하면서도 본질적으로는 언어의 재현 가능성을 믿었다. 구조주의

자들에게는 모든 것의 근본은 언어 체계로 설명될 수 있어야 한다. 언어체계는 곧 기호체계이기 때문에 구조주의는 자연히 기호학의 특성을 띠게 되었고, 기호의 재현 능력을 결코 의심하지 않았다. 요컨대 구조주의가 인간의 과학에 있어 일종의 과학적 혁명 또는 실천이었다면 후기구조주의는 구조주의가 제기해온 철학적 문제들을 비판적으로 취급하면서 출발한 동반자라고 할 수 있다.

후기구조주의는 자아와 언어의 관계에 관한 비평 방법들의 총체로서 구조주의와 분명한 경계선을 긋고 있다. 후기구조주의는 소쉬르의 일반언어학 이론이나 레비스트로스의 문화인류학 이론 또는 바르트의 문학이론에서 핵심을 이루는 추상적 구조나 체계에 대한 불신 또는 그 회의를 그 출발점으로 하고 있다. 후기구조주의자들은 구조주의자들과는 달리 인간의 행위나 그 행위에서 비롯된 모든 현상에서 추상적 체계나 구조가 존재한다는 사실 자체를 받아들이려 하지 않았다. 후기구조주의에서 지식의 세계는 주체와 언어 사이의 상호작용으로부터 나오며 바로 이것이 자아를 형성한다. 바로 이 점은 구조주의와의 차별되는 후기구조주의의 가장 큰 특징이라 할 수 있다.

후기구조주의자들이 글이나 텍스트성을 논할 때, 그들이 염두에 두고 있는 것은 항상 글과 텍스트의 특정한 의미이다. 구조주의에서 후기구조주의로의 움직임은 부분적으로는 '작품'에서 '텍스트'로의 이동이다. 텍스트는 저자의 의도가 '순수하게' 나타나는 매체로 간주되어서는 안 된다. 오직 독자만이 그 텍스트에 일시적인 통일성을 가져다줄 수 있다. 독자는 이제 더 이상 텍스트의 소비 주체가 아닌 의미 생산의 주체로서 의사소통을 위한 표현의 언어를 해체하고 무한한 기표의 유희를 조작하고 분산시키며 재분배한다. 의미는 텍스트에 있는 것이 아니라 텍스트와 독자의 대립 관계에서 텍스트를 읽음으로써 의미가 발생한다.

구조주의와 후기구조주의는 텍스트의 의미와 해석에 대해 중요한 차이점을 보이면서도 또 다른 면에서 매우 중요한 공통점을 갖고 있다. 구조주의와 후기구조주의는 공통적으로 언어를 인간의 모든 행위 중 가장 핵심적 요소로 파악한다. 또한 '자아' 가 이성적 실재물이 아니라 언어에 의해 구성된다고 파악한다. 후기구조주의는 인간 행위에서 의미를 별로 중요하게 여기지 않는다는 점에 있어 구조주의를 논리적으로 계승하고 있다. 문학 작품을 분석할 때 구조주의와 후기구조주의는 작품의 의미에 크게 관심을 두지 않고 비역사성과 비정치성에 주목한다.

구조주의와 후기구조주의 모두 역사에 어떤 전반적인 패턴이 존재한다는 개념을 받아들이지 않는다. 후기구조주의는 궁극적으로 체계나 구조를 벗어나지 못한다는 점에 있어 구조주의와 매우 유사하다. 이미 앞서 지적한 바와 같은 후기구조주의는 추상적 체계나 구조를 갈망하고 정복하려는 구조주의의 과학적 방법론을 신랄하게 비판하면서도 그 역시 구조나 체계로부터 완전히 해방될 수 없다. 데리다나 푸코와 같은 후기구조주의자들은 이성 중심주의적인 인식론을 비판하면서도 그것을 구조주의적인 방법을 떠나서는 설명할 수 없기 때문에 후기구조주의가 일정 부분 구조주의를 계승했다고 말할 수 있다.

결국 후기구조주의는 구조주의가 갖는 근본적인 모순과 한계로부터 출발하는데 후기구조주의의 개념과 본질을 명확히 규명하기 위해서는 범주화 못지않게 유형화가 중요하다. 범박한 분류일 수도 있지만 후기구조주의는 크게 두 유형으로 구분할 수 있다. 즉 구조주의에서 출발해 중간에 한계 또는 모순을 깨닫고 방향을 전환한 바르트와 푸코 유형, 그리고 처음부터 구조주의의 기본 명제들을 그 근본부터 뒤흔들며 나름의 이론을 제시한 라캉과 데리다 유형으로 나눌 수 있다.3)

이 글의 목적은 구조주의와 연관해 후기구조주의를 전체적으로 조망하고 후기구조주의의 한계와 극복 가능성에 대해 살펴보는 데 있다. 구체적으로 후기구조주의의 대표적 사상가라고 할 수 있는 푸코, 라캉, 데리다의 이론적 핵심을 조망하고 그들의 상호관련성 및 이론적 한계와 극복 가능성을 살펴보고자 한다.

2.

푸코의 사회철학은 라캉과 데리다와 마찬가지로 사르트르의 현상학적 마르크스주의와 레비스트로스의 구조주의에서 전개

---

3) 구조주의자로 출발하여 후기구조의자가 된 대표적인 인물로 바르트를 들 수 있다. 그는 자신이 보편적 구조의 추구에서 또 여러 텍스트들을 초월하는 모델에 대한 생각에서 벗어나게 된 것은 『S/Z』(1970)부터라고 주장한다. 그는 자신의 이러한 변신을 '기호학'에서 '기호파괴주의'로의 전회라고 하는데, 이는 후기구조주의 이행의 특징을 잘 보여주고 있다.

된 극단적 대립을 배경으로 하여 성장했다. 1960년대 이후 고조된 프랑스의 반이성주의 이론의 핵심은 '회의', 즉 의심이다. 이 시기는 한마디로 게오르크 빌헬름 프리드리히 헤겔, 에드문트 후설, 하이데거가 지배하던 시대에서 세 사람의 회의의 거장, 즉 프리드리히 니체, 프로이트, 칼 마르크스가 지배하는 시대로의 전환으로 정식화된다. 푸코는 이 회의의 거장 중 사상적으로 니체로부터 많은 영향을 받았다. 이때를 기점으로 푸코의 학문은 크게 고고학과 계보학으로 정향된다. 지몬스에 따르면, 푸코가 관심을 기울이는 것은 한편으로는 담론을 주체의 바깥에 있는 조건으로 설명하는 일이고, 다른 한편으로는 담론의 역사를 규명하는 일이다. 바꾸어 말하면 푸코의 관심사는 역사를 담론 분석으로 정의하는 것이다.

'인간 과학의 고고학'이라는 부제가 붙은『말과 사물』(1966)에서 푸코는 서구 문화사를 인식소, 즉 '에피스테메'에 따라 16세기를 르네상스시대, 17~18세기를 고전주의시대, 그리고 19세기 이후를 현대로 구분했다. 서구 문화의 감추어진 국면들 속에서 역사에 대한 기본 개념을 구성함으로써 그러한 이질적인 현상들을 종합하려는 것이『말과 사물』에서 그의 기본 구도였다. 시대마다 경험에 질서를 부여하고, 지식과 이론을 생산하며, 언술을 생성, 유포, 규제하는 시대 고유의 인식적 틀, 혹은 시대 고유의 사조가 있는데, 푸코는 이를 인식소 또는 역사적 선험성으로 규정했다. 푸코는 르네상스시대에는 '유사성'을, 고전주의 시대에는 '표상'을, 현대는 '인간중심주의'를 각 시대 고유의 인식소로 간주한다. 그리고 이전 시대의 인식소와 이후 시대의 인식소 간에는 단지 불연속성, 단절, 그리고 차이가 있을 뿐이다. 푸코는 어떤 시대의 앎을 구성하는 요소는 르네 데카르트, 이마누엘 칸트, 헤겔과 같은 개인에 있는 것이 아니라 오히려 이들을 숨김으로써, 또는 이들과 무관하게 생산되는 언설에 있다고 주장하며 그 시대의 특징을 강조했다.

16세기는 르네상스시대로서 이 시기의 인식소는 유사성이다. 푸코에 따르면 의미는 기의와 기표, 그리고 둘 사이의 유사성으로 구성된다. 이런 유사성은 그 당시 모든 연구에 필수적이며, 지식은 기표와 기의 사이의 진정한 연결 없이는 입증될 수 없다고 보았다. 그리스 로마의 원전에 대한 주석과 해석 작업은 대부분 이런 유사성에 근거해서 이루어졌다.

17~18세기는 고전주의시대로서 이 시기의 인식소는 표상이다. 이 시기에 들어서 인간과 비인간과의 이원적 대립이 형성되었고, 이제 사물은 주체로서의 인간에 의해 밝혀져야 할 객관적 대상으로 인식됨에 따라 결과적으로 자연과학이 발달했다. 푸코는 르네상스시대에 대한 해석과 마찬가지로 이 시기에는 무엇보다도 객관적인 질서의 수립을 특징으로 보았다.

하지만 19세기에 이르자 이전 시대의 인식소였던 표상은 이제 한계를 드러내며 결국 인간중심주의라는 새로운 인식소가 나타난다. 자연을 움직이는 힘은 더 이상 상식적 수준의 관찰대상이 아니며 경험적 관찰보다는 추상적 이해를 통해서 비로소 접근 가능한 영역으로 간주되었다. 언어학, 경제학, 인간유기체에 관한 언술적 실천도 모두 경험을 초월하는 추상적 힘을 드러내려는 경향을 보이게 되었다. 또한 이 시기에는 인간 행동의 객관적 연구가 강조되고, 다른 한편으로는 장 자크 루소, 칸트, 현상학 그리고 실존주의 등의 철학도 출현했다.

고고학적 단계에서 푸코는 주로 구조주의적 인식론에 머무는데 앞에서 언급했던『말과 사물』과『지식의 고고학』(1969)은 고고학적 단계의 대표작이다. 그는 서구의 문화사를 일반적인 시대 구분과 달리 르네상스시대, 고전주의시대, 현대, 탈현대로 구분하였고, 유사성, 표상, 인간중심주의를 각 시대별 인식소로 규정했다. 푸코는 각 시대의 언술은 다양하지만, 그럼에도 불구하고 그 시대의 인식소를 중심으로 내적 정합성을 이룬다고 보았다.

푸코의 고고학적 연구는 소쉬르의 랑그 이론에 비유할 수 있는 구조주의적 단계에서 진행된다. 이는 무엇보다도 화자의 주관성보다 사회적 규칙인 랑그의 체계를 강조하는 구조주의적 관점이 이른바 의식적 주체를 언술적 실천의 근원이라고 보는 푸코의 언술 이론에 계승되어 있을 뿐만 아니라 통시적 차원보다 공시적 차원에 분석의 우선성을 부여하는 구조주의적 인식론이 시대 고유의 인식소를 강조하면서 시대별 인식소 사이의 단절을 강조하는 푸코의 고고학에 계승되기 때문이다.

하지만 푸코는 '68사태'와 구조주의의 쇠퇴 이후 계보학으로 전환한다. 이 시기의 대표적 저작으로『감시와 처벌』(1975)과『성의 역사』(1976)를 들 수 있다. 고고학이 시대 고유의 언술적 실천을 형성하고 지배하는 규칙성을 연구하는 데 초점을 둔 것과 달리 계보학은 언술적 실천에 작용하는 권력의 전략, 지식의 권력의 은밀한 유착 관계를 분석하는 데 초점을 두고 있다.

니체의 철저한 반근원주의 사상은 데리다, 라캉, 푸코 등 후기 구조주의 사상에 뚜렷이 계승된다. 참고로 니체의 사상은 전지전능한 신 대신에 초인, 영원불멸의 영혼 대신에 영겁회귀, 궁극적 진리 대신에 권력 의지, 객관적 지식 대신에 주관적 관점주의를 대치함으로써 전통 철학의 모든 근원을 성상 파괴적으로 거부한다. 푸코의 계보학의 특징은 크게 세 가지로 규정된다. 첫째, 마르크스주의의 총체론적 거대담론뿐만 아니라 초월적 의식, 불변의 구조, 경제적 생산양식, 절대정신 등을 철저히 거부한다. 둘째, 사회 구성은 다양한 계열 간의 복합, 균열, 차이로 나타나고 각 영역은 그 자체의 구조적 리듬에 따라 역사적으로 변모한다. 따라서 권력 현상도 지역적으로 분산됨으로써 통치권, 중앙집권적 국가 권력은 공장, 학교, 관청, 병원, 감옥, 법정 등 사회의 풀뿌리 수준에서 작용하는 힘의 관계로 대체된다. 셋째, 순진무구한 지식은 있을 수 없고 지식과 권력은 은밀히 유착된다. 곧 모든 지식은 그 자체가 권력을 내포하고 있기 때문에 어떤 권력도 지식의 정당화 없이는 그 권력을 행사할 수 없다.

권력 분석이 종래의 권력 개념의 한계성을 극복하기 위해서는 권력의 형태, 수준, 효과, 방향, 이데올로기의 차원 등 다섯 가지 차원에 유의해야 한다. 무엇보다도 권력이 중앙집권적이 아닌 지역적, 국부적으로 '편재하는 권력'이라는 권력에 대한 인식 전환이 필요하다. 즉 '누가 권력을 갖고 있는가?' 또는 '어떤 목적과 의도를 갖고 있는가?'가 아니라 '지속적인 권력 현상에 의해 우리의 언어, 신체, 행동 등이 어떻게 예속되는가?', 그리고 '주체성이 어떻게 구속되는가?'에 초점을 맞춰야 한다. 푸코에 따르면 권력을 개인이나 계급의 소유물로 개념화해서는 안 된다. 개인이나 계급은 권력을 소유하는 것이 아니라 단지 권력의 효과만을 가질 뿐이다. 권력과 지식은 불가분의 관계에 놓여 있다. 권력은 미시적 수준에서, 즉 일상적 수준에서 분석되어야 한다. 요컨대 푸코의 권력 이론은 마르크스주의적 패러다임을 극복하는 대안이고 다양화와 다원화를 특징으로 하는 시민운동에 긍정적 측면을 시사한다.

『감시와 처벌』은 권력의 기원 및 정당화 그리고 그 규칙들에 초점을 맞추는 현재적·과학적·법률적 복합물의 계보학이다. 푸코는 18세기 행형제도와 오늘날의 행형제도를 구체적으로 비교한다. 18세기에는 처벌과 권력 행사의 표적이 신체였던 것에 비해 오늘날에는 인성, 주관성, 의식 개조 등 정신으로 변모되었다. 처벌 방법도 폭력적 체형에서 감시와 교화로 바뀌었다. 또한 행형의 형태도 공개처형에서 은밀한 감금으로 바뀌었다. 푸코는 18세기와 오늘날의 행형제도의 비교를 통해 18세기의 행형제도의 야만성, 비인간성, 비합리성을 부각시키지 않는다. 오히려 18세기의 그런 처벌 방법이 그 시대의 관점에서는 합당한 것이었으며 오늘날의 행형제도만이 유일한 가능성을 지닌 것이 아니라고 주장한다. 푸코의 설명에 따르면 고전주의 시대에 대한 우리의 인식은 차이의 문제이지 결코 옳고 그름의 문제가 아니다.

권력 의지를 은폐한 근대 행형제도의 음흉성을 예시하기 위해 푸코는 제러미 벤덤이 구상한 원형 감옥인 '파놉티콘'을 예로 든다. 파놉티콘 중앙 감시탑에서 주변의 감방들을 면밀히 감시함으로써 죄수들은 간수나 다른 죄수들을 볼 수 없기 때문에 감시자가 없어도 권력의 효과는 자동으로 생긴다. 죄수들은 정보 수집의 대상일 뿐 의사소통의 주체가 될 수 없다. 권력은 특정 소유물이 아니라 원형감옥이 상징하는 장치 자체에 내재되어 있다. 개인은 그 효과로 나타나고 개인의 주관성은 권력이 개인에 작용한 영향력의 소산일 뿐이다. 푸코의 원형 감옥이 실제로 크게 유행되진 않았지만 종적 가시성과 횡적 비가시성으로 인해 감시와 통제가 용이하기 때문에 전면적 통제와 감시의 발상 자체는 교도소, 학교, 산업체 등 현대 사회의 모든 영역에 일반화될 수 있는 메커니즘의 이념형으로 가능하다고 간주되었다.

『감시와 처벌』에서 푸코의 주된 관심은 권력 자체보다는 근대적 주체가 발생하는 과정에서 권력의 역할이다. 실제로 권력의 내부 공간에서 관찰되는 자아에 관한 기술이 본격적으로 논의되기 시작하는 것은 『성의 역사』다. 기본적으로 푸코는 프로이트, 빌헬름 라이히, 헤르베르트 마르쿠제의 성억압설을 비판했다. 그는 성이 억압되었다기보다 전례 없이 개방되었다고 주장한다. 푸코가 말하는 성은 성에 관한 언술로서의 성이다. 그의 구체적 관심은 역사적으로 구체적인 성에 관한 언술을 통해서 사회적 권력관계가 형성되고 유지되는 방식, 이런 언술에 의해 성적 주체가 구성되고 통제되는 방식, 이런 권력에 대한 저항의 출현을 분석하는 것으로 수렴된다.

『성의 역사』에서도 푸코는 논의를 르네상스시대에서 시작한다. 이 시기에는 고해성사가 권력 구조의 효과로서 고백하는 신도에 대해 사제가 권력을 행사한다. 그러나 17~18세기에 들어서면 종교개혁/반종교개혁, 교육학, 의학의 출현으로 성의 고백이 사회의 전 영역으로 확산된다. 성은 종교를 넘어 사회의 모든 영역을 통제하는 권력 양식으로서의 언술로서 행위뿐만 아니라 정신까지도 통제하기에 이른다. 19세기 이후에는 심리학, 교육학, 인구학, 정신의학, 법률학, 정신분석과 함께 이른바 '성의 과학'이 확립됨으로써 무의식의 영역에까지 감시의 영역이 확대된다. 오늘날 성에 관한 지식은 사회 통제에 기여하는 이른바 생체적 권력이다. 성에 관한 언술을 통한 사회화와 교육이 이루어지고, 주체성도 언술의 구조에 의해 형성된다. 푸코는 권력이 있는 곳에는 항상 저항이 있으며, 저항은 곧 권력관계의 전략적 장에 내재한다고 본다.

푸코는 앎의 존재 방식, 사상의 구조 방식, 과학 정신의 존재 방식에 대한 무한한 혁신가였다. 그뿐만 아니라 그는 사상가로서도 누구보다 문화의 낡은 질서로부터 탈피해 미래로 전진하는 미래 방식을 제시했다. 그가 언제나 지켜온 것은 '밖으로의 사고'로서, 이는 루이 알튀세르의 '인식론적 단절'이나 데리다의 '차연', 질 들뢰즈의 '노마드'와 일맥상통한다. 밖으로의 사고는 탈중심화 사고이며 탈중심화 사고는 탈전제화 사고다. 전제적이고 보편적인 앎이야말로 권력의 앎이라는 사실이 폭로된 이상, 이 제부터 존중되어야 할 앎의 존재 방식은 주체적인 앎이 아니라 종속적인 앎이다. 결국 푸코가 말하는 탈중심화 사고는 민중적 지식의 계보학적 연구를 통해 그 지식 속에 축적되어 온 투쟁적 지식을 배우고 그것을 현대의 민중적인 지식이라고 부를 수 있 는 영역의 이론적 실천으로 옮겨 후기 자본주의의 고도기술, 즉 권력 체계와 싸우는 부단한 투쟁 정신을 의미한다. 그 투쟁 정신 이 구체화될 때 제도화된 특정 전문분야의 경계를 넘어설 수 있게 된다.

3.

라캉은 프로이트와 마찬가지로 의학과 정신분석을 연구하였 으나, 무의식에 이르는 프로이트의 왕도를 소쉬르의 언어학적 관점에서 재조명했고, 무의식이 언어의 조건이 아니라 오히려 언어가 무의식의 조건임을 발견함으로써, 프로이트의 정신분석 과 소쉬르의 구조 언어학을 독창적으로 접목시켰다. 그러나 그 의 문체는 대단히 난해하고 그의 사상은 깊고 통속적으로 해명 하기 어려운 우의와 비의로 가득 차 있어 일반 독자가 접근하기 가 대단히 어렵다. 정신 분석과 구조 언어학에 관심을 두는 철학 자들은 무의식의 작용과 언어성을 통해 인간 존재를 더 여실히 해명할 수 있을 것이라는 기대를 품고 있다. 그들은 언어와 무의식 이전에 절대 근거로 존재하는 순수 의식에 대해 의문을 품는다. 그들에게는 인간 '주체'의 자명성이야말로 궁극적으로 해결해야 할 문제다.

라캉은 소쉬르의 '언어학적 전회'를 프로이트에 기대어 해석하고, 프로이트의 꿈 이론을 소쉬르와 로만 야콥슨의 관점에서 해석한다. 이를 기반으로 종국에는 하이데거에 이르는 서구의 형이상학 전반을 비판한다. 그는 소쉬르, 프로이트, 하이데거의 이론이 탄생할 수 있었던 조건을 고찰하고, 그들이 이룩한 사유 혁명의 근거를 새로운 관점에서 규명한다. 이를 통해 라캉 자신도 그 선구자들에 못지않은 사유 혁명을 꾀한다. 다시 말해 라캉은 소쉬르, 프로이트, 하이데거에 대한 새로운 해석을 통해 그들을 넘어서고자 한 것이다. 그런 점에서 라캉에게 그들은 모범이면서 동시에 비판의 대상이 된다.

인간의 주체와 사회 구조, 주관적 인식과 객관적 구조 간의 관계는 사회이론의 주요 쟁점이다. 현상학이 인간 중심적인 것과 대조적으로 구조주의는 객관적 구조의 결정적 역할을 강조해 왔다. 데카르트는 철저한 회의를 통해서 사유하는 자아의 존재를 확인하여 이를 모든 존재의 중심으로 삼았고, 칸트는 선험적 주관성을 현상계의 만상에 형식과 질서를 부여하는 근본 원리로 규정하였다. 후설에 이르러 인간의 의식, 특히 순수 의식은 그 지향 대상, 즉 '노에마'를 구성하는 중심적 위치를 차지하게 되었다. 하이데거와 사르트르도 세계 내 존재의 사실성을 인정하면서도 인간 실존의 본래적 특성은 실존적 기투 혹은 자유를 실천하는 고유한 주체성에 있다고 보았다. 이와 같은 인간 중심적 사상에 의해 인간은 모든 것의 근원인 동시에 중심이자 주체로 정립되었다.

그러나 라캉과 알튀세르는 주체란 무의식의 이데올로기가 만들어 낸 이데올로기의 주체일 뿐 결코 근거로서의 실체가 될 수 없다고 주장한다. 인간 주체에 대한 라캉의 사상은 인간의 주체적 진리를 불변의 황금률로 생각한 기존의 철학의 입장에서 볼 때는 반주체적이고, 인간의 주체가 주인이 되어서 인간의 진리와 진실을 논하는 인간주의 입장에서 보면 그의 철학과 사상은 반인간주의적이다. 라캉은 주체적 진리와 인간주의적 내면성을 해체하고 있다.

이와는 대조적으로 구조주의자들은 인간을 객관적 구조의 수인으로 보고, 현상학이 표방하는 의식적 주체란 하나의 환상이라고 주장한다. 즉 소쉬르는 언어 현상을 언어의 외적 실재와 무관한 자족적 체계로 보았다. 그는 의식적 주체라는 것은 하나의 환상이며, 의미화의 중심은 언어체계의 구조에 있기 때문에, 의식적 주체로서 인간 개념을 부정했다. 레비스트로스는 문화현상을 구조언어학의 방법으로 연구했다. 그는 여러 가지 문화적 표면 현상은 무의식의 구조를 반영한 것이며, 인간은 이와 같은 심층적 구조의 무의식적 담지자에 불과하다고 보았다. 소쉬르와 레비스트로스뿐만 아니라 일반적으로 구조주의는 인간 주체에 특권적 지위를 부여하지 않는 것이 방법적 특징이다.

구조주의 마르크스주의의 대표적 사상가인 알튀세르도 소위

의식적 주체를 역사 발전의 중심 개념으로 보는 인간주의 관점을 정면으로 거부한다. 그는 인간주의 철학이 강조하는 자율적이고 의식적인 주체라는 것이 실제로는 구체적인 기구를 통해 행사되는 이데올로기적 실천에 의해 구성된 주체이기 때문에 자율적이고 의식적인 주체라는 것은 중대한 착각이며, 따라서 이와 같은 허구적 주체의 실천을 주장하기에 앞서 사회적 총체의 비가시적이고 구조적인 호명에 의해 수행되는 은밀한 기능을 분석하는 것이 중요하고, 최소한 이와 같은 이론적 실천에서는 선험적 주체 또는 의식적 주체로서의 인간 개념은 판단 중지되어야 한다고 주장한다.

주체의 형성 과정을 분석하기 위해서는 구조주의 언어학 이론과 정신분석 이론을 통합한 관점이 필요하며, 이런 목적에 라캉의 정신 분석 이론은 탁월한 통찰력을 제공한다. 그러나 라캉의 주체 구성 이론에서 주체는 합리주의 철학이 상정하는 정체감 있는 주체, 통합된 주체가 아니라 불확실한 주체, 결핍된 주체, 끝없이 분열되는 주체이다. 인간의 주체는 이처럼 ·원초적 통일성이 분열된 상태이므로 그 본질은 결핍, 상실이기 때문에 욕망으로 정의될 수밖에 없다. 라캉은 무의식이 언어와 같은 구조로 구성되어 있다고 보고 무의식을 해명하는 데 언어학적 모형을 제공했다. 그는 무의식의 진상과 그것의 현현 방식을 도식적으로 나타내기 위해 소쉬르의 '기표ー기호' 이론을 도입하고 있다.[4)]

라캉이 생각하기에 자아는 의식적이든 무의식적이든 간에 언어학적 구성물, 즉 욕망에 대한 부과물이다. 그의 작업은 두 가지 측면에서 의미가 있다. 한편으로는 라캉은 프로이트를 언어학적으로 해석함으로써 프로이트 사상에 담겨 있던 상징론을 발굴해낼 수 있었고 이것을 통해 기존의 생물학적 프로이트 해석이 지닌 일면성과 약점을 보완할 수 있었다. 다른 한편으로는 대체로 소쉬르와 야콥슨의 언어 이론에서 출발했지만 정신 분석 이론과 임상 경험을 통해 이들의 실제론 또는 본질주의 언어 이론에 중요한 수정을 가할 수 있었다.

정신분석의 가장 중요한 과제는 무의식 세계를 연구하는 것이고, 무의식의 연구는 소위 '꿈의 작업'에 관한 언어적 분석을 통해서 가능해진다. 꿈의 작업이란 잠재적인 꿈의 내용이 현시적 꿈의 영상으로 심하게 왜곡되고 변형되는 과정을 의미한다. 무의식은 꿈만 아니라 우리 자신도 모르는 사이에 우리의 언행에 결정적인 영향력을 행사한다는 것이 프로이트의 관점이다. 실언, 오기, 오독 등의 '착오 행위'뿐만 아니라 풍자, 재담, 농담, 일상적인 언행 등의 형태로 표출된다.

프로이트에 따르면 실언은 자신도 모르는 사이에 무의식적으

---

4) 라캉은 기표의 기능과 법칙을 수학적인 표현법칙, 즉 '알고리즘'의 형식으로 기술함으로써 이러한 표현의 문제를 생생하게 드러낸다. 소쉬르는 기호를 타원으로 시각화하여 타원의 위쪽 부분을 기의로 표기하고 가운데 분할선의 아래쪽을 기표로 표기하였다. 라캉은 이 도식을 '알고리즘'으로 대체하여 기표를 위쪽의 대문자 S로, 기의를 아래쪽의 소문자 s로 표시하였다. 따라서 기표와 기의의 관계는 S/s로 표상된다. 이때 분모와 분자를 가르는 /(bar)는 기호화를 저항하는 일종의 벽으로 상정된다. 기의는 언어에 의존하지 않고서는 어떤 방식으로도 설명될 수 없기 때문에 다른 기호화에 대한 의존은 불가능하다. 라캉은 기표 아래 기의라는 끝없는 미끄러짐으로 인해 기의는 영원히 포착되기 어렵다고 보았다.

로 말하고 싶지 않은 말을 실수로 내뱉는 행위다. 내 안에 무의식이라고 하는 타자, 나 자신이 모를 뿐만 아니라 통제할 수도 없는 또 하나의 나인 이러한 타자는 일반적인 '타자(other)'와 구별하기 위해 '대타자(Other)'라고 불린다. 프로이트의 정신분석 이론에서 무의식, 즉 큰 타자는 본능적이고 생리적인 욕망과 같은 것이다. 말하자면 우리가 주체라고 하는 것은 분열된 주체를 의미한다. 꿈의 작업은 '압축'과 '치환'에 의해 수행된다. 압축은 잠재적인 꿈을 이루는 다양한 내용이 간단한 한 가지 현시적인 꿈의 내용으로 중첩되어 표현되는 현상이고, 치환은 잠재적 꿈의 중요한 내용, 즉 사회적으로 윤리적으로 큰 문제가 될 수도 있는 중요한 내용이 검열을 피해 사소한 것으로 표현되는 무의식의 작용 메커니즘을 의미한다. 후기구조주의에서 모든 언어는 문학 언어, 직접적인 재현보다는 비유와 같다.

　라캉은 꿈의 분석을 통해 무의식의 메커니즘을 밝히는 과정에서 프로이트가 제시한 압축과 치환의 범주들이 구조주의 언어학의 '의미론적 은유'와 '통사론적 환유'에 각각 상응하는 의미와 기능을 갖는다고 파악했다. 그는 프로이트의 구조주의 언어학을 정확히 예견했다고 말할 수 있다. 프로이트의 정신분석 이론에서 무의식, 즉 대타자는 생리적이고 본능적인 욕망이었으나, 라캉의 정신분석 이론에서는 무의식 혹은 대타자는 '언어'이며 우리를 언어적으로 사회화시키는 사회적 상징 구조인 셈이다. 바꿔 말하면 무의식이 언어로 표현되는 것이 아니라 언어 습득과 함께 무의식이 형성되는 것이다. 라캉은 프로이트의 정신분석

이론을 더 철저히 끝까지 밀고 나가 언어의 고정된 법칙성과 무의식으로부터의 의미 규정이 모든 의미 현상에 동시적으로 출현한다는 것을 보여주려고 했다.

라캉에 따르면 자아를 구성하는 것은 곧 타자의 언술이며, 타자가 곧 나의 욕망을 일으키고 나의 욕망에 일정한 내용을 부여한다. 자아는 심적 에너지가 압축과 치환에 의해 자유롭게 흐르는 1차적 과정에서 논리적 사고에 의해 만족을 지연시키는 2차적 과정으로 가는 과정에서 통제와 규제를 통해 구성된다. 자아의 구성 과정은 언어 형성 과정과 비슷하다. 이 과정에서 주체는 세 가지 균열 혹은 분리를 경험한다. 첫째는 어머니로부터의 분리, 둘째는 거울에 비친 자기 몸의 통일적 영상, 즉 이상적인 자아로부터의 분리, 마지막으로는 상징체계 속에 위치함으로써 일어나는 자아의 이탈이다. 이 세 가지 과정을 통해 주체와 무의식이 마침내 구성된다.

인간이 생물학적 존재로 태어나 인간 존재로 되어 가는 과정에서 자아 구성의 과정을 설명하기 위해 라캉은 우선 자아 구성 과정을 크게 '거울 단계'와 '오이디푸스 단계'로 나누었다. 인간의 자아 구성을 정신분석학적으로 전개하면서도 그의 관심사는 인간의 자아가 언어의 질서, 문화의 법칙, 기표의 질서 혹은 대타자에 의해 형성되고 구성된다는 구성주의적 자아관이다. 라캉의 반인간주의적 정신분석 이론에서 주체는 통합된 주체, 투명한 주체가 아닌 분열되고 불투명한 주체이다.

거울 단계는 생후 6개월에서 18개월쯤 된 아이가 거울에 비친 자신의 영상을 발견하면서 시작된다. 거울 단계는 인간의 자기 의식과 타인과의 관계가 형성되는 첫 단계로, 아이가 거울에 비친 통합된 자기 이미지와 동일시하면서 동시에 소외되는 상태를 가리킨다. 거울에 비친 자기 영상뿐만 아니라 타인, 특히 어머니를 자신과 동일시하기 때문에 거울 단계는 '상상적 관계'로 규정된다. 어머니의 부재와 현전 사이에 받는 심적 고통이 놀이와 언어로 치환됨으로써 억압이 생겨나고 무의식이 형성된다. 오이디푸스 단계에 접어들면 아이는 아버지의 출현으로 인해 어머니와 분리되고 양자관계에서 삼자관계로 전환하게 된다. 여기서 아버지는 프로이트의 생물학적·실재적 존재가 아닌 관습과 법, 그리고 체계라는 상징이며, 거세 공포는 남근의 제거에 대한 것이 아니라 사회적 명성의 박탈과 사회적 매장의 공포를 상징한다. 이런 공포와 불안 때문에 아이는 어머니가 승인하는 아버지, 즉 '아버지의 이름'으로 상징되는 법에 복종하게 되고, 결국 '상상적 관계'로부터 '상징적 관계'로 진입하게 된다.

　오이디푸스 현상은 구조적으로 볼 때 인간존재의 근본적 전환이다. 이는 양자 관계에서 삼자 관계로, 직접적 관계에서 매개적 관계로, 상상적 관계에서 상징적 관계로 심적 상태가 전환됨을 뜻한다. 그런데 여기에서 주목할 점은 라캉이 프로이트의 오이디푸스 콤플렉스를 그대로 수용하지 않았다는 것이다. 프로이트의 오이디푸스 콤플렉스에서 아버지는 실재하는 아버지였으나, 라캉에서는 아버지는 아버지의 이름으로 상징되는 관습과 법, 그리고 체계이다. 아버지의 이름은 상징적인 기표이다. 이를 위해 아버지의 남근 소유를 인정하고, 그 법에 예속되어야 하므로 이렇게 구성된 자아는 사회와 문화가 주는 기표의 소산으로서 심각한 심적 상처와 자기 소외를 초래한다.

주체는 거울/외부/타자에서 기원하며 언어적 질서에 의해 구성되는 선험적이지 않고 분열된 세계다. 언어의 구사로 인해 무의식이 형성되기 때문에 무의식 또한 언어와 마찬가지로 구조화된다. 무의식은 검열을 피해 부단히 표현을 바꾸어가기 때문에 기표와 기표의 끝없는 이어짐이자 기표의 연쇄라 할 수 있다. 사실 언어를 고정된 기의에 묶일 수 없는 부단한 기표의 흐름으로 보았다는 점에서 라캉의 언어 철학은 데리다의 언어 철학과 비슷하다. 하지만 고정/초월/최종적 기의의 거부에 대해 데리다는 차연의 원리를 적용했고 라캉은 욕망의 기제에 근거했다. 바로 이점 때문에 라캉은 데리다와 뚜렷하게 구별된다. 혹자는 라캉이 통합된 주체의 해체, 의미 작용에 대한 구조적 재조명 등 탁월한 통찰력을 보여주었으나 관습, 법, 상징적 질서에 대한 사회적·역사적 구체성을 결여했다고 비판하기도 한다.

라캉의 정신분석 이론은 특히 문학이론에 다양하게 적용되어 나타난다. 자아의 형성 과정은 문학 작품의 사회적 수용과 기능뿐만 아니라 문학 구조와 등장인물의 발전과 결합된 관념적·심리학적 추정에까지 적용될 수 있다. 라캉의 정신분석 이론은 형태심리학자들의 '통일된 지향성', 정신분석학자들의 '통합되고 자율적인 자아개념'을 부정하고 '진정한 프로이트'로 되돌아간다는 데 그 특징이 있다. 그는 근대성의 문제를 전면적으로 검토하거나 기존 철학의 비판을 자신의 과제로 삼지 않았다. 그는 누구 못지않게 헤겔과 하이데거 등의 철학에 관심을 가졌지만, 프로이트로 되돌아가 프로이트가 발견한 내용을 더욱 발전시키는 데 집중했다. 즉 라캉은 프로이트에 대한 언어학적 해석을 거쳐 프로이트 이후의 이성이라는 주체로 넘어간다. 그는 프로이트가 발견하고 자신이 알고리즘화한 언어의 기능을 가지고 데카르트의 명제를 해체하고 하이데거를 비판한다. 그는 소쉬르의 '언어학적 전회', 프로이트의 사유 혁명, 하이데거의 방향 전환이 가능했던 조건을 이론적으로 규명함으로써 그들이 수행한 작업을 발전적으로 계승한다.

하지만 라캉 역시 데리다에 의해 비판을 받는다. 데리다는 라캉의 전략을 남근상의 지배적 기표의 설정으로 보았다. 모든 기표는 그 어떤 기표도 필적할 수 없는 기표의 일부를 공유한다는 가능성 때문에, 남근상은 라캉의 정신분석에서 초월적 지위를 차지한다. 최상의 기표로서의 남근상의 특수한 역할은 해석의 과정, 진리의 드러냄, 목소리의 의미, 기표의 도주 등에 중심을 부여하고 체계적으로 통제하는 것이다. 데리다는 라캉의 음성중심주의뿐만 아니라 남근중심주의도 비판한다.

4.

데리다는 서구의 철학을 '이성중심주의'로 규정하고 그것이 상정하는 형이상학을 비판함으로써 소위 '해체론' 또는 '해체주의'의 선구자가 되었다. 해체는 영어로 'destruction'이 아니라 'deconstruction'이다. 즉 해체는 단순히 무너뜨리는 게 아니라 무너뜨린 후 새롭게 구축 또는 구성하는 것을 의미한다. 그래서 '해체' 대신에 '탈구축'이라는 용어가 쓰이기도 한다. 데리다의 해체 개념은 전통적인 형이상의 주장들에 대한 무근거성을 파헤치기 위해 고안해 낸 전략적 개념이다. 그의 해체론은 텍스트의 불확정성과 무관한 해석 가능성을 창조하며 언어의 자유유희로 구체화된다. 즉 텍스트가 설정한 기준과 개념이 원래의 구별을 유지하지 못하고 다른 의미로 사용되고 있음을 보여줌으로써 한계와 모순, 텍스트의 중심에 있는 궁극적인 불안정성을 폭로한다. 또한 순전히 텍스트 내재적인 방식으로 이론적 서술의 모순을 밝혀내려고 한다. 해체론이 개념의 대립에 주목하는 것은 구조주의로부터 물려받은 유산이지만, 이는 구조주의의 도식화를 극복하기 위해서다. 텍스트 독해의 형식을 취하는 해체론은 구체적인 텍스트 분석 방법을 고안하려고 하지 않으며, 그런 점에서도 구조주의와 구별된다. 해체론은 방법론의 바탕이 되는 사고 모델의 모순을 밝혀내는 한편, 사고 모델을 해체하여 사고 모델의 논리 전개 구조를 재구성하려고 한다.

데리다의 해체는 두 단계를 밟는다. 첫 번째 단계에서는 텍스트를 정리하고 분석한다. 이를 통해 음성언어와 문자언어, 말과 글 등의 이원적 대립 체계를 발견하고, 어느 한쪽에 부여된 특권적 지위의 이유를 텍스트 자체의 논리에 따라 심문하며 모순을 지적하고, 궁극적으로 이원적 대립 체계라는 것이 근거 없고 폭력적인 서열 제도임을 밝히고 이를 전도시킨다. 두 번째 단계에서는 전도된 이원적 대립 체계로부터 위계와 서열 자체를 제거함으로써 인식의 구조 자체를 변화시킨다.

데리다의 서구 형이상학과 이성중심주의에 대한 비판은 무엇보다도 그의 독특한 언어관에 근거한 것이기에 먼저 그의 언어관을 살펴볼 필요가 있다. 그는 전통적으로 언어의 의미가 외적 실재나 내면의 의식 상태라고 보는, 다시 말하면 언어 외적인 어떤 근원에서 유래한다고 보는 기존의 근원주의 언어관에 반대한다. 그렇기 때문에 그의 언어관은 한마디로 '반근원주의' 언어관으로 규정될 수 있다. 그는 언어의 의미는 언어 외적 요소에 전혀 구애됨 없이 용어 간의 차이와 대립 그리고 상관관계에 의해 구성된다고 보았다.

데리다의 새로운 언어이론은 모든 근원을 거부하고 궁극적으로 확실한 의미의 존재도 반대하며, 어떤 '초월적 소기'도 부정하면서 기표에 전면적 자율성을 부여함으로써 다양한 의미가 있을 뿐임을 강력히 제시했다. 그의 구체적인 해체 전략은 근원주의 철학의 논리에 따라 상정된 기존의 서열에 모순을 드러내어 이를 전도하는 단계와 모순되고 근거 없는 폭력적인 서열 제도 그 자체를 완전히 제거하는 단계로 구성된다. 그는 이런 해체 전략을 바탕으로 구조주의 인식론의 기초라 할 수 있는 소쉬르의 구조주의 언어학과 후설의 현상학적 언어이론을 해체한다.

데리다는 파롤이 개인적 주체의 언어 기능에 의존하고 사회적 규칙인 랑그에 의존한다는 소쉬르의 주장이 모순된다고 보았다. 왜냐하면 파롤의 의미가 랑그의 구조적 체계에 의존한다는 소쉬르의 주장을 따른다면 파롤이 개인적 주체에 의존한다고 볼 수 없기 때문이다. 그는 파롤보다 랑그에 특권을 부여하는 소쉬르의 이원적 대립은 근거 없는 폭력적 서열제도라고 간주하고 랑그의 기호학적 자율성을 파롤의 영역에까지 확장함으로써 주체로부터의 자율성을 모든 언어학적 기호의 특성으로 파악했다. 따라서 '기표-기의-기표'의 끝없는 순환으로 인해 최종적 의미는 끝없이 연기되고 지연된다. 공간적 개념인 '차이'는 언어와 그것이 재현하려는 것과의 숙명적인 차이를 의미하고 시간적 개념인 '지연'은 언어가 재현하려는 현존의 끝없는 유보를 의미한다. 따라서 하나의 텍스트 속에서 어느 한 요소의 의미는 그것이 연관과 맥락에 의해 그 텍스트 내의 다른 요소들과 상호 연결되어 있기 때문에 결코 완전히 현존할 수는 없고 영원히 차이를 갖게 되며 끝없이 유보된다.

데리다의 중요한 이론 중 하나인 상호텍스트성 이론은 바로 여기에서 비롯된다. 즉 의미는 다른 기호들과의 공간적 차이와 시간적 지연에 의해 영향을 받기 때문에 절대적인 확실성이 결정되는 것이 아니라 끝없이 지연된다. 기표와 기의 사이에는 불가피하게 채울 수 없는 간극이 발생하는데 데리다는 이를 '시간의 공간화' 또는 '공간의 시간화'라고 불렀다. 의미화의 이같이 끝없는 운동, 즉 공간적 차이와 시간적 지연을 동시에 함의하기 위해 차이와 지연을 합해서 '차연'이라는 신조어를 고안해 낸 것이다.[5] 따라서 기표는 기의와의 고정된 관계로부터 해방되어 자율성을 획득한다. 이는 의미의 고정화에서 탈피했다는 것을 의미한다.[6] 또한 문학 작품에도 작가의 권위에서 나온 궁극적 진리에서 벗어남으로써 해석과 재해석의 열린 지평에서 독자와 저자의 끝없는 대화가 가능하게 되었다. 그는 텍스트가 진리를 재현하며 독자는 그것을 성실히 추구해야 한다는 것은 환상일 뿐, 텍스트의 기반은 텍스트 체계일 뿐, 비평은 언술에 관한 언술 이라고 주장한다.

데리다는 고정된 의미를 부정하고 모든 언어학적 기호에 자율 성을 부여하고 재현 가능성을 부정함으로써 소쉬르의 언어이론 과 근본적으로 상이한 입장을 보였다. 그가 가장 신랄하게 비판 한 것은 역시 소쉬르의 음성중심주의였다. 하지만 그는 음성중

---

5) 후기구조주의에서 '공간'은 중요한 은유적 의미를 갖는다. 모든 이론은 주체에 의미를 발생시킬 여지를 제공하는 '공간'에 의존하고 있다. 이 공간은 시간의 작용을 위한 장소가 되고 시간은 구조의 형식적인 관념 속으로 재통합된다. 초기 구조주의 비평에 따르면, 구조에는 공간적 형태 는 있었지만 시간적 형태는 없었다. 하지만 데리다가 말하는 '차연'은 '차별적'이라는 공간적 개념과 '연기하는'이라는 시간적 개념 둘 모두를 포함하고 있다. 차연은 언어 속에서 의미가 자유롭게 놀이를 하기 때문에 개념을 명확하게 꼬집어서 말할 수 없는 상황을 의미한다. 이런 은유적 공간은 소쉬르의 '기표'와 '기의' 사이의 관계가 약화되면서 형성되었다.

6) 데리다의 차연은 구조가 가지고 있는 공시적 차이로 인한 기의의 부재는 자동적으로 기의가 시간적으로 연기되거나 유보된다는 의미를 담고 있다. 그러나 기의가 연기되거나 유보된다는 것은 언젠가는 돌아오는 게 아니라, 기의는 영원히 유보된 채 기표만이 끝없이 '흩어지는' 것이 다. 비유적으로 말해서 차연은 마치 무정란이 파종되는 것과 비슷하다. 결과적으로 차연으로 인해 기호학은 문자학으로 대치된다.

심주의뿐만 아니라 표의문자, 수수께끼 그림 등과 같은 문자중심주의도 비판했다. 그는 말과 글 어느 한 쪽만을 중시할 수 없다는 균형적 입장을 취했다. 또한 그는 자연과 문화를 이원적 대립화하고 자연에 특권적 권위를 부여한 레비스트로스와 루소를 비판하며 구조주의의 특성인 보편적 형식을 거부하고 차이와 다양성을 강조했다.

후설은 『논리 연구』(1900)에서 기호를 두 가지 유형, 즉 표면적 기호와 지시적 기호로 엄격히 구별했다. 그에 따르면 표면적 기호는 구체적이고 사실적인 것과 대조되는, 추상적이고 관념적 내용을 표현하는 기호를 의미한다. 그러나 지시적 기호는 이와는 다르게 우리의 마음을 한 사물에서 다른 사물로 이동하게 하는 단순한 연결의 기능만을 할 뿐 본질적인 직관에 이르지는 못하기 때문에 피상적이며 인식론적으로 무용지물에 불과하다. 그는 기호의 엄격한 구별을 통해 의미화에 있어 경험적 요소를 괄호 안에 묶고, 순수의식에 본질을 직접적으로 구현하는 표현적 기호만이 참된 언어라는 현상학적 언어관을 도출한다. 이는 인식론적 차원에 초점을 둔 분석으로서 표현은 외화성이라기보다는 내면화이고, 소리 없는 음성이며, 선험적 주체의 음성일 뿐이라는 주장으로 환언될 수 있다.

반면 데리다는 비록 내면적 음성이라도 그 음성과 의미 직관이 동시에 일어나지 않는다면 그 직관은 기억에 의존하는 것으로서 절대적 확신성은 붕괴된다고 보았다. 그에 따르면 후설이 『내면적 시간의식의 현상학』(1905)에서 제시한 현상학적 시간 개념은 "과거와 미래와 전혀 무관한 순수 현재는 없다"라는 획기적인 시간 개념과 서로 모순된다. 그는 후설의 현상학을 플라톤적 전제에 의한 음성중심주의라고 비판한다. 요컨대 데리다의 후설의 현상학 비판은 후설 자신도 모르는 자신의 현상학에 내재한 차연 작용을 드러내어 순화된 의식의 허구성을 폭로한 해체적 비판이다.

그런데 데리다의 후설 현상학 비판은 단순한 비판에 머물지 않는다. 그의 비판은 기본적으로 후설의 저술을 철저히 검토한 후 그것을 해체함으로써 이루어졌다. 그는 후설 현상학에 '현전'과 '흔적'의 갈등 또는 궁극적 '근원'과 발생적 '기원' 사이의 대립이 내재되어 있다고 주장한다. 이처럼 후설 현상학에 대한 데리다의 비판은 후설 외재적인 관점에서가 아니라 철저하게 후설 내재적인 관점에서 수행되고 있다. 데리다는 자신의 해체 전략에 따라 후설 현상학이 자체적으로 지닌 내적 균열과 부정합에 의해 스스로 자신의 구조적 취약성을 드러내고 있는 것은 아닌가, 하는 의문을 제기하고 있다. 따라서 데리다의 후설 현상학 비판은 후설에 대한 비판이 아니라 그에 대한 경외 또는 오마주에 가깝다. 왜냐하면 해체는 사유의 구조 체계에 대한 철저한 독해와 면밀한 고찰을 통해서만 가능하기 때문이다. 그런 의미에서 데리다의 '해체'는 칸트적 의미에서의 '비판'과 크게 다르지 않다.

니체적 반근원주의에 따르면 데리다는 말/글, 자연/문화, 본질/현상, 표현/지시 등 서로 대립되는 개념의 해체뿐만 아니라 중심/주변, 남성/여성, 정상/비정상, 이성/감성, 정통/이단 등의 모든 대립과 그 편파적 특권 의식도 삭제 가능하다고 보았다. 또한 헤겔과 마르크스의 법칙성/목적성, 객관/주관, 존재/사유, 필연/자유의 대립과 변증법적 종합까지도 해체가 가능하기 때문에 어떤 절대적 근원도 궁극적인 목적도 결정 불가능하다는 것이 데리다의 해체론의 본질이다.

데리다는 음성중심주의에서 탈피해 새로운 글쓰기의 원형을 제시했는데, 스스로 이를 '삭제 하의 글쓰기'라고 명명했다. 원래는 하이데거가 존재의 개시성과 은폐성이라는 너무나 추상적인 속성을 존재라는 기표만으로 표현하는 것이 불가능하지만 표현하지 않을 수 없어 삭제 표시와 함께 남겨둔 것을 의미한다. 그는 이를 글쓰기의 원형 저술, 또는 원형 기술이라고 명명했다. 그는 의식의 기능이 지연되지만 그것이 무의식에 남아 나중에라도 사고와 언행에 결정적 영향을 미치기 때문에 말과 글 모두를 포함하는 언어 개념으로서 삭제 하의 글쓰기를 주장했다. 그의 음성중심주의의 해체는 단순한 언어 비판이 아니라 인간, 사회 및 우주의 궁극적 이치와 근원, 신, 이성, 주체, 실재, 절대정신, 진리와 같은 궁극적 근원들을 해체하는 서구 형이상학 전통의 해체라고 할 수 있다. 데리다는 의미가 기표의 끊임없는 연쇄, 기호와 기호의 연속, 텍스트와 텍스트의 연쇄 속에서 분산되어 최종적 결정도 불가능하고 오직 부단한 해석만이 존재한다고 보았다.

데리다는 텍스트의 고정성에서 벗어나 상호텍스트성을 강조했다. 텍스트에서 작가의 권위가 사라지면서 독자의 자유로운 유희가 가능해졌다. 하지만 그는 텍스트성을 강조하기는 했지만 그것은 삭제 하에 쓰이거나 언술적 맥락일 뿐 사회적·문화적·정치적·경제적 맥락에 대해서는 침묵하고 있기 때문에 몰정치적 또는 몰사회적이라는 비판을 받아왔다. 이러한 비판에도 불구하고 그의 후기구조주의 사상, 특히 그의 해체론은 대중문화보다는 고급문화, 주변보다는 중심을 중요하게 여기는 모든 유형의 획일적 가치체계의 비판을 가능케 했다. 다양성과 다원성을 존중하는 보다 정의로운 사회를 이룩하는 데 기여했고 앞으로도 그럴 것이다. 더 나아가 우리의 미래의 학문과 사유의 지평을 확장하고 최대한의 자율성과 자유를 허용해 주는 새로운 인식론적 탐색으로 정향될 것이다.

데리다의 해체론의 가치 또는 의의는 삼각형이나 원으로 상징되는 안정과 정지의 상태를 추구하던 기존 형이상학의 토대를 끊임없이 뒤흔들며, 열린 다각형의 상태를 지향했다는 그의 개척자적 정신과 반권위주의적·반교조주의적 태도일 것이다. 그는 자신의 글의 장르를 미리 규정하지 않는데, 그 이유는 그때그때 다루는 텍스트에 따라 글쓰기의 성격이 달라지기 때문이다.

5.

후기구조주의는 주관적 의심을 강조하는 현상학과 객관적 구조에 특권적 지위를 부여해 온 구조주의와의 해묵은 갈등과 대립을 비판적으로 극복함과 동시에 모든 유형의 총체론적 사회이론과 철학적 근원주의를 단호하게 배격하는 급진적인 사조라고 할 수 있다. 언어 체계에 외재하는 모든 의미의 근원을 판단 중지했던 소쉬르의 언어학적 혁명은, 즉 구조주의 사상은 후기구조주의 사상가들에게 새로운 인식의 지평을 열어주었다. 후기구조주의는 결코 한두 마디로 정의되거나 정리될 수 없는 복합적이고 다원적인 사조이기 때문에 그 속성을 쉽게 파악하기 어렵다. 후기구조주의는 그 자체가 어떤 한 가지 의미나 이론에서부터 벗어나 시공을 초월한 자유로운 운동을 강조함으로써 이 세상에 결정적인 후기구조주의 이론이 있을 수 없고 있지도 않다는 것을 시사해 주고 있다. 대신 그것은 이미 지위나 확정성을 상실한 진실을 향해 끊임없이 우회하고 있다.

후기구조주의는 구조주의뿐만 아니라 지금까지의 서구의 형이상학 전체의 전제와 가정을 극단으로까지 치닫게 함으로써 그것이 자기모순으로 인해 해체되도록 하는 특이한 비평적 태도를 취한다. 후기구조주의가 이런 자기반성적 태도를 가졌다는 점에 있어 서구 문학 비평의 지평을 확대시켜 준 방대한 지적 움직임이라고 할 수 있다. 그것은 그동안 경직되고 고정된 서구의 이성중심주의에 종말을 고함으로써 문학 비평에 있어서 새로운 인식의 장을 열었고 모든 절대적 의미의 안정된 근원을 교란하고 해석의 불가능함을 시사하며 모든 결론을 유보했다.

역사의식과 현실의식을 중시하는 후기구조주의는 현재와 과거, 그리고 언어와 이데올로기 사이에서 끊임없이 대화를 시도

한다. 그렇지만 그 시도가 과연 진지한 의도, 강력한 실천 의지, 탄탄한 현실의식에 바탕을 두고 있는지, 또한 역사의식에서 비롯되었는지에 대해서는 여전히 많은 의문이 남는다. 푸코는 서구 이성 체계의 해체를 정치, 사회, 경제, 역사 등 여러 방면에서 시도하고 있으며, 사변적으로 형이상학과 체계를 해체한 데리다와 달리 지식과 권력 그리고 지식인과 사회의 관계에 관한 역사적 고찰을 기본 전략으로 삼고 있다. 데리다가 다소 비정치적·비사회적인 문제들을 다루었다면, 푸코는 정치와 사회의 현실적 측면을 다루고 있다. 데리다가 텍스트 자체만을 분석의 대상으로 삼는 데 반해, 푸코는 사회 속에서 일어나고 영향을 받으며 영향력을 행사하는 모든 쓰고 말하는 행위를 언술행위라고 명명하고 이를 분석한다. 특히 그는 서구 문명 전체를 비판의 표적으로 삼고 있다.

푸코의 언술행위, 라캉의 정신분석 이론, 그리고 데리다의 해체론에 큰 의미가 부여되는 이유는 그들이 획일화되어 가는 현재 상황을 과감히 수정하려고 시도했기 때문이다. 하지만 데리다와 푸코는 구체적으로 어떤 해결책도 제시하지 않는다. 오히려 우리를 더욱 미궁에 빠뜨렸는지도 모른다. 그렇다면 현존과 부재, 이성의 이용과 오용, 즉 이성의 긍정적 측면과 부정적 측면을 제시한 그들의 진짜 의도가 무엇인지 궁금하게 여기지 않을 수 없다. 데리다의 자취는 단순히 부재를 뜻하는 것이 아니며, 푸코 역시 과거의 문명사를 부정적인 시각으로만 보지는 않는다. 이런 이중적인 시각은 그들이 과거의 폐쇄적인 사고방식에 반대하고 있지만, 그 거부는 소극적 부정이 아닌 적극적 탐색과 창조와 긍정으로 환원시킬 수 있는 가능성을 내포하고 있다. 이런 점에서 그들은 '진보적 자유주의자' 또는 '진보적 낭만주의자'라고 할 수 있다. 결론적으로 우리는 푸코, 라캉, 그리고 데리다를 통해 현대의 우민화에 길들어 일차적 자족을 즐기며 학문과 사회 속에서 권위주의적 지배의 비리를 묵인하는 나약한 이 시대의 지식인과 중산층에게 자각을 촉구하는 목소리를 들을 수 있다.

가난은 사파리가 아니다

1.

2017년 6월 14일 영국 런던 서쪽의 한 고층 아파트 건물인 그렌펠타워에서 화재가 발생했다. 참고로 영국에서 고층 아파트는 주로 빈민 주택단지라고 한다. 이 화재는 누군가가 해코지하려고 일으킨 것도 아니고 테러 행위의 결과도 아니었다. 인간의 실수와 산업 차원의 과실이 합쳐진 결과로서 막을 수 있는 참사였다. 중앙정부는 현장에서 위기에 대응하는 데 어려움을 겪었다. 즉 피해자들이 지원책을 이용할 수 있는 방법에 혼란이 있었고 사망자 수는 불확실했다. 지역 당국은 중앙정부와 마찬가지로 가장 기본적인 기능을 수행하지 못했다.

확실한 정보가 없는 상황에서 분노하고 비탄에 빠진 주민들은 그 공백을 억측과 비난으로 채우기 시작했다. 주민들은 분노했고 공무원들은 이 지역의 다른 모든 권력 기구들과 마찬가지로 대중의 시야로부터 숨어버렸다. 폭동이 일어나리라는 소문이 돌았으나 그렌펠타워 주민들은 모범적으로 행동했다. 그럼에도 불구하고 그들의 목소리는 언제나 무시되었다. 화재가 일어나기 전부터 그들의 목소리는 무시되었다. 그들은 그렌펠타워의 안정성에 대해 이야기했지만 번번이 무시되었다.

화재가 일어난 뒤 그렌펠타워 주민들이 인터넷 블로그 등을 통해 부적절한 화재 안전 수칙, 특히 화재 위험을 경고했으며, 화재 후 전 국민의 주목을 끈 '가만히 있으라'는 지시에 대해 의문을 품었다는 사실이 알려졌다. 시간이 지나면서 그렌펠타워와 하층계급 사람들의 삶을 들여다보는 진열창이 열렸다. 다양한 신문 기사, TV 뉴스, 라디오 프로그램 등이 고층 아파트의 삶을 담으려 했다. 오랫동안 무시되고 망각된 하층계급 사람들의 삶에 대해 대중들은 갑자기 관심을 보였다. 하지만 그 관심은 금방 휘발되었다. 비유적으로 말하면 사람들은 진열창 앞 안전한 거리에서 원주민을 잠시 둘러보는 사파리 여행을 즐기고 끝난 뒤에는 그에 대해 서서히 잊어버리고 만다.

맥락과 주제는 조금 다르지만 그렌펠타워 화재 사건을 보면서 문득 기시감이 든다. 이 화재 사건은 말로 꺼내는 것조차 조심스러운 우리나라의 '세월호' 사건을 떠올리게 한다. 세월호 사건은 그렌펠타워 화재 사건과 마찬가지로 인간의 실수와 산업 차원의 과실이 합쳐진 결과로서 막을 수 있는 참사였다. 중앙정부는 현장에서 위기에 대응하는 데 어려움을 겪었다. 즉 피해자들이 지원책을 이용할 수 있는 방법에 혼란이 있었고 사망자 수는 불확실했다. 지역 당국은 중앙정부와 마찬가지로 가장 기본적인 기능을 수행하지 못했다. 차이가 있다면, 화재가 일어난 뒤 영국의 그렌펠타워 주민들은 '가만히 있으라'는 지시에 의문을 품었던 데 반해, 세월호에 타고 있던 대한민국의 고등학생들은 '가만히 있으라'는 지시를 의문 없이 따랐다는 데 있다. 하지만 화재 사건을 겪은 영국 국민들과 세월호 사건을 지켜본 대한민국 국민들은 국가적인 참사에 대해 모두 똑같이 가슴 아파하고 안타까워했다.

갑자기 화재가 그렌펠타워가 아니라 런던의 고급 주택 단지에서 일어났다면 어땠을까, 라는 상상을 하게 된다. 더불어 세월호에서 안산의 단원고 학생들이 아니라 강남의 한 고등학교 학생들이 타고 있었다면 어땠을까, 라는 망측한 상상도 해본다. 그랬다면 먼저 중앙정부를 비롯해 관계 당국의 대응은 분명히 달랐을 것이다. 사람들의 반응 또한 안타까움으로 그치지 않고 마땅히 분노하고 저항했을 것이다.

2.

『가난 사파리』(2017)의 저자 대런 맥가비는 그렌펠타워 화재 사건에 공감하고 분노했고, 많은 이들에게 자신이 그랬던 것처럼 공감하고 분노하라고 일갈한다. 참고로 맥가비는 로키라는 이름의 래퍼이자 작가이기도 하다. 그는 칼럼니스트이자 활동가로서 특히 반사회적 행동과 가난이라는 문제에 대해 천착해 왔다. 그의 분노는 그렌펠타워 화재로만 국한되지 않고 의료, 주택, 교육 등에서 다양한 수준의 박탈을 경험하고 사실상 정치에서 배제되는 영국 전역의 지역사회로까지 확장된다. 그는 "상황이 달라지지 않는 한, 우리는 모두 이런 분노에 익숙해야 한다"고 주장한다.

『가난 사파리』에서 맥가비는 가난을 비롯한 여러 사회 문제를 추상적으로 접근하지 않고 자신의 실제 경험에서 출발한다. 그의 엄마는 알코올 중독과 약물 중독을 비롯해 여러 가지 문제를 안고 있었고, 그녀의 문제는 고스란히 그에게까지 영향을 끼쳤다. 그는 엄마의 학대와 방치가 남긴 트라우마를 겪었고, 너무 일찍 죽는 바람에 화해할 길 없이 그녀에 대한 복잡한 감정을 품고 있었다. 그에 따른 스트레스로 그는 아주 이른 나이부터 술과 마약에 빠져 살았다. 하지만 그에게는 운이 따랐다. 그는 자신에 대한 이야기를 풀어내면서, 가난 문제를 다루는 여러 매체에서 발언할 기회를 얻었다.

항상 그런 것은 아니지만 보통 알코올 중독과 약물 중독은 폭력을 비롯한 여러 가지 범죄로 이어진다. 그리고 범죄는 가난으로 귀결된다. 아니 정반대로 가난에서 시작해 범죄로 끝날 수도 있다. 전자가 범죄가 원인이고 가난이 결과라면, 후자는 반대로 가난이 원인이고 범죄가 그 결과다. 아무튼 원인과 결과의 순서가 어떻든 간에 가난과 범죄는 아주 긴밀한 관계에 놓여 있다.

사상적으로 영국과 미국은 유럽과 비교했을 때 경험론적 전통이 강하다. 이를 개인적인 차원으로 단순화시키자면, 한 개인의 성격은 유전보다는 환경에 영향을 더 많이 받는다고 말할 수 있다. 진화생물학자 스티븐 제이 굴드에 따르면, 사람의 성격은 처음부터 결정되는 게 아니라 뇌의 유연성에 따라 달라질 수 있다. 사람은 때에 따라 폭력적일 수도 있고 유순할 수도 있다. 다른 사람들을 지배할 수도 있고 복종할 수도 있다. 원한에 가득 차 있을 수도 있고 너그러울 수도 있다. 유연성을 자극에 대한 반응으로 설명할 수 있다. 예컨대 사람은 누군가가 자신을 깔아 뭉갠다거나 위협한다고 느끼면 극도로 적대적이고 위험해질 수 있다.

앞서 말했듯이 맥가비는 『가난 사파리』에서 자신의 실제 경험을 바탕으로 가난이라는 문제를 개진한다. 그에 따르면, 어린 시절에는 더 높은 계급 사람들과 섞여보려다가 그들의 매몰찬 평가를 피부로 느끼며 멀어지는 일이 매우 드물다. 하지만 나이가 들고 가끔 자신의 경계 바깥으로 나갈 수 있게 되면서 이런 난처한 일이 빈번해졌다. 이 일만 따로 놓고 보면 대수롭지 않을지 모르지만, 이런 일들이 쌓이고 쌓이면 마침내 하나의 신념이 되어 몇 년 동안 개인의 세계관을 바꿔놓을 수 있다. 어려움을 겪는 지역, 주로 가난한 지역에서도 더 문제가 많은 사람들은 어둡고 취약한 곳에 몸을 숨긴 채 아이들을 키우려 애쓴다. 그러면서 알코올에 중독되고 약물을 남용하는 추악한 생활로 빠져든다. 맥가비의 어머니는 그런 문제를 겪은 수많은 사람들 중 하나다.

긍정적인 환경에서 스트레스나 일시적인 불안 상태라 할 수 있는 긴장감은 행동의 기폭제, 즉 동기부여가 될 수 있다. 하지만 가난한 사회 상황에서 살아가는 사람들에게, 타인에게 공격적이거나 자신을 학대하는 하위문화 속에서 성장하는 사람들에게, 스트레스는 사람을 온통 소진시킨다. 그들에게 가난은 더 열심히 살아가게 하는 행동의 기폭제가 아니라 더욱더 절망에 빠져들게 하는 수렁이다.

3.

자선단체와 활동가들을 경험한 맥가비에게 그들의 행동방식은 제국 열강과 비슷했다. 그들은 가난한 지역을 계몽하고 개화해야 할 원시문화 정도로 여겼는데, 이는 가난해서 도움을 받는 사람들은 자기 생각을 갖고 있지 않다는 전제에 기초해 있었다. 주로 고학력 중간 계급 출신인 그들은 정작 가난한 사람들의 필요와 관심사에 대해서는 무지하거나 의도적으로 무시하면서 그들 자신이 중요하다고 여기는 가치와 의제를 모든 사람들에게 덧씌우고 밀어붙였다.

거의 대부분의 문제에 있어 그렇듯이 가난에 대해서도 좌파와 우파는 생각이 다르다. 조금 거칠게 단순화하자면, 좌파는 가난은 정치적 선택이기 때문에 우리가 집단의 자원을 전용해 사회의 부를 재분배한다면 가난의 영향이 완화될 수 있다고 믿는다. 반면 우파는 개인과 가정이 윤택해지도록 자율권을 주고 국가의 역할을 줄이는 일이야말로 화합하는 사회를 만들기 위해 실행할 수 있는 최선의 방법이라고 믿는다. 즉 좌파는 가난을 비판하고, 우파는 가난한 사람을 비판한다. 맥가비가 당연하게 좌파의 주장을 지지할 것이라고 생각하지만, 그에 따르면 가난이라는 문제 앞에서 "우리는 계급 간 격차를 가로지를뿐더러 이념, 정치, 개인·집단적 이해관계의 차이까지도 고려해야 한다"고 주장한다.

가난에 대한 감정적이거나 선정적이거나 극단적인 태도는 가난을 해결하는 데 도움이 되지 않는다. 마찬가지로, 단지 가난한 사람 또는 가난과 '싸우는' 사람이라고 해서 이 문제에 대한 그의 믿음과 추정을 검토하지 않고 그대로 받아들여서도 안 된다. 즉 가난 문제는 많은 사람들이 믿고 싶은 것보다 훨씬 더 복잡하다. 가난은 경제적인 어려움을 초래하거나 그 결과이기도 하지만, 학대 문화에 거름을 주기도 한다. 가난은 아동학대를 양산하는 공장이다. 가난한 아이들은 어디에 있든 위해, 방치, 학대, 착취라는 위험에 노출된다. 맥가비는 "가난 속에서 자라며 생겨난 정서적 손상 때문에 나를 돕도록 투입된 사람들과 관계 맺는 일이 훨씬 더 어려워진다"고 말한다. 그는 본능에 따라 종종 자신의 고통, 불신, 소외감을 정말로 선의를 가진 사람들 탓으로 돌렸는데, 자신의 본능이 옳은 것인지 아니면 자신이 단순히 조증에

시달리는 것인지 확신하지 못한다.

가난은 좌우 정치 패러다임을 넘어선다. 맥가비는 가난 해결을 거부하는 사회는 결국 괴멸하고 말 것이라고 단언한다. 그는 가난 문제를 해결하는 방식도 제언한다. 그에 따르면 가난과 같은 뿌리 깊은 사회 문제의 해결책을 찾으려 할 때는 균형감과 객관성을 유지하는 게 중요하다. 가난은 더 이상 정치인들이 해결할 수 있는 수준의 문제가 아니다. 가난의 근원적인 문제는 그들이 가난을 해결하기 원하지 않기 때문이 아니라, 가난을 해결하는 데 필요한 것에 대해 솔직하게 대화를 나누는 게 정치적으로 너무나 어렵다는 데 있다.

맥가비는 가난을 대하는 태도에 관해서 좌파와 우파 모두를 비판한다. 그가 생각하기에 가난은 "경쟁하는 소수의 정치적 팀 사이에서 벌어지는 게임"이 됐다. 그 팀은 나라마다 다양하지만 게임의 규칙은 대개 똑같다. 가난의 책임은 언제나 다른 누군가의 탓으로 돌려진다. 가난을 조장해 그로부터 혜택을 얻을뿐더러 가난한 사람들한테서 쾌감을 느낀다는 어떤 외집단 탓으로 말이다. 이 게임은 공정하지 않고 냉소적이다.

맥가비는 가난을 해결하는 데 있어 좌파의 입장에서 좌파에게 고언을 한다. 그가 생각하기에 "좌파가 문제 삼아야 할 것은 더 이상 '체제를 근본적으로 바꾸는 방법'만이 아니라 '어떻게 우리 자신을 근본적으로 변화시킬 것인가?' 하는 문제이기도 하다". 그는 좌파가 주장하는 '국가만이 가난 문제를 해결할 수 있다'는 믿음은 병적이라고 말한다. 가난 문제를 체제 탓, 권력의 역할

관계 탓으로만 돌리며 개인의 책임을 부인한다면, 가난 문제에 대한 결정을 빈곤 산업에 종사하는 전문가와 정치인들에게 맡길 수밖에 없다. 개인이 책임지고 결정해야 할 부분이 있음을 냉정히 인정하는 건, 가난 문제에 좀 더 효율적으로 대처하는 합리적 선택이다.

4.

『가난 사파리』는 저자 맥가비가 자신의 가난한 시절을 회고하는 일종의 회고담이다. 동시에 부패하고 실패한 체제로 인해 고통을 겪는 노동계급의 분노의 외침을 담고 있는 사회비평서이기도 하다. 앞에서 살펴본 것처럼 기본적으로는 저자는 좌파의 입장에서 좌파가 지향해야 할 길을 제시한다. 그렇다고 일방적으로 좌파를 지지하거나 우파를 비판하지 않는다. 좌파와 우파 모두에게 이의를 제기한다. 그런 점에서 이 책은 조지 오웰의 『위건 부두로 가는 길』(1937)과 비교될 수 있다. 『위건 부두로 가는 길』은 오웰이 영국 북부 탄광 지대에서 겪은 생생한 체험담이다. 그는 이 책에서 부패한 자본주의 사회의 희생자들이라고 생각하는 노동계급 사람들의 말할 수 없이 비참한 생활과 환경을 강력하게 폭로한다.

『탐욕의 종말』(2009)의 작가인 폴 메이슨은 "『위건 부두로 가는 길』을 이튼 학교 출신 반항아[조지 오웰]가 아니라 위건의 광부가 썼다면 이 책처럼 썼을 것이다"라고 말한다. 2018년 오웰상의 심사위원장인 앤드루 아도니스 역시 "조지 오웰은 이 책을 사랑했을 것이다. 맥가비의 인생 여정, 가족의 붕괴와 가난에 대한 이야기를 읽다 보면 비통함을 감출 수 없다. 하지만 이 책은 일말의 자기연민과 엄청난 낙관주의로 끝나지 않는다. 이 책은 이 나라를 그리고 사회 상황을 새로운 시각에서 보게 한다"고 극찬했다.

극한 상황에서 살아남기 위해 가장 필요한 것은 '현실적인 낙관주의'다. 냉소주의나 염세주의는 말할 것도 없거니와 지나친 낙관주의 또한 생존을 방해하거나 위협할 수 있다. 실제로 나치 수용소에서 근거 없이 지나치게 희망을 품은 사람들은 살아남지 못했지만, 살아남기 위해서 무엇을 해야 하는지 고민하고 실천한 사람들, 즉 현실적인 낙관주의자들은 살아남았다. 『가난 사파리』는 우리에게 그런 현실적인 낙관주의를 견지해야 한다고 일깨운다.

가난은 단순히 돈에 관한 문제만은 아니다. 가난은 사회, 경제, 감정, 심리, 정치, 문화 등 모든 영역을 포함하는 중력장과 비슷하다. 이로부터 탈출하는 속도는 각자가 처한 특정한 상황에 비례해 달라진다. 하지만 개인 간에 가정이나 교육 같은 개별 요인이 얼마나 다른지와 무관하게, 가난과 그것이 미치는 영향력이 한 개인의 삶의 행로를 결정지을 가능성 또한 크다. 가난이라는 문제를 두고 이 점을 간과해서는 결코 안 된다.

"꺽정, 벽초와 함께 쓰다"

1.

사실주의는 근대 과학과 연원을 같이 한다. 사실주의가 근대 과학을 추동했다고 말할 수도 있고, 아니면 근대 과학이 사실주의의 결과물이라고 말할 수도 있다. 사실주의와 근대 과학의 순서가 뒤바뀌어도 의미상 큰 차이가 없다. 오귀스트 콩트의 실증주의와 찰스 다윈의 진화론은 사실주의에 크게 영향을 끼쳤다. 실증주의는 보이는 것에 관한 탐구로서 기본적으로 명징성을 추구한다. 실증주의의 명징성은 정확한 관찰과 실제적 경험에 의거한다. 그렇기 때문에 실증주의는 우연성보다는 원인과 결과라는 인과관계를 중시한다. 진화론 또한 실증주 못지않게 사실주의에 큰 영향을 끼쳤다. 진화론은 인간행동에 대한 유전과 환경의 영향에 대한 이론이다. 진화론에 따르면, 각각의 동물은 진화 운동의 일부분으로서 유전적 특성과 환경 조건이 그 존재를 결정한다. 인간의 경우에는 유전과 환경에 따라 그 성격이 결정된다. 사실주의를 과학적으로 조금 더 밀고 나간 게 바로 자연주의다. 따라서 자연주의에서는 인간의 성격뿐만 아니라 운명까지도 유전과 환경에 따라 결정된다고 파악한다.

반면 예술 사조로서 사실주의 혹은 자연주의는 예술은 현실에 바탕을 두어야 한다는 객관주의 예술관을 지향한다. 자연주의는 과학적인 사실주의이기 때문에 큰 틀에서 살펴보면 사실주의와 별 차이가 없다. 사실주의는 과장된 정서적 표현이나 현실도피를 위해 미화된 표현에 빠진 자아 예찬의 낭만주의를 부정한다. 반대로 사회 및 현실 문제에 많은 관심을 드러내고, 특히 빈민층의 열악한 삶의 양상을 객관적이고 사실적으로 묘사한다.

연극의 역사에서 사실주의 연극은 현대적인 연극의 출발점이라 할 수 있다. 일단 사실주의 연극은 극의 구성이 과장이나 우연에 기대지 않고 인과에 의존하며 논리적이다. 그리고 주인공은 종래의 영웅이나 절대자에서 소시민으로 바뀌었다. 성격은 평면적이지 않고 입체적이다. 입체적이기 때문에 극이 진행되면서 성격은 상황에 맞게 변해 간다. 극의 대사는 운문에서 구어체의 일상적 언어로 바뀌었다. 극 행동도 더 이상 형이상학적이거나 추상적이지 않고 일상적이고 구체적이다. 지문을 통해 상세한 무대 묘사와 연기 지시가 이루어지며 진정한 의미의 '연출'이

가능해진다. 극적 공간은 현실과 똑같이 재현할 수 있도록 프로시니엄 무대가 사용되었고, 무대 장치와 소도구도 우리 주변에서 흔히 볼 수 있는 일상적인 것들이 대부분이다. 사실주의 연극은 인간과 그를 둘러싼 환경이나 사회를 관찰과 실험을 토대로 무대 위에 현실과 똑같이 '재현'하는 데 초점을 맞춘다. 사실주의 연극이 대표적인 예로 헨리크 입센의 연극을 들 수 있는데, 참고로 입센의 연극은 근대 연극의 효시를 이룬다.

사실주의 연극의 대척점에는 극장주의 연극, 혹은 표현주의 연극이 있다. 극장주의는 무대와 관객의 현존성을 강조하고 관객들이 이를 의식하도록 '표현'한다. 극장주의 연극은 연극의 내용 못지않게 전달되는 방식을 중요하게 여겼다는 점에서 가장 두드러진 형식주의 연극이라고 할 수 있다. 무대에서 막도 사용하지 않고, 사실적 장치나 소도구도 기피한다. 심지어 조명기구나 무대 장치를 있는 그대로 보여준다. 따라서 관객은 자신이 연극을 관람하고 있다는 사실을 끊임없이 의식하게 된다. '제4의 벽'이 없기 때문에 당연히 배우와 관객의 경계는 허물어진다. 배우와 관객의 경계뿐만 아니라 배우와 작가, 작가와 관객의 경계도 허물어진다. 극장주의 연극은 동화가 아닌 이화, 극적 몰입이 아닌 '낯설게 하기' 효과를 강조하기 때문에 종종 브레톨트 브레히트의 '서사극'과 같은 범주에 있다. 극장주의 연극은 서사극과 기본적인 미학적 입장을 공유한다. 이탈리아의 극작가 루이지 피란델로의 연극 또한 넓게 보면 극장주의 연극에 속한다고 할 수 있다.

2.

피란델로의 연극은 극장주의 또는 표현주의 연극으로 분류된다. 피란델로는 기본적으로 연극은 현실을 결코 있는 그대로 재현할 수 없다고 생각했다. 그는 자신의 이러한 예술관을 관객들에게 주지시키기 위해 노력했고 이를 극작 목표로 삼았다. 그는 작품에서 등장인물들을 구체적으로 성격화하지 않는다. 즉 지문이나 대사를 통해 그들이 성격이나 외모를 설명하지 않는다. 심지어 이름조차 없는 경우도 있다. 그는 극적 흐름과 전혀 관계없는 대사나 소도구 등을 삽입해 관객의 시선을 분산시키고 의도적으로 혼란에 빠뜨린다.

피란델로의 대표작은 『작가를 찾는 여섯 명의 등장인물』(1921)이다. 그는 이 작품에서 극중극을 활용한다. 보통 극중극은 테두리극의 줄거리를 강조하거나 주제를 강화하는 목적을 갖기 때문에 테두리극에 종속되고, 테두리극과 극중극의 경계는 비교적 명확하다. 윌리엄 셰익스피어는 『햄릿』(1601)을 비롯해 여러 작품에서 극중극을 효과적으로 활용한다. 셰익스피어의 극중극은 두 가지의 효과를 창출한다. 반복으로 인한 주제 부각의 효과와 두 개의 거울로 인한 혼동을 일으키는 효과다. 극중극은 테두리극과 병행을 이룬 반복된 행동으로 극의 주제를 형상화한다. 또한 무대 위의 배우를 극중극을 관람하는 극중 관객과 극중극을 시연하는 극중 배우로 또다시 분리시키며, 극중극을 바라보는 극중 관객의 혼동을 일으킨다. 극 중 관객의 혼동은 실제 극장

관객에게도 전이된다. 관객은 극중극에 첨가된 극을 바라보며 자신도 인생이라는 연극 속에 등장하는 배우에 불과하고, 자신이 극을 바라보는 것과 마찬가지로 누군가도 자신을 바라볼 수 있다는 가능성을 인식할 수 있게 된다.

하지만 피란델로는 『작가를 찾는 여섯 명의 등장인물』에서 테두리극과 극중극의 경계를 분리하지 않는다. 테두리극과 극중극의 경계를 허물고 있다. 심지어 극중극에 등장하는 두 아이의 죽음은 허구가 아니라 실제라는 것을 강조하기 위해 테두리극과 극중극의 위상을 바꿔 놓기도 한다. 그는 사실주의 연극이 외형적인 현실의 단편적 사실들을 적당히 짜 맞추어 관객들이 연극이 마치 현실의 실제 모습이라고 착각하도록 한다고 비판한다. 그가 생각하기에 무대가 갖는 공간의 한계성과 인간의 자아는 획일화되거나 고정되어 있지 않다. 상황에 따라 변할 수 있고 실제로 변해간다. 그는 바로 이 점을 부각시키며 극장주의 연극성을 극명하게 제시하고 있다.

일반적으로 말해 작가는 등장인물들을 창조하고 등장인물들은 작가에 의해 탄생한다. 그렇기 때문에 등장인물들은 작가에 의해 규정된 자신의 성격을 받아들일 수밖에 없다. 하지만 시간이 지나면서 등장인물들은 자신들의 성격에 대해 의문을 품게 되고, 그 의문을 해결하기 위해 작가를 직접 찾아 나설 수 있다. 그럴 때 작가와 등장인물들은 갈등하기 마련이다. 피란델로의 『작가를 찾는 여섯 명의 등장인물』은 그 등장인물들이 작가를 찾는 과정을 형상화하고 있는데, 그 과정이 작품의 중심 서사다. 작가는 등장인물에게 거저 생명을 주지 않는다. 성격화를 통해 등장인물에게 생명력을 부여한다. 하지만 생명이 부여된 후에 등장인물들은 더 이상 작가의 소유물이 아니다. 작가 자신의 영혼의 창조물인 등장인물들은 이제 각자 자기의 인생을 살아간다. 작가는 작가대로 자신의 상상력 속에서 살아 있는 채로 태어난 등장인물들을 계속 살게 만들기를 거부하고, 이미 자신들 안에 생명이 주입된 등장인물들은 그들 나름대로 예술의 세계로부터 배제당하지 않으려 노력한다.

『작가를 찾는 여섯 명의 등장인물』의 등장인물들은 작가를 만나지 못한다. 왜냐하면 작가가 그들과의 만남을 의도적으로 회피하기 때문이다. 피란델로는『작가를 찾는 여섯 명의 등장인물』의 서문에서 "등장인물들은 어느 작가가 자신의 상상력 속에서 등장인물이 어떻게, 왜 태어났는지를 말할 수 있겠는가? (……) 예술 창작의 신비는 바로 자연 탄생의 신비와 같은 것이다"라고 말한다. 그에 따르면, 작가는 등장인물들이 원하는 답을 말해 줄 수 없다. 대신 등장인물들이 생명을 얻기 위해 가는 데 익숙한 곳, 즉 무대 위로 가도록 그냥 내버려 둔다.

한동안 등장인물들이 마음대로 하도록 내버려 두었다. 매번 이렇게 잠깐이지만 그들의 요구에 따라 주고 그들이 나를 다루도록 내버려 둔 것은 그들로 하여금 새로운 인생을 얻어내 분명하고 설득력 있게 확장시켜 놓도록 만들기에 충분했다. (……) 그들이 내게 돌아와 유혹하는 것이 쉬워진 만큼 내가 그들에게서 자유로운 상태로 되돌아가는 것은 더욱 어렵게 되었다. 어느 순간 그들은 정말 내게 강박관념이 되어 있었다. 그제야 갑자기 나는 빠져나갈 방법을 번뜩 떠올렸다.

피란델로는 "그들[등장인물들]은 이미 나에게 떨어져 나가 그들 나름의 인생을 살아가고 있다. 그들은 목소리와 움직임을 얻었다. 그리고 자신들의 생명을 얻기 위해 나와 팽팽히 대치하던 싸움에서 이미 혼자 스스로 움직이고 말할 수 있는 등장인물들, 즉 극의 등장인물들이 되어 있었다. 그들은 나로부터 자신들을 방어할 수 있는 법을 배웠고, 또한 다른 사람들로부터 자신들을 방어할 줄도 알게 될 것이"기 때문이라고 자신의 행위에 대해 항변한다.

다시 말하지만 『작가를 찾는 여섯 명의 등장인물』의 중심 서사는 등장인물들이 자신들을 창조한 작가를 찾는 과정이다. 하지만 그들은 작가를 만나지 못한다. 작가가 자신이 창조한 등장인물들과의 만남을 피하기 때문이다. 그런데 이와 정반대의 상상도 가능하다. '등장인물들이 작가를 찾아가 실제로 만난다', '작가와 등장인물의 위상이 바뀌어 작가에 의해 등장인물의 성격이 창조되는 게 아니라, 등장인물에 의해 작가의 삶이 창조된다'는 상상말이다. 이 상상이 극화된 것이 바로 〈꺽정, 벽초를 쓰다〉이다.

3.

 '벽초'는 다름 아닌 『임꺽정』(1928~1940)의 작가 홍명희다. 충북 괴산에서 출생한 벽초 홍명희는 당시 춘원 이광수, 육당 최남선과 더불어 '조선 3대 천재'라고 불렸다. 이광수와 최남선이 나중에 친일파로 돌아선 데 반해, 홍명희는 끝까지 독립운동과 통일운동을 삶에서 내려놓지 않았다. 그는 1912년 중국으로 건너가 독립운동을 하였고, 1918년에 돌아와 1919년 3.1운동에서는 괴산만세운동을 주도하였다. 3.1운동 이후에는 상하이로 건너가 항일운동을 이어나갔다. 그는 독립운동과 남북통일을 위해 많은 업적을 남겼지만 우리 사회에서 오랫동안 잊혔다. 1980년대 후반부터 월북 또는 납북 작가들의 작품이 해금되었지만, 북한에서의 활동 때문에 그의 문학은 아직도 제대로 평가받지 못하고 있다. 누군가의 말처럼 "사실 이 땅에서 홍명희만큼 첨예한 지점에 서 있는 인물도 없다". 그의 대표작 『임꺽정』은 당시 최고의 베스트셀러였고 그가 옥중에서 쓴 작품이다. 참고로 그는 일제 치하에서 수감된 문인들 중 유일하게 옥중 집필을 허락받아 이 작품을 썼다고 전해진다. 하지만 『임꺽정』은 결국 미완성 작품으로 남게 된다.
 "〈꺽정, 벽초를 쓰다〉는 『임꺽정』이 미완성 작품이라는 사실을 바탕으로 착안된 연극이다." 공연 설명에 따르면, 이 작품은 "끝나지 않은 이야기 속에서 등장인물들이 어쩔 줄 모르고 갈팡질팡하다가 작가[벽초]의 삶을 되짚어보고 마침내 작가를 소환하여 이야기를 끝내주기를 요청한다"라는 발상에서 시작되었다. 〈꺽정, 벽초를 쓰다〉는 『임꺽정』의 주요 인물들이 등장인물들로 등장하고, 그들의 눈에 비친 벽초의 삶을 재구성하고 있다. 『임꺽정』의 등장인물, 실제의 역사적 인물, 그리고 현재의 인물이 시공간을 초월해 서로 만나고 헤어진다.

〈꺽정, 벽초를 쓰다〉의 줄거리를 간단히 살펴보면 이렇다. 『임꺽정』에서 꺽정의 모사꾼 서림이 배신을 하면서 청석골 두령들은 식구들을 지키기 위해 회의를 열지만 뾰족한 수를 찾지 못한다. 꺽정은 이러지도 저러지도 못하고 울분만 삼킨다. 꺽정은 끝나지 않는 『임꺽정』의 이야기를 더 이상 참지 못하고 직접 소설을 쓰겠다고 다짐하는데, 그가 쓰려고 하는 소설은 다름 아닌 『임꺽정』을 쓴 벽초를 주인공으로 한 소설 『홍명희』다. 작가가 창조한 등장인물이 작가에 대해서 쓰는 격이다. 청석골 식구들의 만류에도 불구하고 꺽정은 벽초를 주인공으로 소설을 쓰기 시작한다.

배경은 1910년으로 넘어간다. 한일합방조약 체결 후 아버지 홍범식이 자결하자 벽초는 조선의 독립을 위해 힘쓴다. 그는 비타협적인 민족주의자들과 사회주의자들을 모아 신간회를 결성한다. 신간회 결성 후 그는 『임꺽정』을 쓰기 시작한다. 그가 전국을 돌아다니며 자료를 수집하고 각종 영웅과 호걸의 이야기를 집대성한 『임꺽정』은 조선인들뿐만 아니라 일본인들까지 열광할 만큼 인기를 끌었다. 꺽정은 벽초가 감옥에서 소설을 쓴 행위를 "펜으로 싸운" 것으로 규정한다. 꺽정은 벽초를 통해 "문학으로도 싸울 수 있다"는 사실을 깨닫는다.

우여곡절 끝에 조선은 일제로부터 해방이 되었지만 그 기쁨은 오래가지 못한다. 신탁통치, 좌익과 우익의 이념 대결 등으로 혼란 상태에 휩싸인다. 그런 와중에 사람들은 벽초를 두고 또다시 분열한다. "누군가는 벽초를 모시려 하고, 또 누군가는 벽초를 이용하려고 하고, 또 다른 누군가는 벽초를 시기하고 질투한다." 벽초는 어느 편도 들지 않는다. 그는 이념을 뛰어넘어 진정한 민족운동가, 더 나아가 통일운동가로서의 길을 가겠다고 다짐한다.

마침내 벽초는 꺽정과 마주한다. 벽초는 꺽정에게 "작가를 잘못 둔 탓에 한때 금서"가 된 것에 대해 사과하지만, 꺽정은 "아무렇지도 않"다고 말한다. 꺽정은 벽초에게 미완성으로 남은 『임꺽정』을 완성해야 하지 않겠느냐고 말하지만, 벽초는 "끝내야 할 것은 분단과 오욕의 역사 아니겠느냐"고 반문한다. 즉 벽초에게 끝내야 할 것은 소설이 아니라 '분단과 오욕의 역사'인 것이다. 벽초는 처음에는 독립운동가로 시작했지만 소설가가 되었고, 소설가에서 민족운동가가 되었다. 그리고 마지막에는 통일운동가가 되었다. 그는 통일운동가로서 통일된 나라를 꿈꾸고 있다. 그는 자신의 꿈에 당위성을 부여한다. 그는 자신의 꿈이 단지 꿈이 아니라 현실이 되어야 한다고 역설한다. 그렇기에 〈꺽정, 벽초를 쓰다〉는 프롤로그에서 "아직도 끝나지 않은 이야기, 여전히 끝나지 않은 이야기, 어쩌면 끝나지 않을 이야기"로 시작하지만, 에필로그에서는 "아직도 끝나지 않은 이야기, 여전히 끝나지 않은 이야기, 언젠가 끝내야 하는 이야기"로 끝이 난다.

앞서 살펴보았듯이 꺽정은 벽초가『임꺽정』의 집필을 끝내지 못하자 자신이 벽초를 주인공으로 소설을 쓰겠다고 호기롭게 공언했다. 사실 그는 벽초에게 인간적인 서운함과 배신감을 느끼고 있었다. 하지만 그는 벽초의 신산한 삶을 소설로 써가면서 마침내 벽초를 이해하고 그와 같은 꿈을 꾸게 된다. 피란델로의 『작가를 찾는 여섯 명의 등장인물』에서 작가와 등장인물들이 '갈등'하고 '경쟁'한다면 〈꺽정, 벽초를 쓰다〉에서 벽초와 꺽정은 '화합'하고 '동지애'를 느낀다. 화합과 동지애는 당연히 벽초와 꺽정의 관계에만 국한되지 않고 현실로까지 확장된다. 즉 현재의 남과 북의 관계로까지 확대된다. 벽초와 꺽정은 마땅히 그렇게 되어야 한다고 역설한다.

4.

〈꺽정, 벽초를 쓰다〉는 김인경 작가의 동명의 희곡 작품을 원작으로 올해 공연을 포함해 지금까지 세 차례 공연되었다. 모두 충북민족예술제의 일환으로 공연되었다. 2015년에 처음으로 제작·공연되었고 거의 비슷하게 2019년에 공연되었다. 그리고 6·25전쟁 발발 70년이 되는 올해 2020년에 세 번째 공연이 있었다. 올해의 공연 제작은 예전의 공연과 여러 면에서 달랐다. 일단 공연 무대가 바뀌었다. 이전의 공연 장소가 실내 극장이었다면 올해 공연 무대는 괴산의 홍명희 생가로서 야외무대였다. 내용 면에서도 올해 공연은 예전과 사뭇 다르다. 이전의 공연이 원작에 충실했다면 올해 공연은 원작에서 조금 벗어난 것처럼 보인다. 원작 희곡과 비교해 보았을 때 원작에서 빠진 장면도 있고 원작과 순서가 다른 장면도 있다. 그럼에도 불구하고 전체적으로 보면 올해의 공연도 원작과 예전의 공연에서 크게 다르지 않다. 오히려 개인적으로 올해의 공연은 이전의 공연보다 원작을 훨씬 더 잘 살린 듯한 느낌이 든다.

등장인물의 구성 면에서도 올해의 공연은 제법 큰 차이를 보인다. 이전의 공연에서는 여성 배우들이 등장했지만 올해 공연은 남성 배우 여덟 명만으로 이루어진다. 벽초를 제외한 일곱 명의 배우가 시간과 공간을 바꿔가며 서로 다른 여러 역할을 연기한다. 그들은 『임꺽정』의 등장인물에서 일제 순사가 되기도 하고, 해방 정국에서 기자가 되기도 한다. 현재의 할아버지, 아들, 손자가 되기도 한다. 여성 배우들이 등장하지 않기 때문에 이전 공연에서 여성 등장인물들이 등장하는 장면은 비교적 간단히 처리된다. 예컨대 극 초반 『임꺽정』에서 관군을 피해 여인들이 청석골을 떠나는 장면이 이번 공연에서는 아예 극화되지 않는다. 광주학생운동의 계기가 된 '광주역사건'도 간단하게 처리된다. 하지만 극을 이끌어가는 핵심적인 사건에 더욱 집중하기 때문에 이 장면들이 극화되지 않거나 간단하게 처리된다고 할지라도 전체적인 극의 흐름을 파악하는 데 큰 문제가 되지 않는다.

이전 공연에서는 시대, 장소, 그리고 등장인물의 역할이 바뀌는 것을 무대, 의상, 소품, 조명 등을 통해 알 수 있었다면 올해 공연에서는 그런 소도구와 장치가 따로 없다. 극의 흐름을 제대로 파악하기 위해서 관객들은 배우의 대사와 연기에 집중할 수밖에 없다. 관객의 그런 상황을 알고 있는지 배우들은 대사와 연기에 더 집중한다. 올해 공연은 현장 공연으로 끝나지 않고 온라인 공연으로 무한 반복되기에 배우들 역시 연기에 더욱 집중했던 것 같다.

〈꺽정, 벽초를 쓰다〉의 이전 공연에서는 벽초와 꺽정이 안타까움을 뒤로 하고 서로를 위로하는 훈훈한 장면으로 끝이 난다. 하지만 올해 공연에서는 벽초와 꺽정뿐만 아니라 『임꺽정』의 다른 등장인물들, 즉 봉학, 유복, 돌석, 천왕동이, 오주, 막봉 등이 마지막 장면을 함께 한다. 꺽정을 비롯한 『임꺽정』의 인물들이 벽초에게 "이야기를 끝내야 할 거 아니냐"고 힐난하자 벽초는 "끝내야 할 것은 이야기가 아니라 분단과 오욕의 역사 아니겠느냐"고 반문한다. 더 나아가 그들에게 다음과 같이 일갈한다. "거침없이 사랑하라, 두려움없이 저항하라, 후회없이 나아가라, 막힘없이 상상하라. 그들 또한 역시 벽초의 말을 받아 똑같이 외친다. "거침없이 사랑하라, 두려움없이 저항하라, 후회없이 나아가라, 막힘없이 상상하라." 코로나19라는 초유의 사태로 직접 공연을 관람하지 못하고 온라인으로 보았지만 벽초와 『임꺽정』의 등장인물이 함께 외치는 마지막 장면의 이 사자후는 가슴 속 깊이 파고든다.

샘 멘데스, '영화'를 보여주다

1.

2020년 한국 영화계를 돌이켜 볼 때 역시 가장 큰 사건은 역시 봉준호 감독의 〈기생충〉(2019)의 제92회 아카데미 시상식 4관왕일 것이다. 〈기생충〉은 이미 전년도에 칸 영화제에서 황금종려상을 수상하며 작품성을 입증했지만, 아카데미 시상식에서 작품상을 비롯해 감독상, 각본상, 국제영화상 수상은 한국영화사를 넘어 세계영화사를 뒤흔든 기념비적인 사건이라고 말할 수 있다. 〈기생충〉과 함께 후보에 오른 경쟁 작품들의 면면을 보면 〈기생충〉의 아카데미 시상식 4관왕이 얼마나 대단한 일인지 단박에 알 수 있다. 작품상의 경우 〈기생충〉은 〈조커〉(2019), 〈포드

vs 페라리〉(2019), 〈작은 아씨들〉(2019), 〈1917〉(2019), 〈아이리시맨〉(2019), 〈조조 래빗〉(2019), 〈결혼이야기〉(2019)와 경쟁했고, 감독상의 경우 봉준호는 마틴 스코세이지, 토드 필립스, 샘 멘데스, 쿠엔틴 타란티노 등과 경쟁했다.

아카데미 시상식 바로 직전에 있었던 골든글로브 시상식에서 멘데스 감독의 〈1917〉이 드라마 부문에서 작품상과 감독상을 수상했기에 많은 이들은 아카데미 시상식에서도 〈1917〉의 작품상과 감독상 수상을 예상했다. 〈1917〉은 골든글로브 시상식뿐만 아니라 각종 영화상에서 작품상과 감독상을 수상했다. 〈1917〉은 제92회 아카데미 시상식에서 무려 10개 부문의 후보에 올랐고 촬영상, 음향효과상, 시각효과상을 수상했다. 3개 부문을 수상한 것도 대단한 일이지만 감독상과 작품상을 수상하지 못한 것에 대해 몇몇 사람들은 적잖게 아쉬워했다. 개인적으로도 아카데미 시상식에서 작품상은 몰라도 감독상 정도는 멘데스에게 돌아갈 것이라고 예상했다. 혹시나 해서 말하는데 〈기생충〉의 영화적 쾌거에 의문을 제기하거나 딴죽을 거는 게 절대 아니다. 그 정도로 〈1917〉이 영화 기술적으로 훌륭하다는 점을 말하는 것뿐이다.

영국 출신의 멘데스는 데뷔작 〈아메리칸 뷰티〉(1999)에서부터 훌륭한 작품성과 뛰어난 연출력, 아름다운 영상미, 꼼꼼하고 촘촘한 디테일로 평단과 관객의 사랑을 동시에 받았다. 그는 크리스토퍼 놀런, 리들리 스콧, 대니 보일, 에드거 라이트, 매슈 본, 가이 리치, 스티븐 달드리 등과 더불어 현재 영국영화를 대표하는 영화감독 중 한 명이다. 멘데스 영화의 가장 큰 특징이자 장점은 장르와 상관없이 작품이 '균질하다'는 것이다. 당연히 좋은 의미에서 균질이다. 아무리 거장이라고 하더라도 모든 작품이 작품성과 상업성에서 호평을 받기는 어렵다. 그러나 멘데스 영화는 태작이 거의 없고 대부분 작품성과 상업성에 호평을 받았다. 〈007스펙터〉(2015) 정도가 평단과 관객으로부터 약간의 비판을 받았을 뿐이다. 하지만 〈007스펙터〉는 촬영을 비롯한 영화 기술적인 측면에서 영화적 의의가 크다.

연극 연출로 출발한 멘데스는 데뷔작 〈아메리칸 뷰티〉를 통해 자신의 이름을 전 세계 영화계에 알린다. 이 영화는 2000년 제72회 아카데미 시상식에서 8개 부문에 노미네이트되었고, 작품상, 남우주연상, 감독상, 촬영상 등 주요 부문을 수상했다. 골든글로브 시상식에서도 〈아메리칸 뷰티〉는 작품상과 감독상을 수상했다. 이후 멘데스는 〈로드 투 퍼디션〉(2002)과 〈레볼루셔너리 로드〉(2008)처럼 전혀 다른 장르의 영화에서도 특유의 뛰어난 연출력을 유감없이 보여주었다. 감독으로서 멘데스의 탁월함은 앞에서 언급했듯이 뛰어난 연출력, 아름다운 영상미, 꼼꼼하고 촘촘한 디테일 등을 들 수 있다. 거기에 〈1917〉에서 자세히 언급하겠지만 배우들의 명연기를 끌어내는 연출력을 추가할 수 있다. 그는 〈로드 투 퍼디션〉에서는 냉혹한 킬러와 자상하고 따뜻한 아버지 사이에서 갈등하고 분투하는 톰 행크스, 〈레볼루셔너리 로드〉에서는 이상과 현실에서 갈등하는 부부로 분한 리어나도 디캐프리오와 케이트 윈즐릿의 명연기를 이끌어냈다.

멘데스는 〈007스카이폴〉(2012)과 〈007스펙터〉와 같은 의외의 선택을 하기도 한다. 〈007스카이폴〉은 블록버스터 상업영화임에도 불구하고 아카데미 시상식에서 주제가상과 음향 편집상을 수상하면서 작품성과 감독으로서 그의 다재다능함을 또다시 입증했다. 앞에서 언급했듯이 그의 필모그래피에서 유일한 흑역사라고 부를 수 있는 〈007스펙터〉의 경우에는, 도입부 장면, 즉 죽은 자들의 축제 장면에서 '원 컨티뉴어스 쇼트(One Continuous Shot)' 기법을 실험적으로 시도했고, 〈1917〉에서는 이를 거의 완벽에 가깝게 구현했다. 요컨대 멘데스는 〈아메리칸 뷰티〉에서부터 자신만의 영화 세계를 구축해나갔고, 그 정점이 바로 〈1917〉이라고 말할 수 있다.

2.

〈1917〉은 제1차 세계대전을 배경으로, 독일군의 함정에 빠진 아군을 구하기 위해 적진을 뚫고 달려가는 두 영국 병사가 하루 동안 겪는 사투를 그린 영화이다. 제1차 세계대전이 한창인 1917년, 독일군에 의해 모든 통신망이 파괴된 상황 속에서, 영국군 병사 스코필드(조지 맥케이)와 블레이크(딘-찰스 채프먼)는 중요한 미션을 수행하게 된다. 그들의 임무는 다름 아닌 독일군의 함정에 빠진 영국군 부대의 수장 매켄지 중령(베네딕트 컴버배치)에게 에린무어 장군(콜린 퍼스)의 '공격 중지 명령'을 전달하는 것이다. 그리고 그곳에는 블레이크의 형인 블레이크 중위가 있다. 스코필드와 블레이크는 수천 명의 아군과 블레이크의 형의 목숨을 구하기 위해 위험을 무릅쓰고 임무를 수행해야만 한다.

블레이크가 중간에 전사함에 따라 스코필드에게는 두 가지 임무가 놓여 있다. 매켄지 중령에게 공격 중지 명령서를 전달하는 것과 블레이크 중위에게 동생의 전사 사실을 알리는 것이다. 그는 공격 중지 명령서를 전달한 뒤 블레이크 중위에게 머뭇거리며 동생의 전사를 알린다. 그는 두 가지 임무를 무사히 마치면서 임무에서 벗어났다는 해방감보다는 전령의 임무로 겪은 감당하기 어려운 심리적 부채감 때문에 고통스러워한다. 그는 가던 길을 멈추고 발걸음을 옮겨 다시 돌아와 "중위님 모친께 편지를 쓰고 싶다"고 간청한다. 스코필드와 블레이크 중위가 악수하는 후경으로 푸른 나무 한 그루가 성전처럼 벌판 한가운데 우뚝 서 있다. 이 나무는 안식이며 공격을 중단하듯이 전쟁을 종식하고 가족들이 기다리는 평화의 시간 속으로 되돌아가고 싶은 주인공의 희망이며 평화를 갈망하는 감독의 염원이다.

〈1917〉은 감독 멘데스의 개인사에서 출발한다. 멘데스의 할아버지는 제1차 세계대전 참전용사였고, 멘데스는 할아버지로부터 전쟁 이야기를 들으며 공격 중지 명령서를 전달하는 전령의 이야기를 착수한다. 감독은 자신보다 더 큰 무엇인가를 위해 희생한 사람들의 이야기는 우리 시대가 잃어버린 연대감과 가치에 대한 성찰을 반추하게 한다고 말한다. 이 영화는 제1차 세계대전을 배경으로 하는 전쟁 영화를 표방하지만, 일반적인 전쟁 영화와 달리 '반전'을 주제화한다.

블레이크와 스코필드는 함께 관문을 통과하지만 블레이크가 전사하면서 스코필드 혼자 임무를 계속 수행하게 된다. 그는 다리를 건너 폐허에 도착하지만 독일군의 총격으로 쓰러지며 두 번째 제의적인 죽음을 맞이한다. 그는 창밖의 폐허에서 다시 태어난 생명체처럼 전쟁터를 질주한다. 그는 독일군의 추격을 피해 지하 건물 내부로 들어가고 그곳에서 한 프랑스 여인을 발견한다. 그는 그녀에게 자신이 갖고 있던 우유를 나누어준다. 그는 적기가 추락했던 농장에서 우유를 얻었지만, 블레이크는 그곳에서 독일군에게 목숨을 잃었다. 처음에 우유는 블레이크의 목숨을 앗아간 폭력이었지만, 이제는 프랑스 여인과 함께 있는 아이의 생명을 연장해 주는 생명줄이 되었다. 우유를 통해 블레이크의 죽음은 아이라는 새로운 생명의 탄생이라는 상징으로 부활한다. 우유는 죽음이자 곧 생명이고 미래의 평화의 씨앗이다. 스코필드는 독일군의 추격을 피해 강물에 뛰어들고 강을 건넌다. 마침내 그는 매켄지 중령에게 공격 중지 명령서를 전달하고 공격은 중단된다. 매켄지 중령은 원래 "마지막 한 사람까지 죽어야 전쟁이 끝난다"고 믿는 호전론자이지만, 스코필드가 여러 관문을 통과하고 가져온 명령서에 따라 공격을 중단한다. 결과적으로 스코필드 덕분에 병사들은 목숨을 구하게 된다.

거듭 말하지만 〈1917〉은 촬영과 편집 등 영화 기술적인 부분에서 혁명적인 시도 때문에 영화사적으로 주목할 만하다. 영화는 관객이 두 병사와 함께 호흡하면서 걷고 달리는 느낌을 살리기 위해 하나의 테이크로 영화 전체를 완성하려고 시도했다. 하나의 연속적으로 이어지는 쇼트, 즉 '원 컨티뉴어스 쇼트'를 통해 영화적 완성도를 높였다. 이음새가 보이지 않는 편집의 성공과 인물을 그림자처럼 따라가는 카메라의 움직임이라는 두 가지 기술적 성과를 보여준다. 컴퓨터 그래픽으로 처리한 부분도 있지만 대부분 실제로 촬영되었고, 카메라의 동선과 인물의 동선은 거의 일치한다. 그렇기 때문에 이 영화는 기술적으로 '거의 완벽에 가까운' 영화라고 부를 수 있다.

〈1917〉은 기술적으로 작품 전체에 원 컨티뉴어스 쇼트 촬영 기법을 활용하여 포화 속 전장의 현장감을 배가하고 관객들이 영화에 몰입하도록 한다. 물리적인 지속 시간은 영화의 본질과 시간성과 완전히 일치하지 않지만 극 중 인물의 심리적 감정의 지속성을 충분히 느끼게 만든다. 이런 롱테이크 기법의 연기 기술적 특징은 바로 감독의 연출에 영화 기술의 이해와 그에 적합한 배우의 충분한 훈련에 있다. 배우는 정확한 콘티에 입각해 심리적으로 감정에 몰입해야 하고 또한 이를 직접 몸으로 표현 가능하도록 계획된 연기를 해야 한다.

원 컨티뉴어스 쇼트는 기술적으로 커트 된 장면이 없게끔 일련의 장면들을 이어 붙여 하나의 연속촬영 장면처럼 만든 촬영 기법이다. 사실 이 영화적 기법이 〈1917〉에 처음 시도된 것은 아니다. 앞에서 말했던 것처럼 멘데스 감독은 〈007스펙터〉를 통해 이미 연습을 마쳤다. 멘데스 이전에는 알폰소 쿠아론이 〈이투 마마〉(2002), 〈칠드런 오브 맨〉(2006), 〈그래비티〉(2013), 〈로마〉 (2018) 등에서 이 기법을 사용했다. 거슬러 올라가면 앨프리드

히치콕도 〈로프〉(1948)에서 이 기법을 사용했다. 하지만 원 컨티뉴어스 쇼트는 〈1917〉을 통해 비로소 기술적으로 완벽에 가까워진다. 멘데스는 〈1917〉에서 원 컨티뉴어스 쇼트 기술을 보다 발전시키며 자신의 영화 세계를 보다 확장했다고 말할 수 있다. 그런데 원 컨티뉴어스 쇼트는 기술적으로 쉽지 않을 뿐만 아니라 이를 위해서는 치밀한 사전 준비와 많은 연습이 필요하다.

〈1917〉의 원 컨티뉴어스 쇼트는 자연스럽고 부드러운 롱테이크로 극의 몰입감을 극대화한다. 효과를 극대화하기 위해서는 모든 스태프, 주연 배우, 출연진들이 정밀한 시계의 톱니바퀴처럼 정확히 움직여야 한다. 사전에 완벽하게 계획되어야 하고, 그 계획 속에서 연습 또한 충분히 이루어져야 한다. 특히 배우들은 '생체역학 연기'를 습득할 필요가 있다.[1] 러시아의 연극연출가 프세볼로트 에밀리예비치 메이예르홀트의 무대 연기 훈련법인 생체역학 연기론은 연기자가 표현하고자 하는 감정상태를 일으킬 수 있는 태도를 반사적으로 만드는 신속하고 정확한 '몸'의 반응을 훈련하는 것이다. 생체역학에서는 감정이 동작으로 분출되는 게 아니라, 연기자의 일정한 신체적 동작이 감정을 창출한다.

〈1917〉의 원 컨티뉴어스 쇼트는 디지털 세상의 기술 기반에 의해 완성되었다. 디지털 합성 기술은 커트와 커트를 이어 붙이는 몽타주 대신 이미지 내에서 요소들을 결합하는 경향을 나타

---

1) 어일선·오광석, 「원 컨티뉴어스 쇼트의 기술과 연기의 적용 연구」, 『연기예술 연구』 제19권 3호, 2020, 13쪽.

냈다. 배우들의 연기도 진화하는 디지털 시대의 기술과 기법에 따라 추가 발전을 이루어야 하는 것은 당면 과제다. 그것이 달라진 관객의 관람성과 우리의 삶의 변화와 함께 발전하는 연기의 실제 모습일 것이다.

〈1917〉에서 카메라는 작품 전체에 걸쳐 등장인물들을 끊임없이 쫓아다닌다. 멈춰 있던 카메라가 갑자기 뒤로 물러나고, 오른쪽으로 갔다가 다시 배우들의 뒤로 돌아 그들을 쫓는다. 한 사람을 지나쳐서 앞서가다가 뒤로 돌고, 반 바퀴 돌다가 다시 360도로 돌기도 한다. 때로는 뛰다가 차를 타기도 하고 크레인에 올려서 내려 보다가 바닥에 엎드리기도 하면서 등장인물들을 쉴 틈 없이 계속해서 쫓는다. 이런 카메라의 쉼 없는 움직임은 극 중 인물이 겪는 위기와 긴장감을 관객에게 그대로 전한다. 많은 영화평론가들은 원 컨티뉴어스 쇼트를 통해 등장인물과 관객이 공동체험을 할 수 있는 점이 영화 〈1917〉의 가장 큰 특징이라고 말한다.

그렇다고 해서 영화 〈1917〉의 기술적 측면이 이 영화의 전부는 아니다. 내러티브의 정교함은 이 영화의 또 다른 특징이자 장점이다. 기술과 내러티브의 조화는 이 영화의 완성도를 한층 드높인다. 영화에서 내러티브와 기술의 조화를 가장 극명하게 보여주는 장면은 관문 통과와 우유 장면이다. 참호에 도착한 스코필드와 블레이크는 어렵게 관문을 통과한다. 하지만 독일군이 설치해 놓은 부비트랩이 폭발하고 이로 인해 스코필드는 콘크리트 파편에 묻히고 블레이크가 가까스로 그를 구한다. 스코필드는 제의적인 죽음을 겪으며 관문을 통과하고 물로 씻는 '정화'를 통해 영웅으로 거듭난다. 참고로 영화 속에서 스코필드가 물로 몸을 씻는 이 장면은 멘데스의 할아버지가 당시 참호전을 겪으며 생긴 습관에서 비롯되었다고 한다.

3.

〈기생충〉이 아카데미 시상식에서 작품상과 감독상을 수상했을 때 많은 이들은 〈기생충〉의 쾌거에 대해 아낌없이 축하하면서 동시에 〈1917〉에 따뜻한 위로의 마음을 전했다. 관객과 평단은 〈1917〉의 기술적인 부분에 찬사를 보냈다. 그런데 〈1917〉에 대해 다소 비판적인 목소리도 없지 않았다. 그 비판의 핵심은 〈1917〉이 너무 기술적 측면에 치중해 영화의 스토리가 전체적으로 단조롭고 빈약하고 지루하다는 점이었다. 국내에서는 대표적으로 영화평론가 문학산의 비평을 들 수 있다. 그는 '기술적 완성도가 곧 예술성은 아니다'라는 전제하에 〈1917〉을 비판적으로 검토했다. 그는 멘데스가 공식적으로 완전 영화를 지향한다고 피력한 적이 없음에도 불구하고, 멘데스가 앙드레 바쟁이 말한 완전 영화의 꿈을 꾸었고, 그 꿈은 기술의 발전을 통해 이루어지는 게 아니라고 비판했다. 그는 기술의 발전보다는 오히려 언제 어디서나 누구나 납득할 수 있는 이야기의 보편성이 완전 영화를 가능케 한다고 주장했다. 물론 그의 비평의 방점은 〈1917〉에 대한 비판보다는 〈기생충〉의 영화적 쾌거에 대한 칭찬에 놓여 있다.

일찍이 앙드레 바쟁은 「완전 영화의 신화」(1946)라는 에세이에서 "영화는 아직 발명되지 않았다"고 선언했다. 그가 말하는 영화는 다름 아닌 '완전 영화'를 가리킨다. 그는 기술의 발전을 토대로 세상의 이미지를 재창조하는 리얼리즘이 완성해 내는 완전 영화를 꿈꾸었다. 그는 완전 영화는 인간과 세상에 대한 온전한 모방의 구현으로 완성에 근접할 수 있다고 믿었다. 완전 영화의 전제는 기술적 발전이 견인하는 사실의 모방 가능성에 있다.

영화 〈1917〉은 운동성과 사실성의 정점을 성취하여 완전 영화의 신화에 가장 가까이 간 영화로 영화사에 기억될 것이다. 영화는 움직임의 재현에서 소리와 색으로 인한 사실성의 충실에서 더 나아가 시공간의 연속성을 이음새 없는 편집이라는 환영에 의존하여 시간과 공간의 움직임을 연속적으로 구현했다. 시간과 공간의 움직임은 편집의 행위와 시선의 일치로 틈을 메우는 관객의 능동적인 역할로 연속성이 유지된다. 디지털 시대에 걸맞게 카메라의 흔들림이 사라지고 편집의 누빔점도 육안으로 간파하기 힘들었다. 편집이 사라진 자리에 사실성이 채워진다. 사실과 환영의 자리를 구분하기 어려울 때 완전한 리얼리즘이 완성된다. 바쟁이 주창한 완전 영화 신화는 〈1917〉에 이르러 성취되었다고 말할 수 있다.

앞에서 여러 차례 말했듯이 영화의 기술적 측면에서 보자면 〈1917〉은 거의 완전 영화에 가깝다. 카메라는 첫 장면부터 마지막 장면까지 인물의 움직임과 감정, 그리고 그들이 이동하는 장소의 스펙터클에 이르기까지 완벽하게 사실적으로 담아내고 있고 이음새도 거의 보이지 않는다. 배우들의 연기 또한 흠잡을 데가 별로 없다. 기술적 완성도는 완벽한 모방과 사실적 재현을 성취한다.

문학산은 다음과 같은 질문들을 던진다. "완전 영화가 단지 기술적 측면에 의해 성취될 수 있을까?" "기술적 측면에서 성취를 이룬 영화를 완전 영화라고 부를 수 있을까?" 영화는 기술이면서 동시에 예술이다. 기술적인 완성도도 중요하지만 예술적인 성취도도 중요하다. 그는 〈1917〉의 기술적 완성도는 인정하면서도 이 영화의 미학적 성취에 대해서는 다소 회의적이다. 그는 〈1917〉의 대척점에 〈기생충〉을 놓는다. 그에 따르면 〈1917〉에는 〈기생충〉에서 다송의 그림에서처럼 두드러지는 장치가 없다. 산수경석처럼 인간의 욕망을 대신하는 장치도 존재하지 않고, 〈기생충〉의 건축학적 배치로 은유되는 계급적 위계도 지워져 있다. 〈기생충〉은 산수경석 하나만으로도 하층민의 계급 상승이라는 기우의 욕망과 가족을 위한 미래 가장으로서의 그의 무거운 책무를 표현한다. 거실의 그림은 다송의 귀신 트라우마로 인한 정서 불안을 우회적으로 드러낸다. 다송의 정서 불안은 하층 계급의 일그러진 자화상에 대한 상류층의 보편적인 반응이라고 할 수 있다.

문학산은 완전 영화는 기술적 발전을 통해 실현되거나 정신적 사실성의 획득으로 완성된다는 바쟁의 주장이 수정 보완되어야 한다고 주장한다. 그에 따르면, 완전 영화는 기술만능주의와 정신중심주의에서 벗어나 동시대의 분위기와 인간의 표정과 삶의 무늬, 그리고 다양한 계급의 냄새를 모두 자연스럽게 화면에 포섭해야 한다. 완전 영화는 기술보다는 예술, 철학과 이성보다는 영화와 감성의 물 주기에 관심을 기울이는 작가적 상상력의 적극적 실천과 부단한 시도로 도달 가능한 봉우리다.[2] 그가 생각하기에 완전 영화의 봉우리는 다름 아닌 바로 〈기생충〉이다. 〈1917〉이 기술적 완성도는 도달했을지 모르지만 〈기생충〉만큼의 미학적 성취는 이루지 못했다. 아마도 그는 〈기생충〉의 황금종려상 수상과 아카데미 시상식의 4관왕이 이를 잘 예거한다고 말하는 듯하다.

4.

완전 영화에 대한 서양 중심주의와 근원주의로부터 벗어나야 한다는 문학산의 주장에는 십분 공감한다. 또한 "가장 개인적인 가장 창의적인 것이다"라는 봉준호의 연출론에 대한 그의 평가에 대해서도 마찬가지다. 사실 봉준호도 스코세이지의 말을 빌려 자신의 연출론을 그렇게 우회적으로 피력한 바 있다. 그런데 〈기생충〉이 〈1917〉보다 기술적인 완성도는 몰라도 미학적으로

---

2) 문학산, 「기술적 완성도와 예술적 모호성의 거리」, 『문학의 오늘』 제35호, 2020, 180~194쪽.

더 뛰어나다는 문학산의 결론에는 선뜻 동의하기 어렵다. 물론 영화제나 영화상에서 예술적으로 뛰어난 작품이 수상하는 것은 당연하지만, 상을 받지 못했다고 해서 그 영화가 상을 받은 영화보다 미학적으로 뒤처진다고 단정할 수 없다. 심사 기준과 심사 위원들의 개인적 취향에 따라 수상작은 충분히 달라질 수 있기 때문이다. 그래서 영화제나 영화상이 끝난 뒤 종종 수상 작품에 대해 논란이 벌어지기도 한다.

기술적 완성도보다 미학적 성취도가 더 중요하다는 주장에 대해서 조금은 망설여진다. 지구상에는 수많은 영화가 있다. 그 중에는 기술적 완성도에 치중하는 영화도 있고 미학적 성취도에 치중하는 영화도 있다. 또 다른 측면에서 보자면 상업적인 면에 치중하는 영화도 있고 정치적인 이슈를 제기하는 영화도 있다. 미학적인 성취도를 획득한 예술 영화가 상업적인 영화보다 더 뛰어나다고 단언할 수 없다. 정치적 이슈를 제기하는 영화가 미학적인 성취도를 획득한 영화보다도 유의미한 경우가 종종 있다. 미학적 성취도는 분명 중요한 영화적 가치이자 영화를 판단하는 기준이지만 모든 영화를 재단하는 기준이 될 수 없다.

주지하듯 〈기생충〉은 기택 가족, 박 사장 가족, 문광 부부 세 부부를 전경화하면서 상류층과 하류층, 하류층과 또 다른 하류층의 욕망과 갈등을 그린 블랙 코미디이자 스릴러다. 영화는 비유와 상징으로 가득해 다양한 해석과 담론을 가져왔다. 그래서 우리나라는 물론이고 전 세계적으로 대중과 평단을 모두 사로잡은 기념비적인 걸작으로 평가받았다. 〈기생충〉은 미국 자본이

들어가지 않은 순수 비영어 영화임에도 작품성을 인정받아 황금종려상을 비롯해 수많은 영화제와 영화상에서 작품상을 수상했다. 특히 미국 중심, 백인 중심이라는 비판을 받아온 아카데미 시상식에서의 4관왕 수상은 더욱 고무적이다. 왜냐하면 〈기생충〉은 다양성을 포용하며 미래로 나아간다는 평가와 해석을 가져왔기 때문이다.

　〈기생충〉은 계급 또는 계층 간의 대립과 갈등이라는 주제를 희극적으로 솜씨 좋게 풀어내고 있다. 영화 속에서 계급 또는 계층 간의 갈등이라는 사회적 문제는 개인의 문제로 치환된다. 유럽에서 가난의 문제는 개인의 문제가 아니라 사회의 문제다. 가난을 해결하기 위해서 사회와 국가가 나선다. 가난을 해결하기 위해 개인이 따로 할 일이 별로 없을뿐더러 굳이 할 필요도 없다. 가난이 중요한 영화적 소재가 되지 않는다. 켄 로치의 영화들이 잘 보여주듯이 가난이 영화적 소재가 된다고 하더라도 그것은 개인의 문제가 아니라 사회 문제이기 때문에 사회나 국가가 나서서 해결할 문제다.

　반면 미국에서 가난은 유럽과 달리 개인의 문제이다. 하지만 개인이 따로 할 수 있는 게 없기 때문에 큰 틀에서 보자면 유럽과 마찬가지다. 그렇기 때문에 미국 영화에서 그려지는 빈민층의 가난은 시종일관 어둡고 암울하다. 그런데 〈기생충〉에서는 가난이라는 문제를 개인이 해결하려 한다. 영화 속 기택의 가족들은 가난하지만 시종일관 밝고 활기차다. 그릇되기는 하지만 신분 상승의 욕망도 있다. 물론 가난이라는 문제는 개인의 노력과 의지로 쉽게 해결되지 않는다. 〈기생충〉에서 드러나는 기택 가족의 가난에 대한 접근 방식과 태도, 그리고 같은 계급 간의 대립과 갈등 양상이 우리에게는 익숙하지만, 상대적으로 미국과 서양 관객들에게 낯설고 신선하다. 어쩌면 그 낯섦과 신선함이 영화적 성과로 귀결되었는지도 모른다.

반면 영화 〈1917〉은 서양인들에게 너무나 익숙한 제1차 세계대전이라는 역사적 사건을 전경화하고 있다. 제1차 세계대전은 1914년부터 1918년까지 유럽을 중심으로 벌어진 전쟁으로서, 제2차 세계대전이 발생하기 전까지는 단순히 '세계대전' 또는 '대전'이었다. 미국에서 제1차 세계대전은 처음에는 유럽 전쟁이었다. 기술 및 산업의 고도화와 전술적 교착 상태로 인해 사상자 수는 그 이전의 전쟁과 비교가 되지 않을 정도다. 병사 900만 명 이상이 사망했다. 제1차 세계대전은 남녀노소 할 것 없이 전 국민이 동원된 사상 초유의 총력전으로서 그런 만큼 막대한 희생이 뒤따랐다. 제1차 세계대전 후 참전국의 수많은 혁명 등을 포함하여 주요한 정치적 변화가 일어났다. 전쟁 후 독일, 오스트리아—헝가리, 러시아, 오스만 등 주요 제국이 해체되었다. 이와 같은 끔찍한 전쟁을 막기 위해 국제연맹이 창설되지만, 민족주의의 부활과 파시즘의 대두로 유명무실해진다. 제1차 세계대전의 끝은 곧 제2차 세계대전의 시작이다.

거듭 말하지만 〈1917〉은 제1차 세계대전을 배경으로, 독일군의 함정에 빠진 아군을 구하기 위해 적진을 뚫고 달려가는 두 영국 병사가 하루 동안 겪는 사투를 그린 영화이다. 전쟁을 소재로 하고 있고 또한 실제 역사적 사건을 바탕으로 하고 있기 때문에 〈1917〉은 〈기생충〉처럼 비유와 상징이 가득하지도 않고 영화의 분위기 또한 희극적일 수 없다. 관객은 마치 숨죽이듯 영화에 몰입하면서 주인공의 행적을 천천히 그리고 조심스럽게 따라가야 한다. 〈1917〉은 어떤 면에서는 마치 종교 영화처럼 숭고하고 경건하다. 바로 이 숭고함과 경건함이 바쟁이 말하는 완전 영화의 미학적 성취를 대신하고 있는지 모른다.

5.

"가장 개인적인 것이 가장 창의적이고 가장 창의적인 것은 영화적이며 가장 영화적인 것이 완전 영화로 가는 나침반이 될 것이다"라는 문학산의 주장에서 그의 선의를 충분히 읽을 수 있다. 그는 〈1917〉을 단순히 비판한 게 하는 게 아니라, 〈기생충〉의 미학적 성취도가 〈1917〉의 기술적 완성도보다 완전 영화로 가는 데 더 중요하고 필요하다고 역설한 것이다. 하지만 멘데스가 완전 영화를 지향한다고 말한 것도 아닌데도 〈1917〉과 〈기생충〉을 비교하며 〈기생충〉이 〈1917〉보다 완전 영화에 가깝다는 결론에 대해서는 여전히 동의하기 어렵다.

사실 영화에 대한 정의는 다양하다. 영화는 과학이자 스토리이다. 영화는 예술이자 산업이지만 또 힐링이면서 소통이기도 하다. 영화는 과학 기술을 통해 발전한다. 그럼에도 불구하고 영화는 스토리, 즉 서사를 배제할 수 없다. 하지만 이는 절대적이지도 않고 절대적일 수도 없다. 기술적 완성도를 위해 서사를 어느 정도 포기할 수도 있고 아니면 그와 반대로 서사를 위해 기술적 완성도를 포기할 수도 있다. 이런 예는 이루 말할 수 없을 정도로 많다. 또한 영화는 예술이면서 동시에 다양한 부가가치를 창출하는 산업이기도 해서 예술로서의 영화의 측면을 강조할 때는 필름, 산업 또는 상업 영화를 가리킬 때는 무비라는 용어를 쓴다. 효과 면에서 영화는 관객을 힐링하고 관객과 소통한다.

위에서 언급한 영화적 정의에 비추어보자면 〈1917〉은 이야기, 즉 서사적인 면에서는 다소 아쉬울 수 있지만 과학 기술적인 면에서 보자면 압도적이다. 하지만 이는 감독이 어느 쪽에 방점을 두고 있느냐의 문제일 뿐 영화의 작품성의 본질적인 부분은 아니다. 누군가는 "이 영화가 전쟁의 고독감을 몸소 느끼게 해주었다"고 말한다. 이 영화는 할리우드 전쟁 영화가 역설하는 미국식 영웅주의와 가족주의를 전파하지 않는다. 영화의 방점은 전쟁의 가상 체험을 통한 '반전'에 있다. 그런 점에서 보자면 이 영화는 관객을 힐링하고 또 관객과 훌륭하게 소통하고 있다.

멘데스는 스티븐 스필버그, 타란티노, 리안, 놀런 등 동시대의 영화 거장들과 비교했을 때 자신만의 특색이 덜하다는 평을 종종 듣는다. 즉 그의 영화는 스필버그의 압도적인 스케일과 SF적 판타지, 타란티노의 폭력의 통쾌함과 잔인함, 리안의 아름다운 서정성, 놀런의 무한한 상상력 등과 같은 독창적인 영화 미학이 부족하다고 비판을 받는다. 사실 그들은 관객과 평단의 평가에 크게 신경 쓰지 않고 자신만의 영화 세계를 구축해나가기에 '영화 작가' 또는 '영화 거장'이라는 영광스러운 칭호가 부여된다.

개인적인 생각에 멘데스는 영화 작가 또는 영화 거장의 길을 개척하기보다는 그냥 자신의 영화를 보여주는 것에 치중하는 듯하다. 그는 작품마다 다채로운 형식과 내용을 보여준다. 그는 바쟁이 말하는 완전 영화를 지향하는 게 아니라 단지 '영화를 보여준다'. 그럼에도 불구하고 그의 영화를 자세히 살펴보면 그만의 독창적인 스타일이 발견된다. 삭막하고 황량한 낮의 풍경, 새벽 또는 저녁의 푸르스름함, 그리고 특히 넋을 잃게 만드는 아찔한 밤의 풍경 등은 그의 영화에서 자주 발견되는 특징이다. 무엇보다도 그의 영화에는 영화를 보는 관객의 가슴을 먹먹하게 만드는 묵직한 '한 방'이 있다. 물론 〈1917〉에도 멘데스의 바로 그 영화적 한 방이 있다. 그리고 그 한 방은 눈으로 발견하는 게 아니라 가슴으로 느끼는 것이다.

<영국식 정원 살인 사건>에 나타난
'풍습희극'의 이면

1.

17세기 영국은 두 차례의 혁명을 겪게 되는데 다름 아닌 청교도혁명과 명예혁명이다. 주지하듯 청교도혁명은 올리버 크롬웰이 국왕 찰스 1세를 폐위하면서 왕정을 무너뜨리고 공화정을 가져온 '유혈혁명'이다. 반면 명예혁명은 피를 흘리지 않고 정권이 자연스럽게 교체된 '무혈혁명'이다. 공식적으로 명예혁명은 의회 세력이 주축이 되어 가톨릭 부활을 꿈꾸던 제임스 2세를 몰아내고 그의 딸 메리와 그녀의 남편인 네덜란드 총독 오라녜 공, 즉 윌리엄에게 왕위를 평화적으로 넘긴 사건을 일컫는다. 명예혁명으로 메리와 윌리엄은 각각 메리 2세와 윌리엄 3세가 되면서 영국 역사상 최초로 공동 군주로 추대된다. 명예혁명은 왕권에 대한 의회주권론을 최종적으로 확정 지었고, 이 원칙은 영국 역사에서 두 번 다시 도전받지 않았다. 명예혁명으로 영국민의 가장 큰 자부심인 의회 민주주의의 기반이 마련되었다. 명예혁명 이후 영국의 의회 정치는 토리와 휘그를 중심으로 발달하기 시작한 정당에 의해서 뒷받침되었다.

보통 혁명하면 혼란을 떠올리기 십상이다. 실제로 인류 역사상 대부분의 혁명은 정치적으로 혼란한 시기에 벌어졌다. 청교도혁명, 프랑스혁명, 미국의 독립혁명 등 수많은 혁명들이 그랬다. 그런데 영국의 명예혁명은 이와 정반대다. 혁명이란 단어가 붙은 수많은 역사적 사건 가운데 경제가 번창하고 풍요로운 시절에 발생한 경우는 명예혁명을 제외하고는 거의 찾아보기 힘들다. 명예혁명 당시 영국은 풍작이 계속되었고, 무역흑자는 계속해서 쌓여갔다. 신흥 금융기법으로 무장한 돈 많은 신교도들이 프랑스와 네덜란드에서 영국으로 잇달아 몰려들었기 때문이다. 명예혁명 이후 의회를 장악한 지주층은 농업자본주의를 진척시켰고, 팽창하고 있는 식민지 및 해외무역에 적극적으로 참여함으로써, 영국이 부르주아 사회로 전환하는 데 주도적인 역할을 했다.

그런데 명예혁명을 전후로 한 경제적 풍요의 이면에는 상류층의 방탕한 삶과 도덕적인 타락이라는 어두움이 자리 잡고 있었다. 영국에서 왕정이 복고될 당시, 즉 1660년 프랑스에서 망명생활을 하고 있었던 찰스 2세는 프랑스 궁정 문화에 경도되어 있었다. 영국의 귀족들은 그들 나름대로 청교도혁명으로 강요되었던 엄격과 억압에 대한 반작용으로 무절제하고 환락적인 삶을 탐닉했다. 반면 중하류 계급들은 비교적 귀족계층의 무분별한 부도덕성과 거리를 두며 건전한 생활을 유지했다. 하지만 일부 부를 축적한 중하류 계층, 훗날 중산층은 귀족계층의 방탕하고 환락적인 삶을 모방하기 시작했다. 그들의 방탕하고 환락적인 삶의 행태는 특히 17세기 후반부터 18세기 초반까지 이어졌다.

다시 말하면 17세기 후반부터 18세기 초반에 이르기까지 당시 영국의 귀족을 비롯한 상류층과 갑작스럽게 부를 축적한 일부 중산층은 향락적인 삶에 탐닉했다. 그들의 삶은 겉으로는 화려하고 세련되었지만 실제로는 허위, 위선, 기만으로 가득 찼다. 자신들의 이익을 위해서라면 어떤 음모와 술수도 마다하지 않았다. 허위와 가식으로 가득 찬 그들의 삶은 '풍습희극'이라는 새로운 유형의 연극에 잘 반영되어 있다.

2.

영국의 풍습희극은 17세기 프랑스 사회의 위선과 가식을 풍자한 프랑스의 몰리에르 희극의 영향을 많이 받았고, 극작가 조지 에서리지에서 시작되어 윌리엄 콩그리브에 의해 완성된다. 풍습희극은 영국에서 주로 17세기 말부터 18세기 초까지 유행했지만, 18세기 후반의 올리버 골드스미스와 리처드 셰리단, 19세기 말의 오스카 와일드, 20세기 말의 톰 스토파드의 일련의 희곡들도 풍습희극의 전통에 있다고 말할 정도로 영국희곡사에서 중요한 연극 양식이다. 풍습희극은 주로 상류 사교계에 속한 사람들의 삶의 권태 위에 전개되는 유희적 생활을 묘사한다. 풍습희극은 내용과 소재에서 불륜이 상당 부분을 차지하고 있기 때문에 청교도나 도학자들로부터 외설적이라고 비난을 받았다. 대표적으로 제러미 콜리어 목사의 비판을 들 수 있다. 그는 「영국 무대의 부도덕성과 신성모독에 대한 소고」에서 부도덕한 풍습희극의 해악에 대해서 열변을 토하며 강력하게 비판했다. 하지만 콩그리브는 콜리어 목사의 비판을 정면으로 조목조목 반박하는 글을 발표하며 풍습희극을 옹호했다. 그의 설명에 따르면, 풍습희극은 형식보다는 주로 내용에 치중하고, 정교한 플롯 구성보다는 경쾌한 극의 분위기, 등장인물 간 재치 있는 대화, 인간의 결점에 대한 날카로운 지적 등에 초점을 맞춘다.

콩그리브의 『세상 돌아가는 이치』(1700)는 내용뿐만 아니라 형식에서도 풍습희극의 전형적인 특징을 잘 예거한다. 왕정복고 시대의 가장 완벽한 풍습희극으로 꼽히는 이 작품은 재치 넘치는 대화와 유머, 동시대 상류사회의 전형적인 인물들이 등장하여 펼치는 모반과 질투 등으로 점철된 세속적인 사회상을 풍자하는 내용들로 구성되어 있다. 이 작품의 메인 플롯은 사랑에 빠진 젊은 남녀가 사회적인 장애 요인을 계략으로 해소해 나가는 과정이다. 이 작품은 복잡하게 잘 짜인 구성과 예리하면서도 정감 넘치는 인물 묘사가 훌륭하게 조화를 이루고 있다. 특히 이 작품에 나타난 소극적 대화 및 상류사회와 상류층에 대한 풍자적 묘사, 동시대인들의 가식, 허례, 허식, 위선 등에 대한 반어적인 기교를 통해 당대의 풍습희극의 진미를 잘 표현하고 있다.

미라벨과 밀라망의 사랑이야기를 중심으로 전개되는 『세상 돌아가는 이치』의 줄거리는 다음과 같다. 미라벨과 밀라망은 서로 사랑하는 사이지만 결혼의 조건을 두고 서로 첨예하게 대립한다. 밀라망은 자신의 상속분 재산을 받으려면 숙모인 위시포트 부인이 동의하는 상대와 결혼을 해야만 한다. 그런데 위시포트 부인은 미라벨이 자신을 사랑했다가 배신했다는 이유로 그에게 분노해 있는 상태이다. 그녀는 미라벨에 대한 분노와 재산을 지키기 위해 밀라망을 자신의 조카인 월풀 위트우드와 결혼시키려 한다. 미라벨은 밀라망과 결혼하기 위해 자신의 하인인 웨이트웰을 로랜드 경으로 변장시켜 위시포트 부인에게 구애하도록 계략을 짠다.

한편 위시포트 부인의 딸 아라벨라는 페이널과 재혼을 했다. 결혼 전 아라벨라는 미라벨과 연인 사이였다. 페이놀은 그녀의 상속분 재산이 탐나서 그녀와 결혼을 했지만 마우드 부인과 불륜 관계에 있다. 그들은 자신들의 향략을 위해 미라벨의 계획을 방해하고 밀라망에게 돌아갈 재산까지 가로채기 위한 음모를 꾸민다. 마우드 부인은 로랜드의 정체를 밝히는 편지를 위시포트 부인에게 보낸다. 다행히 위시포트 부인의 하녀 포이블의 재치로 그 계획은 실패로 끝난다. 미라벨이 포이블을 이미 자신의 편으로 만들어 놓았기 때문이다. 웨이트웰의 정체가 드러나면서 미라벨은 잠시 위기에 처하지만 아라벨라가 결혼하기 전 유산에 대한 모든 권한을 미라벨에게 위임했다는 사실이 밝혀지면서 위기를 모면한다. 결국 페이널과 마우드 부인은 불륜 관계가 드러나면서 사람들 앞에서 망신을 당하고 윌폴 위트우드 또한 밀라망을 양보하면서 미라벨과 밀라망은 사랑과 유산을 모두 얻게 된다.

『세상 돌아가는 이치』에는 왕정복고기 희극의 특징적인 장점이 잘 나타난다. 특히 등장인물의 성격화 측면에서 두드러진다. 이 작품에는 위트가 넘치는 연인, 요염한 과부, 우아함과 세련됨과는 정반대로 촌스러움 때문에 망신당하는 시골 신사, 남자를 밝히면서도 허영과 가식으로 이를 숨기는 귀부인 등이 등장한다. 미라벨과 밀라망은 여러 어려움 끝에 사랑과 재산을 얻는데 성공하지만 나머지 인물들은 모두 실패하고 만다. 게다가 그들은 탐욕과 어리석음 때문에 망신까지 당한다. 바로 이 점 때문에 풍습희극은 셰익스피어의 희극이나 벤 존슨의 기질희극과 일맥상통한다고 볼 수도 있다.

『세상 돌아가는 이치』는 미라벨과 밀라망의 결합이라는 행복한 결말 때문에 셰익스피어의 낭만희극을 떠올릴 수 있다. 하지만 셰익스피어의 낭만희극의 플롯의 동력이자 등장인물의 관계를 지속시키는 힘이 사랑이라면 『세상 돌아가는 이치』에서는 재산이라는 점에 있어서 둘은 본질적으로 다르다. 미라벨이 밀라망을 선택한 이유는 처음부터 그녀의 재산을 차지하기 위해서고, 밀라망이 미라벨을 선택한 이유 또한 자신의 재산을 위시포트 부인으로부터 지키기 위해서다.

겉으로 보았을 때 『세상 돌아가는 이치』의 미라벨은 우아하고 세련되고 예의 바른 신사고 밀라망은 조신하고 아름답고 교양이 넘치는 숙녀다. 하지만 조금 깊이 들여다보면 그들은 자신들의 힘을 확신하고 속물처럼 주변 사람들을 자신들 마음대로 조종한다. 그들의 관계는 낭만적인 사랑이 아니라 계산적인 비즈니스 관계이다. 그렇다고 하더라도 그들의 관계를 유지시키는 힘도 사랑이다. 그들이 다른 속물적인 인물들과 차별되는 지점도 바로 여기에 있다.

반면 페이널은 쾌락을 중시하는 당시 상류층의 전형적인 난봉꾼이다. 그는 승리가 주는 우월감을 통해 쾌감을 느끼며 자기 존재의 우월성을 확인하려 든다. 폭군 같은 존재인 위시포트 부인은 젊은 남자에게 관심이 많고 허영과 위선으로 가득 차 있는 인물이다. 외설스럽고 조악한 잡지를 탐독하면서 집안은 청교도들이나 좋아할 만한 각종 교양서들로 가득 채우고 있다. 사실 그녀는 이 작품에서 유일한 '레이디', 즉 귀부인이다. 나머지 여성들은 모두 그냥 '부인'이다. 그럼에도 불구하고 그녀는 그 누구보다도 허영과 위선으로 가득 차 있고 속물적이다.

3.

피터 그리너웨이의 영화 〈영국식 정원 살인 사건〉(1982)은 마치 풍속희극을 보는 듯한 느낌을 준다. 이 영화에는 콩그리브의

『세상 돌아가는 이치』의 등장인물과 비슷한 인물들이 대거 등장한다. 허버트 부인을 비롯해 그녀의 딸, 사위, 집사, 정원 관리인, 심지어 화가인 네빌에 이르기까지 풍습희극의 전형적인 인물들이 대거 등장한다. 『세상 돌아가는 이치』에서 위시포트 부인만이 유일한 레이디였듯이 〈영국식 정원 살인 사건〉에서는 허버트 부인만이 유일한 레이디다. 내용상 이 영화는 살인 사건의 범인을 추적하는 미스터리 구조를 취하고 있다. 하지만 시대적 배경, 등장인물의 성격화, 그들이 나누는 대화 등에 초점을 맞추어 본다면 풍습희극의 한 유형으로 볼 수 있다. 하지만 영화는 『세상 돌아가는 이치』와 같은 전형적인 풍습희극이 아니라 잔혹 버전의 풍습희극이다. 일반적인 풍습희극은 등장인물 간에 음모와 술수가 난무하지만, 이 영화에서는 음모와 술수로 끝나지 않고 제목에서 알 수 있듯이 음모와 술수가 결국 살인에까지 이른다.

〈영국식 정원 살인 사건〉은 17세기 말, 앞에서 언급한 대로 명예혁명 직후의 영국을 시공간적 배경으로 한다. 영화의 시간적 배경은 자막을 통해 '1694년'으로 구체적으로 명시된다. 다시 말하지만 이 시기 영국은 경제적으로 부가 축적되는 시기로서 귀족을 비롯한 상류층은 부를 축적하기에 여념이 없었다. 부의 축적 열망은 귀족을 비롯한 상류층에만 국한되지 않고 그 아래 계급인 중산층에게도 퍼졌다. 오히려 중산층은 경제적인 면에서 귀족을 능가하기에 이르렀다. 경제적으로 우위를 차지한 중산층은 이제 귀족의 행태를 여러 면에서 모방하기 시작한다. 그중 하나가 바로 정원 가꾸기다. 시간이 흐르면서 중산층의 정원 가꾸기 경쟁은 더욱 치열해진다. 그들은 뛰어난 정원사, 즉 가든 디자이너를 고용해 정원을 가꾸고, 남들에게 자랑하고, 기록으로 남기려 한다. 그 과정에서 그들은 서로 질투하고 시기하며 자신들의 뒤틀린 욕망을 표출한다. 〈영국식 정원 살인 사건〉은 당시 신흥 중산층의 위선과 허영, 그리고 뒤틀린 욕망을 잘 보여 준다.

정원은 〈영국식 정원 살인 사건〉의 공간적 배경이자 중요한 극적 사건이 벌어지는 중요한 공간이다. 따라서 영화에 대해 이야기하기에 앞서 먼저 영국식 정원에 대해 잠깐 살펴볼 필요가 있다. 영국식 정원은 보통 윌리엄 켄트에 의해서 시작되었다고 일컬어진다. 그는 18세기 '영국식 풍경 정원' 콘셉트를 완성시킨 선구적인 정원사다. 영국식 풍경 정원은 흔히 '픽처레스크 정원', 즉 '그림 같은 정원'으로 불린다. 이 용어에는 '그림처럼 아름다운 정원'이라는 의미도 있지만, '그림 자체를 가지고 만든 정원'이라는 뜻도 함께 담겨 있다. 그는 지면 아래에 도랑을 파는 형식의 '숨겨진 울타리', 즉 '해자'를 사용함으로써 경계를 두되 시야를 가리지 않는 새로운 디자인을 시도했다. 해자는 〈영국식 정원 살인 사건〉에서도 중요한 기능을 담당한다.

원래 화가였던 켄트는 이탈리아 여행을 통해 이탈리아의 건축과 당시 유행하던 풍경화에 눈을 뜨게 된다. 17세기 이탈리아에서는 서양 회화에 한 획을 긋는 새로운 화풍이 탄생하는 데 다름 아닌 풍경화다. 자연의 경치를 그리는 게 지금은 매우 흔하고 당연한 것이지만, 유럽 회화의 역사를 살펴보면 신의 세계를 그

린 종교화에서 벗어나 자연의 풍경을 주제로 그린 그림이 나타
난 것은 거의 혁명적인 일이었다. 켄트는 이탈리아에서 돌아온
뒤에는 풍경화에만 머물지 않고 건축가로 활동한다. 그는 정원
의 조성에까지 손을 대기 시작했다. 특히 풍경화를 정원 조성의
기초 도면으로 사용했다. 그의 이런 시도는 영국식 풍경 정원의
시초가 되었다.

　17세기 유럽은 한마디로 절대왕정기로서 모든 것이 왕권에
의해 통제되고 조절되었다. 정원 또한 예외가 아니었다. 프랑스
의 루이 14세의 베르사유 궁전이 잘 예거하듯 절대왕정기 정원
의 콘셉트는 질서와 조화였다. 모든 것이 대칭으로 정확하게 균
형을 이루었고, 심지어 정원의 식물조차도 자연스럽게 그 습성
대로 자라는 것이 아니라 인간에 의해 각이 잡히고 통제되었다.
프랑스 정원은 유럽 궁정 정원의 하나의 전범이 된다.

　그런데 17세기 말 18세기 초에 이르면 유럽의 정원은 영국에
서 파격적인 변화를 맞게 된다. 당시 영국은 정치적으로 오랜
기간 동안 프랑스와 경쟁적 관계였다. 경쟁 관계는 정치에만 국
한되지 않고 정원 조경에까지 확대되었다. 영국 정원은 조경의
핵심을 프랑스 정원에서 나타나는 똑바른 직선 대신에 구불거리
는 동선을 택함으로써 외관상 차별된다.

　정원의 차별화는 외관상 차별화에 그치지 않는다. 영국은 프
랑스를 견제하기 위해 네덜란드와 공조했다. 사실 메리와 윌리
엄의 결혼도 그 일환이었다. 그리고 당시 영국에서 새롭게 부상
하고 있던 신흥 중산층이었던 은행, 상업, 제조업의 경영자들에

게는 기존의 귀족들과 차별화된 표지가 필요했는데, 그것은 다름 아닌 자유로움과 지적 우위였다. 그들은 귀족보다 더 많은 공부를 했다는 것을 나타내기 위해 서양 문화의 원천인 고대 그리스 로마 시대의 건축을 재현하려 했고, 그들의 이런 시도는 정원에도 그대로 반영되었다.

영국 정원만의 고유한 특징도 있는데, 그것은 다름 아닌 정원 내 목초지다. 주지하듯 영국은 농사를 짓기 힘든 기후를 가졌다. 그렇기 때문에 많은 농가들에는 목초지에서 양을 키웠다. 양을 키우는 일은 유일한 농가의 수입원이었고 생존의 문제였다. 이를 반영하듯 영국 정원에는 다른 나라의 정원과 달리 정원과 목초지가 공존한다. 영화 〈영국식 정원 살인 사건〉에서도 네빌이 저택 뒤에서 그림을 그릴 때 정원과 목초지에서는 양들이 풀을 뜯고 있다.

켄트의 영국식 풍경 정원에는 울타리가 없다. 지상으로 올라서지 않고 지면 아래에 숨겨진 울타리는 목초지의 동물들이 정원으로 들어오는 것을 막으면서도 시야를 가리지 않아 공간을 전체적으로 넓게 보이게 한다. 키가 크고 우거진 나무를 군식함으로써 정원 여기저기에 터널 효과를 창출한다. 어두운 나무 그늘 터널 끝에는 빛이 강하게 들어올 수 있도록 공간을 비워 두어 명암 대비 효과가 극대화된다. 하나의 의도적이고 인위적인 동선이 아니라 여러 갈래의 선택적 길은 미로를 형성함으로써 정원을 산책하는 사람이 길을 잃도록 만든다. 곳곳에 눈에 띄는 라틴어 문구는 앞에서 말했던 것처럼 영국 신흥 중산층의 고전

취향을 반영한다. 때로는 숨고 때로는 드러나는 마치 숨바꼭질 같은 디자인은 정원을 지루하지 않게 만들면서 뜻밖의 만남이라는 신선한 충격을 준다. 인위적으로 지형을 바꾸지 않고 있는 그대로 이용한다. 직관적인 판단보다는 집중적인 관찰을 통해 지형을 파악한 후 땅의 경사면을 활용해 뒤에서는 보이지 않지만 앞에서는 보이는 건축물을 만들고, 정원 내에 내려다보는 경치와 올려다보는 경치를 동시에 조경한다.

〈영국식 정원 살인 사건〉의 공간적 배경이 되는 정원은 켄트가 말한 영국식 풍경 정원의 특징들을 잘 예거한다. 지면을 적극적으로 활용하고 때로는 빛을 정원에 끌어들이고 때로는 차단하는 영화적 공간은 영화의 미스터리 구조에 긴장감을 배가한다.

4.

바로 그런 '그림 같은 정원'에서 살인 사건이 벌어졌고, 그 살인 사건의 배후에는 중산층의 허위, 위선, 욕망이 숨어 있다. 〈영국식 정원 살인 사건〉은 이를 전경화한다. 남편의 관심을 받고 싶은 허버트 부인은 젊고 유능한 화가 네빌에게 남편이 그토록 자랑스러워하는 영지를 그려달라고 부탁한다. 처음에 네빌은 허버트 부인의 부탁을 거절하지만 허버트가 2주 동안 영지를 비울 것이라는 말에 승낙한다. 네빌과 허버트 부인은 노이스를 입회인으로 집과 정원이 포함된 영지 그림을 열두 장 그리기로 계약한다. 그런데 그 계약에는 경제적인 보상뿐만 아니라 육체적 관계도 포함되어 있다. 네빌은 그 무엇보다도 쾌락을 중요시하기 때문에 계약 조건에 이를 포함시켰고 허버트 부인은 마지못해 그 조건을 받아들인 것이다.

네빌은 영지의 그림을 그린다는 명목하에 독재자처럼 권력을 휘두르며 영지를 휘젓고 다닌다. 그는 사람들의 일거수일투족을 문제 삼는다. 그는 허버트 부인의 의사에 아랑곳하지 않고 자신이 원할 때면 언제든지 어디에서든지 그녀에게 육체적 관계를 요구한다. 그런 그를 유일하게 방해하는 인물은 허버트 가문의 사위 탤먼이다. 저녁 식사 때 그는 네빌의 언행을 비아냥거리며 조롱한다. 하지만 사람들은 모두 네빌의 편을 든다. 심지어 그의 아내 사라와 장모 허버트 부인조차 네빌의 편을 든다. 그 뒤 네빌과 탤먼은 사사건건 부딪힌다. 탤먼은 네빌이 영지 내에서 그림을 그리는 것을 못마땅하게 여기고 계속해서 방해한다. 네빌 또한 그의 방해 소행을 알기 때문에 일부러 그에게 독설을 퍼붓는다.

허버트 부인은 네빌에게 계약 파기를 요구하지만 네빌은 그녀의 요구를 거절한다. 그는 허버트 부인과의 관계를 즐기는 한편 이를 약점 삼아 그녀를 더욱 괴롭힌다. 그는 자신이 그녀와의 관계를 주도한다고 생각한다. 그는 허버트 부인의 딸이자 탤먼의 아내인 사라로부터도 은밀한 제안을 받는다. 결국 네빌은 그림을 완성하고 허버트의 평가를 기다린다. 그런데 허버트가 영지 내 해자에서 죽은 채 발견된다.

네빌과 허버트 부인의 계약 때 입회했던 영지의 관리인인 노이스는 허버트 부인에게 찾아가 자신이 허버트 살인 용의자로 지목될 수도 있다고 말하며, 그녀와 네빌 사이에 맺은 계약서를 빌미로 그녀를 협박한다. 그는 자신이 꾸민 음모에 퍼즐을 맞추기 위해 주변 사람들을 끌어들이고 그들에게 네빌이 그린 그림의 대가를 지불하도록 한다. 그는 허버트의 살인 용의자에서 빠지는 동시에 사람들 사이에 갈등을 유발한다.

그림을 완성한 뒤 영지를 떠났던 네빌은 시모어의 초대로 영지를 다시 방문한다. 하지만 정작 그를 초대한 시모어와 앙숙 관계의 탤먼은 사우샘프턴으로 떠나고 영지에 없다. 네빌은 허버트 부인에게 자신이 그리지 않았던 영지 내 유일한 장소를 그리게 해달라고 부탁하고 그녀는 그의 부탁을 들어준다. 그때 사라가 들어오고 그들은 네빌이 보는 앞에서 집안 재산과 후계자 문제를 언급한다. 그리고 네빌이 허버트 부인과 맺은 '계약 조건'을 넌지시 내비친다.[1] 그제야 네빌은 자신이 두 여자에게 농락당했다는 사실을 깨닫게 된다.

밤늦게까지 그림을 그리던 네빌은 가면을 쓴 사람들로부터 추궁을 받고 결국 죽임을 당한다. 네빌을 죽인 자들은 각각 탤먼, 노이스, 시모어, 그리고 정원사 형제들로 밝혀진다. 그들이 네빌을 죽인 이유는 다름 아닌 질투와 시기 때문이었다. 네빌은 허버트가 시체로 발견된 동상 앞 해자에 버려지고, 그가 그린 그림들

---

1) 〈영국식 정원 살인 사건〉의 원제는 〈화가의 계약(Draftsman's Contract)〉이다.

또한 모두 태워진다. 왜냐하면 그림들에는 허버트 살인의 단서들이 숨겨져 있기 때문이다.

〈영국식 정원 살인 사건〉의 정원은 아름답고 한적하지만 실제로는 탐욕이 들끓고, 시기, 질투, 음모가 횡행하는 공간이다. 심지어 끔찍한 살인이 두 건이나 벌어졌다. 그런데 그 살인에 대해 그 누구도 안타까워하지 않는다. 허버트는 영지의 재산 문제 때문에 살해되었고, 네빌은 그 죽음의 비밀을 알고 있기 때문에 살해되었다. 허버트와 네빌을 죽인 자들에게는 오직 자신들의 이익만이 전부다. 그림 같은 정원에 도덕, 윤리, 양심이 들어설 공간은 그 어디에도 없다. 영화는 허버트의 죽음에서 시작해 네빌의 죽음으로 끝나지만 그게 끝이 아니다. 또 다른 죽음이 이어질 것이다. 그리고 그 죽음이 끝나면 또 다른 죽음이 기다리고 있을 것이다.

5.

17세기 말부터 18세기 초까지 풍습희극을 포함한 영국 문학의 가장 큰 특징은 '풍자'다. 풍자는 사전적으로 남의 결점을 다른 것에 빗대어 비웃으면서 폭로하고 공격하는 것이다. 풍자문학은 현실의 부정적인 현상이나 모순 따위를 빗대어 비웃는 문학 작품들로 채워진다. 풍자는 주체나 객체, 즉 풍자를 하는 사람이나 풍자를 당하는 사람이나 화를 내서는 안 된다. 시쳇말로 화를

내는 것은 곧 지는 것이기 때문이다. 그러니 풍자를 당하는 사람
은 참고 또 참아야 한다. 풍자에는 풍자로 맞서야 한다. 바로
그것이 곧 상류층의 예법이다.

세상 모든 일이 그렇듯이 풍자에도 넘어서면 안 되는 선이
있다. 그 선을 넘으면 풍자는 조롱이 된다. 조롱은 대 놓고 비웃
거나 깔보며 놀리는 것이다. 풍자는 참을 수 있지만 조롱은 참을
수 없다. 그렇기 때문에 조롱을 당한 이는 살인도 마다하지 않는
다. 영화 초반부에 네빌은 모든 사람들이 함께하는 식사 자리에
서 탤먼을 비롯해 여러 신사들을 마음껏 조롱했고, 조롱을 당한
신사들은 그를 살인하는 것으로 앙갚음했다. 하지만 속을 들여
다보면 네빌의 죽음에는 허버트의 죽음이 그랬던 것처럼 경제적
인 동기가 훨씬 크다.

앞서 말했듯이 〈영국식 정원 살인 사건〉의 시간적 배경은 1694
년이다. 영화에서 자막으로 분명히 명시된다. 1694년에 영국에
서는 공동 왕이었던 메리가 죽는다. 1702년에는 그녀의 남편 윌
리엄마저 죽는다. 사실 윌리엄와 메리는 공동 군주였지만 권리
면에서는 메리가 앞섰다. 그럼에도 불구하고 메리는 진지하고
엄격한 칼뱅주의자인 남편에게 순종하고 자신의 권리를 내세우
지 않았다. 윌리엄이 사망하자 제임스 2세의 작은 딸인 앤이 왕
위에 오르며 스튜어트 왕조의 마지막 군주가 된다.

덴마크 왕을 남편으로 둔 앤 여왕은 평생 열일곱 번 임신했다.
하지만 그 어느 자식도 유년기를 넘기지 못했다. 그녀는 죽은
아이들 대신에 토끼에 광적으로 집착한다. 그녀의 그런 히스테

릭과 광기를 보여주는 영화가 바로 〈더 페이버릿: 여왕의 여자〉(2018)다. 이 영화에서 앤 여왕의 시녀인 사라와 애비게일은 히스테릭한 절대 권력자 앤 여왕의 총애를 얻기 위해 발버둥치고 앤 여왕은 이를 즐긴다. 그녀는 때로는 사라의 편을 들고 또 때로는 애비게일의 편을 들면서 둘이 서로 시기하고 질투하게끔 한다. 그렇게 하면 그녀는 행복할 거라고 믿었다. 하지만 그녀는 행복하지 않았다. 실제 역사에서도 영화에서도 그녀는 외로웠고 쓸쓸했다.

앤 여왕에게 후손을 기대할 수 없다는 것이 확실해지자 의회는 스튜어트 왕가의 가장 가까운 혈통이면서 신교도인 하노버의 여선제후 소피아, 즉 제임스 1세의 손녀에게 왕위를 제공하기로 결정하고 서둘러 왕위계승법을 통과시켰다. 제임스 1세의 손녀보다 앤 여왕과 가까운 친척은 50명이 넘었다. 그런데 주로 귀족 상류층으로 구성된 영국 의회는 자신들의 이익을 위해 앤 여왕의 뒤를 이를 왕으로 정통성이 있는 제임스 2세의 아들 대신 제임스 1세의 손녀를 택한다. 1714년 앤 여왕 사후 소피아의 아들인 조지 1세가 등극하면서 스튜어트 왕조는 끝나고 하노버 왕조가 그 뒤를 잇는다. 오늘날의 윈저 왕조가 바로 하노버 왕조의 후신이다.

독일에서 자란 조지 1세는 영어를 몰랐고 정치에도 관심이 없었다. 주로 귀족들로 구성된 의회는 자신들이 권력을 계속 유지할 수 있을 것이라 생각했다. 하지만 권력의 중심은 상류층에서 이미 서서히 중산층으로 넘어가는 중이었다. 풍습희극이 그 과정을 유쾌하게 그리고 있다면 〈영국식 정원 살인 사건〉은 잔혹하게 그리고 있다. 그런 점에서 〈영국식 정원 살인 사건〉은 풍습희극의 이면을 보여주고 있다고 말할 수 있다.

참고로 풍습희극의 뒤를 이어 18세기 초 영국에서는 '감상희극'이라는 새로운 형태의 연극이 유행한다. 감상희극에는 미덕을 갖춘 부르주아 계급이 주인공으로 등장한다. 감상희극은 인간의 개량 가능성과 도덕주의를 강화하고 관객들에게 눈물과 동정을 요구한다. 감상희극에는 타인의 불행에 동정적인 반응을 일으키는 것을 지나치게 강조한다는 비판도 따르지만, 기본적으로 인간을 선한 존재로 파악한다. 감상희극에서 선한 인물이 되고자 한다면 자신의 본능에 귀를 기울이고 그 지시를 따라야 한다. 만일 외부로부터 오는 유혹에 압력에 굴복해 죄를 지으면 끔찍한 결과를 맞이하게 된다. 감상희극은 권선징악 도덕관을 설파한다.

이 시기에 들어서면 비극도 달라진다. 비극의 주인공은 영웅이나 귀족이 아니라 감상희극과 마찬가지로 평범한 중산층, 즉 부르주아다. 부르주아는 이제 사회의 핵심 계층으로 부상하게 된다. 간단히 말해 영국 역사에서 17세기 후반부터 18세기 초반까지의 시기는 '부르주아의 부상'으로 정식화될 수 있다. 그 시작은 단연 풍습희극과 풍습희극의 이면이라 할 수 있는 〈영국식 정원 살인 사건〉이다.

파운드의 현대성 비판과 그 한계

1.

에즈라 파운드는 미국의 시인이자 문예비평가로서 20세기 미국문학에 가장 영향력 있는 문인 가운데 한 명이다. 그는 20세기 초반 런던에 거주하며 많은 작가들과 교분을 쌓았고 미국과 영국을 잇는 가교 역할을 수행했다. 잘 알려진 것처럼 그는 윌리엄 버틀러 예이츠의 비서였고, 시편집자로서 T. S. 엘리엇의 시집 『황무지』(1922)를 대폭 편집하고 수정했다. 시인으로서 그는 엘리엇과 함께 20세기 초반 모더니즘 시 운동의 구심점이자 이미지즘과 보티시즘의 원동력이었다.[1]

파운드는 매우 시각적이고 명료한 표현을 옹호하는 이미지즘이라는 새로운 시 운동의 선봉에 섰다. 그는 편지, 수필, 시선집 등 다양한 매체를 통해 이미지즘을 진전시켰다. 그는 1915년 해리엇 먼로에게 쓴 편지에서 "자신은 상투어나 관용구 등을 피하며 현대적인 음성을 지닌 시각적 시를 옹호한다"고 밝혔다. 그는 「이미지즘 시인으로서 하지 말아야 할 몇 가지」(1913)라는 글에서는 이미지를 "순간에 지적이고 감성적인 복잡성을 전달하는 무엇"으로 정의했다. 그는 윌리엄 카를로스 윌리엄스, 힐다 둘리틀, 에이미 로웰 등 열 명의 시인을 모은 시선집 『이미지즘 시인들』(1914)을 발간했는데, 이 시선집은 문학사적으로 이미지즘의 실례를 잘 보여주고 있다는 평가를 받고 있다.

파운드의 관심사와 독서는 다양하고 전방위적이었다. 그는 동서양의 고전에 심취했고, 또 이를 번역해 동료 시인들에게 소개했다. 그의 고전 번역은 더러 틀린 부분도 있지만, 그 자신뿐만 아니라 동료 시인들에게 시적 영감의 원천이 되기에 충분했다. 이미지스트로서의 그의 다양한 시적 노력은 『시편』(1925)이라는 시집으로 집대성되었다. 『시편』은 그가 눈을 감는 날까지 집필한 역작으로서 동서양의 각기 다른 시대 및 문화로부터 비롯된 다양한 문학과 예술 작품을 인유한다.

그러나 파운드는 제2차 세계대전 중 미국의 프랭클린 루스벨트 대통령을 비난하고 이탈리아의 무솔리니 파시스트 정권을

---

1) 엘리엇과 파운드는 가장 대표적인 모더니즘 시인이라고 일컬어지는데, 아이러니하게도 그들은 전통을 중시하고 '현대성'에 대해 누구보다도 더 철저하게 적대적인 입장을 취했다. 그런 점에서 그들은 모더니스트인 동시에 또한 '반현대주의자'라고 할 수도 있다.

지지한 반미 행위로 인해 반역죄로 기소되어 세인트 엘리자베스 정신병원에 감금된다. 평생 동안 끊임없이 시와 예술, 정치와 경제, 그리고 서구 문명 자체에 대해 적극적으로 발언했던 그는 동료 문인들의 끈질긴 탄원으로 1958년 반역죄에 대한 기소중지 결정을 받아 정신병원에서 풀려난다. 하지만 그는 망명길에 오르면서까지 "미국은 하나의 거대한 정신병원"이라고 미국을 비난했다. 그는 전쟁 전에 거주하던 이탈리아로 돌아가 1972년 죽기까지 마지막 10년 동안 거의 완전한 침묵 상태를 유지했다. 수많은 시인들 중에서 파운드만큼 굴곡이 많은 삶을 산 시인을 찾아보기 힘들 것이다.

시인으로서 파운드의 가장 큰 시적·정치적 실천은 현대 서구 문명에 대한 준열한 비판이다. 기본적으로 그는 현대 서구 사회가 심각한 위기에 처해 있다고 파악했다. 그가 생각하기에 현대 서구 사회의 위기는 부분적, 피상적, 일시적이지 않고 총체적, 근원적, 장기적이었다. 그 위기를 초래한 근본적인 원인은 현대 서구 문명을 태동시킨 '현대성' 그 자체였다. 그는 현대 서구 사회의 위기의 구체적 원인으로 자유민주주의, 자본주의, 기독교를 꼽았다. 그가 생각하기에 자유민주주의, 자본주의, 기독교는 각각 정치적·경제적·종교적 측면에서 현대성의 핵심 이념으로서 현대 서구 문명을 태동시킨 동시에 서구 사회의 타락을 초래했다. 이 글에서는 주로 파운드의 현대성 비판과 그 한계를 살펴보려 한다.

2.

먼저 파운드의 자유민주주의 비판이다. 주지하듯, 자유민주주의는 서구 사회의 현대화 과정에서 결코 간과할 수 없는 핵심 개념이다. 그는 자유민주주의에 대해 시종일관 부정적인 입장을 취했다. 왜냐하면 그가 생각하기에 자유민주주의는 사람들에게 평등의 이념을 무분별하게 주지시킴으로써 무질서와 혼란을 초래했기 때문이다. 현대 민주주의 사회는 평등 사회의 건설이라고 하는 자유민주주의의 이상을 구현하지 못하고, 오히려 과거 사회보다도 더 악화된 경제적 불평등을 배태했다. 기본적으로 자유민주주의는 '위계질서'에 바탕을 두고 있는 유기체적 사회를 이상으로 여기는 그의 엘리트적 성향과 충돌한다. 파운드는 인간은 기본적으로 그 능력과 역량에 있어서 동등하지 않다는 것을 믿는 엘리트주의자이기에 자유민주주의를 비판적으로 보았을 수도 있다.

파운드가 자유민주주의를 비판하는 또 다른 이유는 바로 자유민주주의의 중우정치화 가능성이다. 자유민주주의에 대한 그의 비판적 시각은 민주주의를 다소 회의적으로 보았던 아리스토텔레스의 태도를 떠올리게 한다. 일찍이 아리스토텔레스도 『정치학』에서 민주주의의 중우정치화를 경고한 바 있다. 하지만 아리스토텔레스가 경고한 민주주의의 중우정치화와 파운드가 말하는 민주주의의 중우정치화는 본질적으로 다르다. 아리스토텔레스가 지적한 민주주의의 중우정치화는 선동정치가, 즉 민중주의자에 의한 여론의 오도와 왜곡이다. 반면 파운드는 자유민주주의 정치 체제의 핵심 개념이라고 할 수 있는 자유와 평등 자체를 부정하고 비판했다.

주지하듯, 자유민주주의는 모든 국민들이 정치에 참여해서 대표자를 뽑고, 그렇게 선출된 대표자들에 의해 의사 결정이 이루어지는 자유와 평등에 입각한 정치 체제다. 하지만 파운드는 자유와 평등을 기본으로 하는 이런 정치 체제 자체에 문제가 있다고 보았다. 자유민주주의 사회에서는 국민 각자의 능력이나 재능과 관계없이 1인 1표에 의해 대표가 선출된다. 그는 이렇게 선출된 대표자가 사회 구성체를 올바르게 이끌어갈 만한 능력이나 재능을 가진 인물이 될 수 없다고 생각했다.[2] 그는 자유민주주의 정치 체제에서는 무능한 인물도 국민의 대표로 선출될 수 있다는 점을 우려했다. 자유민주주의에 대한 파운드의 회의적인 태도는 그의 시 「휴 셀윈 모벌리」(1920)에 잘 나타난다.

목신의 고기는 우리 것이 아니고
성도의 환상도 또한 그러네.
우리는 성찬 대신에 언론을,
할례 대신에 선거권을 가지네.

---

2) 파운드는 또한 자유민주주의의 비판을 통해 '민중주의'의 위험성, 즉 지도자가 대중의 인기에 영합해 올바르게 국민을 이끌지 못하게 됨을 경고했다. 그러나 파운드는 이렇게 민중주의의 위험성을 경고하면서도 민중주의의 대표적 지도자라고 할 수 있는 무솔리니와 히틀러 정권에 동조를 하는 모순을 범한다.

모든 사람들은 법 앞에 평등하네.
피지스트라투스에서 해방되어
악한이나 환관을 선출하여
우리를 지배토록 하네.

  파운드는 일반 대중들, 그가 생각하기에 지적 및 정신적 능력
이 모자라는 우중들에 의해 선출된 정치지도자를 "환관"에 비유
하며 자유와 평등, 특히 평등에 존립의 근거를 둔 자유민주주의
를 비판한다. 그가 생각하기에 거세를 당한 환관은 원초적 생명
력의 근원인 생식 능력을 상실한 존재인 만큼 창조적 에너지를
결여하고 있다. 그렇기 때문에 환관과 같은 인물에게 통치권을
위임하는 자유민주주의 사회는 열등한 사회로 전락할 수밖에
없다.
  파운드는 자유민주주의를 사람들에게 자유의 무한한 추구를
자극해 극도의 이기심을 고취하고 사회적 통합과 연대를 훼손시
키는 정치 제도로 간주했다. 그는 자유민주주의 사회에서 자유
는 인간들의 이기적 욕망의 추구를 확대 재생산하는 데 기여할
뿐만 아니라, 공공선에 위배되는 반사회적 행위를 정당화하기
위한 수단으로 악용될 소지가 있다고 보았다. 그는 자신의 욕망
을 달성하기 위해 타인을 억압하면서 이를 자유라는 이름으로
정당화하는 자유민주주주의를 비판했다.
  하지만 파운드의 자유민주주의 비판은 자기모순으로 점철된
다. 제2차 세계대전 당시 그는 미국과 교전 상태에 있던 이탈리

아의 수도 로마에서 전시 방송을 자청했다. 그는 미국 군인들을 대상으로 한 방송에서 자유민주주의의 모든 가치를 부정하는 무솔리니의 파시스트 정권은 그들이 싸워야 할 적국이 아니라고 강력하게 옹호했다. 반면 그는 자유민주주의의 수호자라고 할 수 있는 미국의 루스벨트 대통령을 강력하게 비난했다. 그런데 무솔리니의 파시스트 정권은 파운드만 몰랐을 뿐이지, 실상은 무자비하게 언론을 검열하고 탄압한 독재 정권이었다.[3]

파운드는 현대 서구 사회를 가차 없이 비판할 수 있는 행위 자체가 자유민주주의의 이념의 근간을 이루는 자유에 의해 보장된다는 사실을 간과하고 있다. 앞서 말했듯이 그는 제2차 세계대전이 끝난 뒤 반역죄로 기소를 당하고 구금된다. 하지만 미국의 검찰총장에게 보낸 편지에서 언론과 출판의 자유라는 이름으로 자신의 행위를 정당화한다. 이처럼 파운드는 언론의 자유를 탄압한 무솔리니를 옹호하면서, 동시에 언론의 자유를 주장하는 자기모순을 범하고 만다.

파운드는 자본주의에 대해서도 시종일관 부정적인 입장을 취했다. 그의 자본주의 비판은 자본주의 전반에 대한 비판이 아니

---

3) 파시즘은 우파 권위주의와 좌파 평등주의를 결합시키려는 시도로 시작되었고, 그 대안을 '국가'에서 찾았다. 파시즘은 현명한 지도자라는 인물 속에 국가라는 구체적 대상물을 창조해 냈고 지도자의 힘과 지도자에 대한 충성스러운 당원의 복종을 찬양했다. 파시즘에서 지도자라는 개인은 그 안에서의 반대하는 열망에 대한 구체적인 해결책이 된다. 즉 지도자는 '위대한 명령자', '신성한 범인'인 동시에 순수 의지의 외롭고 영웅적인 화신이다. 무솔리니의 파시즘은 "민주적인 권위주의"라고 할 수 있다. 다시 말하면 사회주의적인 평등주의와 보수적인 권위주의를 결합시킨 전혀 새로운 종류의 정치 이념으로 사회주의적이지도 보수주의적이지도 않고 또한 좌파도 우파도 아닌 독특한 자기 파괴적 성향을 갖는다.

라 주로 화폐의 신용과 통화 문제에 대한 비판으로 국한된다. 특히 그의 자본주의에 대한 비판은 어떤 문제에 대한 그의 전형적인 문제 접근 방식을 잘 보여준다. 그는 복잡하고 어려운 문제에 접근할 때 문제 전반을 다루거나 아니면 개별 사안을 총체적으로 다루는 것이 아니라 자기가 판단하기에 문제의 핵심이라고 생각하는 것만을 집중적으로 다룬다. 논지 전개에 있어서도 그는 미리 결론을 내리고 그 결론에 부합하는 근거만을 추출하기 때문에 그의 주장은 성급한 일반화로 귀결된다. 따라서 그가 내린 결론과 그 결론을 뒷받침하는 근거가 상충하거나 맥락이 일치하지 않는 경우가 종종 발생한다.

파운드의 자본주의 비판은 자본주의가 인간성의 왜곡을 야기한다는 기본 인식에 그 토대를 두고 있다. 그는 자본주의가 은행가나 금융업자들의 사리사욕 추구를 강화하고 정당화한다고 생각했다. 그가 생각하기에 은행가와 금융업자들은 자본주의의 요체인 화폐의 공급과 유통을 담당하며 화폐에 관한 모든 정보를 독점해 사리사욕을 채운다. 은행가와 금융업자들에 대한 비판은 자본주의 전체에 대한 비판으로 확장되었다. 하지만 뒤에서 조금 더 자세히 살펴보겠지만 파운드의 자본주의 비판은 그의 다른 비판과 마찬가지로 논리적 근거가 다소 부족하고, 이는 결국 그의 현대성 비판에 대한 한계로 귀결된다.

파운드는 현대성의 또 다른 핵심 개념인 기독교에 대해서도 시종일관 부정적인 태도를 취했다. 그는 기독교 중에서 특히 프로테스탄티즘, 즉 개신교에 대해서 부정적인 태도를 취했다. 상대적으로 가톨릭에 대해서는 온건한 태도를 취했다. 사실 그의 종교적 편향은 두 종교의 기본적인 교리 차이에서 기인한다. 종교개혁과 종교 전쟁을 거치면서 프로테스탄티즘은 만인의 '평등'이라는 입장을 견지했다. 반면 가톨릭은 평등보다는 대체로 '위계질서'를 중시했다. 그는 프로테스탄티즘이 획일주의적인 편협성과 배타성을 주요 특징으로 한다고 보았다. 엘리트적 성향을 가진 파운드는 가톨릭에 대해서는 우호적이지만 프로테스탄티즘에 대해서는 시종일관 부정적인 태도를 취했다. 그가 가톨릭을 긍정적으로 본 또 다른 이유로 가톨릭이 고리대금업을 엄격히 제한했다는 사실 또한 빼놓을 수 없다. 따라서 이 글에서 파운드의 기독교 비판은 대체로 프로테스탄티즘에 국한된다.

파운드가 기독교에 대해 부정적 인식을 갖게 된 계기는 개인적인 경험에서 비롯한다. 그의 기독교에 대한 혐오는 펜실베이니아 대학에서 석사학위를 취득한 후 최초로 얻게 된 와바쉬대학교에서의 교수직 파면 사건과 관련이 있다. 처음부터 그의 자유분방한 행태에 반감을 가졌던 대학 당국은 그에게 해명할 기회조차 주지 않고 일방적으로 교수직에서 해임했다. 이 사건을 계기로 그는 기독교인들이 자신들의 도덕률 내지 교리를 타인들에게도 일방적으로 강요하는 획일주의적이며 편협한 종교인들이라는 생각을 갖게 되었고, 이는 기독교 자체에 대한 혐오와 비판으로 확장되었다.

파운드가 기독교를 부정적으로 본 이유는 무엇보다도 '고리대금업' 때문이었다. 그는 고리대금업을 모든 악의 근원이라고 간주했다. 기독교는 막스 베버의 예에서 보듯이 자본주의를 긍정했고 또 고리대금업에 대해 관용적인 태도를 취했다. 파운드는 고리대금업에 대한 기독교의 미온적 태도 때문에 기독교를 더욱 비판하고 혐오하게 되었다.[4] 그는 기독교가 고리대금업을 오히려 심화시켰다고 보았다. 그가 생각하기에 마르틴 루터나 장 칼뱅과 같은 종교개혁가들이 고리대금업에 대해 모호한 태도를 취해 결과적으로 부정적인 결과를 초래했다. 그들은 근면과 성실을 통한 부의 축적을 신의 은총의 증표로 주장함으로써, 그 당시만 해도 죄악시되던 인간의 재물 욕구에 묵시적으로 종교적 윤리적 정당성을 부여했다. 이로써 고리대금업자들은 자신들의 고리대금업 행위에 대해 죄의식을 덜 느끼게 되었으며, 이런 죄의식의 약화가 고리대금업의 활성화에 기여했다. 이처럼 파운드의 기독교 비판과 자본주의 비판은 서로 연동되어 있다.

파운드는 기독교가 묵인하고 인정한 고리대금업을 서구 문명의 타락을 가져온 주요한 원인이라고 생각했다. 그가 생각하기에 기독교가 고리대금업을 인정하기 전까지만 해도 서구 문명은 나름대로 건강함을 유지했다. 그러나 산업혁명 이후 자본주의가 본격적으로 시작되고, 농업사회에서 산업사회로 이행하는 과정에서 인간은 모든 가치의 원천인 노동과 자연의 분리를 겪게

---

4) 파운드와 엘리엇은 많은 문제들에서 생각이 비슷했다. 특히 현대인의 정신적 타락에 대해서는 더욱 그랬다. 하지만 문제의 해결 방식에 있어서 둘은 생각이 달랐다. 엘리엇이 르네상스 이후 대두한 인본주의를 그 원인으로 보고 기독교의 원죄사상을 강조하는 데 반해, 파운드는 물질에 대한 인간의 부당한 욕심을 지적하면서 기독교가 그것을 억제했다기보다는 조장했다고 비판했다.

된다. 그 결과 인간은 경제적 부의 온당한 원천인 자연으로부터 멀어져 인공적인 생산과정에서 일하게 되었다. 이처럼 자연과 멀어져 정당한 소득 이외의 것을 원하게 되었고, 급기야 노력 없이 막대한 돈을 금리 수입으로 사는 고리대금업이 생겨난 것이다. 파운드가 생각하기에 고리대금업은 인간의 자제하지 못하는 욕심과 같다. 그는 고리대금업이 현대 사회에서 지배적인 힘으로 작용한다고 간주하고, 그 폐해에 대해 『시편』 전반에 걸쳐 역설한다. 「시편 45」에는 고리대금업이 자연에 거역하여 발생시키는 온갖 사회악이 묘사된다.

> 고리대금 때문에 분명한 경계선이 사라지고
> 그리고 그 누구도 자신이 살 터전을 발견할 수 없네.
> 석공은 돌에서 떨어져 있고
> 직공은 직조기에서 떨어져 있네.
> 고리대금 때문에
> 양모는 시장에 나오지 않고
> 고리대금 때문에 양은 온갖 소득도 가져오지 못하네.
> 고디대금은 역병이네, 고리대금은
> 아가씨 손안의 바늘을 둔하게 만들고
> 방적공의 솜씨를 멈추게 하네.
> (…중략…)
> 고리대금은 정을 녹슬게 하고
> 그것은 기술과 장인(匠人)을 녹슬게 하고

그것은 직조기의 실을 갉아 먹네.

누구도 황금실을 무늬 속에 짜 넣는 것을 배우지 않네.

청금석(靑金石)이 고리대금에 의해 부식되고,

진홍색 천은 수놓은 데가 없고

취옥(翠玉)은 멤링을 발견하지 못하네.

고리대금은 자궁 속의 아이를 죽이고

그것은 젊은이의 구애를 멈추게 하고

그것은 잠자리에 마비를 가져오고

젊은 신부와 그녀의 신랑 사이에 눕네.

자연에 거역해서

그들은 엘레시우스에 창부를 가져왔고

시체들이 고리대금의 명령으로

연회에 오르네.

파운드가 기독교를 비판하는 가장 큰 이유는 현대 서구 사회에 끼친 바로 이러한 악영향 때문이다. 그는 공자의 『논어』를 시작으로 2500년에 이르는 동양과 서양의 문화사를 아우르는 『쿨처 안내』(1938)에서도 기독교가 끼친 악영향을 비판했다.

청교도는 타락한 변절자로서, 정신적 타락에 대한 그의 모든 생각은 성(性)이라는 하나의 상궤(常軌) 아래에서 분출된다. 단테의 지옥(또는 보편적인 지옥)에서 경계가 정해졌듯이, 악의 범위와 비율은 캘빈 또는 루터 교회에 의해 지워져버렸다. 나는 이교도들이 갑자기 또는 의식적으로 저주에 대한 그들의 생각을 끊어냈다고 말하는 게 아니다. 프로테스탄티즘의 영향은 가치를 말살하고, 등급과 눈금을 지웠다.

파운드가 생각하기에 기독교는 모든 윤리적인 문제를 성의 문제에 초점화하고 재단함으로써 현대 서구인들의 정신적 타락에 대한 의식을 약화시켰다. 또한 사람들을 단순히 '구제받은 자'와 '저주받은 자'로 이분화해 가치의 차별화와 위계화를 전제로 하는 가치 의식의 전도와 왜곡을 초래했다. 파운드가 프로테스탄티즘을 무정부적이고, 무책임하고, 반문명적인 종교라고 주장하는 것도 바로 이런 인식에 기인한다.

3.

파운드의 현대성 비판은 적지 않은 한계를 노정하고 있다. 우선 그의 현대성 비판이 지닌 기본적인 한계는 고도의 전문적 영역에의 그의 접근 방식이 지니고 있는 심각한 아마추어적 요소에서 비롯된다. 현대 서구 사회를 특징짓는 것은 사회 모든 부문에 걸친 고도의 전문화와 복잡화다. 따라서 이런 특징을 지닌 사회의 문제점을 적절하게 비판하기 위해서는 전문적이면서도 포괄적인 지식이 요구된다. 하지만 그는 그러한 비판을 수행할 만큼의 전문적인 지식을 갖추지 못했다. 그의 전문 지식의 결여는 두 가지 측면에서 문제를 야기했다. 첫째, 비판의 타당성을 약화시켰다. 비판이 타당성을 갖기 위해서는 정확성과 객관성을 지녀야 할 뿐 아니라 구체적인 근거에 따라야 한다. 그의 현대 서구 문명 비판은 이러한 기초적인 필수 요건을 결하고 있다. 둘째, 현대 사회의 제반 현상을 인식하고 파악하는 데 있어 편향적인 시각에서 접근하도록 했다. 전문지식의 결여에서 빚어진 그의 아마추어적 한계성은 특정 학자의 견해에 편향적으로 의존하는 결과를 초래했다. 이는 독학자인 그로서는 불가피한 것으로 볼 수도 있다. 하지만 그는 동일한 현상을 설명할 수 있는 다양한 견해가 있는데도 불구하고 특정인의 견해만을 수용하고 그것에 지나치게 의존하는 오류를 범했다. 단적인 예로 파운드는 자본주의를 비판하는 데 있어 클리포드 더글러스의 '사회신용론'과 실비오 게젤의 '화폐개혁론'에 지나치게 의존했다.5)

파운드의 현대성 비판의 문제점은 현대성을 극복하기 위해 그가 제시하는 방법과 내용에서도 발견된다. 그는 현대 사회가 안고 있는 모순과 병폐는 대체로 제도와 구조, 그리고 이를 떠받치고 있는 정신과 이념에서 비롯된다고 보았다. 그는 모순과 병

---

5) 더글러스에 따르면 자본주의 사회에서는 임금노동자의 구매력은 물가를 따르지 못한다. 즉 임금이 인상되면 물가 또한 오르는데 임금은 결코 물가를 따르지 못한다. 불가피하게 구매력이 따르지 못하는 상품을 만들게 되고, 그 과정에서 사용되지 않는 화폐가 축적된다. 따라서 물가와 구매력의 차이를 좁히기 위해서는 화폐의 국가 관리가 불가피하다. 바로 이 점이 더글러스의 사회신용론의 요체이다. 파운드는 문제에 대한 해결책으로 게젤의 화폐개혁론을 제시한다. 화폐 개혁론에 따르면 누구도 화폐를 오랜 기간 동안 소지할 수 없도록 일정한 기간마다 인지를 사서 붙여야만 한다. 그렇게 되면 사람들은 물품을 구매할 수밖에 없다. 결과적으로 경제 유통이 원활해지고, 인지 판매 수입은 부채를 완화시키는 데 이바지하고, 전반적으로 경제가 원활해진다.

폐를 극복하기 위한 방법으로 사회 제도와 구조의 개혁보다는 정치 지도자의 지도력을 최우선 순위에 두었다. 그는 무솔리니와 같은 이상적인 정치 지도자만이 현대 서구 사회가 안고 있는 모든 모순과 병폐를 극복할 수 있다고 실제로 믿었다. 그는 '질서의 의지'와 '권위의 표상'인 무솔리니야말로 소수의 이익을 위해서가 아니라 국민 전체의 이익과 복지를 위한 정책을 수립하고 실행에 옮길 수 있는 창조적이고 건설적인 지도자라고 간주했다. 하지만 그는 자아도취적인 영웅숭배에 사로잡힌 나머지 질서의 의지가 권력의 의지로, 카리스마적 권위가 자의적이고 전횡적인 독재 권력의 행사를 뒷받침하는 수단으로, 너무나 쉽게 변할 수 있다는 사실을 간과했다.

파운드는 파시즘을 전체주의 이데올로기로서 유교사상과 동일화했다. 유교사상은 자기수양과 사회질서를 핵심 이념으로 한다. 하지만 그는 이 두 가지 덕목을 균형 있게 수용하지 못하고 오직 질서유지라는 사회적인 덕목에만 치중했다. 그는 예술에 최고의 가치를 두고 예술 활동을 벌였지만 결국 실패했고 그 실패에 좌절했다. 그는 자신의 예술적 실패의 원인은 다름 아닌 예술과 문명의 타락, 더 나아가 사회의 타락 때문으로 보았다. 그 타락의 근본적인 원인은 고리대금업에 있다. 고리대금업을 사회의 타락과 혼란을 초래하는 주범으로 본 그는 극복의 가능성을 유교의 질서관에서 찾았고, 혼란한 사회에 질서를 가져올 인물로 무솔리니를 꼽았다. 요컨대 그는 질서유지와 자기수양을 선택의 관점에서 보았고, 그 가운데 질서유지를 택했다. 바로 이 점은 파시즘과 유교사상에 대한 그의 인식의 한계를 잘 보여준다.

그러나 파운드의 현대성 비판의 한계는 더욱 근본적인 요인, 즉 그의 사고방식에서 비롯된다. 그는 어떤 대상 또는 현상을 인식하고 파악하는 데 있어서 항상 상호 대립적인 관점에서 인식하고 파악하는 경향이 있다. 물론 이와 같은 이분법적 사고방식은 인간의 보편적인 사고방식이기 때문에 특별하다고 말할 수 없을지 모른다. 하지만 그의 이분법적 사고방식은 개인적인 성향의 차원을 넘어서 그의 전 작품 세계에 그 구조적 및 주제적 통일성을 부여하는 형성적 요소로 작용하기 때문에 특별하고 중요하다.

파운드의 이분법적 사고는 특히 그의 예술관과 정치사상에서 두드러진다. 시적 방법론의 모색과 역사와 문화의 탐색이 그의 시학과 정치학의 구조와 주제에 통일성을 부여한다면, 이분법적 사고방식은 그것들에 통일성을 부여한다. 그의 시학과 정치학에서 우리가 자주 접하게 되는 대표적인 대립 항은 문명/야만, 중심/주변, 되어감/있음, 구체/추상, 역동적/정체적, 유기적/기계적, 이교주의/기독교, 신비주의/합리주의, 봉건주의/자본주의, 귀족주의/자유민주주의 등이다.

각각의 대립 항은 파운드의 이분법적 사고방식이라는 기계적 틀 안에서 독립적으로 기능하기보다는 서로 유기적으로 연관되어 기능한다. 그의 시적 방법론의 모색과 역사와 문화의 탐색은 그가 설정한 이분법적 대립 항 가운데 그 자신이 좋은 것으로 여기는 대립 항을 따른다. 이 대립 항의 설정은 모색과 탐색으로 특징되는 그의 탐구 정신에 의해 추동되는 탈출과 추구의 형태로 나타난다. 한편으로 반야만 국가로부터의 탈출과 문화 국가의 추구의 형태로, 다른 한편으로는 주변으로부터의 탈출과 중심의 추구의 형태로 나타난다.

먼저 반야만 국가로부터의 탈출과 문화 국가의 추구에 대해 살펴보자. 파운드는 미국을 반야만 사회로 규정하고 문명을 찾아 유럽으로 떠난다. 이때 그가 미국을 반야만 사회로 규정하면서 근거로 내세운 것은 다름 아닌 미국의 문학적 및 예술적 불모성이다. 앞서 살펴 본 「휴 셀윈 모벌리」에는 문학적으로 예술적으로 불모의 사회인 미국 사회에서 예술가가 느끼는 좌절감과 소외의식이 잘 나타나 있다.

> 삼 년 동안 시대에 맞지 않게
> 그는 죽은 시 예술을 되살리려고
> 노력했네, 옛 뜻대로 '숭고함'을
> 유지하려고. 처음부터 잘못이었네.
>
> 아니, 아냐, 그는 시대에 맞지 않게
> 반 야만국에서 태어났고, 상수리에서
> 백합을 피우려고 골똘했음을 알게 되었네.
> 카파네우스, 거짓 미끼에 걸린 송어.

파운드가 미국을 반야만 사회로 규정하는 또 다른 근거는 동시대 미국 사회의 종교적·윤리적 '지방주의'다. 사전적으로 지방주의는 제1차 세계대전 이후 지역적 특성을 강조하며 미국 고유의 전통과 문화를 추구하려고 한 문학운동 또는 그 경향을 가리킨다. 하지만 넓은 의미로 볼 때 지방주의는 그 당시까지 동부를 중심으로 한 미국 문학을 중서부, 남부, 서부 등 각각 해당 지역을 기반으로 창작활동을 전개하여 오늘날과 같은 세계적인 수준에까지 끌어올린 미국 문학 전체를 가리킨다.

미국의 지방주의 문학은 1920년대부터 1930년대 말까지 전성기를 이루었으며, 미국 문학을 세계적 수준까지 높이는 데 큰 역할을 했다. 그러나 제2차 세계대전 이후 지방주의 작가들이 자취를 감추게 되었다. 지역 간 차이가 축소되고 사회가 획일화되면서 지방주의는 그 세력을 상실하게 되었다. 지방주의는 다른 문예 사조 또는 시대정신이 그런 것처럼 긍정적인 면과 부정적인 면 모두 갖고 있다. 하지만 파운드는 지방주의의 부정적인 측면, 즉 배타성과 획일성만 주목하고 미국 사회를 반야만 사회로 일반화했다. 미국 사회에 대한 이러한 부정적 인식은 그가 미국을 떠나게 되는 직접적인 원인으로 작용한다.

반야만 국가로부터의 탈출과 문명국가의 추구와 마찬가지로 파운드의 이분법적 사고방식을 극명하게 보여주는 것은 중심과 주변의 대립이다. 그의 이분법적 사고방식은 세계의 예술과 문학에서 미국의 예술과 문학이 차지하는 위상에 대한 그의 설명에 잘 나타나 있다. 그는 세계의 예술과 문학에서 미국의 위치가 상대적으로 세네카 시대 스페인이 차지했던 위치와 같다고 보았다. 미국은 동쪽의 수도에 한두 명의 저명한 예술가를 보냈던 서쪽의 변방에 불과하다. 그가 생각하는 동쪽의 수도는 두말할 나위 없이 로마가 아닌 런던과 파리 등 유럽의 도시들이다.

변방과 수도와 같은 단어들에서 알 수 있듯이, 파운드의 사고 및 의식에서 미국은 문화적 주변이며 영국과 프랑스는 문화적 중심이다. 이러한 문화적 중심 대 주변의 대비는 그 양자를 가르는 준거가 문예 수준이라는 점에서, 앞에서 언급한 문명 대 야만이라는 대비와 서로 중첩된다. 그의 시적 방법의 모색과 문화와 역사의 탐색을 특징짓는 탈출과 추구의 행태는 반야만적 문화 주변부 사회로부터의 탈출과 문화적 중심부 사회로의 추구라는 행태를 띤다.

파운드를 특징짓는 그의 이분법적 사고방식은 사실 몇 가지 자체적인 문제점을 노정하고 있다. 우선 사고의 경직성이다. 그는 이분법적 사고방식에 따라 어떤 대상이나 현상을 명쾌하게 구분 짓고 양자에 대해 좋고 싫음을 강하고 분명하게 표명한다. 이는 간단명료한 것을 선호하는 그의 직설적이고 단순한 성격에 기인한다고 볼 수 있다. 하지만 그의 이런 경직된 이분법적 사고는 현대성의 모든 이념 및 가치 가운데 취할 만한 것이 있는지에 대한 관심 자체를 미리 차단하고 봉쇄하는 결과를 초래했다. 그의 이분법적 사고방식은 또 다른 문제점을 안고 있다. 그의 이분법적 사고방식을 특징짓는 주요 대립 항 가운데 이교주의/기독교, 신비주의/합리주의, 봉건주의/자본주의, 귀족주의/자유민주주의 등에서 볼 수 있듯이, 그의 이분법적 사고방식에서는 시대착오적 성향이 엿보인다. 그의 시대착오적 성향은 그의 현대성 비판의 한계를 이루는 핵심 요소가 된다.

파운드는 현대성을 비판할 때 항상 서구 사회가 현대화하기 시작한 르네상스를 기준으로 그 이후 서구 사회가 채택한 주요 가치와 이념을 거부하고, 그 이전에 서구 사회를 지배했던 가치와 이념을 중시했다. 그가 생각하기에, 서구 사회가 현대화하는 과정에서 그 현대화를 이념적으로 뒷받침한 모든 이념은 우세종이 되었고 그것에 방해가 된다고 여겨지는 이념은 점차 도태되었다. 현대화에 방해가 되는 신비주의, 이교주의, 봉건주의, 그리고 귀족주의는 억압당하거나 주변으로 밀려났다. 특히 현대화를 뒷받침한 합리주의, 자본주의, 그리고 자유민주주의는 중심의 지위를 차지하게 되었다. 그는 이 양자 사이에서 지위의 역전 또는 관계의 왜곡을 현대 서구 사회가 안고 있는 모든 병리 현상과 동시에 현대 서구 문명이 처해 있는 붕괴 위기의 근본적 원인으로 보았다. 문제에 대한 해결책으로 그는 현대화 과정에서 억압당하거나 주변으로 밀려난 신비주의, 이교주의, 봉건주의, 그리고 귀족주의의 현대적인 재수용을 제시했다.

바로 이 때문에 파운드에게도 엘리엇과 마찬가지로 모더니스트의 전형적인 특징으로 언급되는 '시적 비전과 정치적 실천 사이의 괴리'가 노정된다는 지적이 뒤따른다. 그는 한편으로 시의 구조 및 형식에 있어서 전위적인 실험을 시도하는 급진주의적인 입장을 취하는 동시에, 다른 한편으로는 이와 모순되는 시대착오적이고 반동주의적인 정치적 태도를 견지했다. 더 나아가 자신의 그런 정치적 태도를 시적·정치적 실천을 통해 적극적으로 개진하고 표명했다. 파운드의 현대성 비판의 한계는 바로 이 지점으로 수렴된다.

4.

지금까지 살펴보았듯이 파운드의 시적·정치적 실천이 추구하는 목표 중의 하나는 현대 서구 사회 문명의 비판이다. 그 비판의 중심에는 오늘날 최대의 예술적·문화적 논쟁의 주요 대상이라고 할 수 있는 '현대성'이 자리 잡고 있다. 그의 시적·정치적 실천의 기저에는 그 자신이 심각한 위기 상황에 처해 있다고 진단한 현대 서구 사회 문명의 위기의 성격을 어떻게 이해할 것이며, 그 위기를 어떻게 극복할 것인가에 대한 진지한 문제의식이 놓여 있다. 그는 현대 서구 사회가 안고 있는 병리 현상의 근본적 원인으로 현대성을 지적했고, 현대성의 핵심 이념인 자유민주주의, 자본주의, 기독교 등 현대성의 핵심적인 개념과 가치를 부정하고 비판한 반현대주의자였다. 그렇기 때문에 파운드를 모더니즘 시인이라고 부르는 것 자체가 아이러니일 수도 있다.

반현대주의자로서 파운드의 현대성 비판은 일정한 한계와 자기모순을 노정한다. 그 한계와 자기모순 가운데 일부는 그의 개인적인 성격에서 연유하고, 또 다른 일부는 그의 전문성의 결여와 능력의 한계에서 기인한다. 그의 현대성 비판은 비록 엄격한 이론적 일관성과 논리적 정합성이 다소 결여되어 있지만, 현대성의 핵심 이념인 자유민주주의, 자본주의, 기독교의 문제점을 날카롭게 지적하고 비판하고 있다는 점에서 유의미하다. 그의 자유민주주의의 중우정치화, 자본주의적 사고의 확산에 의한 공정가격 개념의 훼손, 기독교의 획일주의적 편협성과 배타성 비판은 현재까지도 유효하다고 말할 수 있다. 즉 현대성의 핵심 이념과 가치를 비판하면서 문예부흥 및 이상적인 정치 공동체의 건설을 위해 애쓴 그의 열정과 헌신적인 노력만큼은 마땅히 인정되어야 한다.

그럼에도 불구하고 파운드의 엘리트 의식과 무솔리니를 지지한 그의 정치적 행동은 이해하기 어렵고 쉽게 납득되지 않는다. 그는 유교사상을 무솔리니의 파시즘이라는 정치 이데올로기를 옹호하는 전체주의 원리로 원용했다. 그의 엘리트 의식과 편향된 서구적 시각은 유교사상에 대한 올바른 이해를 방해했고 폭압적인 전체주의 이데올로기의 숭배로 귀결되었다. 결론적으로 말해 이미지즘과 보티시즘 운동을 전개한 모더니즘 시인으로서의 파운드와 파시스트를 숭배한 엘리트주의자로서의 파운드의 괴리는 너무나 크고, 그렇기 때문에 더욱 혼란스럽다.

그래도 희망은 있다

1.

　'코로나바이러스감염증-19(COVID-19)'(이하 코로나)라는 사상 초유의 재난이 2020년을 덮쳤다. 그 코로나는 지금도 여전히 진행 중이다. 얼마 전부터 백신 접종이 시작되었고 올해가 가기전 접종이 끝나면 집단 면역이 가능하다는 긍정적인 이야기도 들리지만, 미래의 일은 그 누구도 장담할 수 없다. 누군가는 코로나를 전무후무의 재난이라고 했지만 이와 비슷한 재난이 앞으로 또 없을 것이라고 단언할 수 없기 때문에 전무후무라는 단어는 부적확할 수도 있다. 어쩌면 그 출처를 정확히 알 수는 없지만, '새로운 처음'이라는 용어가 현재의 코로나 상황을 더 적절하게 설명하고 있는지도 모른다.

한마디로 말해 코로나는 우리의 일상을 완전히 뒤흔들어 놓았다. 정부에서는 사회적 거리두기 단계 격상으로 대면 접촉을 규제했다. 정부의 규제가 아니더라도 사람들은 자발적으로 모임을 자제했다. 특히 많은 사람들이 모이는 행사나 모임은 취소되거나 아니면 잠정적으로 연기되었다. 소규모로 모임을 갖더라도 그 횟수와 강도는 예전 같지 않다. 사람들은 모임을 갖더라도 일찍 끝나거나 모임에서도 가급적이면 서로 거리를 둔다. 모두 혹시나 하는 마음으로 조심한다.

누구나 그렇겠지만 코로나 이후, 지난 1년을 돌이켜보면 개인적으로 많은 변화가 있었다. 무엇보다도 코로나 때문에 학교에 가지 못했다. 돌이켜보면 지난 이십 년 가까이 선생이라는 직업 탓에 늘 학교라는 공간에 머물렀다. 남들보다 늦게까지 대학원을 다녔기 때문에 학교에서 보낸 기간은 그보다 훨씬 더 길다. 학교는 삶에서 가장 익숙한 공간이었고 학교 가는 것은 너무나도 당연한 일상이었다. 그런데 그 일상이 깨졌다. 바로 코로나 때문에 말이다.

사실 교실에서 학생을 만나는 게 늘 즐겁고 행복한 것은 아니었지만 학교는 삶의 큰 부분이자 일상이었다. 세상이 바뀌어도 학생과 선생이 교실에서 만나는 일만큼은 당분간 바뀌지 않으리라 생각했다. 설령 바뀌더라도 그것은 지금 당장이 아닌 먼 훗날의 이야기일 것이라고만 생각했다. 그런데 아무런 준비도 되지 않은 상태에서 변화된 일상, 즉 학교에 가지 못하는 상황을 맞이해야만 했다. 처음에는 불안감보다는 당혹감이 앞섰다. 하지만 시간이 지나면서 어쩌면 이게 일시적인 재난이 아닐지도 모른다는 불안감이 당혹감을 넘어섰다.

가르치는 교과목이 이론 수업으로 범박하게 분류되기에 수업은 거의 비대면 온라인으로 진행했다. 처음에는 녹화 수업만 하다가 나중에는 실시간 수업과 녹화 수업을 병행했다. 배우는 학생이나 가르치는 선생이나 온라인 수업이라는 것을 처음 해보기 때문에 예상치 못한 여러 가지 문제가 발생했지만 운 좋게도 대부분 사소한 문제라서 무사히 잘 넘어갔다. 지난 1년을 돌이켜보면 온라인 수업을 남들보다 잘했다고 감히 말할 수 없다. 큰 사고 없이 무사히 잘 넘어간 것은 모두 학생들의 너그러움 덕분이다. 이는 결코 빈말이 아니다. 말도 안 되는 수업을 끝까지 참고 들어준 학생들에게 고마울 따름이다.

그런데 코로나 때문이라고 말해야 할지 아니면 덕분이라고 말해야 할지 모르겠지만 코로나로 꽤 많은 시간이 생겼다. 개인적으로는 크게 좋아하는 것도 없고 남들보다 특별하게 잘하는 것도 없다. 게다가 열정과 의욕이 남들보다 한참 부족해 어떤 일을 오랫동안 꾸준하게 잘하지 못한다. 다룰 수 있는 악기도 없고 잘하는 운동도 없다. 누가 보더라도 참 건조하고 한심한 인생이다. 그나마 꽤 오랫동안 꾸준히 하는 일을 하나 꼽으라면 책을 읽고 읽은 책에 대해 쓰는 일이다. 신기하게도 거의 십 년 가까이 해오고 있다.

컴퓨터에 '최근에 읽은 책들'이라는 폴더를 만들고 거기에 매월 읽은 책의 목록을 정리했다. 처음 시작할 때에는 읽은 책마다 독후감 비슷한 걸 쓰기도 했다. 하지만 천성적으로 게으른 탓에 독후감 쓰기는 얼마 가지 못했고 대신 그때그때 읽은 책의 목록만 정리했다. 그래도 간혹 생각이 떠오를 때는 말도 안 되는 글을 끼적거렸다. 그렇게 끼적거린 글들은 나중에 읽어보면 말도 안 되는 엉망투성이다. 그런데 솔직히 고백하면 졸저 『무한독서』 (2019)와 『조금 삐딱한 책읽기』(2020), 『미래는 꿈꾸는 대로 온다』 (2021)는 모두 이 조잡하고 하찮은 엉망투성이의 글에서 출발했다. '코로나, 그 후 1년'을 맞이하며 '최근에 읽은 책들' 가운데 기억에 남는 책 몇 권과 그에 따른 몇 가지 단상을 함께 풀어 보려 한다.

2.

먼저 잠바티스타 비코의 『새로운 학문』(1725)이다. 이 책을 처음 읽었을 때는 아직 코로나가 대유행하기 전이었다. 이 책에서 저자는 '사이언스'를 좁은 의미로서 과학이 아니라 학문이라는 보다 넓은 개념으로 사용한다. 그는 인류의 문명의 발달 과정을 효과적으로 설명하기 위해 한 그림을 인용하고, 그 그림을 통해 인류 문명의 발달 과정을 자연철학의 관점이 아니라 형이상학적인 관점으로 도식화한다. 한마디로 말해 이 책은 인류 문명의 발달 과정을 톺아보고 그에 따른 학문의 탄생 과정을 기술하고 있다.

『새로운 학문』은 책의 분량도 상당하고 다루는 주제도 광범위하기 때문에 책 내용 또는 저자 비코의 의도를 정확하게 파악하기 어려웠다. 그래서 한동안 이 책을 잊고 지냈다. 그러다가 얼마 전 앤토니어 수전 바이어트의 소설 『소유』(1990)를 읽다가 비코라는 이름을 다시 접하게 되었다. 단도직입적으로 말해 역사학자인 비코가 생각한 새로운 학문은 아마도 '역사학'이었을 것이다. 『새로운 학문』의 옮긴이는 비코를 가리켜 17세기 말 18세기 초 르네 데카르트와 아이작 뉴턴의 영향 아래 모두가 수학적으로 말하고 자연과학적으로 생각하며 역사학은 물론 인문학 전체를 낮춰 평가하던 시대에 인간에 대해 이야기하는 역사학을 옹호한 "역사학의 구세주"라고 평가한다.

기본적으로 비코는 역사학을 회의적으로 바라본 데카르트와 바뤼흐 스피노자에 대해 비판적이었다. 데카르트는 일찍이 『방법서설』(1637)에서 "무한하고 영원하며 불변하고 전지전능한 존재"라는 전통적인 신의 개념을 그대로 수용하며 신을 '완전한 존재'로 이해한다. 그가 말하는 완전한 존재가 한편으로는 모든 종류의 완전성을 다 가진 존재라는 점에서, 다른 한편으로는 각각의 종류의 완전성을 최고의 정도로 소유하고 있다는 점에서 완전한 존재다. 그는 신의 존재를 과학적으로 설명하려 했다. 스피노자는 "우주는 필연적 질서에 따라 움직이는 하나의 거대한 기계이며, 이 세상의 모든 일은 원인과 결과로서 필연적으로 서로 맺어져 있다"는 '결정론적 세계관'을 주장했고 일원론에 근거한 범신론적 세계관을 견지했다. 그에 따르면, 모든 세계의 모든 실체의 근원은 바로 신이다. 그렇기 때문에 그는 자연을 대상적인 물질로 치부하지 않고 모두가 신이 깃든 존재로 파악했다.

주지하듯 데카르트와 스피노자는 근대 학문의 선구자라 할 수 있을 정도로 수학, 자연과학, 철학 등 여러 분야에서 큰 업적을 남겼다. 특히 그들은 논리에 기반을 두어 전지전능한 신의 존재를 설명하려 했다. 그들이 생각하기에 자연은 신이 만들었기 때문에 그에 대한 궁극적인 지식은 오직 신에게만 가능하다. 그런데 비코는 인간 중심적 세계관을 지향한다. 자연은 신이 창조했는지 몰라도 인간 세계의 제도와 문물은 인간이 만들었기에 인간만이 알 수 있고 고칠 수 있다. 그는 인간이 만든 것을 인간이 알 수 있다는 원리에 바탕을 두고, 인간의 합당한 연구 대상은 인간의 사회와 인간의 역사라고 주장하면서 역사학을 포함한 인문학을 위한 기틀을 제공했다. 비코에게 "진리는 만들어진 것이다". 진리는 인간이 만든 것이기 때문에 마땅히 '인간'을 연구 대상으로 삼아야 한다.

서양에서 르네상스는 14세기부터 16세기까지 일어난 문화 운동으로 학문이나 예술의 부활 또는 재생을 의미한다. 다시 말하면 신 중심의 사상과 봉건 제도로 개인의 창조성을 억압하던 중세에서 벗어나 문화의 절정기였던 고대로 돌아가자는 운동이다. 르네상스 문화의 근본정신은 인문주의, 즉 '휴머니즘'이다. 그런데 여기서 말하는 휴머니즘은 엄밀하게 말하면 '후마니타스', 즉 인문학을 가리킨다. 휴머니즘은 인간의 개성을 존중하고 자유와 평등을 보장하는 정치 이념보다는, 신 중심의 세계관에서 인간 중심의 세계관으로의 '전회'를 의미했다. 그런 점에서 보았을 때 인간 중심적 세계관을 지향한 비코는 진정한 르네상스인이라 부를 수 있다. 하지만 비코 또한 데카르트나 스피노자가 그랬던 것처럼 신에서 완전히 벗어나지는 못하고 있다. 그렇기 때문에 그는 『새로운 학문』의 결론을 신의 섭리와 신의 은총에 대한 경배로 끝내고 있다.

집 근처 초등학교를 지나가다 정문에 '일상이 과학이다(Life is science)'라고 적힌 현수막을 보았다. 그 현수막이 가리키는 바는 단어 그대로 일상에서 과학의 탐구 정신을 찾고 기르자는 그런 의미일 것이다. 지금이야 '일상이 과학이다'라는 주장이 상식에 가깝지만 데카르트, 스피노자, 비코 등이 살던 시대에는 대단히 위험하고 불온한 생각이었다. 자칫하면 그것 때문에 교회에서 파문을 당하거나 목숨을 잃을 수도 있다. 그들은 자신의 목숨을 걸고 신학으로부터 과학 또는 학문을 분리했다. 그들이 신학으로부터 끈을 놓지 않았다고 그들을 비겁하다고 결코 비난할 수 없다.

서구 근대 역사는 '신 중심의 세계관에서 인간 중심의 세계관으로의 전환'으로 요약된다. 이를 신학과 과학의 분리라고 조금 다르게 말할 수도 있다. 계몽주의와 산업화를 거치며 정치와 종교의 분리, 신학과 과학의 분리는 이제 거의 상식으로 자리를 잡았다. 코로나 이전까지 이에 대해 크게 이의를 제기하지 않았다. 간혹 그런 일이 벌어진다고 하더라도 사람들은 이를 대수롭지 않게 여겼다. 그런데 코로나를 겪으며 몇몇 사람들이 과학을 신학과 다시 연결하려는 '음험한 시도'를 하고 있다. 조금 더 극단적으로 말하면 신학으로 과학에 맞서려하고 있다. 방역은 분명히 과학의 영역인데 이를 종교로 접근하려 한다. 오랜 기간에 걸쳐 아주 어렵게 과학이 신학으로부터 분리되었는데 이를 다시 통합시키려 한다. 더 나아가 과학을 신학으로 대체하려 한다.

'일상이 과학이다'라는 현수막을 보며 이런 일련의 시도에 대해 한편으로는 당혹스러움을 다른 한편으로는 불길함을 금할 수 없다. 다시 말하지만 일상이 과학이고, 과학이 일상이다. 혹시나 해서 말하지만 종교를 비난하거나 폄훼하는 게 결코 아니다. 당연한 말이지만 힘들고 불안한 일상을 살아가는 데 있어 종교가 가진 권능은 헤아릴 수 없을 정도로 위대하다. 어쩌면 종교의 권능을 논하는 그 자체가 불경이자 오만일 것이다. 과학은 결코 종교를 넘어설 수도 없고 대신할 수도 없다. 하지만 종교가 과학의 영역에 들어오거나 과학과 정면으로 맞설 때 우리가 가져야 할 태도는 명확하고 분명하다. 이는 양보하거나 타협할 수 있는 문제가 결코 아니다.

3.

코로나가 있기 전에는 간혹 지역 도서관이나 중·고등학교에서 독서 토론과 인문학 강좌를 진행했다. 대부분의 인문학 강좌는 특정 주제에 대한 주제 발표와 질의응답으로 진행된다. 질의응답에 할애된 시간이 충분치 않기도 하지만 질문이 많지 않기 때문에 강좌의 대부분은 주제 발표로 채워진다. 독서 토론의 경우는 조금 다르다. 먼저 진행자가 지정 도서와 작가에 대에 간단히 배경지식을 설명하면 참가자들이 돌아가며 책을 읽은 소감을 이야기한다.

토론 진행자마다 조금씩 다르겠지만 '배운 게 도둑질'이라고 책에 대해 잘 모르면서도 어쭙잖게 길고 재미없게 떠드는 편이다. 어떤 때는 주책없이 토론자들보다 더 많이 떠들어 토론 중에 혹은 토론이 끝난 뒤 가끔 민망하기도 하다. 사실 독서 토론의 진짜 즐거움은 예상치 못한 질문에서 비롯된다. 질문이 주제에서 벗어나거나 질문의 맥락이 실제와 달라 종종 당황하는 경우도 있지만 오히려 그 덕분에 신선한 지적 자극을 받는다. 개인적으로는 독서 토론을 하면서 그 점이 가장 좋다. 안타깝게도 코로나 때문에 거의 모든 독서 토론이 중단되었다.

그런데 다행스럽게도 근무하는 대학에서 학생들과 독서 클럽을 이어 가게 되었다. 전해 듣기로는 예년에는 오프라인으로 토론을 진행했는데 지난해부터 코로나 때문에 온라인으로 진행한다고 한다. 정규 수업에서 이미 줌과 그 밖의 비슷한 수업 도구를 통해 학생들을 실시간으로 만나기는 했지만, 정규 수업이 아닌 독서 토론에서 학생들을 온라인에서 실시간으로 만나게 될 것을 생각하니 설레고 긴장되었다. 학생들과 함께 읽고 토론한 책은 『술취한 코끼리 길들이기』(2008), 『프로이트의 의자』(2009), 『유투브는 책을 집어삼킬 것인가』(2020), 『공정하다는 착각』(2020)이다. 학생들이 투표를 통해 책들을 선정했고 토론 주제 또한 직접 정했다. 『공정하다는 착각』은 개인적인 관심 때문에 이미 읽었지만 나머지 책들은 독서 토론이 없었다면 아마도 읽지 않고 넘어갔을 책들이었다. 토론 때문에 읽었지만 그 덕분에 많고 다양한 생각을 하게 되었다.

사실 책을 읽다 보면 나름대로 취향이라는 게 생긴다. 취향은 선호 또는 호불호를 가리키기 때문에 나쁘게 말하면 취향은 편견과 일맥상통한다. 그런 개인적인 취향 때문인지 아니면 편견 때문인지 자기계발서나 자서전 등의 책을 잘 읽지 않는 편이다. 사회적으로 저명한 철학자나 종교지도자가 삶에 대해 이야기하는 책들도 읽지 않는다. 사실 '몰라서 못 하는 게 아니라 할 수 없기 때문에 못 하는 것이다'라는 핑계를 대며 그런 책들을 멀리해왔다. 그런데 '강제 독서'로 평소 잘 읽지 않는『술취한 코끼리 길들이기』와『프로이트의 의자』를 읽으며 새로운 깨달음을 얻었다.

『술취한 코끼리 길들이기』는 주로 '행복'에 대한 이야기다. 더 정확히 말하면 이 책은 '행복의 부재에 대한 슬픈 증명'의 이야기다. 티벳 불교 승려인 저자 아잔 브라흐마는 집착과 기대를 내려놓는 일이야말로 진정한 단맛에 이르는 출발점이라고 말한다. 그리고 인간의 가장 큰 어리석음은 삶이 영원히 지속될 것이라는 착각이라고 일갈한다. 살다 보면 행복을 갈망하던 마음이 오히려 독이 되어 고통스럽게 한다. 그 고통에서 벗어나기 위해 노력한다. 그 고통에서 벗어나기 위한 방법은 이론적으로 간단하다. 지금 하는 일에 최선을 다하고 이에 만족해야 한다. 다른 사람과 비교하지 말아야 한다. 무엇보다 행복이라는 결과보다도 행복으로 가는 과정 자체를 중요하게 여겨야 한다. 그런데 문제는 말처럼 행동이 쉽지 않다는 데 있다. 저자는 인간은 또 행복을 원하는 마음을 내려놓으면 정말 행복해질까? 혹은 행복을 원하는 마음이 세상을 더 행복하게 만드는 게 아닐까? 등 끊임없이 질문한다. 개인적으로는 이 모든 질문은 결국 현재에 대한 '불만'과 미래에 대한 '불안'에서 시작되는 것 같다.

원래 인간은 과거에 대해 후회하고 현재에 만족하지 않고 미래에 대해 불안해한다. 그럼에도 불구하고 혹은 그렇기 때문에 현재의 상황을 바꾸기를 꺼린다. 코로나는 한국 사회에 내재된 불만과 불안을 수면 위로 한껏 끌어올렸다. 출간된 지 십 년이 넘은 『프로이트의 의자』는 마치 십 년 후의 미래를 선취한 듯 현재의 한국 사회 또는 한국인의 불만과 불안의 양상과 그에 대한 원인을 세밀하게 살핀다. 요즘 우리 사회에는 학교폭력, 살인, 폭행, 동물학대 등 점점 더 폭력성이 고조되고 있다. '인간이 폭력적이냐 그렇지 않으냐'는 더 이상 논제가 아니다. 사람에게는 본질적으로 폭력적인 성향이 내재하고 있다고 상정하자. 그렇다면 논제는 '인간의 폭력성을 표출하느냐 억제하느냐'로 수렴된다. 현재에 대한 불만과 미래에 대한 불안은 폭력으로 연결된다. 폭력은 물리적인 폭력뿐만 아니라 언어폭력과 같은 상징 폭력으로 확장된다. 폭력은 혐오, 차별, 배제로 전화되고 개인적인 폭력은 사회 구조적인 폭력으로 발전하면서 정당화된다. 폭력은 주로 사회적인 약자에게로 향한다. 그런데 사회적 약자는 처음부터 규정되지 않는다. 누구든지 사회적 약자가 될 수 있고 곧 폭력의 피해자가 될 수 있다. 폭력의 가해자와 피해자를 막기 위해서는 폭력성을 다스려야 한다. 폭력을 다스리는 데 개인적인 노력으로 충분하지 않다. 사회적인 제도의 뒷받침과 공동체의 관심이 필요하다. 거듭 말하지만, 폭력은 현재에 대한 불만과 미래에 대한 불안에서 비롯된다.

4.

코로나는 대한민국 사회 곳곳에 응축된 불만을 한꺼번에 폭발시켰다. 불만은 사회 변혁의 원동력이라는 긍정적인 힘으로 작용하지만 때로는 사회의 갈등과 개인의 분노라는 부정적인 힘으로 작용하기도 한다. 지금 코로나가 가져온 불만은 후자에 가깝다. 코로나는 기성세대보다도 젊은 세대의 분노를 끌어냈는데, 젊은 세대들의 분노는 기성세대의 분노보다 훨씬 더 크고 휘발성이 강하다. 아주 어렸을 때부터 신자유주의를 내면화하며 경쟁에 내몰린 젊은 세대들은 현재에 대해 불만도 더 크고 미래에 대해 더 불안해한다. 한때 유행했던 '헬조선'이라는 단어는 그들이 느끼는 불만과 불안을 잘 예거한다.

젊은 세대들의 현재에 대한 불만과 미래에 대한 불안은 '정의'

와 '공정'의 문제로 곧장 연결된다. 최근 몇 년 동안 대한민국 사회를 가장 뜨겁게 달군 키워드를 꼽는다면 아마도 '정의'와 '공정'일 것이다. 그런데 문득 궁금해진다. '정의와 공정은 과연 객관적인 기준인가?' 한때 마이클 샌델이 『정의란 무엇인가』 (2008)라는 책을 통해 대한민국 사회에 '정의' 열풍을 불러일으킨 적이 있다. 이 책은 '정의(justice)'에 대한 '정의(definition)'를 내리기보다는, '무엇을 하는 게 올바른 것인가?'라는 책의 원제에서 알 수 있듯이 정의로운 행동의 본질에 대해 묻는다. 샌델은 이 책에서 정의 자체를 논하기보다는 정의의 구현을 위해 어떻게 토론을 해야 하는지 그 방법에 방점을 두고 있다.

샌델은 『공정하다는 착각』에서 '능력주의는 모두에게 같은 기회를 제공하는가?', '능력주의는 공정하게 작동하는가?' '공정함이 곧 정의인가?' 등과 같은 질문을 던진다. 그는 이 책에서 '능력주의가 과연 정의인가?'라고 질문한다. 그 질문에 대해 '아니다'라고 단호하게 말한다. 그는 능력주의를 하나에서 열까지 비판한다. 이 책의 옮긴이의 말처럼 "[능력주의를] 종교처럼 받들어온 참으로 보기 드문 나라"인 대한민국에서 능력주의를 이렇게 비판하니 당혹스럽기까지 하다. 우리나라에서는 아주 오랜 기간 동안 개인의 능력은 성실의 지표이자 성공의 보증수표로 통했다. 어쩌면 지금도 많은 사람들은 그렇게 믿고 있다. '정시 100%'나 '사시 부활' 등과 같은 주장은 능력주의를 옹호하는 단적인 예일 것이다. 다시 말하지만 샌델은 이 책에서 무자비한 능력주의의 덫을 해체한다.

샌델의 주장을 단순화하면 개인의 능력은 한마디로 '운'이다. 운이 좋은 사람이 운이 나쁜 사람을 비난하는 게 온당치 않은 것처럼, 능력이 뛰어난 사람이 그렇지 못한 사람을 비난하는 것 또한 온당치 않다. 운은 그냥 운일 뿐이다. 운이 좋은 사람은 운으로 얻은 재화를 운이 나쁜 사람에게 베풀어야 한다. 그래야 자신이 나중에 운이 안 좋을 때 운을 받을 수 있다. 흥미롭게도 '신자유주의의 대부'라고 할 수 있는 프리드리히 하이에크도 개인의 능력을 운으로 보았다. 하지만 그가 운을 해석하는 방식은 샌델과 정반대다. 운은 그냥 운일 뿐이기 때문에 운이 좋은 사람은 운으로 얻은 재화를 운이 나쁜 사람에게 베풀 필요가 전혀 없다. 개인의 운은 철저히 개인의 영역이다. 국가가 개인[시장]의 영역을 침범해서는 결코 안 된다. 그가 왜 그토록 국가가 시장에 개입하는 것을 반대하고 혐오했는지 조금은 이해가 간다.

능력주의에 대해 샌델과 하이에크의 주장 가운데 누구의 주장이 옳고 누구의 주장이 그른지 쉽게 판단할 수 없다. 사실 방점은 거기에 있지 않다. 겉으로 드러나는 능력보다 "지금은 그 너머를 볼 때다"라는 옮긴이의 말을 주목할 필요가 있다. "완벽한 사회는 아닐지언정 적어도 누군가를 부당하게 괴롭히지 않는 사회, 각자의 개성과 꿈이 세상의 현실과는 맞지 않는다는 말이 불편한 지혜가 되지 않는 사회를 만들 방법에 대해 우리는 다시 생각해야 한다"는 옮긴이의 말 또한 그냥 넘길 수가 없다. 이 말은 샌델의 주장과도 크게 다르지 않아 보인다.

잘 모르지만 인터넷상에서 정치적 입장에 따라, 세대에 따라,

성에 따라, 서로에게 '난독증이냐'며 댓글을 단다고 한다. 난독증은 상대방에게 읽고 쓰는 능력, 그중에서도 읽는 능력이 없다고 '딱지를 붙이는' 선언적 행위다. 이는 학술적으로 리터러시가 결여되었다는 선언과 다름이 없다. 독서의 장점은 일일이 열거할 수 없을 정도로 많다. 그중 하나만 들면 "아주 예외적으로 읽기를 반복할수록 자기가 대단하다고 생각하는 사람도 있지만 대다수의 사람은 읽으면 겸손해"진다는 점이다. 그런데 어떤 사람들은 자신이 읽은 책과 그것을 통해 알게 된 지식만을 세상의 전부라고 생각하고, 자신과 생각이 다른 사람들을 난독증 환자라고 규정한다.

『유투브는 책을 집어삼킬 것인가』에 따르면 리터러시는 사전적인 의미로 '읽고 쓰는 능력'이다. 어떤 글을 읽어 키운 능력을 다른 글을 읽을 때 자동으로 적용할 수 있는 능력이다. 하지만 다른 글에 적용하는 게 아니라 하나의 기준을 설정하고 모든 말과 글을 그 기준에 맞춘다. 그 기준에 맞으면 리터러시가 있는 것이고 그렇지 않으면 리터러시가 없는 것으로 간주한다. 하지만 진정한 리터러시 활동은 "어휘의 다양성이 아니라 의미의 다양성을 만들어가는 행위"이어야 한다. 리터러시는 혐오의 도구가 아니라 성찰의 도구가 되어야 한다. 이럴 때 앞에서 언급한 정의와 공정의 길, 더 나아가 좋은 삶의 길로 들어설 수 있다.

5.

코로나라는 재난을 겪으며 정의와 공정, 그리고 더 좋은 삶을 역설하는 게 순진하게 보일 수도 있다. 그 끝이 아직 보이지 않는 지금의 상황에서는 더욱 그럴 수 있다. 그 끝이 어디고, 그 끝이 언제 올 것이라고 말할 수 없지만, 인류의 역사를 되짚어 보면 그 끝은 결국 오기 마련이다. 그렇다면 끝이 온 다음에 다음을 맞이하기보다는 끝이 오기 전 다음을 준비해야 한다. 코로나를 계기로 시쳇말로 '역주행한' 책과 영화 들이 있다. 대표적으로 알베르 카뮈의 『페스트』(1947)와 영화 〈컨테이젼〉(2011)을 들 수 있다. 코로나가 처음 창궐했을 때 많은 이들은 코로나를 페스트와 비교했고, 코로나의 감염 경로가 〈컨테이젼〉의 감염 경로와 비슷하다고 말했다.

주지하듯 몽골에서 시작되었다고 알려진 페스트는 가공할만한 속도로 번져 1347년에 이탈리아를 거쳐 프랑스를 강타하였고, 이듬해인 1348년에는 북유럽까지 번졌다. 1349년에는 영국 전역을 휩쓸었다. 흑사병으로 전 유럽 인구의 약 30% 이상이 사망했다. 흑사병은 유럽의 경제, 사회, 정치, 가치관 등에 큰 영향을 미쳤다. 흑사병은 성직자들을 큰 폭으로 감소시켰고 그들의 인간적인 나약함을 분명하게 드러냈다. 적지 않은 성직자들이 도주했고, 더 나은 성직록을 차지하기 위해 치열하게 경쟁했으며, 돈에 대한 욕망을 노골적으로 표출했다. 성직자들의 불성실함과 빈번한 일탈 행위는 교회와 성직자의 권위를 떨어뜨려

반교권주의와 개혁적인 목소리들이 더 큰 반향을 얻을 수 있는 기반을 놓았다. 궁극적으로 흑사병은 기독교 중심의 중세 사회를 붕괴시키는 단초가 되었다.

흑사병 이전까지 유럽에서 농노는 매우 풍부한 자원이었고, 영주들은 값싼 농노를 이용해 부를 쌓았다. 하지만 흑사병으로 농노의 수가 급감하며 농노의 가치가 상승했다. 결국 영주들은 소중한 농노의 도주를 방지하고 더 많은 농노를 확보하기 위해 경쟁적으로 농노들에게 더 좋은 조건을 내걸기 시작했다. 이러한 변화는 그때까지의 엄격한 사회계층 구조에 새로운 움직임을 가져왔다. 흑사병이 만연하는 가운데 살아남은 농민들의 생활 조건은 오히려 유리해졌으며, 이를 이용해 지위 향상을 꾀하려는 농민들은 영주와 국왕의 억압에 대항하여 반란을 일으키기도 했다. 다시 말하자면 흑사병은 경제적으로 봉건제도의 붕괴를 가져왔고 시민 혁명과 르네상스의 씨앗을 형성했다.

코로나가 흑사병이 그랬던 것처럼 큰 사회적 구조의 변화를 가져올 것이라고 장담할 수 없다. 하지만 긍정적인 변화이든 부정적인 변화이든 간에 이미 코로나는 우리의 일상을 변화시켰고, 앞으로 더 많은 변화를 가져올 것이다. 어쩌면 우리는 모르는 사이 지금 그 변화에 적응해 가고 있는지 모른다. 그런 변화를 '새로운 뉴노멀'이라고 부를 수 있다. 2008년 세계 금융 위기 때의 '오래된 뉴노멀'이 어쩔 수 없이 받아들여야 했던 거라면 코로나가 가져왔고 앞으로 가져올 새로운 뉴노멀은 우리가 선택할 수 있다. 우리에게는 아직 희망이 있다. 물론 그 희망이 막연한 희망 사항이 되어서는 곤란하다. 희망은 오는 게 아니라 만드는 것이다. '최선을 기대하되 최악을 준비하라'는 경구를 그 희망에 돋을새김해 본다.

코로나, 그 후 1년을 책과 함께 보냈다. 앞서 말했듯이 잘하는 것도 없고 특별한 취미도 없어 책 보고 영화 보고 가끔 글을 쓰면서 코로나, 그 후의 1년을 견뎠다. 책을 읽으면 책 속에서 깨우침을 얻고 행동을 바꿔 삶을 변화시켜야 한다고 하는데, 실제로 그렇게 되고 있는지 잘 모르겠다. 아마 크게 바뀌지 않았을 것이다. 하지만 만일 책이 없었다면 지금의 일상은 훨씬 더 무너졌을 것이다. 상상할 수 없을 만큼 엉망이 되었을 것이다. 삶은 한편으로 즐기고 이끌어가는 것이지만 또 다른 한편으로는 버티고 견디는 것이다. 코로나 이후의 삶을 버티고 견디는 데 책과 영화는 내게 큰 도움이 되었다. 코로나 이후의 삶에서도 그럴 것 같다.

노마드, 재난의 현재인가 아니면 희망의 미래인가

1.

어느 나라의 역사든지 간에 결정적인 사건이 하나씩은 있기 마련이다. 누군가는 이런 결정적인 사건을 두고 역사의 변곡점이라고 부른다. 역사의 변곡점 가운데는 정치적으로 결정적인 사건도 있고 경제적으로 결정적인 사건도 있다. 결정적인 사건은 시대에 따라 다르고 나라에 따라 다르고 관점에 따라 다를수 있기에 명확하게 규정하기 어렵다. 그럼에도 불구하고 결정적인 사건들은 '흑역사' 또는 '결정적인 장면' 등 여러 다른 이름으로 불리며 사람들의 관심을 끈다.

정치적으로 결정적인 사건은 대체로 일회적이다. 즉 어느 정도 시간이 지나면 사람들은 그 사건을 잊고 마치 아무 일도 없었던 것처럼 예전의 일상으로 되돌아간다. 조금 더 정확하게 말하면 다른 정치적으로 결정적인 사건이 이전의 결정적인 사건을 밀어내거나 덮어버리기 때문에 사람들은 이전의 결정적인 사건을 잊어버린다. 하지만 경제적으로 결정적인 사건은 그렇지 않다. 시간이 지나면 지날수록 그 사건의 영향 또는 파장은 점점 넓어지고 깊어진다.

대표적으로 우리나라의 경우 1997년의 외환위기, 일명 'IMF 사태', 미국의 경우에는 2007년에서 2009년에 걸쳐 일어나 결국 '대침체'로 불리는 전 세계적 경제 위기를 몰고 온 '서브프라임 모기지 사태'가 실제로 그렇다. IMF 사태가 대한민국의 일상을 완전히 뒤집어 놓은 것처럼 서브프라임 모기지 사태 또한 미국의 일상을 완전히 뒤바꿔 놓았다. 그렇기 때문에 누군가는 미국의 역사는 서브프라임 모기지 사태 전과 후로 나뉜다고 말한다.

'서브프라임'은 미 방언협회가 선정한 '2007년의 단어'에 올랐다. 서브프라임은 원래 '기준 이하'라는 의미의 접두사 sub와 '최고'라는 뜻의 prime이 결합된 단어로 일상생활에서는 '변변찮은'이라는 뜻으로 사용되다가 서브프라임 모기지 사태에 대한 미국 사회의 우려를 반영한 단어로 그 의미가 확장되었다. 거듭 말하지만 서브프라임 모기지 사태는 미국의 일상에 큰 영향을 끼친 결정적인 사건이다.

시간이 꽤 지났지만 서브프라임 모기지 사태를 복기해 보자. 2000년대 초반 미국은 경제 부양책으로 초저금리 정책을 펼쳤다. 이에 따라 주택 융자 금리가 인하되자 대출을 받고 주택을 구입하는 사람들이 늘어났다. 주택 수요가 높아지자 부동산 가격은 당연히 급등했다. 저금리로 이자 수익이 적어지자 은행들은 수익을 내기 위해 저소득층의 상환 능력을 고려하지 않고 거의 모든 사람들, 심지어는 죽은 사람이나 반려동물의 명의로까지 대출을 해 주었다. 이 대출을 바탕으로 만들어진 것이 서브프라임 모기지 채권이었다. 이 채권은 수익률이 높은 상품으로 알려져 불티나게 팔려 나갔다. 누구도 견고한 주택시장에 위기가 올 거라고는 생각하지 않았다. 집이 필요하지 않은 사람은 없었고, 아무리 사정이 어려워도 어떻게든 할부금을 마련할 거라고 모두가 믿었다.

그러나 2004년, 미국의 연방준비제도, 즉 연준이 저금리 정책을 종료하면서 미국의 부동산 버블이 꺼지기 시작했다. 서브프라임 모기지론 금리가 올라갔고, 저소득층 대출자들은 원리금을 제대로 갚을 수 없게 되었다. 그럼에도 불구하고 잘 팔리는 상품을 판매해서 수익을 올리면 그만이었던 금융업계 종사자들은 주택시장에 버블이 존재한다는 사실도, 그것이 붕괴하고 있다는 사실도 인정하려 들지 않았다. 은행에서는 모기지 채권이 부실하다는 것을 알면서도 판매 수수료를 받아내기 위해 사태를 방치했다. 동시에 낮은 등급과 높은 등급의 채권을 섞는 방법으로 평균등급을 올린 부채담보부증권을 만들어 대규모로 팔아치웠다. 신용등급 평가 기관은 채권이 건전한지 제대로 평가하는 데 소홀했다. 모두가 눈앞의 이익만을 생각하는 가운데 이 거대한 사기극이 만들어 낸 위기는 필연적이었지만, 아무도 거기에 대비할 생각을 하지 않았다.

결국 2007년, 서브프라임 모기지론을 구매한 금융 기관들이 대출금 회수 불능 사태에 빠지기 시작했다. 은행들과 은행에 투자했던 기업들이 줄줄이 도산했다. 그리고 그 피해는 사정을 전혀 알지 못한 채 은행에 자산을 맡기고 주택 할부금을 내고 있던 사람들에게 고스란히 돌아왔다. 미국에서만 5조 달러 가량의 연금, 퇴직금, 저축이 증발했다. 2008년 기준으로 미국 내 주택 중 압류된 주택의 비율은 87퍼센트에 달했고, 사태가 진정되었을 무렵에는 미국인 가운데 약 800만 명이 일자리를 잃었고 600만 명이 집을 잃었다. 자신을 중산층으로 믿었던 이들은 집을 잃기 전까지 사회가 요구하는 대로 직장에서 열심히 일을 했고, 그랬기 때문에 자신의 노후와 자식들의 미래가 편할 것이라고 믿었다. 하지만 그들에게 보상을 해 주는 사람은 아무도 없었고, 결국 자신들의 집에서 쫓겨났다. 그들은 자신들의 의지와 상관없이 '집을 잃은 사람들', 즉 '홈리스'로 명명되었다.

2.

교과서적으로 말해 우리가 역사를 기록하고 배우는 이유는 똑같은 실수를 되풀이하지 않기 위해서다. 그러나 인간이기 때문에 똑같은 실수를 반복한다. 인간은 실수를 통해 배우는 것이 아니라 실수를 잊기 때문에, 아니 잊으려 하기 때문에, 똑같은 실수를 반복한다. 개인만 그런 게 아니라 국가 또한 마찬가지다. 제도가 잘 정비된 나라에서도 똑같은 실수를 반복한다. 그런데 첫 번째는 단어 그대로 실수지만, 두 번째는 실수가 아니라 의도된 또는 예측 가능한 재난 또는 재앙이다. 그리고 두 번째 실수 때 그 결과는 첫 번째 실수를 했을 때보다 참혹하다. 그 재앙은 어느 날 갑자기 찾아오는 게 아니라 그 재앙과 관련된 수많은 경미한 사고와 징후 뒤에 찾아온다. '세상에 우연한 재앙은 없다.'

서브프라임 모기지 사태는 일시적이고 우연한 재난이 아니라 그동안 차곡차곡 쌓여왔던 시스템의 해악이 한꺼번에 터져 나온 어쩌면 당연한 결과다. 그런데 더욱 놀라운 사실은 이런 대재앙 이후에도 미국의 경제 시스템에 전혀 변화가 없다는 점이다. 사회는 부유층이 더 부유해지는 쪽으로 제도를 운용하고, 때로는 암암리에 때로는 노골적으로 약자를 희생시키고 있다. 서브프라임 모기지 사태 이후 미국의 빈부 격차는 더욱 심화되었고 집값은 계속 상승했다. 반면 임금 수준은 제자리에 멈추거나 오히려 낮아졌다. 점점 더 많은 사람들이 자신이 하는 일로는 먹고 살 수 없는 처지로 내몰리고 있다.

시간을 더 과거로 돌려보면, 서브프라임 모기지 사태는 이미 예정되어 있었는지 모른다는 생각이 든다. 1930년대 미국은 경제 공황으로 유례없는 경제 침체기를 맞이한다. 경제 공황의 그 원인과 해결책에 대해서는 지금도 주장이 엇갈리지만, 경제 공황 직전의 '광란의 20년대'가 1930년대의 경제 공황을 가져왔다는 점에 대해서는 대체로 이견이 없다. 경제 공황 직후 미국은 규제를 강화하기 위해 업종별 칸막이를 두는 일명 '글라스-스티걸법'을 만들었다. 이에 따르면 투자은행만이 고위험 투자가 가능했다. 그러나 투자를 활성화시킨다는 명분으로 1999년 클린턴 행정부는 '그램-리치-블라일리법'을 만들어 업종별 칸막이를 없앴다. 그때는 이게 재앙의 단초가 될 것이라고 그 누구도 생각하지 못했다.

업종별 규제가 무너지자 온갖 파생 금융 상품들이 쏟아지기 시작했다. 주택담보채권, 자동차론, 학자금론 등 여러 채권을 묶은 부채담보부증권도 이 시기에 만들어졌다. 주로 투자은행들과 연기금들이 그 상품들을 샀다. 행여 부채담보부증권이 부실해질 위험에 대비해 보험 성격의 상품도 만들었다. 바로 '통화부도스와프'다. 보험사들은 이 상품을 팔고 대신 투자은행들에게 수수료를 받았다. 문제는 통화부도스와프가 단순 보험 상품이 아닌 파생금융상품이라 부채담보부증권이 없는 투자회사들도 보험료를 내고 통화부도스와프를 살 수 있었다. 만약 특정 부채담보부증권이 망하면 보험금을 같이 받는 형식이었다. 은행 대출채권이 투자은행을 지나 보험사까지 연결됐다. 그런데 은행 대출채권이 부실해졌다. 부채담보부증권을 산 투자은행이 무너졌고, 이어 부채담보부채권 보험금을 지급하려다 보니 보험사도 무너졌다. 금융위기는 상업은행, 투자은행, 보험사, 증권사 등 전 금융권을 휩쓰는 금융 쓰나미가 됐다. 그 금융 쓰나미는 미국을 지나 유럽과 아시아 등 전 세계로 퍼졌다.

3.

영화 〈빅쇼트〉(2015)는 세계 경제 쓰나미를 초래한 미국발 경제 위기를 다소 장황하면서도 쿨하게 그린다. 이 영화는 실화에 바탕을 두고 있다. 영화는 "곤경에 빠지는 것은 무엇을 몰라서가 아니라, 확실히 알고 있다는 생각에서 비롯된다"는 마크 트웨인의 유명한 경구로 시작한다. 트웨인은 이 경구를 통해 과도한 자기 확신은 재앙을 초래할 수 있다고 경고했다. 이 영화는 미국발 금융 위기는 자신이 속고 있다는 것을 모르고 있다는 사실, 즉 '무지'에서 비롯되었다고 말한다.

〈빅쇼트〉에서 천재적인 펀드 매니저 마이클 버리(크리스천 베일)는 미국 주택시장의 위험성을 간파하고 경고하지만, 아무도 그의 말을 귀담아듣지 않는다. 심지어 그에게 돈을 맡긴 투자자는 투자금을 회수하고 그를 고소하려 한다. 마이클이 한 금융기관을 찾아가 신용부도스와프를 만들어 달라고 부탁하자, 금융기관 관계자들은 그의 부탁대로 신용부도스와프를 만들어 팔면서도 그를 조롱한다. 하지만 재앙이 벌어지자 금융기관 관계자들은 그에게 신용부도스와프를 제발 팔라고 애걸복걸한다.[1]

서브프라임 모기지 사태를 다룬 또 다른 영화가 있는데, 바로 〈마진 콜: 24시간, 조작된 진실, 이하 마진 콜〉(2011)이다. 〈빅쇼트〉가 '금융위기가 어떻게 발생했는지'를 보여준다면 〈마진 콜〉

---

1) 영화 〈빅쇼트〉에 대한 설명은 윤정용, 『영화로 문학 읽기, 문학으로 세상 보기』, 고두미, 2018, 247~251쪽을 참고했음.

은 '금융위기가 발생했을 때 금융기관이 어떻게 했는지'를 보여
준다. 〈빅쇼트〉가 인간의 이기심이 원동력이 되어 놀라울 만한
성장을 이룬 자유시장 경제가 오히려 그 이기심 때문에 불행한
결말을 맞이하게 되는 과정을 촘촘히 따라간다면, 〈마진 콜〉은
탐욕 때문에 비극이 발생했을 때 인간의 탐욕이 어떻게 작동되
고, 탐욕이 끝에 다다랐을 때 그 결말은 어떤 비극으로 귀결되는
지를 보여준다.

영화 〈마진 콜〉의 내용은 다음과 같다. 금융위기가 터지기 하
루 전날, 금융위기 상황을 예측한 피터 설리번(재커리 퀸토)은 회
사에 보고한다. 회장을 비롯한 회사의 중역들은 도덕적인 길과
욕망의 길 가운데 선택의 갈림길에 놓여 있다. 그들이 어떤 선택
을 할지 우리는 이미 알고 있다. 그들은 회사가 살아남기 위해서,
아니 자신들이 살아남기 위해 보유하고 있는 부실 자산을 어느
정도의 손해를 감수하고서라도 매각하기로 결정한다. 그런데 그
들이 매각하려는 자산은 샘 로저스(케빈 스페이시)의 말처럼 '쓰
레기'나 다름이 없다. 그는 매각 결정을 최종적으로 승인한 존
털드(제러미 아이언스) 회장에게 "당신은 쓰레기를 파는 것입니
다"라고 말한다. 하지만 회장은 자신의 결정을 현명한 기업 활동
으로 정당화한다. 샘은 처음에는 도덕적인 양심 때문에 회사를
떠나려 하지만 그 또한 자신을 정당화하면서 결국 회사에 남는
다. 회장의 부실 자산 매각 결정과 샘의 회사 잔류 결정에는 공통
적으로 인간의 '욕망'이 작동한다. 그들뿐만 아니라 영화 속 그
누구도 마지막까지 욕망에서 벗어나지 못한다.

미국의 부동산 시장의 붕괴로 누군가는 막대한 손해를 보고, 누군가는 막대한 이익을 보고, 누군가는 집에서 혹은 직장에서 쫓겨난다. 하지만 이 사태에 대해 아무도 책임을 지지 않는다. 평소 정부를 향해 자신들의 경제활동에 대해 손을 떼라고 주장하던 월스트리트의 엘리트들은 금융위기가 발생하자 정부에 당당하게 구제금융을 요청한다. 정부는 그들이 원하는 대로 막대한 구제금융 자금을 투입한다. 월스트리트의 엘리트들은 집을 빼앗긴 노숙자에게 마땅히 지급되어야 할 실업급여, 건강보험료까지도 챙긴다. 그러면서 노숙자에게 주는 돈은 무의미하고 단지 버릇만 나빠지게 할 뿐이라는 '충고'(?) 또한 잊지 않는다.

놀라움을 넘어서 무서운 생각이 든다. 그래서 영화 〈빅쇼트〉나 〈마진 콜〉을 본 많은 사람들이 이 영화들을 공포영화라 했다. 왜냐하면 허구는 보통 보고 나면 끝이지만, 현실은 허구가 끝난 뒤 실제 고통과 비극이 시작되기 때문이다. 서브프라임 모기지 사태로 고통과 비극을 겪고 있는 사람들은 영화 속의 일자리를 잃고 월스트리트 건물을 빠져나가는 엘리트들이 아니다. 오히려 집을 빼앗기고 길거리로 내몰린 이들, 바로 우리가 '홈리스'라고 부르는 사람들이다. 영화 〈빅쇼트〉와 〈마진 콜〉은 의도와 관계없이 집을 빼앗긴 그들에게 시선을 주지 않는다.

4.

서브프라임 모기지 사태로 수많은 미국인들이 집을 잃었고 지금도 집을 잃고 있다. 서브프라임 모기지 사태는 십 년이 훨씬 더 지났지만 끝난 게 아니라 여전히 현재진행형이다. 앞에서 말했듯이 서브프라임 모기지 사태는 미국 역사에서 경제적으로 결정적인 사건이다. 피해자가 계속 발생하는데도 그 누구도 책임을 지지 않는다. 오히려 피해자인 그들이 비난을 받는다. 몇몇 정치인들은 서브프라임 모기지 사태를 경험하며 쌓인 국민들의 분노와 불만의 원인을 이민자와 유색인종 등 소수자들에게 돌린다. 그런데 몇몇 살아남은 사람들은 집값보다 높은 대출금을 갚으면서 남은 생을 보내는 일은 상상할 수 없다고 생각해 '자발적으로' 노마드가 되기를 선택한다. 그들은 스스로 이렇게 다짐한다. "우린 더 이상 이 게임 안 해."

미국의 점점 많은 주들이 차량에서 잠을 자는 행위를 불법으로 규정하고 있다. 미국에서는 기본적으로 주소가 없으면 실존하는 사람이 아니다. 그럼에도 불구하고 많은 미국인들은 자발적인 노마드를 선택한다. 자발적인 노마드의 리더라고 할 수 있는 밥 웰스는 정부가 주소를 통해 노마드를 통제하려 한다고 주장한다. 늘어가는 경찰의 단속과 행인들의 괴롭힘 때문에 노마드는 눈에 띄지 않도록 위장을 한다. 백인들은 그나마 안전하다. 노마드 중 백인이 많다는 사실, 바꿔 말하면 노마드 중 유색인종이 거의 없다는 사실은, 집이 없다는 것이 곧 범죄인 미국 사회에서 유색인종이 노마드로 살아간다는 것이 얼마나 어렵고 위험한 일인지를 역설한다.

서브프라임 모기지 사태로 미국의 경제는 총체적으로 실패했고, 아메리칸드림은 산산조각 났고, 중산층의 안정이라는 환상 역시 붕괴되었다. 이제 미국은 전 세계에서 가장 부유하면서도 가장 불평등한 국가가 되었다. 미국은 지구상에서 가장 부유한 국가지만, 국민들은 대체로 가난하며, 가난한 미국인들은 자기 자신을 싫어하도록 강요받는다. 부자들은 점점 더 부자가 되는 반면 가난한 사람들은 점점 가난해지고 있다. 가난한 사람들은 자기 자신을 조롱하고, 자신보다 잘사는 사람들을 예찬할 뿐이다.

제시카 브루더의 논픽션 『노마드랜드』(2017)는 노마드에 대한 역사적·경제적·사회적·문화적 고찰을 통해 미국의 현실을 다각도로 형상화한다. 저자는 노마드라는 새로운 부족으로 떠오른 개인들의 구체적인 일상에서 시작해, 그들의 존재 자체로 증거되는 미국 사회의 더 큰 부조리를 고발한다. 그들은 서부 개척 시대와 대공황 시대의 이주자도 아니고 히피도 아니다. 그들은 처음에는 어쩔 수 없이 집을 버리고 혹은 집을 잃고 노마드 생활을 시작했지만, 이후에는 린다 메이의 '어스십'이 예거하듯 자족적인 주택을 짓겠다는 꿈을 꾸고 있다.

저자 브루더는 노마드를 불행한 피해자 집단으로 일반화하지 않는다. 그녀는 그들과 수년간 함께 생활하면서 삶이 무너져 버린 것처럼 보이던 자리에서 생겨나는 새로운 목표와 소비문화의 속박에서 탈출해 자연을 벗 삼아 살아가는 자유와 평화를 형상화한다. 그녀는 가진 것을 최대한 활용하고 서로 도와가며 위기 한복판에서 '자급자족'의 공동체를 만들어가는 노마드의 생명력과 연대의식을 곡진하게 전한다. 노마드는 RV 주차장의 유료 구역에 딸린 수도와 하수도, 전기 설비에 의존하지 않고 자급자족하는 '분도킹'이라는 삶의 방식을 선택한다.

노마드는 각자의 얼굴만큼이나 자신들의 현재와 미래의 모습에 대해 구체적이고 입체적인 전망을 품고 있다. 그들은 자신들의 정체성을 '홈리스'가 아니라 '하우스리스'라고 분명하게 규정한다. 외부 사람들이 보았을 때 두 개념은 별 차이가 없어 보이지만 그들에게는 전혀 다르다. 홈리스는 집을 잃고 어쩔 수 없이 거리에서 살아가고 있지만 그들은 집만 없을 뿐 여전히 제도권 안에 머물고 있다. 반면 하우스리스는 자발적으로 집을 떠나 유랑이라는 삶의 방식을 선택했다. 따라서 하우스리스인 노마드는 기회가 온다고 하더라도 제도권 안으로 들어갈 생각이 없다. 그 때문에 저자는 노마드를 단순하게 동정하거나 연민하지 않는다.

서브프라임 모기지 사태 이후의 노마드는 그 이전의 노마드와 다르다. 이전의 노마드는 지금 당장은 아니더라도 언젠가는 다시 원상태로 돌아갈 수 있을 것이라는 희망을 품었다. 대표적인 예로 존 스타인벡의 『분노의 포도』(1939)에 나오는 조드 일가를 들 수 있다. 그들에게는 자신들을 전통적인 주거로 되돌려 놓아주고 최소한 아주 조금이나마 안정성을 회복시켜 줄 거라는 희망이 있었다. 하지만 서브프라임 모기지 사태 이후의 노마드는 자발적으로 노마드를 선택했기 때문에 그들의 떠돌이 생활은 영구적이다. 실제로 저자가 인터뷰한 대부분의 노마드는 다시 원래의 상태로 되돌아가지 않을 것이라고 말한다. 저자는 일하면서 이동하는 노마드의 삶의 방식, 즉 '워캠핑'은 미국인들이 집값 때문에 전통적인 주거지 밖으로 밀려나 최저임금을 벌려고 분투하는 시대의 생존전략이라기보다는 쾌활한 생활방식 혹은 기발한 취미처럼 느껴진다고 말한다.

하지만 동시에 우려의 목소리도 놓지 않는다. 저자뿐만 아니라 노마드 자신도 '홈리스'라는 사회적 낙인에 대해서는 복합적인 감정을 품고 있다. 그들은 망가진 사회에 문제를 제기하고 새로운 해결책을 찾는 대안적인 삶을 살아간다는 자부심도 있지만, 삶을 유지하기 위해서는 때때로 의지와는 다른 선택을 해야만 한다.

『노마드랜드』에서 자세하게 설명되듯이 그들의 유랑은 아마존이 제공하는 계절적 한시직과 맞물려 있다. 아마존은 노마드, 특히 고령자 노마드를 계절적으로 채용한다. 아마존은 그들을 채용하는 표면적인 이유로 그들이 성실하고 숙련된 노동자라는 점을 든다. 하지만 실제적인 이유는 그들을 채용했을 때 정부로부터 받는 세제혜택 때문이다. 그들이 한 곳에 있지 않고 계속 유랑하기 때문에 노조를 만들지 않는다는 이유 또한 채용의 중요한 원인으로 작용한다. 워캠퍼라고 불리는 그들은 노동조합을 조직할 만큼 오래 머무르지 않는다. 육체적으로 힘든 업무에서는 많은 노동자들이 교대 근무가 끝나면 너무 피로해 사람들과 어울리지 못한다.

저자는 암담한 현실에서 오는 염려와 노마드의 낙천적인 태도에서 오는 희망에 약간의 거리를 두고 있다. 주지하듯 미국에서 개인주의는 거의 종교에 가깝다. 저자의 말처럼 대부분의 미국인들은 아주 오랜 기간 동안 어렸을 때부터 '너는 혼자다'라는 말을 자주 듣는다. 그렇기 때문에 미국인들은 '네가 처해 있는 현실이 어떻든 간에, 네 삶이 어떤 모양새든 간에 그건 모두 너의 책임이다. 너의 불행은 너의 책임이다. 너를 안전하게 지켜줄 사회안전망 같은 것은 없다'라는 말을 너무나 자연스럽게 내면화한다. 그런데 이 말은 '다른 사람의 불행과 고통은 나와 상관없다. 나만 아니면 돼'라고 읽힐 수도 있다. 마치 영화 〈마진 콜〉에서 회장을 비롯한 회사의 중역들의 말처럼 말이다. 서브프라임 모기지 사태로 시작된 노마드의 위기와 불행은 코로나를 거치며 가속화되었다. 취약한 계층들은 더욱 취약해지고 있다. '함께'라는 말이 절실하지만 현실은 그렇지 않다. '더 약한 사람들을 보듬어 함께 살아갈 길을 모색하자'보다는 '성공하면 끝이다'라는 각자도생의 시대정신이 이곳에서도 견고하다.

'랜드'는 '땅'이라는 명사의 뜻도 있지만 '착륙하다', '도착하다'라는 동사의 뜻도 있다. 그렇다면 '노마드랜드'는 '노마드가 사는 땅'이라는 뜻도 되고, '노마드가 착륙 또는 도착하다'라는 뜻도 된다. 『노마드랜드』는 '너는 혼자다'라는 메시지에서 '힘껏 맞서 싸우자'라는 린다 메이의 이야기로 귀결된다. 앞에서 말했듯이 린다의 목표는 단지 재정적으로 살아남는 것만이 아니라 더 커다란 공동체, 즉 성취와 자유를 찾아 자기 삶을 기꺼이 급진적으로 바꾸길 원하는 사람들의 무리에 합류하는 것이고, 더 나아가 그런 공동체를 건설하는 것이다.

저자는 린다에 대해 다음과 같이 소망한다. 어떤 상황이 벌어지든 린다는 혼자 지내지 않을 것이다. 그녀는 자신이 길에서 만난 친구들이 어려움에 처한다면 결코 그들을 혼자 남겨두지 않을 것이다. 왜냐하면 그녀는 혼자가 아니라 함께 있으면 남을 착취하지도 않고 남에게 착취당하지 않을 것이라고 믿기 때문이다. 린다는 비범할 정도로 강인하고 긍정적인 사람이기에 현실의 위기와 비극에 굴복하지 않을 것이다. 어떻게든 삶을 이어갈 것이다. 그녀의 그런 긍정적인 힘은 그녀 안에 머무르지 않고 다른 노마드에게 퍼져 나갈 것이다. 저자의 소망대로 자급자족이 가능한 보금자리를 향한 린다의 여정은 노마드라는 단어가 말해 주듯 여전히 진행 중이다.

5.

주지하듯 『노마드랜드』를 원작으로 〈노매드랜드〉(2020)라는 영화가 만들어졌다. 이 영화는 2021년 제93회 아카데미 시상식에서 작품상, 감독상, 여우주연상을 수상했다. 영화는 경제적인 붕괴로 완전히 무너져버린 도시를 떠나는 유랑민의 삶의 여정을 담고 있다. 〈노매드랜드〉는 원래 다큐멘터리로 계획되었다. 이 영화의 제작자인 프랜시스 맥도먼드는 원작을 읽고 난 뒤 다큐멘터리 감독 클로이 자오를 감독으로 캐스팅했다. 그런데 자오 감독이 맥도먼드에게 펀의 연기를 제안하면서 이 영화는 극영화로 장르가 바뀌게 된다. 펀과 데이브는 원작에 등장하지 않지만 감독이 극화한 캐릭터다. 데이브와 펀을 제외한 대부분의 인물은 실제 노마드고 비전문배우다.

〈노매드랜드〉는 영화의 형식만 바뀐 게 아니라 영화의 분위기와 톤도 완전히 바뀌었다. 원작에서는 저자가 일자리를 찾아 떠돌아다니는 노마드와 동행하거나 그들의 뒷모습을 따라가기 때문에 계획대로 다큐멘터리로 제작되었다면 당연히 영화의 주인공은 린다를 비롯한 노마드였을 것이다. 하지만 극영화로 바뀌면서 영화는 노마드보다 펀과 그녀의 죽은 남편, 그리고 데이브에 초점이 맞춰진다. 펀과 데이브의 관계에 긴장이 발생하면서 많은 영화적 에너지가 둘의 관계에 할애된다. 따라서 이 영화는 잔잔하고 담담한 '러브스토리'로 읽힐 수도 있다. 그렇다고 이 영화의 미학적 완성도가 훼절되는 것은 결코 아니다. 앞서 말했듯이 이 영화의 완성도는 아카데미 시상식에서 이미 입증되었다.

서브프라임 모기지 사태로 부동산 시장의 버블이 꺼지자 건축 자재 생산이 주요 산업이었던 미국의 소도시 엠파이어는 경제적으로 완전히 붕괴된다. 펀은 남편과 함께 'US 석고'라는 회사의 사택에 살았다. 서브프라임 모기지 사태로 남편이 다니던 회사도 망하고, 남편도 암으로 죽자, 펀은 추억이 깃든 그곳을 떠나기로 결정한다. 그녀는 영화에서 처음과 끝 두 번 집을 떠난다.

영화는 집을 떠나는 장면에서 시작해 집에 돌아왔다가 다시 떠나는 장면으로 끝난다. 영화 속 노마드의 여정 속에서 그녀는 린다, 밥, 데이브 등 여러 노마드를 만난다. 펀은 죽은 남편을 비롯해 과거에 계속 집착하려 한다. 반면 데이브는 그녀에게 과거에서 벗어나 미래로 나아가라고 충고한다. 결국 펀은 데이브의 충고대로 몸과 마음 모두 과거로부터 벗어난다. 과거로서부터의 탈출이 곧 노마드의 시작이다.

다시 처음으로 돌아가자. 월스트리트의 엘리트들은 평소에는 정부를 향해 자신들의 경제활동에 대해 손을 떼라고 주장했지만, 막상 금융위기가 발생하자 당당하게 정부에 구제금융을 요청했다. 그리고 정부는 그들이 원하는 대로 막대한 공적 자금을 투입했다. 반대로 집을 빼앗긴 노숙자, 즉 홈리스는 마땅히 자신들에게 지급되어야 할 실업급여, 건강보험료까지 빼앗겼다. 막대한 공적 자금을 받은 엘리트들은 감사의 마음을 이렇게 표현했다. "홈리스에게 주는 돈은 무의미하고 단지 버릇만 나빠지게 할 뿐이다." 월스트리트의 엘리트들이 생각하는 자본주의의 작동 원리는 '가난한 사람은 더욱 가난해야 하고 부자는 더욱 부자이어야 한다'라는 한 문장으로 요약된다. 그들이 생각하기에 가난한 사람은 가난에서 벗어나기 위해서 일하고, 부자는 더 큰 부자가 되기 위해 일을 한다.

앞에서 말했듯이 홈리스는 제도권 안으로 들어가려고 끊임없이 노력한다. 반면 하우스리스, 즉 노마드는 제도권으로 들어가는 것에 근본적으로 저항한다. 월스트리트의 엘리트들은 홈리스와 노마드를 과연 어떻게 생각할까? 자본주의를 추동하는 힘은 욕망과 두려움이다. 즉 결핍된 것을 채우려는 욕망과 가진 것을 빼앗길지도 모른다는 두려움이다. 일자리를 예로 들어보자. 고용인의 입장에서 좋은 일자리란 수입이 좋고 안정성이 보장된 일자리를 가리키지만, 고용주의 입장에서 좋은 일자리란 쉽게 쓰고 쉽게 버릴 수 있는 일자리를 가리킨다. 사실 그 욕망과 두려움은 월스트리트의 엘리트들이 만들어 놓은 것이다. 홈리스는 제도권 안으로 들어가려는 욕망과 제도권에서 완전히 배제될 수도 있다는 두려움을 동시에 갖고 있다. 반면 노마드는 제도권 안으로 들어가려는 욕망도 없고 배제에 대한 두려움도 없다.

『노매드랜드』에서 노마드의 정신적인 지주라 할 수 있는 밥은 밴에서 생활하는 자신들을 "망가지고 타락해가는 사회질서에서 빠져나온 양심 있는 이의 제기자"로 규정한다. 자의건 타의건 간에 그들은 자신들의 생활방식을 받아들인 사람들이다. 반면 홈리스는 밴에서 살 수는 있지만 사회의 규칙들이 싫어서 밴에 사는 게 아니다. 그들의 목표는 폭압적인 규칙들 밑으로 다시 들어가는 것이다. 그런 점에서 홈리스가 '재난의 현재'라면 노마드는 '희망의 미래'라고 말할 수 있다.

월스트리트의 엘리트들은 누구를 더 두려워할까? 아마도 홈리스보다 노마드를 더 두려워할 것 같다. 『노마드랜드』는 월스트리트의 엘리트들이 자신들의 무기로 삼는 욕망과 두려움의 무위를 상기시킨다. 『노마드랜드』의 저자 브루더는 자신이 생각하는 논픽션 글쓰기의 기본 수칙을 다음과 같이 규정한다. "이야기는 미래로 계속 펼쳐지지만 어느 시점이 되면 작가는 물러나야 한다." 그녀는 "계속 살아가기 위해서 당신은 이 삶의 어떤 부분을 기꺼이 포기하겠는가?"라는 질문을 던진다. 영화 〈노매드랜드〉의 주제를 '과거에 집착하지 말라'라는 경구로 요약한다면, 영화가 궁극적으로 가고자 하는 목적지 또한 원작의 그것과 크게 다르지 않다.

그때 그 데이빗은 어떻게 되었을까?

1.

2020년 한국영화의 가장 큰 쾌거는 봉준호 감독의 영화 〈기생충〉(2019)의 제92회 아카데미 시상식 4관왕이었다. 〈기생충〉은 최우수작품상, 감독상, 각본상, 국제장편영화상을 수상했다. 하지만 아쉽게도 배우상은 수상하지 못했다. 다행스럽게도 〈미나리〉(2020)가 올해 아카데미 시상식에서 그 아쉬움을 달래주었다. '철없는 손자를 보듬어주는 따뜻한 할머니' 순자 역을 맡은 윤여정은 아시아계로는 두 번째로 아카데미 시상식에서 여우조연상을 수상했다. 참고로 윤여정은 〈미나리〉로 아카데미 시상식 여우조연상을 포함 41개 또는 44개의 영화상 또는 영화조합 여우조연상을 수상했다. 지금도 진행 중이기 때문에 그 숫자는 더 늘어날 것이다.

영화 〈미나리〉의 배경은 1984년 또는 1985년 미국 아칸소의 어느 시골 마을이다. 십 년 전쯤 한국을 떠나 미국으로 이민을 온 제이콥(스티븐 연)과 모니카(한예리) 부부에게는 딸 앤과 아들 데이빗이 있다. 모니카의 친정엄마인 순자(윤여정)의 말을 통해 앤은 한국에서 태어났지만 데이빗은 미국에서 태어났다는 사실을 알 수 있다. 영화는 제이콥 가족이 캘리포니아의 도시를 떠나 아칸소의 시골로 이사 오는 장면으로 시작된다. 그런데 그들이 이사 온 집은 정원이 딸린 멋진 시골집이 아니라 농장이 딸린 트레일러하우스다.

제이콥은 앤과 데이빗에게 "이제 농사를 짓고 살 거야"라고 말하며 흥분과 기대로 가득 차 있다. 하지만 모니카는 한인들이 많이 사는 도시를 떠나 낯설고 아무것도 없는 시골 땅에 정착해야 하는 이 상황이 막막하고 짜증만 난다. 그녀는 선천적으로 심장이 약한 아들 데이빗을 위해서 병원이 가까운 도시에 살아야 한다고 생각한다. 반면 제이콥은 그 나름대로 자신의 결정을 흔쾌히 받아들이지 않는 모니카가 못마땅하다. 그 때문에 둘은 자주 다툼을 벌인다. 모니카는 아칸소의 한 공장에서 병아리 암수감별사로 일하고 제이콥은 본격적으로 농장 일을 시작한다. 그는 한국전쟁 참전용사인 폴을 우연히 알게 되고 그에게 도움을 받아 농작물을 기르기 시작한다. 제이콥은 폴의 도움을 받으면서도 그가 엑소시즘에 관심이 많고 너무 친근하게 굴어 못마땅하다.

맞벌이를 해야 하기 때문에 앤과 데이빗을 돌봐줄 사람이 필요했던 제이콥과 모니카 부부는 순자를 미국으로 부른다. 그런데 데이빗은 태어나서 처음 만난 외할머니가 마음에 들지 않는다. 왜냐하면 할머니가 쿠키도 잘 못 굽고, 말도 거칠고, 따뜻하지도 않기 때문이다. 그는 할머니가 한국에서 가져온 한약을 몰래 세면대에 버리고, 할머니가 산에서 떠온 '이슬물'을 가져오라고 하자 자신의 소변을 담은 컵을 건넨다. 그 때문에 데이빗은 제이콥에게 크게 혼나지만 순자는 그런 데이빗을 감싸고 용서한다.

얼마 후 순자는 두 아이와 집 근처 개울가로 산책을 나갔다가 "여기에 미나리를 심으면 좋겠다"라고 말하는데, 이 말에 데이빗은 관심을 보인다. 교회에 가는 날 데이빗은 서랍을 열다가 다치게 되고 순자는 그를 치료하면서 둘의 관계는 조금씩 회복된다. 그 후 데이빗은 일요일에 교회에 나가지 않고 대신 할머니와 함께 미나리가 자라는 개울가로 산책을 나간다. 사실 이 영화의 핵심은 할머니 순자와 손자 데이빗 사이에서 빚어지는 소소한 에피소드라고 해도 과언이 아니다.

한편 제이콥의 농사는 그가 생각한 만큼 잘 되지 않는다. 그는 경제적으로 어려움에 처한다. 심지어 공과금을 미납해 수도까지 끊긴다. 순자는 아이들과 함께 미나리가 심겨진 개울가로 가서 물을 길어 오지만 제이콥은 오히려 왜 아픈 아이에게 무리한 일을 시켰느냐고 순자에게 짜증을 낸다. 데이빗은 순자의 품속에서 편안히 잠이 들었지만, 다음날 아침 순자는 뇌졸중으로 몸을 제대로 가누지 못하고 병원에 입원하게 된다. 모니카는 공장에서 일하고, 제이콥의 농사일을 돕고, 아이들과 친정엄마까지 돌봐야 하는 극한의 상황에 이르자 캘리포니아로 돌아가기로 결심한다.

데이빗의 정기 검진 때문에 순자를 제외한 제이콥 가족은 오클라호마로 향한다. 데이빗의 병세도 호전되었고, 한인 마트에 농작물을 납품할 수 있게 되자 제이콥은 기뻐한다. 가족들이 집을 비운 사이 순자는 평소에 하던 대로 드럼통에서 쓰레기를 태운다. 하지만 불씨가 바람에 날려 농작물을 보관한 창고로 옮겨붙었고, 가족들이 농장에 도착했을 때 창고는 이미 화염에 휩싸였다. 제이콥과 모니카는 창고로 뛰어들어 아직 타지 않은 농작물을 꺼내보려 하지만 결국 창고는 전소되고 만다. 순자는 죄책감에 가족을 떠나려 하지만 앤과 데이빗이 뛰어와 말리면서 모두 함께 집으로 돌아와 한자리에서 잠이 든다. 순자는 식탁 의자에 앉아 잠든 가족들의 얼굴을 물끄러미 바라본다.

제이콥은 이웃 폴의 조언을 받아들여 미국인들이 하는 것처럼 '다우징 로드' 방식으로 수맥을 찾아 농사를 다시 짓기로 결심한다. 그전에 그는 자신이 직접 땅을 파서 물이 나오는 곳을 찾아 농사를 지으려 했지만 결국 실패했다. 순자가 그랬던 것처럼 제이콥은 데이빗을 개울로 데려가 그곳에서 순자가 심은 미나리를 수확하면서 영화는 끝난다.

미나리는 영화 〈미나리〉 속 순자의 대사처럼 "어디서든 잘 자라고 이런저런 음식에 넣어 먹을 수 있는 채소"다. 동시에 미국에 뿌리를 내리려는 제이콥의 가족을 포함한 수많은 한인 이민자들을 상징한다. 영화에서 직접적으로 드러나지 않지만 제이콥 가족은 아무리 힘든 일을 겪더라도 결국 미국 땅에 뿌리를 내리고 살 것이라는 강한 의지를 내보인다. 바로 '미나리'를 통해서 말이다.

2.

영화 〈미나리〉는 '미국 한인 이민자들의 이야기'이다. 영화는 한국 문화와 미국 문화의 충돌, 한국 이민자들 사이에 벌어지는 갈등, 이민자들의 정체성의 혼란 등을 다룬다. 영화 초반부에는 한국 이민자들 내부에서 벌어지는 갈등이 제이콥과 모니카의 갈등을 통해 잘 형상화된다. 교회에 가는 문제를 두고 제이콥과 모니카는 서로 의견 충돌을 빚는다. 모니카가 교회를 가고 싶다고 하자 제이콥은 새로 이사한 아칸소의 시골 마을의 교회로 그녀를 데려간다. 하지만 모니카는 이민자를 불편하게 여기는 그곳 교회 분위기가 싫어 제이콥에게 다시는 교회에 가지 않겠다고 말한다.

사실 모니카는 종교적 열정과 신념 때문에 교회를 원한 게 아니다. 그녀가 교회를 가려는 이유는 따로 있었다. 그녀는 자신과 함께 이야기를 나눌 사람들을 찾기 위해 교회에 간 것이다. 따라서 그녀가 원한 교회는 '한국' 교회였다. 반면 제이콥은 그 자신의 말처럼 '한국 사람들에 질려 있다'. 그는 교회에 가고 싶은 생각도 별로 없지만, 그래도 만일 교회를 가게 된다면 그는 한국 사람이 없는 '미국' 교회를 원한다.

〈미나리〉의 이면에는 '문화적인 충돌' 또는 '정체성의 혼란'이라는 주제가 깔려 있다. 하지만 영화 전체를 이끌어가고 아우르는 주제는 역시 '가족애'이다. 실제로 미국 한인 이민 2세대인 정이삭 감독은 여러 인터뷰에서 이 영화의 주제가 가족애라고 밝혔다. 가족은 수많은 시련과 갈등을 겪지만, 결국 사랑으로 시련과 갈등을 극복한다. 이 영화는 감독의 자전적 경험이 큰 줄기를 이루고 있다. 그는 종이에 어린 시절 기억에 남는 에피소드 약 80가지 정도를 무작위로 적었고, 그 가운데 몇 개를 뽑아서 하나의 이야기로 만들었다. 그 이야기가 바로 영화 〈미나리〉이다. 감독은 영화에서처럼 실제 어린 시절의 기억 가운데 특히 외할머니와 관련된 기억이 많았다고 밝혔다.

그런데 개인적으로는 영화 〈미나리〉에서 크게 전경화되지 않는 미국 한인 이민의 역사, 그들이 겪는 문화적 충돌과 갈등, 특히 이민 1.5세대 혹은 2세대, 영화 속 앤과 데이빗이 겪는 정체성의 혼란 등이 눈에 들어왔고, 이 부분이 궁금했다. 먼저 미국 한인 이민의 역사를 간단히 짚어 보자. 미국 한인 이민의 역사는 크게 세 단계, 즉 구한말부터 일제 강점기, 광복부터 1965년, 1965년부터 최근까지로 나누어진다. 미국으로의 한인 이민은 1903년 한인들이 하와이 사탕수수 농장의 계약 노동자로 도착하면서 시작되었다. 초기 한인 이민에서 한인들을 하와이로 끌어들인

흡인 요인은 하와이 사탕수수 농장에서 값싼 노동력에 대한 수요였다. 초기 한인 이민에서 또 하나의 중요한 부류는 조선에 대한 일본의 지배를 벗어나 해외에서 독립운동을 하려고 미국으로 건너 간 정치 망명자들과 유학생들이었다. 그들은 하와이와 미국 본토의 한인 사회의 지적·정치적 지도자로서 부상하였고 해외 독립운동을 주도하였다.

광복 이후 미국 이민은 주한미군과의 관계 속에서 시작되었다. 미군정과 6.25전쟁을 겪으면서 우리나라에는 약 4만 명의 주한미군이 주둔하게 되었다. 적지 않은 여성들이 주한미군과 결혼했고 남편과 함께 미국으로 이주했다. 6.25전쟁 이후에는 전쟁고아 문제 해결을 위해 해외입양이 시작되었다. 이 시기 한인 이민의 또 다른 흐름은 유학생들이다. 1965년의 미국 이민법 개정은 미국 한인 이민 역사에 새로운 전환기를 가져온다. 개정된 이민법에 의해 유학생, 객원 간호사와 의사의 신분으로 미국에 건너 온 한인들이 영주권을 취득하게 되었고, 그들은 1965년부터 1970년 사이의 한인 이민을 주도하였다. 그들은 후에 국제결혼을 한 한인 여성들과 함께 한국에 남은 가족을 초청하면서 1970년대에 들어서 급격하게 증가하기 시작한 연쇄 이민의 토대를 마련하였다.

미국 한인 이민은 1970년 초부터 본격적으로 시작되어 1년에 약 3만 명 정도의 한인들이 미국으로 이민을 갔다. 한인 이민의 정점을 이룬 1985년과 1987년 사이에는 1년에 3만 5천 명 정도의 한인들이 이민을 가서 멕시코, 필리핀 다음으로 3대 미국 이민국

이 되었다. 1965년 후 미국으로 이민 간 한인들은 그 이전의 한인 이민자들과 크게 구별되는 특징적인 인구학적·사회경제적 특성을 갖고 있다. 우선 핵가족이 단위가 되어서 이민을 갔고 이민 후에도 가족이 계속 유지됨으로써 미국 사회에서 경제적 적응이 훨씬 용이하였다. 특히 1965년부터 1970년도에 한인 이민을 주도한 이들은 대체로 대도시, 대졸, 전문직 또는 화이트칼라 출신이었다. 대학 교육과 직장을 찾기 위해서 지방에서 서울이나 부산 등 대도시로 이동을 하였고, 부모 세대에 비해서 훨씬 높은 수입과 권위를 갖는 직업을 갖는 등 수직적 신분 상승을 하였다. 이렇게 미국으로 이민 가기 전에 고국에서 이미 서울과 같은 대도시 자본주의 사회경제 체제에서 살아봤기 때문에 뉴욕, 시카고, 로스앤젤레스와 같은 대도시 자본주의 체제에서 보다 쉽게 적응할 수 있었다.

하지만 1970년대 중반을 기점으로 미국 한인 이민자의 출신 경향에 변화가 생기기 시작한다. 한국에서 노동직, 기능직, 서비스직, 농업 등 블루칼라 직종에 종사했던 사람들이 전체 한인들 가운데 차지하는 비율은 점차로 증가하여서 1980년대 초에는 화이트칼라 출신의 한인 이민자와 비슷한 수치를 보인다. 〈미나리〉에서의 제이콥과 모니카도 미국 이민 전 '병아리 감별' 기술을 배웠고, 이민 후에는 캘리포니아에서 그 기술로 생계를 꾸려나간다. 요컨대 다양한 계층으로부터 상이한 동기를 가진 미국 한인 이민자들이 늘면서 한인 이민 사회는 더욱 이질적이고 복잡해졌고 한인 이민 사회의 문제들도 더욱 다양해졌다. 그 가운데 하나가 이민 1.5세대 혹은 2세대의 정체성의 혼란이라는 문제다.

3.

한국계 미국 이민 1세대와 그 이후의 세대들은 인종적으로 복잡한 미국 사회 속에서 소수 인종으로 다양한 고통을 겪었다. 한국계 작가들은 서로의 고통의 기억을 나누고 묘사하는 방법의 차이에 따라 다양한 형태의 서사로 작품 활동을 해 왔다. 예컨대 강용흘, 김용익, 김은국 등 초창기 한국계 미국 이민 작가들은 주로 자신들의 고된 경험을 바탕으로 쓰라린 이민 생활을 형상화했다. 그들의 작품은 육체는 떠나왔지만 정신적으로 여전히 고향에 속한 망명자적 생활상을 다루거나 조국에 대한 옛 충성심을 끊임없이 확인하는 등의 과정 등을 묘사하고 있다. 반면 이창래, 차학경, 수잔 최 등으로 대표되는 1.5세대 및 2세대 작가들은 본격적으로 미국 문학과 세계 문학의 범주에서 미국 사회를 구성하는 이민자들의 목소리를 대변하기 시작했다. 1세대 작가들이 영어뿐만 아니라 한국어로 작품 활동을 했던 것과 달리 1.5세대 이후 작가들은 대부분 영어로 작품을 썼고 영어로 출판되었다. 그들의 작품들은 공통적으로 미국 시민으로서 주류 문화에 동화하고 융합하려는 노력의 과정과 한국적 정체성을 잃지 않고 함께 추구하려는 모습이 모두 묘사되었다는 점에서 이전 세대의 작품들과 대별된다.

이창래의 『영원한 이방인』(1995)은 이민 2세대가 겪는 정체성의 갈등을 형상화하고 있다. 주인공 헨리 박은 미국 이민 한인 1세대 부모의 아들이다. 헨리의 아버지는 한국에서 일류대학을 졸업하고 공학 석사학위까지 취득한 엘리트임에도 불구하고 미국에서는 슈퍼에서 야채장사를 한다. 그는 언제나 점잖고, 성실하고, 상냥한 야채가게 주인으로 미국 내 한국인들과 좋은 관계를 유지한다. 그는 백인 이웃에게도 친절한 미소와 여유로움을 보인다. 하지만 그는 자신이 고용하는 다른 유색인종들, 특히 미국에 온 지 얼마 되지 않아 영어를 못하거나 어눌하여 자기주장을 펼칠 수 없는 고용인들에게는 언어적 폭력과 차별을 일삼는다. 그의 언어적 폭력과 차별은 영어를 잘 못하는 아내에게도 예외가 아니다. 그는 화가 나거나 불리할 때는 아내에게 영어로 말하거나 욕설을 퍼붓는다. 결국 헨리의 어머니는 폭력과 차별, 그리고 언어의 장벽을 넘지 못하고 주눅 들어 살다가 병으로 세상을 떠난다.

헨리는 미국에서 정규교육을 받고 명문대를 나와 완벽한 영어를 구사한다. 그는 스코틀랜드계 미국인 릴리아와 결혼하는 등 겉으로는 미국 사회에 잘 적응한 것처럼 보인다. 하지만 그는 동양인 피부와 외모로 미국 주류 사회에 들어가지 못하고 자신의 정체성에 대해 늘 고민한다. 특히 그는 '원어민'으로서 정확하고 훌륭한 영어 발음을 구사하면서도 자신의 발음이 혹시나 어눌하게 들릴까 봐 항상 신경을 쓴다. 참고로 이 소설의 원제는 네이티브 스피커, 즉 원주민이다. 미국인이면서도 영어를 잘하는 아시아인으로 인식되어 왔던 더욱 완벽한 미국인이 되고자 노력한다. 그는 자신보다 훨씬 영어를 못하는 한국인 아버지에게 영어라는 권력을 휘두르며 인종적 타자와 언어적 타자의 경계에 머물며 나가지 못한다.

헨리의 직업은 사설탐정, 즉 스파이다. 그는 대학 졸업 후 일자리를 찾던 중 데니스 호글랜드로부터 스카우트 제의를 받고 그가 운영하는 사설탐정 회사 글리머 앤 컴퍼니에 들어간다. 소설의 핵심은 그가 한국계 미국인 정치인 존 강의 뒤를 캐는 과정에서 벌어지는 일련의 사건들과 그 과정에서 그가 겪는 두 문화 간의 충돌과 정체성의 갈등이다. 그가 스파이라는 사실은 그의 이중 의식과 밀접한 관계를 갖는다. 그는 현실적으로 주류 사회의 언저리만을 기웃거리는 이민자의 불가시성을 거부하지 못하고 결국 소수집단의 정보를 캐내는 스파이가 된 것이다.

헨리는 소위 이민 2세대에 해당되는 인물로 미국 문화와 한국 문화의 영향을 동시에 받아 항상 자신의 정체성에 대해 갈등한다. 그는 자신이 늘 미국 사회에서 한국과 미국으로 대표할 수 있는 두 가지 정체성의 경계선 위에 서 있다고 생각한다. 그렇기 때문에 그는 미국인의 정체성에 방점을 두기 위해 완벽한 영어에 항상 집착한다. 거듭 말하지만 그는 태어날 때부터 미국에서 교육을 받았기 때문에 이미 원어민 못지않게 영어를 구사한다. 그럼에도 불구하고 그는 완벽한 영어에 집착한다. 심지어 나중에 아내가 되는 릴리아를 처음 만나는 자리에서도 영어에 집착한다.

헨리의 영어에 대한 집착은 그의 인생 전체에 걸쳐 지속된다. 미국 사회의 중심에 편입되지 못한 소수민족들에게 영어의 습득은 주류 사회에 보다 가까워질 수 있는 최선의 방법이다. 다시 말하면 그에게 완벽한 영어 구사에 대한 강박관념은 현재의 위태로운 이민자의 상태를 해소하고 사회 계층의 상위 단계로 진출하고자 하는 욕망의 산물이다. 그런데 사실 원어민이 된다는 것은 단순히 언어적 기교의 습득을 넘어 주체적인 자기 언어를 가지고 자신이 누구인지를 분명하게 인식하며 자신을 표현할 수 있는 단계에 이르는 것이다. 헨리는 바로 이 점을 인식하지 못하고 있다.

헨리는 릴리아와의 결혼을 통해 자신이 진짜 미국인, 즉 '백인성'에 가까워졌다고 생각한다. 왜냐하면 그가 생각하기에 그녀는 스코틀랜드계 백인으로 자신에게 결핍된 백인성을 보완해 주기 때문이다. 그는 자신이 그렇게 생각하기보다는 다른 사람들, 특히 그의 아버지가 그렇게 생각해 주기를 바란다. 하지만 그의 아버지의 반응은 헨리의 예상과 크게 다르다. 그가 릴리아와 결혼한다고 했을 때 그저 고개를 끄덕이며 행복하게 잘 살길 바란다고 덕담만 건넸다. 헨리의 아버지는 헨리의 결혼을 대체로 실용적인 관점에서 파악한다. 그는 아들이 백인 여성과 결혼하는 것이 미국 사회에 정착하는 데 도움이 될 것이라고 생각한다.

헨리가 아버지로부터 진정으로 원한 것은 자신의 백인성 획득에 대한 인정이었다. 헨리와 릴리아의 결혼은 백인 주류 사회가 소수민족에게 가하는 무언의 억압에서 벗어나 주류 사회에 완전히 동화되고 소속되고자 하는 인종적 열등감의 발로라고 볼 수도 있다. 릴리아가 생각하기에 헨리는 "숨기는 게 많은", "정서적인 이방인"이다. 헨리 자신은 완벽한 영어에 대해 집착하고 완벽한 영어를 구사하기 위해 노력하지만, 언어 치료사인 릴리아가 보기에 그는 단지 "엉터리로 말하는 사람"이다.

릴리아는 헨리가 아들 미트에게 영어책을 읽어줄 것을 원하지만 헨리는 망설인다. 왜냐하면 자신이 읽어주는 영어가 아들의 언어 능력 발달에 도움이 되지 않을 수 있다고 생각하기 때문이다. 그는 미트가 자신보다 훨씬 더 영어를 잘 구사하기를 원한다. 그가 생각하기에 영어 구사 능력은 곧 미국 사회에 적응하는데 있어 꼭 필요한 도구이자 수단이다. 하지만 미트는 영어 구사 능력과는 상관없이 백인 아이들과 놀다가 사고로 죽게 된다.

미트는 한국계 아버지 헨리와 스코틀랜드계 릴리아 사이에서 태어났지만 외모는 거의 동양인에 가깝다. 헨리는 미트에게 차별의 근거가 되는 어떤 것도 남겨주고 싶지 않았지만 노란 피부와 검은 머리, 찢어진 눈을 가진 미트는 다른 미국 백인 아이들에게는 여전히 타자였고 미국인이 될 수 없었다. 결국 그는 완벽한 미국인 원어민이었으면서도 역시 동양적 외모로 인해 차별을 받고 죽게 된다.

철저하게 미국인이 되고 싶었지만 스스로 미국인의 정체성을 의심하는 헨리는 한국적 세계에도 속하지 않고 백인 미국 사회에도 편입되지 못한 혼성적 상태, 미국인의 주변부에 위치한 혼성적 정체성을 가진 텅 빈 기표일 뿐이다. 헨리는 처음에는 미트의 죽음이 단순한 사고라고 생각하지만 미트가 죽은 이유가 "완전히 하얗거나 완전히 노랗지 않아서 일지도 모른다"는 릴리아의 말을 듣고 다르게 생각한다. 그의 죽음은 아직 주류 사회가 받아들일 준비가 안 된 경계인이 사회의 압박 끝에 질식사한 것으로, 경계의 구분을 완화시킬 수 있는 존재의 좌절을 상징하는 사건일 수도 있다.

4.

앞서 말했듯이 헨리는 자신이 늘 두 문화의 경계에 있다고 생각했다. 그가 스파이로 고용된 것도 경계인이라는 그의 이중적인 정체성에서 비롯되었을 수 있다. 그는 어린 시절부터 두 문화적 정체성 사이에서 갈등하며 소속감의 부재, 소외, 고립 등의 감정을 내면화했다. 그는 경계인이라는 자신의 정체성 때문에 필리핀계 미국인 정신과 의사 에밀 루잔의 감시를 담당한다. 그는 환자로 위장해 그에게 접근해 자신이 원하는 정보를 얻는다. 나중에는 그에게 모든 사실을 털어놓고 싶을 정도로 친밀감을 느낀다. 그는 "당신은 평생 누구였습니까?"라는 질문을 받고 자신의 정체성에 대해 숙고한다. 헨리는 자신에게 가장 적절한 직업이라고 믿었던 스파이 역할이 위협받을 정도로 자신을 완벽하게 변신할 수 없음을 깨닫는다. 다른 사람으로 변장하고 행동하면서 오히려 자신의 본질을 발견해 가기 때문이다.

『영원한 이방인』의 핵심 플롯은 헨리가 한국계 정치인 존 강의 뒤를 캐는 과정에서 벌어지는 일련의 사건들과 그 과정에서 겪는 두 문화 간의 충돌과 정체성의 갈등이다. 강은 한국계 미국인으로 뉴욕시 시의원이다. 그는 헨리의 아버지와 마찬가지로 한국에서 미국으로 건너와 자수성가한 사업가다. 그는 헨리의 아버지가 그랬던 것처럼 미국으로 건너와 모진 고생 끝에 경제적으로 성공을 하며 미국 사회에 정착했다. 그는 소수민족의 대표자를 자처하며 현직 시장에 맞서 뉴욕 시장에 출마하려 한다. 헨리는 그의 선거 캠프에 자원봉사자로 위장 잠입해 그를 뒷조사한다. 헨리는 강에게서 자신의 아버지의 모습을 발견하면서 복잡한 심경을 내비친다.

승승장구하던 강은 선거 자금과 관련된 정치 스캔들로 무너진다. 그는 '계'라는 한국식 조직을 통해 선거자금을 모금하는 동시에 자신의 지지자들을 결집시키려 했다. 계에 참여한 사람들은 한인뿐만 아니라 주로 소수민족이었고, 그들 가운데 상당수는 불법체류자였다. 계는 미국에서 금융의 관점으로나 정치의 관점에서나 불법이다. 하지만 그보다도 주류 사회의 계층에 포함되지 않는 소수민족이 하나된 목소리를 내기 위해 모였다는 게 주류 사회에 더 위협적이다. 헨리가 맡은 임무는 바로 계의 명단을 확보하는 것이다. 그는 그 명단을 확보해 사장 호글랜드에게 건네고, 그 명단은 다시 호글랜드의 고객에게 넘어가면서 결국 강은 무너지고 만다.

주류사회에 진입하는 데 성공한 강은 소수인종을 대표하는 정치인으로서 겉으로는 이들의 권익을 위해 애쓰지만 이면에는 한국계 이민자들을 희생시켜서라도 자신의 정치적 야망을 실현하려는 철저한 동화주의자였다. 헨리 또한 미국의 엘리트 교육을 받고 미국인 아내와 결혼한 한국계 미국인이지만 자신에게 남겨진 한국의 DNA를 지우고 싶어 하고 미국 사회 내에서 원어민으로서 완벽한 발음과 회화를 통해 권리를 획득하고 권력을 행사하려는 동화주의자였다. 하지만 그는 아들 미트의 죽음과 강의 몰락 이후 한국계 미국인으로서의 자신의 정체성을 받아들인다.

헨리가 상처를 입힌 존재는 직접적으로 강이지만, 더 넓게 보면 바로 그 자신과 그의 아버지를 포함한 한국계 이민자, 동시에 미국에 기반이 약한 소수민족 이민자들이다. 결국 그는 미국의 백인 주류 사회가 원치 않는 불법 이민 소수민족들을 추방하는 데 일조한 셈이다. 이 사건을 계기로 그는 이제까지 자신이 살아온 경계인의 삶, 동화주의적 삶이 실제로는 주류 계층의 안정과 그들만의 사회를 지켜내기 위한 첨병 역할에 불과했다는 사실을 깨닫게 된다.

헨리가 동양계 이민 2세대로 자신의 종족을 숨기며 백인이 만들어 놓은 유색인종의 테두리 안에 갇힌 생활을 했다면, 강은 소수 민족적 정체성과 미국적 정체성, 두 문화의 정체성을 성공적으로 결합하여 슬픔을 인내하는 객체로 주변화된 다양한 유색인종들, 누구인지 알 수 없는 사람들, 그들의 슬픔을 소리 내어 표현하는 주체가 되도록 도왔다. 결국 헨리는 강이 일궈낸 정체성의 성취에 감화되어 자신의 신분을 철저히 숨기지 못하고 완벽한 첩자가 되지 못한다.

강의 몰락을 지켜본 헨리는 결국 스파이를 그만두고 릴리아의 언어 치료사 일을 돕는다. 그는 미국의 주류 문화와 한국계 미국인이라는 자신이 갖고 있는 고유문화의 경계에서 벗어나 두 가지 입장 모두를 포용하고 중재할 수 있는 인물로 거듭나고자 한다. 그는, 인형 옷을 뒤집어쓰고 언어 괴물의 역할을 하며 소수민족 아이들에게 영어를 가르치는 릴리아의 언어 수업의 보조자가 된다. 그는 아이들이 자신감을 갖고 영어로 노래를 부르고 말할 수 있도록 돕는다.

릴리아가 아이들에게 가르치는 영어는 헨리가 집착했던 완벽한 영어가 아니다. 그녀는 아이들에게 "두려워 할 것은 아무것도 없으며 (……) 망쳐버린다 해도 괜찮다"고 용기를 준다. 수업이 끝날 때 릴리아와 헨리는 아이들 각각의 이름을 불러주며 "훌륭한 시민"이라고 칭찬한다. 소수인종 이민자로, 이민 1세대의 유교 성향이 짙은 부모 밑에서 성장한 헨리는 자신의 뿌리를 부정하고 숨기고 싶어 가면을 쓰고 살았다. 하지만 강으로 인해 자신의 전인격적 존재적 반성과 그의 모방적 정체성에서 벗어나 혼종성의 정체성을 인정하기에 이른다. 그는 또한 백인 아내 릴리아의 수업에 따라갔다가 언어에 대해 새로운 인식을 하게 되어 고통스러웠던 가면을 벗을 수 있는 주체자로 거듭난다.

한국계 미국인의 정체성 구성 과정은 단순히 '동화될 것이냐,

동화를 거부하고 민족적 순수성을 유지할 것이냐라는 이분법적 사고로는 해소 불가능한 문제이며, 복합적·잡종적 정체성의 관점에서 접근해야 한다. 『영원한 이방인』에서 나타나는 헨리의 정체성 형성 과정은 모순적이고 복합적인 것이기에 반복적인 고민과 협상을 요구한다. 한국계 미국인이 경험하는 복합적·양가적·다층적·모순적 상황은 새로운 정체성 구성 과정의 출발점이며, 복합적 정체성 구성 과정은 획일적·고정적·순종적 정체성에 대해 저항하는 잡종적 정체성을 구성한다.

5.

『영원한 이방인』의 헨리를 〈미나리〉의 데이빗으로 곧바로 치환할 수는 없다. 하지만 이민 2세대이고 영어에 천착한다는 점에서는 둘은 닮아 있다. 『영원한 이방인』에서뿐만 아니라 영화 〈미나리〉에서도 '영어'는 등장인물의 갈등의 요인으로 작용한다. 예컨대 손자 데이빗은 할머니 순자에게 계속해서 영어로 말하라고 요구한다. 하지만 순자는 영어를 잘 못하기 때문에 둘의 의사소통은 원활하지 않고, 이는 곧 둘 사이의 갈등으로 이어진다. 사실 데이빗이 순자에게 거부감을 갖게 되는 데에는 여러 가지 이유가 있지만, 그녀가 영어를 잘 못한다는 이유가 가장 크다. 즉 둘 사이의 갈등은 영어 때문에 촉발되고 심화된다.

하지만 둘 사이 갈등을 해결하는 매개체 역시 영어다. 순자는 완벽한 영어는 아니지만 엉터리 영어를 써가면서까지 데이빗과 소통한다. 그녀는 선천적으로 심장이 약한 데이빗에게 "스트롱 보이"라고 말하며 그를 위로하고 용기를 준다. 손자를 향한 그녀의 따뜻한 마음은 그에게 진심으로 전달된다. 이 에피소드는 진심이 반드시 완벽한 영어로만 전달되는 것은 아니라는 사실을 예거한다. 〈미나리〉에서 순자가 데이빗에게 하는 "스트롱 보이"라는 말은 『영원한 이방인』에서 헨리와 릴리아가 소수민족 아이들에게 하는 "훌륭한 시민"이라는 말과 공명한다.

'데이빗은 어떻게 되었을까?'라는 약간의 걱정으로 이 글을 시작했다. 데이빗은 〈미나리〉의 데이빗만을 가리키지 않는다. 데이빗은 이민 2세대의 대표단수에 가깝다. 시간적으로 〈미나리〉보다 이후의 시간을 다루고 있는 『영원한 이방인』에서 스파이로 살아가는 헨리의 모습을 보며 그런 걱정이 현실이 되었다는 게 안타까웠다. 하지만 아들 미트의 죽음과 강의 몰락을 계기로 스파이를 그만두고 릴리아와 함께 소수민족 아이들에게 영어를 가르치는 모습에서 다소나마 희망을 발견하게 되어 다행이다. 정체성은 언제든지 흔들릴 수 있다. 경험적으로 혹은 비경험적으로 볼 때 이민자의 정체성의 경우는 더욱더 그렇다.

모든 소설은 장르소설이다

1.

  한국문학에는 '장르문학'이라는 정체불명의 '괴상한' 용어가 존재한다. 단어의 순수한 의미로 보자면 장르문학은 '일정한 기준에 따라 분류된 문학 작품'을 가리켜야 한다. 하지만 장르문학은 실제로 '추리, 무협, 판타지, SF 등 특정한 경향과 유형에 입각한 문학'을 뜻한다. 국어사전에도 장르문학은 그렇게 정의되어 있다. 한국문학에서 장르문학은 크게 두 가지 방식으로 분류된다. 다름 아닌 개별 작품에 등장하는 공통적인 요소들을 묶는 '문학적 분류'와 읽는 시간, 구매하는 장소 등 문학 외적 조건에 따른 '마케팅적 분류'다. 우리나라에서 장르문학의 분류법은 대체로 전자를 따른다. 다시 말하지만 한국문학에서 장르문학은 곧 SF, 판타지, 무협소설, 탐정소설, 추리소설, 연애소설, 역사소설 등을 의미한다.

장르문학이라는 단어에는 기본적으로 부정적인 뉘앙스가 담겨 있고, 오랫동안 대중문학 심지어 상업문학으로 폄훼되어 왔다. 대중적이고 상업적인 장르문학과 구별하기 위해 순문학, 순수문학, 또는 본격문학이라는 용어가 사용되었다. 장르문학과 순수문학의 경계가 허물어지고 많이 느슨해졌지만 경계 자체의 존재를 부정하기는 어렵다. 장르문학은 일반적으로 상업성 또는 대중성에 치중한다고 비판을 받는데, 그것과 동떨어진 문학 작품이 과연 존재하는지 의문이다. 장르문학과 순수문학을 가르는 기준이 정확히 뭐고 그 기준은 어떻게 정해지는지 알 수도 없다. 비슷한 소재를 다루고 있고 비슷한 주제를 재현하고 있음에도 불구하고, 어떤 작품은 장르문학으로 분류되고, 또 어떤 작품은 순수문학으로 분류된다.

과문한지 몰라도 해외에서는 딱히 장르문학의 개념이 없다. 그러니 장르문학과 순수문학의 구분도 없다. 사실 따지고 보면 모든 문학은 장르문학이다. 예를 들어 스티븐 킹의 소설을 장르문학으로 규정하지 않는다. 오노레 드 발자크, 빅토르 위고, 찰스 디킨스의 소설 또한 마찬가지다. 거슬러 올라가면 윌리엄 셰익스피어의 희곡 또한 마찬가지다. 그들 모두 당대의 베스트셀러 작가였고 그들의 문학은 장르문학, 대중문학, 상업문학이었다. 그런데도 우리나라에서는 여전히 장르문학이라는 용어가 그것도 부정적인 맥락으로 광범위하게 사용되고 있다.

장르문학을 비판할 때 항상 나오는 이야기가 장르문학이 '재미'만을 추구한다는 주장이다. 문학이 주는 효과를 언급할 때 '감동'과 '교훈'은 대부분 동의한다. 그런데 여기에 재미를 추가하면 약간의 논쟁이 불거진다. 일반적으로 재미는 감동에 비해 뭔가 수준이 낮은 것으로 치부된다. 항상 그런 것은 아니지만 문학에서 재미는 종종 일종의 금기어에 가깝다. 최근 들어서 그런 경향이 점점 옅어지고 있어 그나마 다행이다. 영화평론가 송경원은 봉준호 영화의 성공이 재미에 대한 사람들의 인식을 바꿔놓았다고 주장한다. 그는 봉준호 영화적 본령을 "정치사회적 메시지의 깃발을 휘두르기보다는 장르적인 쾌감, 이를테면 서스펜스나 쇼크 등을 장악하는 쪽"이라고 간주한다. 그는 "그[봉준호]의 출발은 늘 '재미있는' 영화이며 해외 관객들에게 통하는 지점도 바로 여기에 있다"고 논평한다. 감독 스스로도 자신의 영화를 두고 "한창 재미있게 즐기고 집에 가서 누우면 정치사회적 메시지들이 스멀스멀 피어나는 영화"라고 정의했다.

문학평론가 오길영은 봉준호 영화에 대한 영화평론가 송경원의 비평을 미야베 미유키의 소설에 그대로 가져온다. 즉 그에 따르면 미야베의 소설도 "정치사회적 메시지의 깃발을 휘두르기보다는 장르적인 쾌감, 이를테면 서스펜스나 쇼크 등으로 상황을 장악하는 쪽"이다. 미야베 소설의 "출발은 늘 재미있는" 소설이며 "해외 관객들[독자들]에게 통하는 지점도 바로 여기에 있다". 물론 문학과 영화라는 매체 차이를 고려해야 하지만, 미야베

소설도 "한창 재미있게 즐기고 집에 가서 누우면 정치사회적 메시지들이 스멀스멀 피어나는" 작품들이다.[1]

미야베 소설에 대한 오길영의 비평을 이케이도 준의 소설에 한 번 더 가져오려 한다. 즉 이케이도 소설 또한 출발은 늘 "재미있는" 소설이며 "해외 관객들[독자들]에게 통하는 지점도 바로 여기에 있다". 작품의 배경과 소재의 차이를 고려해야 하지만, 이케이도 소설도 "한창 재미있게 즐기고 집에 가서 누우면 정치사회적 메시지들이 스멀스멀 피어나는" 작품들이다. 세 번이나 인용된 이 문장에서 방점은 당연히 '재미'에 찍힌다. 요컨대 재미는 문학 또는 예술의 전부는 아니지만 결코 **빼놓**을 수 없는 중요한 요소이다.

2.

이케이도 준은 엔터테인먼트, 즉 재미라는 소설의 본령에 가장 가까운 '일본 최고의 스토리텔러'다. 그는 1998년 '은행 미스터리의 탄생'이라고 극찬을 받은 『끝없는 바다』으로 제44회 에도가와란포상을 받으며 소설가로 화려하게 데뷔했다. 2010년 『철의 뼈』로 제31회 요시키와에이지 문학신인상, 2011년에는 『변두리로켓』으로 나오키상을 수상했다. 일본에서 전대미문의

---

1) 오길영, 「소설의 재미: 미야베 미유키의 『세상의 봄』」, 『황해문화』 제108호, 2020, 303~304쪽.

시청률을 기록한 TV드라마 〈한자와 나오키〉(2013, 2020)를 비롯해 거의 모든 작품이 영상화되었을 만큼, 그의 작품은 회사라는 조직 속에서 살아가는 인간 군상의 이야기를 통해 읽는 재미를 선사하는 능력으로 정평이 나 있다.

이케이도는 베스트셀러 작가이다. 자칫 베스트셀러 작가가 된다는 건 자본주의 문학 시장에서는 대중성에 굴복했다는 인상을 준다. 그래서 베스트셀러는 예술성 면에서는 논할 가치가 없다는 손쉬운 결론으로 이어진다. 많이 팔린다고 해서 곧 훌륭한 작품이라는 것은 분명 아니다. 사실 대부분의 베스트셀러는 시간의 힘을 이기지 못하고 사라진다. 반대로 많이 팔린다는 이유만으로 예술성이 떨어진다고 단정할 수 없다. 이에 대해서는 신중한 판단이 필요하다.

모든 작품을 예술성으로만 판단할 수도 없다. 거듭 말하지만 영화에서도 그렇지만 소설에서도 재미를 무시할 수 없다. 재미는 '큰재미'와 '잔재미'로 나뉜다. 큰재미는 독자가 느끼게 되는 감각과 인식의 큰 충격이다. 큰재미의 충격은 관객이나 독자가 인지하지 못한 다른 삶과 세계를 느끼게 해 주는 데서 나온다. 그들의 세계는 이미 있는 세계의 재현이 아니라 그 세계에 기반을 두되 전혀 다른 새로운 세계, 일종의 증강 현실을 창조한다. 하지만 디테일한 설정, 실감나는 장면 만들기. 문장의 고유한 맛 등에서 발생하는 잔재미도 무시할 수 없다. 이케이도 소설은 큰재미뿐만 아니라 이런 잔재미의 극상을 보여준다.

'정치꾼 총리와 바보 아들의 이야기'인 『민왕』(2010)을 제외하면 이케이도 소설의 주요 무대는 은행 또는 기업이다. 은행 내 현금 분실에 얽힌 미스터리 사건을 다루고 있는 『은행원 니시키 씨의 행방』(2006), 타이어 분리에 의한 보행자 사망 사고를 중심으로 다양한 이해관계의 목소리를 담아낸 『하늘을 나는 타이어』(2006), 중견기업 '도쿄겐덴'에서 발생한 미스터리한 사건을 중심으로 은폐와 폭로의 기로에 선 직원들의 갈등을 그린 옴니버스 군상극인 『일곱 개의 회의』(2012)도 마찬가지다. 그의 또 다른 작품들은 은행 비리와 관련된 흑막이나 대기업의 만행, 혹은 은행의 갑질에 어려움을 겪지만 이걸 극복해 내는 중소기업들의 이야기를 다룬다. 예컨대 『변두리 로켓』(2011~2018), 『루스벨트 게임』(2012), 『육왕』(2016) 등은 소재와 내용이 조금씩 다르지만 큰 틀에서는 모두 대기업에 맞서는 중소기업의 이야기다.

『민왕』도 언뜻 보면 아버지와 아들의 의식이 바뀌면서 벌어지는 황당무계한 이야기처럼 보이지만, 자세히 들여다보면 정치 풍자 소설이자 사회 고발 소설이다. 풍자와 고발은 이케이도 소설을 관통하는 일관된 주제라 할 수 있다. 물론 이케이도 소설 대부분이 그렇듯이 주인공들은 어려움에 굴하지 않고 불의에 맞서 싸워 승리한다. 이케이도의 모든 소설에서 재미는 '기본값'이다.

3.

이케이도 소설을 이야기할 때 결코 빼놓을 수 없는 작품이 바로 『한자와 나오키』(2004~2014)다. 『한자와 나오키』는 이케이도 소설의 '재미의 결정체'이다. 『한자와 나오키』는 『우리들 버블 입행조』, 『우리들 꽃의 버블조』, 『잃어버린 세대의 역습』, 『은빛날개의 이카루스』로 구성되어 있고, 국내에는 각각 『당한 만큼 갚아준다』, 『복수는 버티는 자의 것이다』, 『잃어버린 세대의 역습』, 『이카로스 최후의 도약』으로 번역되었다. 『한자와 나오키』는 일본에서 570만 부가 팔렸고, 이를 바탕으로 한 TV드라마 〈한자와 나오키〉(2013)는 42.2%라는 경이적 시청률을 달성했다. 지난해에는 새로운 시리즈가 제작되었고 방영되자마자 일본뿐만 아니라 국내에서도 큰 호응을 얻었다. 얼마 전에는 원작을 바탕으로 하는 동명 만화도 출간되었고 국내에도 번역되었다.

『한자와 나오키』는 부정과 불의에 맞서는 주인공 한자와 나오키의 분투다. 줄거리를 간단히 살펴보면 이렇다. 일본 경제 호황기, 즉 '버블 경제' 때 은행에 입사한 한자와는 인생도, 일도 승승장구하기를 기대했다. 하지만 일본의 버블 경제가 꺼지면서 예전의 큰 포부는 꿈으로만 남고, 현재는 지점의 기업금융을 담당하는 융자과장이다. 그런데 그가 대출 승인을 한 회사가 도산하고 대출금 회수가 요원해지자 지점장 아사노 다다스는 책임을 한자와에게 덮어씌우려 한다. 한와자는 은행에 인생을 건 자신과 가족의 명예를 걸고 사건의 실체를 파헤쳐 결국 채권을 회수한다. 그는 자신에게 책임을 전가하려 했던 아사노를 철저하게 응징한다. 자신의 좌우명처럼 '당한 만큼 복수한다'.

복수를 마치고 본사 영업부 차장으로 승진해 복귀한 한자와에게 도산 위기에 빠진 이세시마호텔을 재건하라는 임무가 떨어진다. 그는 호텔 재건 전략을 짜다가 경영 부실의 원인이 은행 내부정부패와 치열한 파벌 싸움과 관련이 있다는 사실을 알게 된다. 여러 어려움과 방해가 있었지만 한자와는 호텔 재건 업무를 잘 마무리 짓는다.

한자와는 회사에 큰 공을 세웠지만 은행 내부의 정치 싸움에서 밀려 은행의 자회사인 증권회사 영업기획부장으로 좌천되고 만다. 은행에서 증권회사로의 파견은 보통 '유배'라고 불리지만 그는 증권회사에서도 자신의 원칙과 소신을 지킨다. 그는 모회사인 은행의 방해에도 불구하고 버블 경제가 끝나고 다음 세대인 잃어버린 세대와 함께 불가능하다고 생각되었던 IT기업의 인수합병을 성공시킨다. 그는 "그들이 반칙을 쓰더라도 우리는 정면승부야"라는 원칙으로 부조리한 사회에 일침을 놓는다.

본사로 복귀한 한자와는 이번에는 은행장의 지시로 경영위기에 몰린 TK항공의 재건 계획을 떠맡게 된다. 뱅커로서의 긍지와 이상을 가지고 있는 그는 TK항공의 회생을 위해 강도 높은 구조조정안을 제시하지만, TK항공 경영진은 정부의 지원만 믿으며 안일하게 대처한다. 총선으로 정권이 바뀌자 한자와의 구조조정안은 전면 백지화되고, 대신 회생 전문 변호사가 이끄는 TF는 각 은행들에게 TK항공 채권 포기를 강요한다. 한자와는 국가의 도움만 바라는 항공사의 소극적 태도와 은행의 희생을 강요하는 정치인의 부당한 요구, 파벌 싸움에만 몰두한 은행 임원진의 압력을 상대로 최후의 일전을 벌인다. 그 싸움에서도 물론 그는 승리한다.

4.

한자와는 그냥 당하지 않는다. 특히 부당한 갑질은 결코 참지 않는다. 그는 부실 대출의 책임을 자신에게 뒤집어씌우려는 아사노에게 일갈한다. "나도 당신과 똑같은 일개 직원에 불과해. 경영과는 아무 관계가 없어. 내 주머닛돈이 나가는 것도 아니고. 하지만 나는 한 사회인으로서 당신이 저지른 일을 용서할 수 없어. 아무리 귀찮고 힘들더라도 당신이 저지른 일에 대해선 반드시 책임져야 할 거야." 그는 부정한 비리는 밝혀내고야 만다. 자신에게 싸움을 걸어온 자는 결국 무릎을 꿇린다.

한자와는 원칙과 소신을 지키면서도 조직과 위계라는 현실을 직시한다. 그에게 무능한 조직은 곧 한 인생에 대한 모독이다. 무능한 조직에 맞서 싸우는 일은 결코 시시한 일이 아니기에 인생을 걸고 끝까지 싸운다. "지금 은행에서 쫓겨나기라도 해봐. 결국 아무런 보상도 받지 못한 채 끝나는 거잖아? 멋대로 날뛰며 파벌 의식을 드러내는 놈들을 찍소리도 못하게 해 주자. 진정한 은행이라면 어떻게 해야 하는지 우리가 보여주는 거야. 그게 내가 말하는 복수야." 그는 저항하고, 싸우고, 버티며, 승리한다.

한자와는 옳지 않은 일에 굴복하지 않고 싸워야 할 때는 정면으로 싸운다. 그는 '누군가가 싸우고 있는 한 세상은 살아갈 만하고, 원칙을 포기하지 않는 자가 세상을 바꾼다'라는 신념을 갖고 있다. 그렇기 때문에 그는 잃어버린 세대인 모리야마 마사히로에게 충고한다. "잃어버린 십 년 사이에 세상에 나온 자만이 앞으로 십 년 사이에 세상을 바꿀 자격이 있을지도 모르지. 잃어버린 세대의 역습은 지금부터 시작될 거야. 하지만 세상이 받아들이게 하려면 비판만 해서는 안 돼. 누구나 받아들일 수 있는 대답이 필요해."

한자와는 최선을 다해 일하는 자들은 모두 세상을 위해 싸우고 있다고 생각한다. 그는 눈앞의 비리에 대해 눈 감지도 않고, 과거의 책임에서 도망치지도 않는다. 그는 싸워야 할 상대를 정확히 간파하고 정공법을 택한다. "원래 대의에 따르기보다 거역하는 편이 훨씬 어려운 법이지. 하지만 합리적이고 올바른 결론을 이끌어내는 게 우리의 일이야. 만약 임원들이 의도적으로 잘못된 결론을 내린다면, 그건 우리의 존재를 부정하는 일이지. 윗선에 잘 보이기 위해 결론을 왜곡할 수는 없어."

5.

이케이도 소설에서 주인공은 상대가 누구든 부당한 압력에 굴복하지 않고, 원칙과 소신을 굽히지 않고, 불의에 맞서 싸우며 결국 승리한다. 한자와 역시 마찬가지다. 그는 대세를 따르기보다는 항상 자신의 원칙을 지킨다. 그에게 중요한 것은 "합리적이고 올바른 결론을 이끌어내는 것"이다. 그는 "윗선에 잘 보이기 위해 결론을 왜곡할 수 없다"고 단호하게 말한다. 다윗인 그는 원칙과 소신을 무기로 은행, 정부 등 골리앗과의 싸움에서 승리한다.

원래 인간은 사회적 동물이다. 인간은 무리를 이루고 살기에 조직을 만들고 그 안에 위계를 둔다. 현대 자본주의 사회에서 그 위계는 생산성을 최대화하기 위해 더욱 치밀해졌다. 조직과 위계의 문화는 양면적이다. 한편으로는 지극히 인간적이지만 다른 한편으로 지극히 비인간적이다. 인간적인 측면은 겉으로 드러나지만 비인간적인 측면은 숨겨져 잘 드러나지 않는다.

잘 관리되는 조직은 평생 함께 하고픈 친구를 만들어주고, 자아실현과 돈독한 인간관계의 배경이 되어준다. 그러나 현실은 이상과 다르다. 때로는 너무나 잔인하다. 조직의 높은 자리는 늘 한정되어 있고, 그 자리를 차지하기 위해 동료와 선후배 간의 경쟁이 불가피하다. 즉 살아남기 위해서는 동료를 이겨야 한다. 이기기 위해 때로는 권모술수가 동원되기도 한다. 영악하지 않으면 바보 취급을 당한다.

'실적'은 그런 조직형 인간을 평가하는 데 있어 가장 편리하고 절대적인 바로미터다. 사람들은 실적을 경멸하면서 동시에 욕망한다. 보통 사람들은 이런 조직과 위계, 그리고 실적의 덫에 걸린다. 덫에 걸린 상황에서 인간은 다른 선택을 한다. 즉 누군가는 조직의 논리, 실제로는 자신의 이익을 따르고, 또 다른 누군가는 윤리를 택한다. 그렇기에 이케이도 소설은 인간학 보고서라 불릴 만하다. 물론 그의 소설에서 승자는 항상 원칙과 소신, 즉 윤리를 따르는 인물들이다.

혹자는 한자와를 두고 현실에서 보기 힘든 이상적인 인물이라고 말한다. 하지만 역설적으로 그런 이유 때문에 사람들이 그에게 열광한다. 살다 보면 누구나 옳지 못한 대의에 따라야 하는 순간을 맞이한다. '이번 한 번만', '사람들도 다 그래' 등과 같은 말로 자신의 부끄러운 행동을 정당화한다. 한자와는 부끄러운 우리의 양심을 상기시켜 주는 존재다. 한자와는 그런 삶을 지향하지만 현실에서 그렇게 할 수 없는 자괴감, 그런 삶을 살아보고 싶다는 보통 사람의 열망을 투영한다. 그런 점에서 『한자와 나오키』는 또 다른 측면에서의 멜로드라마라 할 수 있다. 왜냐하면 멜로드라마에는 현실에서 이루기 어려운 혹은 이룰 수 없는 욕망이 투영되기 때문이다.

6.

이케이도 소설의 가장 큰 특징은 무엇보다도 "잠시도 숨 쉴 수 없을 만큼 재미있다"는 데 있다. 그는 캐릭터를 '흑이냐 백이냐'처럼 단순하게 구별하지 않는다. 어찌 보면 그의 인물은 선과 악이 공존하는 입체적인 캐릭터다. 그에게 있어 인간의 본성은 그다지 중요하지 않다. 그보다 더 중요한 것은 등장인물이 처한 상황과 그에 따른 행동이다. 그는 선택의 개연성을 위해 상황을 세밀하고 꼼꼼하게 묘사한다. 독자의 감정을 최대한 끌어올린 뒤에 통쾌한 카타르시스를 안겨준다. 이야기가 진행될수록 독자는 연신 한숨을 내쉬며 안절부절못하지만, 끝에는 통쾌한 웃음을 터뜨리며 기분 좋게 책장을 덮게 된다.

문학평론가 오길영은 요즘 한국문학, 특히 한국소설이 재미없는 이유로 지나칠 정도로 사소한 것에 매몰되는 쇄말주의, 약해진 스토리텔링 능력, 서사에서 생활의 세목을 등한시하는 점 등을 꼽는다. 생활의 세목이 빠진 작품에서 재미를 느끼기 어렵다. 그런 점에서 그는 미야베 소설의 스토리텔링 능력과 생활의 세목에 대한 세밀한 묘사를 높이 평가한다. 그에 따르면 미야베는 자신이 다루는 시대[에도 막부 시대]를 세밀하게 파악하고 그 시대의 다양한 면모를 담으려고 노력한다. 뿐만 아니라 권력과 범죄의 문제를 항상 구체적 개인의 생활의 묘사를 통해서 전달한다. 미야베 소설을 두고 한 말이지만 이케이도 소설에도 그대로 적용될 수 있을 것 같다. 시대는 다르지만 이케이도 또한 시대를 세밀하게 파악하고 그 시대의 다양한 면모를 소설 속에 담으려 하기 때문이다. 그뿐만 아니라 권력과 범죄의 문제를 항상 구체적 개인이 생활의 묘사를 통해서 전달한다.

이케이도는 작가가 되기 전 은행원으로 일했다. 그렇기 때문에 그는 은행과 기업이라는 자신에게 익숙한 공간을 소설 속 배경으로 택하고, 그 안에서 벌어지는 일들을 소설의 주요 사건으로 구성한다. 그의 소설에서 사건은 아주 상세하게 묘사된다. 상세한 묘사와 쇄말주의와는 본질적으로 다르다. 이케이도 소설에서 느껴지는 팽팽한 긴장감은 바로 이런 서사의 세밀함에서 비롯된다. 바로 이런 서사의 세밀함이 재미의 밑바탕을 구성하고 있다. 오길영은 미야베 작품을 장르문학의 협소한 틀로만 규정할 것이 아니라 스토리텔링의 좋은 전범으로서 다시 읽어야 한다고 말했는데, 이는 이케이도 소설에도 그대로 적용된다.[2]

사실 장르문학과 순수문학의 구분 자체가 모호하다. 장르문학의 문학 장치들이 순수문학 작가들에 의해 활용되는 예는 예전이나 지금이나 너무나 쉽게 광범위하게 찾을 수 있다. 에드거 앨런 포의 추리소설, 환상소설, 공포소설이 영미 단편소설에 미친 영향은 이루 말할 수 없을 정도다. 그의 소설은 영미문학뿐만 아니라 프랑스의 상징주의 시인들에게 큰 영향을 끼쳤다. 그의 소설은 장르문학이니 순수문학이니 따질 필요 없이 그저 훌륭한 문학작품이다.

포의 소설뿐만 아니라 요한 볼프강 본 괴테, 호르헤 루이스 보르헤스, 스티븐 킹, 무라카미 하루키, 히가시노 게이고 등의 작품 역시 마찬가지다. 그 누가 포나 보르헤스의 글을 환상문학이나 추리소설이라는 이유로 폄훼할 수 있겠는가? 순수문학이든 장르문학이든 문학적으로 괄목할 업적을 쌓는다면 문단으로부터의 사랑을 얼마든지 받을 수 있다. 마땅히 사랑을 받아야

---

2) 오길영, 앞의 글, 302~312쪽.

한다. 다시 말하지만 모든 문학은 장르문학이다. 그렇다면 모든 소설은 장르소설이다. 재미가 소설 읽기의 전부가 될 수 없겠지만 가장 큰 즐거움 가운데 하나임에는 틀림이 없다.

「〈기생충〉: 봉준호의 '지리멸렬'한 '지옥도'의 완성」, 『충북작가』 제48호, 2019년 하반기.

「'해체'와 '전복'의 서사로 읽는 〈작은 아씨들〉」, 『딩아돌하』 제55호, 2020년 여름.

「역사적 상상의 공간으로서 한국영화」, 『딩아돌하』 제56호, 2020년 가을.

「상상하는 이야기, 금기된 욕망을 풀다」, 『딩아돌하』 제57호, 2020년 겨울.

「한국 퀴어 소설의 오늘과 내일」, 『충북작가』 제49호, 2020년 상반기.

「후기구조주의의 문학 비평적 의의와 전망」, 『충북작가』 제50호, 2020년 하반기.

「가난은 사파리가 아니다」, 『충북작가』 제51호, 2021년 상반기.

「"꺽정, 벽초와 함께 쓰다"」, 2020년 제27회 충북민족예술제 공연 리뷰.

「샘 멘데스, '영화'를 보여주다」, 『딩아돌하』 제58호, 2021년 봄.

「〈영국식 정원 살인 사건〉에 나타난 '풍습희극'의 이면」, 『딩아돌하』 제59호, 2021년 여름.

「파운드의 현대성 비판과 그 한계」, 『충북작가』 제51호, 2021년 상반기.

「그래도 희망은 있다」, 『코로나19 팬데믹, 우리에게 보내는 편지』, 고려대
　　학교 출판문화원, 2021.

「노마드, 재난의 현재인가 아니면 희망의 미래인가」, 『딩아돌하』 제61호,
　　2021년 겨울.

「그때 그 데이빗은 어떻게 되었을까?」, 『딩아돌하』 제60호, 2021년 가을.

「모든 소설은 장르소설이다」, 『충북작가』 제52호, 2021년 하반기.